四川轻化工大学2017年度人才引进项目(课题编号：2017RCSK09)

中国古代爱情童话故事评注

唐瑛 著

中国社会科学出版社

图书在版编目(CIP)数据

中国古代爱情童话故事评注 / 唐瑛著. —北京：中国社会科学出版社，2021.9
ISBN 978-7-5203-9097-2

Ⅰ.①中⋯ Ⅱ.①唐⋯ Ⅲ.①童话—文学研究—中国—古代 Ⅳ.①I207.8

中国版本图书馆 CIP 数据核字(2021)第 184166 号

出 版 人	赵剑英
责任编辑	陈肖静
责任校对	刘 娟
责任印制	戴 宽

出　　版	中国社会科学出版社
社　　址	北京鼓楼西大街甲 158 号
邮　　编	100720
网　　址	http://www.csspw.cn
发 行 部	010-84083685
门 市 部	010-84029450
经　　销	新华书店及其他书店
印　　刷	北京明恒达印务有限公司
装　　订	廊坊市广阳区广增装订厂
版　　次	2021 年 9 月第 1 版
印　　次	2021 年 9 月第 1 次印刷
开　　本	710×1000 1/16
印　　张	21
插　　页	2
字　　数	301 千字
定　　价	118.00 元

凡购买中国社会科学出版社图书，如有质量问题请与本社营销中心联系调换
电话：010-84083683
版权所有　侵权必究

目　录

代前言 ……………………………………………………（1）

先秦两汉卷 ………………………………………………（1）
　西王母 ……………………………………………………（1）
　织女与董永 ………………………………………………（3）
　成公知琼 …………………………………………………（4）
　北海道人 …………………………………………………（6）
　韩凭夫妇 …………………………………………………（8）
　女化蚕 ……………………………………………………（10）
　紫玉韩重 …………………………………………………（13）
　盘瓠 ………………………………………………………（15）
　袁相根硕 …………………………………………………（17）
　白水素女 …………………………………………………（19）
　刘晨阮肇 …………………………………………………（21）
　卖胡粉女子 ………………………………………………（23）
　庞阿 ………………………………………………………（25）
　王道平 ……………………………………………………（27）

隋唐卷 ……………………………………………………（30）
　太阴夫人 …………………………………………………（30）
　赵旭 ………………………………………………………（33）

· 1 ·

郭翰 ··· (37)
封陟 ··· (40)
韦安道 ·· (45)
萧旷 ··· (50)
离魂记 ·· (53)
赵颜 ··· (55)
长恨传 ·· (57)
任氏传 ·· (61)
柳毅传 ·· (68)
补江总白猿传 ································· (77)
孙恪 ··· (80)
申屠澄 ·· (85)
郭代公 ·· (88)
虎妇 ··· (90)
天宝选人 ······································· (91)
光化寺客 ······································· (93)
李黄 ··· (94)
崔韬 ··· (96)

两宋卷 ··· (99)
 王榭 ··· (99)
 长桥怨
  ——钱忠钱塘遇水仙 ·················· (102)
 远烟记 ·· (105)
 焦生见亡妻 ··································· (107)
 甘陵异事 ······································ (110)
 张夫人 ·· (112)
 李山甫妻 ······································ (114)

太原意娘 …… (115)

香屯女子 …… (117)

萧县陶匠 …… (118)

西池春游 …… (120)

书仙传 …… (127)

西蜀异遇 …… (129)

越娘记 …… (135)

范敏 …… (140)

钱塘异梦 …… (145)

盈盈传 …… (147)

玉尺记 …… (152)

王彦太家 …… (154)

刘改之教授 …… (156)

海王三 …… (158)

石六山美女 …… (159)

吴小员外 …… (161)

紫竹园女 …… (163)

张客奇遇 …… (164)

张相公夫人 …… (166)

西湖女子 …… (168)

南丰知县 …… (170)

金山夫人 …… (172)

崇仁吴四娘 …… (173)

懒堂女子 …… (174)

满少卿 …… (177)

元明清卷 …… (180)

牛郎织女 …… (180)

弄玉	（182）
画皮	（186）
娇娜	（189）
青凤	（195）
婴宁	（201）
阿宝	（208）
莲香	（214）
鲁公女	（222）
红玉	（225）
翩翩	（230）
公孙九娘	（233）
辛十四娘	（238）
莲花公主	（246）
聂小倩	（251）
长亭	（257）
胡四姐	（262）
仙人岛	（266）
神女	（273）
云萝公主	（279）
窦氏	（285）
竹青	（289）
香玉	（293）
连琐	（298）
宦娘	（305）
葛巾	（310）
白秋练	（317）
落花岛	（324）

代 前 言

2010年，本人承担了教育部课题《中国古代人与异类婚恋故事的文化阐释》，于2015年顺利结题。在课题研究过程中，我被这些人与异类之恋所深深打动。这些一篇篇人与异类婚恋故事，就像一篇篇美丽的童话故事，它们既有童话的想象和情趣，同时又充满着哲思和美的感受。善良美丽冒着风险来到人世的他界女子、软弱负心的人类男子、斩断美好姻缘的势利父母……都能在这些爱情故事里读到。这些故事既能让读者体会到其他物类在爱情上对人类这个"类"的情真意切、甘于和敢于付出，又能体会到作为非"人"的其他物类为了获得"人"的爱和眷恋所遭遇的艰辛和风险。尤其可贵的是，我们可以透过这些爱情童话故事来对现实婚恋作出的置换与变形，从而使我们体会到千百年来中国传统社会里处于底层的百姓的爱情生活情状。

面临这些久远的爱情故事，为了便于读者更好地阅读文本，本书在编撰时对一些难字难词，进行了注释。为了读者更好的把握主题和欣赏文本，在呈现了每一个动人的故事之后，又加上了作者自己的解读和评析。我衷心期望读者通过这些细腻传神的故事，体会到包含其中的微笑与心酸、快乐与哀婉、激动和感慨，体会到阅读优美爱情童话故事的馨香和温情。

自然，作为一种选读文本，是从浩若烟海的书卷中撷取吉光片羽的美丽篇章。"尝一脔肉而知一镬之味"，倘使你能够安静下来捧读本书，相信你定然能够收获美的感受和人生领悟，而得到的体验，绝非庸常的影视剧所能给予，尤其在当今浮躁的社会世态下。

　　就中国文学而言，无论在诗歌、散文、小说、戏剧都不逊色任何西方文学，但对于童话，特别是爱情童话，我们大多人却只知道国外的那些故事，对本国的这类作品却茫然不知。通过本书，希望读者们改变这种偏见，认识到我们也有这些美好的描绘，进而陶冶自己的心灵，洁净自我的灵魂。

唐　瑛

2019 年 11 月于盐都

先秦两汉卷

西王母

乙丑[1]，天子[2]觞[3]西王母于瑶池[4]之上。西王母为天子谣，曰："白云在天，丘陵自出。道里悠远，山川间[5]之，将[6]子无死，尚能复来。"天子答之曰："予归东土，和治诸夏。万民平均，吾顾[7]见汝。比及[8]三年，将复而野[9]。"西王母又为天子吟曰："徂[10]彼西土，爰[11]居其野。虎豹为群，於[12]鹊与处。嘉命不迁，我惟帝女。彼何世民，又将去子。吹笙鼓簧[13]，中心翱翔[14]。世民之子，惟天之望。"天子遂驱升于弇山[15]，乃纪丌[16]迹于丌山之石而树之槐[17]。

——出《穆天子传》

注 释

[1] 乙丑，古代的天干地支纪年法。天干即通常所说的"甲、乙、丙、丁、戊、己、庚、辛、壬、癸"，它们分别与十二地支（即：子、丑、寅、卯、辰、巳、午、未、申、酉、戌、亥）一起组成古代的纪年，以六十年为一个周期。这里是指"乙丑"这一天。

[2] 天子，上天之子，天帝之子。这里指周穆王。

[3] 觞，饮酒。

[4] 瑶池，古代神话传说中的地名，为西王母所居，位置在昆仑

山上。

[5] 间，阻隔。

[6] 将，请。

[7] 顾，回来，回还。

[8] 比及，等到。

[9] 将复而野，回到此野外而见你。

[10] 徂，音"cú"，往，到。

[11] 爰，于是。

[12] 於鹊与处，"於"通"乌"。与乌鹊住在一起。

[13] 吹笙鼓簧，笙是古代的一种乐器，又簧在笙中，故云之。

[14] 翱翔，飞翔，这里应理解为心中沸腾不止，情绪激动。

[15] 弇山，弇音"yǎn"，弇山是日落入之所。

[16] 丌，音"qí"，义同"其"。

[17] 树之槐，种上槐树。

评析

西王母为天上女神，周穆王为地上国君，两人分别是天地之间的最高权威。但在这天神与国君之间，却发生了至今读来仍深情绵渺的爱情故事。记得曾有学者说西方的早期神话有人神之间的往来与纠葛，中国的只是人间的各种往来与记载。可是从本文提供的故事来看，则不尽然。周天子与西王母饮酒于瑶池边上，西王母为天子深情告白："广袤的山川田野啊，悠远的道路，希望你经历这些回去后仍安然无恙，还能够再来！你走后我与乌鹊虎豹为群，守望在这块地方，还望你早日回顾，但你的子民又将离开你……"听完西王母的倾诉，周天子则回答她："回去后我会好好地治理好我的国家，三年后我将再回来看你，还是在这块见你的野外……"

尽管《穆天子传》是否真正发端于战国尚有争议，但其描述的天上女神与人间帝王之间的彼此深情却颇使人感动。谁说爱情只能是人这个同"类"之间才会有的？痴恋无界，在我们周朝的先贤那里，就已经有了书写。

织女与董永

汉董永，千乘[1]人。少偏孤[2]，与父居。肆力[3]田亩，鹿车[4]载自随。父亡，无以葬，乃自卖为奴[5]，以供丧事。主人知其贤，与钱一万，遣之。永行[6]三年丧毕，欲还主人，供其奴职。道逢一妇人曰："愿为子妻。"遂与之俱。主人谓永曰："以钱与君矣。"永曰："蒙君之惠[7]，父丧收藏。永虽小人，必欲服勤致力，以报厚德。"主曰："妇人何能？"永曰："能织。"主曰："必尔者，但令妇为我织缣[8]百匹。"于是永妻为主人家织，十日而毕。女出门，谓永曰："我，天之织女也。缘君至孝，天帝令我助君偿债耳。"语毕，凌空而去，不知所在。

——出《搜神记》

注 释

[1] 千乘，古地名，在今山东博兴、高青一带。

[2] 偏孤，父母中失去一方曰"偏孤"，这里指董永丧母。

[3] 肆力，使出全部的力气，这里有努力耕种的意思。

[4] 鹿车，古代的一种车型，因为车身狭小，仅能装下一只小鹿，所以被称为鹿车。

[5] 自卖为奴，把自己卖身为奴。

[6] 行，守。古人守孝，以三年为期。

[7] 惠，好处，恩惠。

[8] 缣，丝织品，多为丝绢一类东西。

评 析

"天道酬勤",这句话在华夏大地广为人知。但通过董永与织女的故事,我们则知道上天不仅会酬答勤劳之人,甚至还会给勤谨自守而无妻之人以佳妻的馈赠,让其有一个理想的结局。董永卖身葬父,主人家赠以万钱,亦不为所动,直至守丧完毕,以自己的勤劳抵偿父死埋葬的费用,董永所为,真正做到了孝顺恭敬,是为人之子的楷模。《周礼》云:"积善之家,必有余庆。"纵观董永的作为,我们有谁不期盼他有一个更美好的未来呢?天上织女的及时出现,董永被报答缘由的明白交代,千百年来,激励了无数家境贫寒却品行美好的青年,使他们看到了期望,感受到了奇迹。这,或许正是现代人读董永与织女故事应该体味的真正内涵。

诚然,这个故事讲述的也许并非爱情,而更多的是表述上天对勤谨自守之人的酬报。之所以将这个故事当成爱情童话,是因为后人在这个故事的基础上,将她的情节做了发展:董永私藏织女衣服致其为妻并恩爱育子,织女下界配凡人触犯天条被捉回天界,董永在通神老牛的帮助下负子上天寻妻,终获许仅七夕一见面的结果。后人的演绎成就了人们现在熟知的爱情故事,也成就了一个美好的中国"情人节"——七夕。

成公知琼

魏济北郡从事掾[1]弦超,字义起,以嘉平中夜[2]独宿,梦有神女来从[3]之。自称:"天上玉女,东郡人,姓成公,字知琼,早失父母,天帝哀其孤苦,遣令下嫁从夫。"超当其梦也,精爽感悟,嘉其美异,非常人之容,觉寤钦想,若存若亡,如此三四夕。

一旦,显然来游,驾辎軿车[4],从八婢,服绫罗绮绣[5]之衣,姿颜容体,状若飞仙,自言年七十,视之如十五六女。车上有壶、榼[6]、青白琉璃五具。食啖奇异,馔[7]具醴[8]酒,与超共饮食。谓超曰:"我,天上玉女,见遣下嫁,故来从君,不谓[9]君德。宿时感运[10],宜为夫妇。不能有益[11],亦不能为损。然往来常可得驾轻车,乘肥马,饮食常可得远味异膳,缯素[12]常可得充用不乏。然我神人,不为君生子,亦无妒忌之性,不害君婚姻之义。"遂为夫妇。

——出《搜神记》

注 释

[1] 掾,音"yuàn",意为辅助、佐助。汉代从三公到郡县,都有"掾属"这一官吏,其主要用于辅助主官的,其任命选拔都由主官决定。故这里的"从事掾"即专门从事佐助这类职业。

[2] 中夜,半夜。

[3] 从,跟从,跟随。

[4] 辎軿,音"zī píng",即辎车和軿车的合称,主要指能遮蔽、有帷幔的车子。

[5] 绫罗绮绣,此为两词,分开讲就是"绫罗""绮绣","绫罗"指绸缎等丝织品;"绮绣"是有纹饰的衣服。合起来就泛称丝织品。

[6] 榼,音"kē",盛酒的器具。杜甫《羌村三首》:"倾榼浊复清。"

[7] 馔,音"zhuàn",饮食。

[8] 醴,音"lǐ",甜酒。此四词合起来就是"喝美酒吃美食"的器具。

[9] 谓,因为,以为。

[10] 宿时感运,宿,久。遇见了长久(或持久)的好运。

[11] 益,好处。

[12] 缯,丝织品;素,粗布衣。

评 析

这则故事看起来并没有"恋",在成公知琼看来,只是完成了天帝

赋予的一项任务：下嫁从夫。而从弦超来看，许是有"恋"的，因为他在"见到"知琼后"精爽感悟，嘉其美异，非常人之容，觉寤钦想"。美者，人之所共爱。而人也正是"因美而爱"的。

　　从我们的祖先开始认识这个世界起，他们就在不停地感知、探索自身以外的世界。我是谁？我们以外的世界怎么样？上文中弦超的梦和奇遇，与其说把它看成一段与异类的恋爱故事，倒不如把它视为早期人类关于自身以外婚恋的一种设想：天上有人吗？那里的人是否和我们的衣食住行一样？此处，《成公知琼》的故事给了我们回答。从她的回答里我们得知，天上不但有人，还和人间一样，有天帝（人间则是皇帝），而且他很体恤民情，理解像知琼这样的人的孤单苦楚，还让她下嫁凡间享受她未尝有过的爱与温暖。也因为她的下临凡间，使得作为"人类"代表之一的弦超明白了"天上人"的衣食住行是怎么回事：驾辎軿车，穿绫罗绮绣，身后跟八个侍婢，所食是"远味异膳"，等等。总之，所谓天上"玉女"的生活，终究不过是人间如皇室妃嫔们生活的再版！"头脑中想象的东西无论如何都脱离不了现实的地面"，由此看来，弦超看到的"玉女"知琼的生活，又何尝不是如此？

北海道人

　　汉北海营陵有道人，能令人与已死人相见。其同郡人，妇死已数年，闻而往见之，曰："愿令我一见亡妇，死不恨[1]矣。"道人曰："卿可往见之。若[2]闻鼓声，即出，勿留。"乃语[3]其相见之术。俄而[4]得见之。于是与妇言语，悲喜恩情如生[5]。良久，闻鼓声，恨恨不能得住[6]。当出户时，忽掩[7]其衣裾[8]户间，掣[9]绝[10]而去。至后岁余，此人身亡。家葬之，开冢，见妇棺盖下有衣裾。

　　　　　　　　　　　　　　——出《搜神记》

注 释

［1］恨，遗憾。

［2］若，如果。

［3］语，告诉。

［4］俄而，不久。

［5］生，生人、活人。亦可理解为活着的时候。

［6］住，停下来。

［7］掩，藏身。

［8］裾，音"jū"，指衣服的前襟。

［9］掣，音"chè"，用手拉，拽。

［10］绝，消失。

评 析

　　古代科学不昌明，人们不知道人死了究竟到哪里去了，他们非常想知道个究竟。但他们又想不出其他的办法，于是，从自己中间寻找沟通生者与死者的代言人就成了原始初民们最常使用的方法。但究竟哪些是代言人呢？那就是在早期世界各国都存在的巫师。巫师除了具有常人的能力外，更具备常人不具备的沟通他界的能力：舞蹈比划和魔咒。其中女的叫巫、男的叫觋。正因为巫师具有这些神奇的能力，所以在古代中国社会，巫师们才拥有很大的权利。巫师能够解决人类在自身能力没法达到或预测的问题。但随着时间的推移和科学的逐渐发达，巫师的地位越来越不被重视。在中国社会，尤其是到了东汉社会，就出现了所谓的"道教"，信奉和推崇道教的人，就被称为"道人"或"道士"。而道士的真正由来，就是历史上的两类人，即炼丹的方士和遗留下来的巫师。加上这两类人采取种种方式自神其教，所以社会上到处充满了道士功能特异、道术神奇无比的传说。上述故事中的北海道人能令已死者和生者相见，便是其神异的能力之一。

在这篇故事中，令我们惊讶的不是其后所发生的——如道士所嘱咐的事情，而是人们对爱情的追求，对已亡伴侣的眷恋。先人们通过他们丰富的想象，让爱的力量穿越时空，使不同世界（阳间和冥界）的人们能够相见，再叙契阔。这本身，就无异给人们插上了如鸟儿般的翅膀，千山万水、地下天上，都已不再是不能跨越的险阻。于是，"问世间情为何物，直教生死相许"便有了最原始的诠释模式。继这篇《北海道人》之踵，就有了唐代诗人白居易《长恨歌》中著名的"邛崃道士鸿都客，能以精诚致魂魄"的精彩演绎！

韩凭夫妇

宋康王[1]舍人[2]韩凭，娶妻何氏，美，康王夺之。凭怨，王囚之，论[3]为城旦[4]。妻密遗[5]凭书，缪[6]其辞曰："其雨淫淫[7]，河大水深，日出当心。"既而王得其书，以示左右，左右莫解其意。臣苏贺对曰："其雨淫淫，言愁且思也；河大水深，不得往来也；日出当心，心有死志也。"俄而[8]凭乃自杀。

其妻乃阴[9]腐其衣。王与之登台，妻遂自投台[10]，左右揽[11]之，衣不中手[12]而死。遗书于带曰[13]："王利其生，妾利其死，愿以尸骨，赐凭合葬。"王怒，弗听，使里人埋之，冢相望[14]也。王曰："尔夫妇相爱不已，若能使冢合，则吾弗阻也。"宿昔之间，便有大梓木生于二冢之端，旬日而大盈[15]抱，屈体相就[16]，根交于下，枝错[17]于上。又有鸳鸯，雌雄各一，恒栖树上，晨夕不去，交颈悲鸣，音声感人。宋人哀之，遂号[18]其木曰"相思树"。"相思"之名，起于此也。南人谓此禽即韩凭夫妇之精魂。今睢阳[19]有韩凭城。其歌谣至今犹存。

——出《搜神记》

 注　释

[1] 宋康王，战国末期宋国国君，名偃，沉迷于酒色，共在位四十七年。

[2] 舍人，官职名。战国时及汉初，王公大臣左右皆有舍人，类似门客。

[3] 论，判罪，定罪。

[4] 城旦，苦刑，受刑者白天防敌，晚上筑城。这里可理解为"服劳役"。

[5] 遗，音"wèi"，给，递给。

[6] 缪，同"谬"，缪其辞，故意使语句含义隐晦难解。

[7] 淫淫，雨连绵不断貌。

[8] 俄而，不久。

[9] 阴腐其衣，暗中让衣服朽烂。

[10] 投台，投身台下，即从高台跳下自杀。

[11] 揽，拉，扯。

[12] 衣不中手，衣服经不住手拉拽。因韩凭妻已阴腐其衣。

[13] 带，衣带。

[14] 相望，互相遥望。

[15] 盈抱，盈，满；抱，双臂环抱。这句话的意思是仅仅十天，梓木树已大到人展臂合抱不过来了。

[16] 屈体相就，屈，弯曲；就，接近，靠近，意思是树的枝干弯曲互相靠拢。

[17] 错，交错，交叉。

[18] 号，命名，称呼。

[19] 睢阳，睢，音"suī"，历史上的宋国都城，故址在今河南省的商丘市。

 评　析

　　韩凭夫妇的悲剧故事在历史上流传很广，历史上对宋康王的贪暴无道也有较多的记载。在这个故事中，宋康王的荒淫、暴虐和残忍，韩凭妻的聪慧、坚贞和不畏强权，都被刻画得栩栩如生，给人很深刻的印象。

　　宋康王好端端地毁灭了一对彼此深爱的夫妻，也让那夫妻二人的生命早早地结束。更不能卒忍的是，他竟然让相亲相爱的夫妻死后都不能团聚，他的所为也正是封建社会铁石心肠的君王等的缩影。然而，强大的爱的力量足以感动上苍，让贪暴的宋康王的愿望落了空。在伟大的爱的神奇作用下，遥遥相望的韩凭夫妇的墓冢通过盈抱的梓木屈体相就而连在了一起，这不得不让人扼腕而又惊叹！

　　"在天愿为比翼鸟，在地愿为连理枝。"个体寿命的长短不一，阴阳两界的阻隔，不合理的强势、强权的干扰，都常常使得人世间美好的爱情难以"有情人终成眷属"。然而，逼仄的现实终竟阻挡不了天下相爱之人彼此的巨大引力，在善良人们幻想真实的引领下，一对对久经磨难、永难再见的恋人们，他们"相见"了，"团聚"了，尽管这种相见，或许仅在人们的心目中、想象里，甚至在变身异类化成"他种"的不懈追求里（如《聊斋志异》中的《白秋练》），但仅此，已足以让世界变得温馨，值得人留恋。牛郎织女、梁山伯与祝英台，等等，这，或许便是《韩凭》夫妇千百年来影响魅力不减的缘由！

女化蚕

　　旧说：太古之时，有大人远征，家无余人，唯有一女。牡[1]马一匹，女亲养之。穷居幽处[2]，思念其父，乃戏[3]马曰："尔能为我迎得父还，吾将嫁汝。"马既承此言，乃绝[4]缰而去，径[5]至父所。父见马惊喜，因取而乘之。马望所自来[6]，悲鸣不已。父曰："此马无事如

此，我家得无有故[7]乎？"巫[8]乘以归。为[9]畜生有非常[10]之情，故厚加刍养。马不肯食。每见女出入，辄喜怒奋击。如此非一[11]。父怪之，密以问女，女具以告父，必为是故。父曰："勿言，恐辱家门。且莫出入。"于是伏弩[12]射杀之，暴[13]皮于庭。父行，女与邻女于皮所戏，以足蹙[14]之曰："汝是畜生，而欲取人为妇耶？招此屠剥，如何自苦？"言未及竟[15]，马皮蹶然[16]而起，卷女以行。邻女忙怕，不敢救之，走告其父。父还，求索，已出失之。后经数日，得于大树枝间，女及马皮，尽化为蚕，而绩[17]于树上。其茧纶理厚大，异于常蚕。邻妇取而养之。其收数倍。因名其树曰桑。桑者，丧也。由斯百姓竞种之，今世所养是也。

——出《搜神记》

注 释

[1] 牡，在古代，对动物的雌雄，人们常以"牝牡"来称呼，牝为雌性，牡为雄性。这里的"牡马"便是雄马，公马。

[2] 穷居幽处，此四词即"居穷处幽"的倒用，即身处穷壤幽远之地。

[3] 戏，戏谑，态度不庄重地戏言。

[4] 绝，脱，挣脱。

[5] 径，径直，直接。

[6] 马望所自来，马望自己所来的地方。

[7] 故，缘由，事情。

[8] 亟，急切。

[9] 为，因为。

[10] 非常，非同寻常。

[11] 非一，不仅仅是一次，意即很多次。

[12] 伏弩：埋伏好弓箭。

[13] 暴，同"曝"，晒的意思。

[14] 蹙，踏、踩。

[15] 竟，完。

[16] 蹶然，疾起貌。

[17] 绩，编织（布或其他丝织品）。

评析

马恋上人，多么奇幻！但以"万物平等"的观念来看，这又是多么正常不过的事啊，可惜这马儿的遭遇何其悲惨！而这女子又何其负心！

世间万物，唯人能以"万物之长"而自居，何哉？因为人之灵性，人之聪明狡黠，知道如何利用他物（他类）的诚实守信之故也！但也因为这种"人"作为"类"的特长，才干尽了其他动物、甚至无血性的植物都不愿甚至不屑于干的种种坏事！在大山里给动物下套，在群鸟聚集的地方张网，在鱼儿产卵期间滥捕无禁，等等，简直数不胜数！我们看《女化蚕》中，该"小女"的戏言，不兑现承诺后的得意，父亲大人的富有心机，以"辱没家门"为由不让女外出，于庭伏弩射杀马儿……如此种种，使我们看到了以"大人"为代表的"人"类的背信弃义，暗藏机关！而马在尽了职责之后被杀，甚至被"暴皮于庭"，无不彰显了我们人类对动物的负心或者说不仁不义。从另一个角度，我们可以把《女化蚕》理解为远古时期人们人兽合体、人兽难分的观念，是马对人追求爱情的非分之想；另外，我们还可以把整个故事理解为以"马"为代表的他界物类对人的最早控诉：尽职尽责却被无情践踏侮辱和诛杀。听老人讲，以前宅心仁厚者在自己家的耕牛死后要挖土埋葬，就因为牛对主人的勤勤恳恳和忠心！时光荏苒，我们离编写《女化蚕》故事的年代几近两千年，可我们更多见到的是人类的"卸磨杀驴"。难怪，在2005年5月14日，英国女富豪面对媒体坦然宣称，她将嫁给海豚，因为它十五年来的温柔体贴，没有人类的暴躁无情和反复无常……

紫玉韩重

吴王夫差小女,名曰紫玉,年十八,才貌俱美。童子韩重,年十九,有道术,女悦之,私交信问,许为之妻。重学于齐、鲁之间,临去,属[1]其父母使求婚。王怒,不与女。玉结气死[2],葬阊门[3]之外。

三年重归,诘[4]其父母。父母曰:"大王怒,玉结气死,已葬矣。"重哭泣哀恸,具牲币[5],往吊于墓前。玉魂从墓出,见重,流涕谓曰:"昔尔行之后,令二亲从王相求,度必克从大愿。不图别后遭命,奈何!"玉乃左顾,宛颈而歌曰:"南山有鸟,北山张罗。鸟既高飞,罗将奈何?意欲从君,谗言恐多。悲结[6]生疾,没命黄垆。命之不造[7],冤如之何?羽族之长,名为凤凰。一日失雄,三年感伤。虽有众鸟,不为匹双。故见鄙姿,逢君辉光。身远心近,何当暂忘。"歌毕,欷流涕[8],不能自胜,邀重还冢。重曰:"死生异路,惧有尤愆[9],不敢从命。"玉曰:"死生异路,吾亦知之。然今一别,永无后期。子将畏我为鬼而祸子乎?欲诚所奉,宁不相信。"重感其言,送之还冢。玉与之饮宴,留三日三夜,尽夫妇之礼。临出,取径寸明珠以送重曰:"既毁其名,又绝其愿,复何言哉!时节自爱。若至吾家,致敬大王。"

重既出,遂诣王,自说其事。王大怒曰:"吾女既死,而重造讹言,以玷秽亡灵。此不过发冢取物,托以鬼神。"趣[10]收重。重走脱,至玉墓所诉之。玉曰:"无忧,今归白王。"王妆梳,忽见玉,惊愕悲喜,问曰:"尔缘何生?"玉跪而言曰:"昔诸生韩重来求玉,大王不许,玉名毁义绝,自致身亡。重从远还,闻玉已死,故赍[11]牲币,诣冢吊唁。感其笃终[12],辄与相见,因以珠遗之。不为发冢,愿勿推治[13]。"夫人闻之,出而抱之。玉如烟然。

——出《搜神记》

注 释

[1] 属，通"嘱"，嘱咐，吩咐。

[2] 结气死，气凝结而死。因呼吸不畅，气阻隔窒息导致的死亡。

[3] 阊门，阊，音"chāng"，阊门是苏州城门名。

[4] 诘，本为"责问"之意，但这里因为对象是韩重自己父母，故理解为"问询""问起"为妥。

[5] 牲币，祭祀用的食物（如猪、牛、羊）和纸钱。

[6] 悲结，悲伤之情郁结，情感不畅快。

[7] 造，完好。

[8] 歔流涕，嘘唏感叹而流泪。

[9] 尤愆，罪过，过失。

[10] 趣，通"促"，督促，催促。这是吴王对手下人下令。

[11] 赍，音"ji"，带着，怀抱着。

[12] 笃终，笃，厚，深厚，多指情感。笃终，自始至终情感深厚。

[13] 推治，推究惩治。

评 析

男女因相悦而结为夫妻，这在现今是再自然不过的事情了。但要是在古代，要真正如此还真是一件值得大书特书的事情。也因为这样，所以元代戏曲家王实甫在《西厢记》中才发出"愿天下有情人终成眷属"的浩叹！也是他的这一千古长叹，赢得了数百年来人们的称誉和羡慕。

回过头来看故事中，紫玉韩重年龄相仿，貌美才佳，悄许终身，假如顺当，该是多么好的一段爱情佳话？可是，现实的催逼和功利，在韩重于齐、鲁游学三年后，他所得到的噩耗只能是未婚妻紫玉因婚事不谐"气结而死"的悲哀，以及吴王骨子里对婚事的不许与傲慢。当此之际，走投无路的韩重内心的悲苦可想而知，而他能做的，只是到紫玉的墓前去哭诉而已。也许仅仅是这哭诉，让暴虐无道的吴王得知，于是韩重被吴王的人带走甚至收监。多半因为韩重的深深不幸被一些富有同情心、爱打抱不平的人们得知，他们身上流淌的"路见不平拔刀相助"的侠义精神，让他们编撰出了"紫玉从坟墓中出来与韩重尽夫妻之礼"，"紫玉到父王前给韩重说情"等故事，使人世间那些因情而痴、为爱而饮恨终身的人们，看到了希望，找到了亮光！明代小说家冯梦龙曾把"紫玉韩重"编入《情史类略》中的"情灵类"，认为深挚、痛彻肺腑的情感能让上苍显灵，老天开眼，可实际的情形则是此类爱情婚姻之事的不谐和太常见了。于是，有了紫玉和韩重，也有了夫妻死后团聚的王道平和父喻，以及父喻前夫家对复活后的父喻的争夺等等。

盘　瓠

　　高辛氏[1]，有老妇人，居于王宫，得耳疾历时[2]。医为挑治，出顶虫，大如茧。妇人去后，置以瓠篱[3]，覆之以盘，俄尔顶虫乃化为犬，其文五色。因名"盘瓠"，遂畜[4]之。时戎吴强盛，数侵边境，遣将征讨，不能擒胜。乃募天下有能得戎吴将军首者，赠金千斤，封邑万户，又赐以少女。后盘瓠衔得一头，将造[5]王阙。王诊视之，即是戎吴。为之奈何？群臣皆曰："盘瓠是畜，不可官秩[6]，又不可妻。虽有功，无施[7]也。"少女闻之，启王曰："大王既以我许天下矣。盘瓠衔首而来，为国除害，此天命使然，岂狗之智力哉。王者重言，伯者重信，不可以女子微躯，而负明约于天下，国之祸也。"王惧而从之。令少女从盘瓠。盘瓠将女上南山，草木茂盛，无人行迹。于是女解去衣裳，为仆竖之结，着独力之衣[8]，随盘瓠升山入谷，止[9]于石室之中。王悲思之，遣往视觅，天辄风雨，岭震云晦，往者莫至。盖经三年，产六男，六女。盘瓠死，后自相配偶，因为夫妇。织绩木皮，染以草实。好五色衣服，裁制皆有尾形，后母归，以语[10]王，王遣使迎诸男女，天不复雨。衣服褊褋[11]，言语侏离[12]，饮食蹲踞，好山恶都[13]。王顺其意，赐以名山广泽，号曰"蛮夷"。蛮夷者，外痴内黠[14]，安土重旧，以其受异气于天命，故待以不常之律。田作贾贩，无关繻[15]符传[16]租税之赋；有邑君长，皆赐印绶；冠用獭皮，取其游食于水。今即梁、汉、巴、蜀、武陵、长沙、庐江郡夷是也。用糁[17]杂鱼肉，叩槽而号，以祭盘瓠，其俗至今。故世称"赤髀横裙，盘瓠子孙"。

——出《搜神记》

注　释

[1] 高辛氏，即帝喾，传说中的上古帝王。

[2] 历时，经历很长一段时间。

[3] 瓠篱，瓠，音"hù"，瓠篱，是用剖开的葫芦做成瓢状的器物。

[4] 畜，养。

[5] 造，到。

[6] 官秩，官阶，为官的秩序。

[7] 施，施行，引申为办法，策略。

[8] 独力之衣，干活的衣服。

[9] 止，止息。

[10] 语，告诉。

[11] 褊襻，音"biǎn lián"，义同"斑斓"，指色彩错杂不一。

[12] 侏儺，言语怪，不好理解。

[13] 好山恶都，爱好大山，厌恶都邑。

[14] 外痴内黠，外表憨痴内心狡黠，狡猾。

[15] 关繻，繻，音"xū"，关繻是古代出入关隘的用布帛等制作的凭证。

[16] 符传，古代信符，相当于今天的通行证。

[17] 糁，音"shēn"，玉米等磨成的碎粒。

评析

中国有成语"一诺千金""一言九鼎""君子一言，驷马难追"等等，表示"诚信"是为人的基本准则。盘瓠的故事就是如此，既体现了人的诚信，又写出了犬对人世的爱恋。有句体现了爱情至上的话说"只羡鸳鸯不羡仙"，这从另一个角度来看，这盘瓠是不是"羡人"呢？因为人世有美女、金钱和权力，谁知道他是看重哪一种呢？但故事所描述的更多的是他对人的爱恋。

在今天闽东、浙南、浙西南的一些地区，有关盘瓠的传说还在广泛流传。而目前的畲（shē）族人，依然认可盘瓠是他们的祖先。这个故事，也多少给我们留下了原始先民寻找自己先祖的思考，带着氏族社会时期原始人图腾崇拜的痕迹。

因为寻祖，对祖先多少得有些神话、神奇化的痕迹。故盘瓠的来历亦是如此。盘瓠因女人耳疾被挑治出来，由顶虫顷刻化犬，这是匪夷所思的。正因为其如此神奇的化身，才会有后来的丰功伟绩：衔来敌人头领的首级直奔王殿，让国王都为他的作为犯难！后来女子的信守诺言，被盘瓠带上高山养育子女等等，一方面有明显的动物化人的痕迹，另一方面则显示出初民对自己来源的追认，尤其兄妹之间"自相配偶，因为夫妇"，带有蛮荒社会氏族成员之间尚处于"血缘婚"的实情。至于后来这些地方的人们延伸至今的"冠用獭皮""糁杂鱼肉，叩槽而号"等习俗，又明显地告诉人们其由此发展而来的可信。

袁相根硕

会稽[1]剡县[2]民袁相、根硕二人猎，经深山重岭甚多，见一群山羊六七头，逐[3]之。经一石桥，甚狭而峻。羊去，根等亦随渡，向[4]绝崖。崖正赤，壁立，名曰赤城。上有水流下，广狭[5]如匹布，剡人谓之瀑布。羊径有山穴如门，豁然[6]而过。既入，内甚平敞，草木皆香。有一小屋，二女子住其中，年皆十五六，容色甚美，著青衣。一名莹珠，一名洁玉。见二人至，忻然[7]云："早望汝来。"遂为室家。忽二女出行，云复有得婿者，往庆之。曳履[8]于绝岩上行，琅琅然。二人思归，潜去归路。二女已知追还，乃谓曰："自可去。"乃以一腕囊与根等，语曰："慎勿开也。"于是乃归。后出行，家人开视其囊，囊如莲花，一重去，一重复，至五盖，中有小青鸟，飞去。根还知此，怅然而已。后根于田中耕，家依常饷之，见在田中不动，就视，但有壳如蝉蜕也。

——出《搜神后记》

注　释

[1] 会稽，地名，会，音 kuài，因"大会计功，爵而得名"，不读"huì"。

[2] 剡县，剡，音"shàn"，因该县境内有剡溪而得名，在今天浙江省。

[3] 逐，追，跟着跑。

[4] 向，面向。

[5] 广狭，长宽。

[6] 豁然，开阔。

[7] 忻然，愉快，喜悦貌。

[8] 曳履，拖着鞋子。

评　析

巡猎深山而得入仙境，且能以仙境中女子为妻，这在一般人看来，不啻一场天降的福分或恩赐，只能是可遇而不可求的事。这多少与获得者前世的"宿分"有关。袁相、根硕便是这样有着"宿分"的人。仙境二女子见到这两人后表情的"忻然"，说"早望汝来"等，多少表明了上述中的意思。"人说远处有仙山，山在虚无缥缈间"，可惜的是根、袁两人注定了是俗世中的人，所以到此不多久便想返家。但仙乡异界的奇特岂是蒙昧不化的根、袁两人所能最终明白的？所以即使到家、耕作如初，最后还是如蝉"蜕去"，空留"人"之外壳，让后人一阵惘然而难得究竟！女子临别送赠送的"腕囊"，无异于勾连人间、仙境的圣物，正是因为有它，才有后世的许多爱情童话得以上演！"蓬莱此去无仙路，青鸟殷勤为探看"，不也正是紧随此文所云？

白水素女

晋时，侯官人谢端，少丧父母，无有亲属，为邻人所养。至年十七八，恭谨自守，不履[1]非法。始出作居。未有妻，乡人共悯念之，规为娶妇，未得。

端夜卧早起，躬耕力作，不舍昼夜。后于邑下得一大螺，如三升壶。以为异物，取以归，贮瓮中。畜[2]之。十数日，端每早至野，还，见其户中有饭饮汤火，如有人为者。端谓邻人为之惠[3]也。数日如此，端便往谢邻人。邻人皆曰："吾初不为是，何见谢也？"端又以邻人不喻其意，然数尔[4]如此。后更实问，邻人笑曰："卿已自取妇，密着室中饮馔[5]，而言吾为之饮耶！"端默然[6]，心疑，不知其故。后方以鸡初鸣出去，平早潜归[7]，于篱外窃窥其家，见一少女从瓮中出，至灶下燃火。端便入门，取径造瓮所视螺，但见壳。仍到灶下问之曰："新妇从何所来，而相为炊？"女人惶惑，欲还瓮中，不能得去，答曰："我天汉中白水素女也。天帝哀卿少孤，恭慎自守[8]，故使我权为守舍炊烹。十年之中，使卿居富得妇，自当还去。而卿无故窃相窥掩，吾形已见，不宜复留，当相委去。虽然，尔后自当少差，勤于田作，渔采治生。留此壳去，以贮米谷，常可不乏。"端请留，终不肯。时天忽风雨，翕然[9]而去。端为立神座，时节祭祀，居常饶足，不致大富耳。于是乡人以女妻端。端后仕至令长云。今道中素女祠是也。

——出《搜神后记》

注 释

[1] 履，踏，踩，这里引申为触、碰。
[2] 畜，养，蓄养。
[3] 惠，给人的恩惠。
[4] 数尔，多次这样。
[5] 饮爨，爨，音"cuàn"，本义为"灶"，"饮爨"即炊饮做饭。
[6] 默然，默不作声。
[7] 潜归，暗中回家。
[8] 恭慎自守，指为人谦恭谨慎，能循规守法。
[9] 翕然，忽然；突然。

评 析

故事一波三折，充满传奇色彩。先讲贫穷少年谢端穷不失志，为人所敬重。次讲其偶得大螺的神奇和令人惊讶之处，最后才道出这样一个令人欣慰的故事发生的真正原因：天帝怜惜谢端之少孤又能纯洁自守！概是人类充满了太多的不公与仁爱，故在古代的爱情故事里才那么多天上仙女下临人间，去抚平那些纯洁自守，有着美好品行的苦难少年，董永、成公知琼、谢端等等，都莫不如是。老子云："天之道，损有余以补不足；人之道，损不足以补有余。"正因为天道的彰显，才使得那些处于困窘而又有美好品德的人们看到了希望，看到了摆脱面前不幸努力的值得！谢端最后的"居常饶足"，是村子里善良人们的愿望，也是无数人们渴望"好人有好报"的回赠！西方有谚语曾指斥"贫穷者受苦受难，富人耀武扬威，上帝却沉默不语"的社会现象，但在传统的中国社会，却鲜能看到这样的文字。社会土壤也更多的是劝慰有谢端这样奇遇的人应该将好品质坚持到底。洋溢在整个中国民间故事里的是充满了善心和仁爱之人得好报的各种传说。

刘晨阮肇

汉明帝永平五年，剡县[1]刘晨、阮肇共入天台山取谷皮[2]，迷不得返。经[3]十三日，粮食乏尽，饥馁殆死[4]。遥望山上有一桃树，大有子实；而绝岩邃[5]涧，永无登路。攀援藤葛，乃得至上。各啖[6]数枚，而饥止体充[7]。复下山，持杯取水，欲盥[8]漱，见芜菁叶从山腹流出，甚鲜新。复一杯流出，有胡麻饭糁[9]，相谓曰："此知去人径不远。"便共没水，逆流二三里，得度山，出一大溪，溪边有二女子，姿质妙绝，见二人持杯出，便笑曰："刘阮二郎君，捉向[10]所失流杯来。"晨肇既不识之，缘二女便呼其姓，如似有旧，乃相见忻喜[11]。问："来何晚邪？"因邀还家。其家铜瓦屋，南壁及东壁下各有一大床，皆施绛[12]罗帐，帐角悬铃，金银交错，床头各有十侍婢，敕云："刘阮二郎，经涉山岨[13]，向虽得琼实，犹尚虚弊，可速作食。"食胡麻饭、山羊脯、牛肉，甚甘美。食毕行酒，有一群女来，各持三五桃子，笑而言："贺汝婿来。"酒酣作乐，刘阮欣怖交并。至暮，令各就一帐宿，女往就之，言声清婉，令人忘忧。至十日后欲求还去。女云："君已来是，宿福所牵[14]，何复欲还邪？"遂停半年。气候草木是春时，百鸟啼鸣，更怀悲思，求归甚苦。女曰："罪牵君，当可如何？"遂呼前来女子，有三四十人，集会奏乐，共送刘阮，指示还路。既出，亲旧零落，邑屋改异，无复相识。问讯得七世孙，传闻上世入山，迷不得归。至晋太元八年，忽复去，不知何以。

——出《幽明录》

注　释

[1]剡县，剡，音"shàn"，剡县因其境内有剡溪而得名，在今浙江省。

[2] 谷皮，即楮树的皮，其纤维可织布，也可作纸浆。

[3] 经，经过，历经。

[4] 饥馁殆死，饥饿得快要死亡。饥馁，饥饿。殆，接近。

[5] 邃，深。

[6] 啖，吃。

[7] 饥止体充，饥饿止住，体力充盈。

[8] 盥，音"guàn"，洗，浇、洗。

[9] 糁，音"sǎn"，煮熟的米粒。

[10] 向，先前。

[11] 忻喜，同"欣喜"，情感愉悦。

[12] 绛，赤色，火红色。

[13] 徂，往，到。

[14] 宿福所牵，前世的福气把你牵引到这里来。

评 析

　　大概尘世生活太容易使人生腻了，故其常常让俗世的人们滋生出到异域他界的幻想。可不，看故事中的刘晨阮肇二人，因为打猎误入深山，在资粮殆尽几乎饿死之际，得仙桃充饥，逆水流而行得进仙境，不但有胡麻饭、羊肉脯等凡间少有之美味歆享，而且最后还赢得两女仙陪其各宿一帐的美事，岂不让凡间的你我羡煞？羡煞不是坏事，可别忘了刘晨阮肇能够遇仙的条件——"宿福所牵"！

　　在中国古代的爱情童话故事中，因为"宿福""宿缘"而成就令人羡慕之婚事，在数量上不算少，但成就过程中经历的磨难也常常令人感叹嘘唏。"有缘千里来相会，无缘对面不相识"，即使有缘，也得经历住老天事先安排的折磨考验才能够最后结成！要不然，就会像故事中的刘晨阮肇一样，福分太浅而"不知何以"，甚至像唐代那个愚顽的读书郎封陟一样，虽天界太阴仙夫人欲荐其枕席而仍不能得，只落得无限

"恸哭""追悔"而已。"爱恨就在一瞬间",无论仙界或人世,有关爱情和事业追求的最佳时机,何尝不如此呢?绝望之际逢生机,这是刘晨阮肇故事的另一层意蕴罢!

卖胡粉女子

有人家甚富,止[1]有一男,宠恣[2]过常。游市,见一女子美丽,卖胡粉[3],爱之。无由自达[4],乃托[5]买粉,日往市,得粉便去,初无所言。

积[6]渐久,女深疑之。明日复来,问曰:"君买此粉,将欲何施?"答曰:"意相爱乐,不敢自达,然恒[7]欲相见,故假[8]此以观姿耳。"女怅然有感,遂相许以私[9],克以明夕。其夜,安寝堂屋,以俟[10]女来。薄暮果到,男不胜其悦,把臂曰:"宿愿始伸于此!"欢踊遂死。女惶惧[11],不知所以,因遁[12]去,明还粉店。

至食时[13],父母怪男不起,往视,已死矣。当就殡殓,发箧笥[14]中,见百馀裹[15]胡粉,大小一积[16]。其母曰:"杀我儿者,必此粉也。"入市遍买胡粉,次[17]此女,比之,手迹如先。遂执问女曰:"何杀我儿?"女闻呜咽,具以实陈[18]。父母不信,遂以诉官[19]。女曰:"妾岂复吝[20]死,乞一临尸尽哀。"县令许[21]焉。

径往[22],抚之恸哭,曰:"不幸致此,若死魂而灵[23],复何恨[24]哉!"男豁然[25]复生,具说情状[26]。遂为夫妇,子孙繁茂。

——出《幽明录》

注 释

[1] 止,只有。

[2] 宠恣,娇宠放纵。

[3] 胡粉,古代作化妆品用的铅粉,溥脸以便光洁,男女皆用。

［4］无由自达，找不到理由、途径自己表达。

［5］托，假托，借故。

［6］积，积聚，这里引申为类似这样、此种情况。

［7］恒，常常。

［8］假，借。

［9］私，私奔。

［10］俟，等到。

［11］惶惧，惶恐害怕。

［12］遁，逃。

［13］食时，古人把一天分为十二个时间段。食时即辰时，具体是早上7点到9点，这个时间里也是古人用早餐的时间。

［14］箧笥，音"qiè sì"，一种竹制的小箱笼。

［15］裹，包裹着。

［16］一积，堆积在一起。

［17］次，到。

［18］具以实陈，告诉了具体的实际情况。

［19］诉官，上述（上告）到官府。

［20］吝，吝惜，舍不得。

［21］许，答应。

［22］径往，直接前往。

［23］死魂而灵，死人之魂灵验（有灵）。

［24］恨，遗憾。

［25］豁然，忽然。

［26］具说情状，详细地叙说了事情的原委。

评 析

本故事闪光之处有二，一是男女双方对爱的诚挚，慨然允诺；二是爱情力量的伟大，有起死回生之效！卖胡粉女子与男子的爱情，可谓一波三折，充满着喜剧和浪漫的元素。见卖胡粉女子美丽心动而又不敢亲口表达，只好借故买粉而相见之，是为一折也；天长日久、累积如斯，以致该女子怀疑其购买的动机并直接询问男子，让其终于掩饰不住而上前回答，二折也；男子怀揣不敢、不安之心，终得女子私下相许之诺，然不想拥聚时男子欢踊至死，此三折也。故事演绎到此似亦可完结（如今天网络上的花边消息、小道新闻），然读者为二人婚恋最终如何是仍悬心难释。好在故事前文作者已埋下伏笔，因为男子父母对其娇宠有加，其子获得这样的结果岂是其父母之所愿？遗物细检中其父母找得线索，执女问官，欲讯之以法。孰料卖胡粉女子哪是你我庸常之辈所能设想，其亲临恸哭尽哀之举，居然让已逝恋人豁然醒来，简直有其心至诚感动上苍之意蕴！"问世间情为何物，直教生死相许"，本故事中这一对恋人因爱而受到的考验，便是最好的明证！爱之痴情、爱之惊天动地的演绎，我辈先民亦屡屡为之。谁说世间只有古希腊男子安德利尔为爱泗海夜渡的绝唱呢？

庞 阿

巨鹿[1]有庞阿者，美容仪[2]。同郡石氏有女，曾内睹[3]阿，心悦之。未几[4]，阿见此女来诣[5]阿。阿妻极妒，闻之。使婢缚[6]之，遂还石家。中路遂化为烟气而灭。婢乃直诣石家，说此事，石氏之父大惊曰："我女都不出门，岂可毁谤[7]如此。"阿妇自是常加意[8]伺察[9]之。居一夜，方值女在斋中，乃自拘执[10]，以诣石氏。石氏父见之，愕贻[11]曰："我适从内[12]来，见女与母共作[13]，何得在此？"即令婢仆，于内唤女出，向所缚者，奄然[14]灭焉。父疑有异，故遣其母诘[15]之。女曰："昔年庞阿来厅中，曾窃视之，自尔仿佛，即梦诣阿。乃入户，即为妻所缚。"石曰："天下遂有如此奇事。"夫精情所感，灵神为之冥著[16]，灭者盖其魂神也。既而女誓心不嫁。经年，阿妻忽得邪病，医药无征,阿乃授币石氏女为妻。

——出《幽明录》

 注 释

[1] 巨鹿,古代地名,大体位置在今河北省邢台及其周围,历史上在此曾多次发生战争。

[2] 美容仪,容貌仪态秀美。

[3] 内睹,在屋内目睹,亲眼见。

[4] 未几,不多久,没多久。

[5] 诣,本为拜访,拜见,这里指相会,面见。

[6] 缚,捆绑。

[7] 毁谤,侮辱中伤。

[8] 加意,在意,留意。

[9] 伺察,暗地里查看。

[10] 拘执,拘,束缚手脚;执,捉住。

[11] 愕贻,惊愕诧异。

[12] 内,房内。

[13] 共作,共同劳作,即在一起劳动。

[14] 奄然,突然。

[15] 诘,诘责,质问。

[16] 冥著,暗地里感动。

评 析

在人们的生活中,爱情从来都是难以离开的主题,也一直都是人们吟咏不绝的话题。这种难以离开和不断吟咏,反映在诗歌中,要么是深挚缠绵,要么是感慨忧伤,都永远令人喟叹。实际上,除了诗歌中的这

种表现，出现在小说中的一些爱情故事，则又因其弥补了诗歌简约、跳跃所带来的缺憾，更会有一种震撼人心的力量。小说《庞阿》，便是这样的爱情故事。

容美仪秀的庞阿，因为偶被同郡石氏女在房内目睹，便让其心悦神迷。而且石氏女之迷恋，不仅仅是现场版的称誉神醉，而且是我们现代意义上的心不守舍、魂随人飞。其所飞之人，当然是把她深深迷住的意中人庞阿了。该女访庞阿被其妻派婢女遣返，又被庞妻本人拘执送回娘家等，多少有些世俗意义上的"皮厚而不知礼节了"！可殊不知，石氏女之番番作为，仅是其魂身相分而已，是其精魂对中意郎君的眷顾，而其肉身还停留在自己家里！虽然我们说本故事所写的时代，还在传统礼教相对松弛的六朝，但由此亦不难知道古代社会男女自由、公开婚恋是不被允许的，而是有着多重禁锢！男女"逾墙钻缝之窥"尚是大人君子所不齿，故目睹心悦之人欲以身相栖就更难以想象和实现了。好在故事结尾石氏女终得与庞阿为妻。有了这，就造就了唐人陈玄祐的《王宙》和元代郑光祖的《倩女离魂》，而且一个比一个大放异彩！

王道平

秦始皇时，有王道平，长安人也，少时与同村人唐叔偕女，小名父喻，容色俱美，誓为夫妇。寻王道平被差[1]征伐，落堕[2]南国，九年不归。父母见女长成。即聘与刘祥为妻，女与道平，言誓[3]甚重，不肯改事[4]。父母逼迫，不免出嫁刘祥。经三年，忽忽不乐[5]，常思道平，怨怨之深，悒悒[6]而死。死经三年，平还家，乃诘[7]邻人："此女安在？"邻人云："此女意在于君，被父母凌逼，嫁与刘祥，今已死矣。"平问："墓在何处？"邻人引往墓所，平悲号哽咽，三呼女名，绕墓悲苦，不能自止。平乃祝曰："我与汝立誓天地，保其终身，岂料官有牵缠，致令乖隔[8]，使汝父母与刘祥，既不契于初心，生死永诀。然汝有灵圣，使我见汝生平之面。若无神灵，从兹而别。"言讫[9]，又复哀泣逡巡[10]。其女魂自墓出，问平："何处而来？良久契阔[11]。与君誓为夫妇，以结终身，父母强逼，乃出聘刘祥，已经三年，日夕忆君，结恨致死，乖隔幽途。然念君宿念不忘，再求相慰，妾身未损，可以再生，还为夫妇。且速开冢破棺，出我，即活。"平审言，乃启墓门，扪[12]看其女，果活。乃结束[13]随平还家。其夫刘祥闻之，惊怪，申诉于州县。检律[14]断之，无条[15]，乃录状奏王。王断归道平为妻。

——出《搜神记》

注　释

[1] 差，派遣。

[2] 落堕，流落。

[3] 言誓，用言发誓。

[4] 改事，改事他人，即改嫁。

[5] 忽忽不乐，心中有所失而不高兴。

[6] 悒悒，忧郁，愁情不展。

[7] 诘，本义为反问，这里可理解为问询。

[8] 乖隔，阻隔，不相通。

[9] 讫，毕，完。

[10] 逡巡，徘徊不进。

[11] 契阔，离散。

[12] 扪，用手指轻压，抚摸。

[13] 结束，整理装束。

[14] 检律，检索法律（条文）。

[15] 无条，无条例（法律）可施行。

评　析

　　天道幽阻，阴阳乖隔，常常使人间多少美好的情感都难以遂愿。故事中，王道平与父喻的爱情，便是如此。尽管两人青梅竹马，有盟誓在先，可战争的差遣，父母的蛮横无理，使得一对有情人永难有再聚之期！回到现实，这该是多么令人悲怆的事情！妙在察知此事的作者怀揣它的同情，将已经幽明两隔的一对恋人又复合在一起，再续他们之间无比美好的感情！其间原因，在于王道平的绕墓悲泣数日不绝，在于幽冥之中的父喻灵而有感，魂从墓冢走出！至于后文的原夫申诉，秦王的断案等，则是为了增加故事真实性的有意为之而已！

隋唐卷

太阴夫人

卢杞少时,穷居东都,于废宅内赁舍[1]。邻有麻氏妪孤独。杞遇暴疾[2],卧月余,麻婆来作羹粥。疾愈后,晚从外归,见金犊车子在麻婆门外。卢公惊异,窥之,见一女年十四五,真神人!明日潜访麻婆,麻婆曰:"莫要作婚姻否?试与商量。"杞曰:"某贫贱,焉敢辄[3]有此意?"麻曰:"亦何妨!"既夜,麻婆曰:"事谐[4]矣。请斋三日,会于城东废观。"

既至,见古木荒草,久无人居,逡巡[5]。雷电风雨暴起,化出楼台,金殿玉帐,景物华丽。有辒辌[6]降空,即前时女子也。与杞相见曰:"某即天人,奉上帝命,遣人间自求匹偶耳。君有仙相,故遣麻婆传意。更[7]七日清斋,当再奉见。"女子呼麻婆,付两丸药。须臾雷电黑云,女子已不见,古木荒草如旧。麻婆与杞归,清斋七日,劚[8]地种药,才种已蔓生;未顷刻,二葫芦生于蔓上,渐大如两斛瓮[9]。麻婆以刀刳[10]其中,麻婆与杞各处其一,仍令具油衣三领。风雷忽起,腾上碧霄,满耳只闻波涛之声。久之觉寒,令着油衫,如在冰雪中。复令着至三重,甚暖。麻婆曰:"去洛已八万里。"

长久,葫芦止息[11],遂见宫阙楼台,皆以水晶为墙垣[12],被甲伏戈者数百人。麻婆引杞入见。紫殿从女百人,命杞坐,具酒馔[13]。麻婆屏立于诸卫下。女子谓杞:"君合[14]得三事,任取一事:常留此宫,

·30·

寿与天毕；次为地仙，常居人间，时得至此；下为中国宰相。"杞曰："在此处实为上愿。"女子喜曰："此水晶宫也。某为太阴夫人，仙格已高。足下便是白日升天。然须定，不得改移，以致相累也。"乃赍[15]青纸为表，当庭拜奏，曰："须启上帝。"少顷，闻东北间声云："上帝使至！"太阴夫人与诸仙趋降[16]。俄有幢节[17]香幡，引朱衣少年立阶下。朱衣宣帝命曰："卢杞，得太阴夫人状云：欲住水晶宫，如何？"杞无言。夫人但令疾应[18]，又无言。夫人及左右大惧，驰入，取鲛绡[19]五匹，以赂使者，欲其稽缓。食顷间又问："卢杞！欲水晶宫住？作地仙？及人间宰相？此度须决。"杞大呼曰："人间宰相！"朱衣趋[20]去。太阴夫人失色曰："此麻婆之过。速领回！"推入葫芦。又闻风水之声，却至故居，尘榻宛然[21]。时已夜半，葫芦与麻婆并[22]不见矣。

——出《逸史》

注　释

[1] 赁舍，租赁房舍，即租房居住。

[2] 暴疾，又猛又急的病。

[3] 辄，同"辄"，就的意思。

[4] 谐，完妥，顺利。

[5] 逡巡，一会工夫。

[6] 辎軿，音"zī píng"，辎车和軿车，专指有屏蔽的车子。

[7] 更，又，在。

[8] 斸，音"zhú"，锄，挖。

[9] 瓮，坛子。

[10] 刳，音"kū"，从中间剖开再挖空。

[11] 止息，停下。

[12] 墙垣，垣，音"yuán"，矮墙。墙垣就是墙壁。

[13] 酒馔，酒食。

[14] 合，应该。

[15] 赍，音"jī"，带着。

[16] 趋降，赶忙迎接。

[17] 幢节，幢，音"zhuàng"，符节旗帜之类。

[18] 疾应，快速答应，回应。

[19] 鲛绡，音"jiāo xiāo"，丝织品，多指薄绢、轻纱之类。

[20] 趋，疾步离开。

[21] 宛然，真切，清楚。

[22] 并，都。

评析

古人云：穷极思幻。我们看故事中的穷书生卢杞，又何尝不是？卢、范、崔、张，是唐代社会中最有名望的大家族，能娶这些大家族中的女子，便是当时读书人最引以为荣耀的，所谓"娶五姓女，进士及第，得修国史"云云。

读整个故事，但又使人们不得不怀疑本文中的卢杞，是不是唐代某大家族的破落户子弟？唯其如此，方能够有如此宏富的想法。而且，细细品哂，又不得不让人佩服里边丰富的想象，离奇的情节设置和个人命运的大起大落，大喜大悲！

从穷居东都到在废宅内租房而居，我们不难设想卢杞破落到了什么程度，而更悲惨的是如此落拓还遭遇暴疾（突然得某种厉害的病），文本的人物遭遇设置真有"屋漏偏遭连夜雨"之谓！好在隔壁有邻居老妪麻婆能在卢杞落难时施以粥饘，要不卢杞的命能否保住也很难说。否极泰来，卢杞在如此落魄之际，却碰到了他一望便想婚恋的神女——年龄十四五之太阴夫人。不想麻婆还的确是卢杞的知遇之人，热心地为他婚姻的事情张罗！斫地种药，剖葫芦为船带卢杞上天，到达天上宫廷，得见神仙琼楼玉宇等等。眼看美事即将玉成，却迎来一番考验，卢杞要在天仙、地仙、人间宰相之间做一种选择。这种选择既是对天神的考验，更是对卢杞的考验。作天仙，要看他是否能够留在天庭；为地仙，要他能领略从未体验过的神仙生活，只是偶尔能上天庭一居；做人间宰相，要他去偿还困窘时身心疲惫欠下的遗憾。在艰难抉择中，卢杞选择了做人间宰相，以补偿以前贫困时所向往的一切。孰料这一选择最有讽刺性和戏剧性，既令天神大失所望，也令卢杞本人跌落到失望的深渊：又回到现实的穷困和破屋之中！由此，中国道教文化中让人长生久视之理念重重地得到了彰显：那些世俗的欲望，在世时的种种享受，怎样发挥到极致？故而，古代爱情小说之冷幽默，在本文中也达到了极致。

赵 旭

天水[1]赵旭，少孤介[2]好学，有姿貌[3]，善清言[4]，习黄老之道[5]。家于广陵，尝独葺幽居[6]，唯二奴侍侧。尝梦一女子，衣青衣，挑笑牖[7]间。及觉而异之，因祝[8]曰："是何灵异？愿觌[9]仙姿，幸赐神契[10]。"夜半，忽闻窗外切切笑声。旭知真神，复视之。乃言曰："吾上界仙女也。闻君累德[11]清素[12]，幸因窹寐，愿托清风。"旭惊喜，整衣而起曰："襄王巫山之梦[13]，洞箫秦女之契[14]，乃今知之。"灵鉴忽临，忻欢交集，乃回灯拂席以延[15]之。忽有清香满室，有一女，年可十四五，容范[16]旷代[17]，衣六铢雾绡之衣，蹑五色连文之履[18]，开帘而入。旭载拜。女笑曰："吾天上青童，久居清禁[19]。幽怀[20]阻旷，位居末品，时有世念，帝罚我人间随所感配。以君气质虚爽[21]，体洞玄默[22]，幸托清音，愿谐神韵。"旭曰："蜉蝣[23]之质，假息刻漏，不意高真。俯垂济度，岂敢妄兴俗怀？"女乃笑曰："君宿世有道，骨法应仙，然已名在金格，相当与吹洞箫于红楼之上，抚云璈[24]于碧落之中。"乃延坐，话玉皇内景之事。夜鼓，乃令施寝具。旭贫无可施。女笑曰："无烦仙郎。"乃命备寝内。须臾雾暗，食顷方收。其室中施设珍奇，非所知也。遂携手于内，其瑰姿发越，希世罕传。夜深，忽闻外一女呼:"青夫人。"旭骇而问之,答曰:"同宫女子相寻尔,勿应。"乃扣柱歌曰:"月雾飘遥星汉斜,独行窈窕浮云车。仙郎独邀青童君,结情罗帐连心花。"歌甚长,旭唯记两韵。谓青童君曰:"可延入否?"答曰:"此女多言,虑泄吾事于上界耳。"旭曰:"设琴瑟者,由人调之,何患[25]乎!"乃起邀之。见一神女在空中,去地丈余许,侍女六七人,建九明蟠龙之盖,戴金精舞凤之冠,长裙曳风,璀璨心目。旭载拜邀之;乃下曰:"吾嫦娥女也。闻君与青君集会,故捕逃耳。"便入室。青君笑曰:"卿何以知吾处也?答曰:"佳期不相告,谁过耶?"相与笑乐。旭喜悦不知所栽[26],既同欢洽。将晓,侍女进曰:"鸡鸣矣,巡人案之。"女曰:"命车。"答曰:"备矣。"约以后期,答曰:"慎勿言之世人,吾不相弃也。"及出户,有五云车二乘,浮于空中。遂各登车诀别,灵风飒然,凌虚而上,极目乃灭[27]。旭不自意如此,喜悦交甚、但洒扫、焚名香、绝人事以待之。隔数夕复来,来时皆先有清风肃然,异香从之,其所从仙女益多,欢娱日洽。为旭致行厨珍膳,皆不可识,甘美殊常。每一食,经旬[28]不饥,但觉体气冲爽。旭因求长生久视之道,密受隐诀。其大抵如《抱朴子·内篇》[29]修行,旭亦精诚感通。又为旭致天乐,有仙妓飞奏檐楹而不下,谓旭曰:"君未列仙品,不合正御,故不下也。"其乐唯笙箫琴瑟,略同人间。其余并不能识,声韵清锵。奏讫[30]而云雾霏然,已不见矣。又为旭致珍宝奇丽之物,乃曰:"此物不合令世人见,吾以卿宿世当仙,得肆所欲。然仙道密妙,与世殊途,君若泄之,吾不得来也。"旭言誓重叠。后岁余,旭奴盗琉璃珠鬻于市,适值胡人,捧而礼之,酬价百万。奴惊不伏,胡人逼之而相击。官勘[31]之,奴悉陈状。旭都未知。其夜女至,怆然无容[32]曰:"奴泄吾事,当逝矣。"旭方知失奴,而悲不自胜。女曰:"甚知君心,然事亦不合长与君往来,运数[33]然耳。自此诀别,努力修持,当速相见也。其大要以心死可以身生,保精可以致神。"遂留《仙枢龙席隐诀》五篇,内多隐语,亦指验于旭,旭洞晓之。将旦而去,旭悲哽执手。女曰:"悲自何来?"旭曰:"在心所牵耳。"女曰:"身为心牵,鬼道至矣。"言讫,竦身而上,忽不见,室中帘帷器具悉无矣。旭恍然自失。其后寤寐,仿佛犹尚往来。旭大历初,犹在淮泗[34],或有人于益州见之,短小美容范,多在市肆商贷,故时人莫得辨也。

——出《通幽记》

注 释

[1] 天水,地名,在今甘肃境内。

[2] 介,耿直。

[3] 姿貌,美好的容貌。

[4] 清言,高雅的言论。

[5] 道,学术或宗教的思想体系。

[6] 幽居,隐居,不出仕。

[7] 牖,音"yǒu",窗户

[8] 祝,祈祷。

[9] 覿,音"dí",见,相见或观察,观看。

[10] 神契,与神灵相合。

[11] 累德,积德。

[12] 清素,清正廉洁。

[13] 襄王巫山之梦,据宋玉《神女赋》,楚襄王夜梦神女并追求神女却被洁身自持的神女拒绝。神女"欢情未接,将辞而去",楚襄王被拒绝后则"惆怅垂涕,求之至曙"(伤感失意之下泪流不止,苦苦等待直到天明)此当为作者误解是"怀王高阳梦",言男女相谐之意。

[14] 洞箫秦女之契,汉刘向《列仙传》:"萧史者,秦穆公时人也,善吹箫,能致孔雀白鹤于庭。穆公有女字弄玉,好之,公遂以为妻焉。日教弄玉作凤鸣。居数年,吹似凤声,凤凰来止其屋。公为作凤台,夫妇止其上。不下数年,一旦,弄玉乘凤,萧史乘龙升天而去。"此当为言男女相洽相谐、合欢之意。

[15] 延，展缓，推迟。

[16] 容范，容貌风范。

[17] 旷代，空前，绝代。

[18] 履，鞋。

[19] 清禁，指皇宫。

[20] 幽怀，隐藏在内心的情感。

[21] 爽，痛快，率直。

[22] 默，沉默不语。

[23] 蜉蝣，音"fú yóu"，比喻微小的生命。

[24] 云璈（áo），即云锣，打击乐器。

[25] 患，忧虑，担心。

[26] 栽，疑为"载"，意为"承载、承受"。

[27] 灭，消失。

[28] 旬，十日为一旬，十岁为一旬。

[29] 《抱朴子·内篇》，是东晋葛洪所著《抱朴子》一书的上册。葛洪（公元284—344年），字稚川，自号抱朴子，丹阳句容（今江苏句容县）人，东晋道教学者、炼丹家、名医。写《抱朴子内外篇》。《内篇》共有二十卷，内容大致为倡导玄道，证神实有，述金丹神功妙用及制造方法，论形神相离，讲述服药、行气、禁咒诸法，倡导弃世求仙，称道为宇宙本体，其本无名，道本儒末，仙圣并列，劝人学仙求真、勤修等。纵观《内篇》二十卷，其所述重点是成仙长生这一问题。

[30] 讫，完结，终了。

[31] 勘，校对，复看核定；现实调查。

[32] 容，相貌，仪表，景象，状态。

[33] 运数，命数，气数。

[34] 淮泗，泛指北方。

评析

天上女仙眷顾凡间品性端庄的男子，这在六朝时的爱情小说里已经出现。但可惜的是这些仙女与凡间男子的爱情很快结束，且没有什么实质性的结果。

但到了唐代，在唐人小说家绚烂的笔下，天上女仙对人间男子的青睐，则来了一个很大的转变，即女仙们眷顾的凡间男子，不仅摆脱了贫穷和饥馑，而且容貌也清秀或有"仙相"。因为唐代社会极为繁盛，物质早已没动荡的魏晋六朝之世那么匮乏，而况当时道教有关仙、道的理念已经广入人心，甚至成了人们基本的生存信仰或生活准则。由此，便有了无数让人迷醉的具有仙相道骨的美风仪之世间男子。本故事中的赵旭，就是这样的一位。如果说孤介好学是有内涵之必选的话，那么"有姿貌"则是天仙为其倾心的必要条件。因为仙界已远逾凡俗，不像人间男子要么有才无貌，要么有貌无才，如此，方是绝大多数人所心驰神往之所。或许是赵旭的容貌俊才真让天上仙女有所感应，便有了梦，梦有青衣女子为他"挑笑于窗牖之间"。梦醒祝祷刚毕，哪想女子笑声"切切"已达窗前。万分惊疑间，赵旭接受了仙女下临眼前的现实，更让他喜出望外的是，正当他与青童女缱绻之际，又一天上女子加入阵容，让孤介端庄的他无所适从，不敢相信一切为真。然而美好终难持久，黎明是人神的分隔点，仙女离开，只留下凡尘中的赵旭依然如故以及淡淡的感伤。整个故事，给人印象最深的是两仙女对同侍赵旭的欣然接受，充分地反映出唐人婚恋观念的大胆离奇。人们常说唐代的婚姻恋爱观最为开放，在本文似乎得到了确证！至于后文说《仙枢龙席隐诀》等等，那是道教徒们自神其教的惯用手段，我们姑且可以不去管它。

郭 翰

太原郭翰，少简贵[1]，有清标[2]。姿度美秀，善谈论，工草隶[3]。

早孤独处，当盛暑，乘月卧庭中。时有清风，稍闻香气渐浓。翰甚怪之，仰视空中，见有人冉冉而下，直至翰前，乃一少女也。明艳绝代，光彩溢目，衣玄绡[4]之衣，曳霜罗之帔[5]，戴翠翘凤凰之冠，蹑琼文九章之履。侍女二人，皆有殊色，感荡心神。翰整衣巾，下床拜谒曰："不意尊灵迥[6]降，愿垂德音。"女微笑曰："吾天上织女也。久无主对，而佳期阻旷[7]，幽态盈怀。上帝赐命游人间，仰慕清风，愿托神契。"翰曰："非敢望也，益深所感。"女为敕侍婢净扫室中，张霜雾丹縠之帱[8]，施水晶玉华之簟[9]，转会风之扇，宛若清秋。乃携手登堂，解衣共卧。其衬体轻红绡衣，似小香囊，气盈[10]一室。有同心龙脑之枕，覆双缕鸳文之衾[11]。柔肌腻体，深情密态，妍艳无匹。欲晓辞去，面粉如故。为试拭之，乃本质也。翰送出户，凌云而去。自后夜夜皆来，情好转切。翰戏之曰："牵郎何在？那敢独行？"对曰："阴阳变化，关渠[12]何事？且河汉隔绝，无可复知；纵复知之；不足为虑。"因抚翰心前曰："世人不明瞻瞩耳。"翰又曰："卿已托灵辰象[13]，辰象之门，可得闻乎？"对曰："人间观之，只见是星，其中自有宫室居处，群仙皆游观焉。万物之精，各有象在天，成形在地。下人之变，必形于上也。吾今观之，皆了了[14]自识。"因为翰指列宿分位，尽详纪度。时人不悟者，翰遂洞[15]知之。后将至七夕，忽不复来，经数夕方至。翰问曰："相见乐乎？"笑而对曰："天上那比人间？正以感运当尔，非有他故也，君无相忌。"问曰："卿来何迟？"答曰："人中五日，彼一夕也。"又为翰致天厨，悉非世物。徐视其衣，并无缝。翰问之，谓翰曰："天衣本非针线为也。"每去，辄以衣服自随。经一年，忽于一夕，颜色凄恻，涕流交下，执翰手曰："帝命有程，便可永诀。"遂呜咽不自胜。翰惊惋曰："尚余几日在？"对曰："只今夕耳。"遂悲泣，彻晓不眠。及旦，抚抱为别，以七宝碗一留赠，言明年某日，当有书相问。翰答以玉环一双，便履空而去，回顾招手，良久方灭。

翰思之成疾，未尝暂忘。明年至期，果使前者侍女。将书函致。翰遂开封，以青缣[16]为纸，铅丹为字，言词清丽，情念重叠。书末有诗二首，诗曰："河汉虽云阔，三秋尚有期。情人终已矣，良会更何时？"又曰："朱阁临清汉，琼宫御紫房。佳期情在此，只是断人肠。"翰以香笺答书，意甚慊切[17]。并有酬赠诗二首，诗曰："人世将天上，由来不可期。谁知一回顾，交作两相思。"又曰："赠枕犹香泽，啼衣尚泪痕。玉颜霄汉里，空有往来魂。"自此而绝。是年，太史奏织女星无光。翰思不已，凡人间丽色，不复措意。复以继嗣，大义须婚，强[18]娶程氏女，所不称意，复以无嗣[19]，遂成反目。翰后官至侍御史而卒。

——出《灵怪集》

注 释

[1] 简贵，独处时谨慎，富贵时简省。

[2] 清标，俊逸，清美出众。

[3] 草隶，草书和隶书的合称。

[4] 绡，音"xiāo"，生丝织物。

[5] 帔，音"pèi"，古代披在肩上的服饰。

[6] 迥，突然。

[7] 阻旷，阻隔，隔绝。

[8] 帏，帐子，帷幔之类。

[9] 簟，音"diàn"，凉席，竹席之类的东西。

[10] 盈，充满。

[11] 衾，音"qīn"，被子。

[12] 渠，他。

[13] 辰象，星象或天象。

[14] 了了，清清楚楚。

[15] 洞，透彻地，清楚地。

[16] 青缣，缣，音"jiān"，青色的细绢。

[17] 慊切，慊，音"qiè"，"慊切"意为满足，满意。

[18] 强，勉强。

[19] 无嗣，没有后代，子嗣。

评析

大概是人世间的生活太过呆板和腻味，所以常常使得不少凡夫俗子有出世之念。因为有这种念头，人们就有了不同的举动，显性的如山里修行，远隔尘嚣，隐性的如默念飞升之决者。这种现象，也正如同现在的"终南隐居"。

本文中的主人公郭翰，则介于二者之间，令人羡慕的是他赢得了天上女子的爱恋与垂青。自然，作为神仙中意的人选，其无论品行、相貌至少都得达到某种标准，这样，才不孚人世所望。如此我们来看郭翰，其"简贵""清标"，本已非凡人之姿，再加上姿态秀美，才华横溢，自然是仙女匹配的最佳人选。当我们看下临的女仙与郭翰的交往，复有何言哉？尽管天界高不可攀，但从本文也能够看到天界之所有无外乎人间美好之投射，甚至比人间不足，故才有本文织女"佳期阻旷，幽态盈怀"之说！然而一切美好总那么短暂，所以郭翰与织女之会也同样如此。"情人终已矣，良会更何时"，是忧伤，是天上人间永远难以并行的悲剧！唐时人们玄想的灿烂纷呈，至今令人神往。古人之向往异域他界，由此可见！

封 陟

宝历中，有封陟孝廉[1]者，居于少室。貌态洁朗，性颇贞端。志在典坟[2]，僻于林薮。探义而星归腐草，阅经而月坠幽窗。兀兀孜孜[3]，俾[4]夜作昼，无非搜索隐奥，未尝暂纵揭时日也。书堂之畔，景象可窥，泉石清寒，桂兰雅淡；戏猿每窃其庭果，唳鹤频栖于涧松。虚籁时吟，纤埃昼阒[5]。烟锁筼筜之翠节；露滋蹢躅[6]之红葩。薜蔓[7]衣垣，苔茸毯砌。时夜将午，忽飘异香酷烈，渐布于庭际。俄有辎軿自空而降，画轮轧轧，直凑檐楹。见一仙姝[8]，侍从华丽，玉佩敲磬，罗裙曳云，体欺皓雪之容光，脸夺芙蕖[9]之艳冶，正容敛衽[10]而揖陟曰："某籍本上仙，谪居下界，或游人间五岳，或止海面三峰。月到瑶阶，愁莫听其风管；虫吟粉壁，恨不寐于鸳衾。燕浪语而徘徊，鸾虚歌而缥缈。宝瑟休泛，虬觥懒斟。红杏艳枝，激含于绮殿；碧桃芳萼，引凝睇于琼楼。既厌晓妆，渐融春思。伏见郎君坤仪浚洁，襟量端明，学聚流萤，文含隐豹[11]。所以慕其真朴，爱以孤标，特谒[12]光容，愿持箕帚[13]，又不知郎君雅旨如何？"陟摄衣朗烛，正色而坐，言曰："某家本贞廉，性惟孤介，贪古人之糟粕[14]，究前圣之指归；编柳音辛，燃粕幽暗；布被粝食[15]，烧蒿茹藜，但自固穷，终不斯滥，必不敢当神仙降顾。断意如此，幸早回车。"姝曰："某乍造门墙，未申恳迫[16]，辄有诗一章奉留，后七日更来。"诗曰："谪居蓬岛别瑶池，春媚烟花有所思。为爱君心能洁白，愿操箕帚奉屏帏。"陟览之，若不闻，云軿既去，窗户遗芳，然陟心中不可转也。

后七日夜，姝又至，骑从如前时。丽容洁服，艳媚巧言，入白陟曰："某以业缘遽萦，魔障[17]欻[18]起，蓬山瀛岛，绣帐锦宫，恨起红茵，愁生翠被。难窥舞蝶于芳草，每妒流莺于绮丛，靡不双飞，俱能对跱[19]，自矜孤寝，转憎[20]空闺。秋却银缸，但凝睇于片月；春寻琼圃，空抒思于残花。所以激切前时，布露丹恳，幸垂采纳，无阻精诚。又不知郎君意竟如何？"陟又正色而言曰："某身居山薮[21]，志已颛蒙[22]，不识铅华，岂知女色？幸垂速去，无相见尤。"姝曰："愿不贮其深疑，幸望容其陋质，辄更有诗一章，后七日复来。"诗曰："弄玉有夫皆得道，刘纲兼室尽登仙。君能仔细窥朝露，须逐云车拜洞天。"陟览，又不回意。

后七日夜，姝又至，态柔容冶，靓衣明眸。又言曰："逝波难驻，西日易颓，花木不停，薤露[23]非久。轻沤泛水，只得逡巡；微烛当风，莫过瞬息。虚争意气，能得几时？恃顽韶颜[24]，须臾槁木。所以君夸容鬓,尚未凋零,固止绮罗,贪穷典籍,及其衰老,何以任持?我有还丹,颇能驻命,许其依托,必写襟怀,能遣君寿例三松,瞳方两目,仙山灵府,任意追游。莫种槿花,使朝晨而骋艳;休敲石火,尚昏黑而流光。"陟乃怒目而言曰:"我居书斋,不欺暗室,下惠[25]为证,叔子[26]是师。是何妖精,苦相凌逼?心如铁石,无更多言,倘若迟回,必当窘辱。"侍卫谏曰:"小娘子回车,此木偶人,不足与语,况穷薄当为下鬼,岂神仙配偶耶?"姝长吁曰:"我所以恳恳[27]者,为是青牛道士之苗裔。况此时一失,又须旷居[28]六百年,不是细事。呜呼!此子大是忍人!"又留诗曰:"萧郎不顾凤楼人,云涩回车泪脸新。愁想蓬瀛归去路,难窥旧苑碧桃春。"辒輬出户,珠翠响空,泠泠萧笙,杳杳云露,然陟意不易。

后三年,陟染疾而终,为太山所追,束以大锁,使者驱之,欲至幽府。忽遇神仙骑从,清道甚严。使者躬身于路左,曰:"上元夫人游太山耳。"俄有仙骑,召使者与囚俱来,陟至彼,仰窥,乃昔日求偶仙姝也。但左右弹指悲嗟。仙姝遂索追状,曰:"不能于此人无情。"遂索大笔判曰:"封陟性虽执迷,操唯坚洁,实由朴戆[29],难责风情,宜更延一纪。"左右令陟跪谢。使者遂解去铁锁,曰:"仙官已释,则幽府无敢追摄。"使者却引归。良久,苏息。后追悔昔日之事,恸哭自咎而已。

——出《传奇》

注　释

[1] 孝廉,孝,指孝悌者;廉,清廉之士。分别为统治阶级选拔人才的科目,始于汉代,在东汉尤为求仕者必由之路途,后往往合并为一科。亦指被推选的人。也是明清两代对举人的称呼。

[2] 典坟,指古代各种文籍。

[3] 兀兀孜孜,指读书非常的勤奋。孜孜,勤勉不懈殆。

[4] 俾,音"bǐ",把,使之意。

［5］阒，音"qù"，形容寂静。

［6］踟蹰，亦作踟躇，犹豫，迟疑。

［7］薜，一种蒿类植物；蔓，细长能缠绕的茎。

［8］仙姝，仙女，也指美貌的女子。

［9］芙蕖，荷花的别名。

［10］敛衽，音"liǎn rèn"，整理衣襟，表示恭敬；也指妇女行礼。

［11］隐豹，典故名。传说南山有一种黑色的豹，可以在连续七天的雾里而不吃东西为了长出花纹，躲避天敌。后来借隐豹比喻爱惜其身，隐居伏处而有所不为。

［12］谒，拜访。

［13］箕帚，以箕帚扫除，操持家内杂务。

［14］糟粕，指粗恶食物或事物的粗劣无用。

［15］粝食，粗米饭，粝，音"lì"。

［16］恳迫，恳切。

［17］魔障，泛指成事的阻碍，磨难。

［18］欻，音"xù"，忽然，迅速。

［19］跱，音"zhì"，站立，耸立。

［20］懵，一时的心乱迷糊；无知；欺骗。

［21］山薮（sǒu），薮，音"sǒu"，山薮即山深林密的地方。

［22］颛蒙，音"zhuān méng"，愚昧无知。

［23］薤露，薤，音"xiè"，多年生本草植物。薤露即薤叶上的露水。

［24］恃顽韶颜，依靠美好的容貌任性逞强。

［25］下惠，即柳下惠。柳下惠，（公元前720—公元前621年），山东新泰（一说河南濮阳）人。姓展，名获，字禽，一字季，春秋鲁国大夫无骇之后。食采柳下，谥号"惠"，故称柳下惠。他在任何时候都保持正派的作风，坚决走正路而不走歪路，是他常为人们称道的原因。

［26］叔子，指羊祜（hù）。羊祜（221—278年），字叔子。泰山

南城（今山东新泰）人。魏晋时期著名战略家、政治家和文学家。出身泰山羊氏，以博学能文、清廉正直著称于世。

[27] 恳恳，情意诚挚殷切。

[28] 旷居，单身居住。

[29] 朴戆（gàng），朴实憨厚。

评析

　　唐人《封陟》所讲的故事，可以说是一段有关爱情的冷幽默。因为看前边作者对书生封陟的夸赞，几乎到了无以复加的程度：性贞志洁，颇好诗书，兀兀穷年，即使猿猱窃其庭院之果，亦不觉不察。好一个甘为诗书穷尽心力的好青年！如此平静而过，倒也平安无事。可天地下偏偏有慕高洁者四处打探，不放过那些贫寒而人品又优秀特异者的异人。可不，立马就有上元夫人来光临封陟的"寒舍"了，其目的，就是爱其"真朴"，"愿持箕帚"。这后一句话本意就是她愿意替封陟拿扫帚。当代人听这话有点纳闷，帮着拿扫帚，什么意思？只不过这话说得比较含蓄，意为她乐意成为封陟的妻子！这话在饱读诗书的封陟当然听懂了，可他却坚决拒绝！理由是"久居书斋，不欺暗室"，且已"心如铁石"，对方再要纠缠、表达爱意，他封陟势必"窘辱"，不客气了。面对如此"大忍"之人，已旷居几百年的上元夫人只好重回旧路，再寻佳期。

　　照理，象封陟般人品卓异、天仙邀约都坚以拒绝之人，本该最终有无比让人羡慕之结局。可唐人笔下却不，好人封陟不三年便染疾终，还被大锁拘束押至幽府，只等判决。尤具讽刺意味的是，谁知给他下判决的是曾经要春意融化他而又被他拒绝的那位仙子——上元夫人！夫人念其执迷朴戆（死脑筋），多赐其一纪。因这多出的一纪，封陟苏醒了，念及自己对上元夫人的坚拒，他只痛哭懊悔不已。至此，故事的冷幽默便倏然而生：你行为的自我标高或拒绝的坚定，皆因为你的不识或愚蠢！

韦安道

京兆韦安道,起居舍人[1]贞之子。举进士,久不第[2]。唐大足年中,于洛阳早出。至慈惠里西门,晨鼓初发,见中衢[3]有兵仗,如帝者之卫,前有甲骑数十队,次有宦者持大仗,衣[4]画裤于夹道。前趋亦数十辈。又见黄屋左纛[5],有月旗而无日旗。又有近侍才人、宫监之属,亦数百人。中有飞伞,伞下见衣珠璧之服,乘大马,如后妃之饰,美丽光艳,其容动人。又有后骑,皆妇人之官,持钺[6]负弓矢,乘马从,亦千余人。

时天后在洛,安道初谓天后之游幸。时天尚未明,问同行者,皆云不见。又怪衢中金吾街吏不为静路。久之渐明,见有后骑一宫监,驰马[7]而至。安道因留问之:"前所过者,非人主乎?"宫监曰:"非也。"安道请问其事,宫监但指慈惠里之西门曰:"公但自此去,由里门循[8]墙而南行百余步,有朱扉[9]西向者,叩之问其由,当自知矣。"安道如其言,叩扉久之,有朱衣宦出应门曰:"公非韦安道乎?"曰:"然。"宦者曰:"后土夫人相候已久矣。"遂延[10]入。见一大门,如戟门者,宦者入通。顷之,又延入,有紫衣宫监与安道叙语于庭。延入一宫中,置汤沐。顷之,以大箱奉美服一袭,其间有青袍牙笏[11],青绶及靴毕备,命安道服之。宫监曰:"可去矣。"遂乘安道以大马,女骑导从者数人。宫监与安道联辔,出慈惠之西门,由正街西南,自通利街东行,出建春门,又东北行,约二十余里,渐见夹道城,守者拜于马前而去。凡数处,乃至一大城,甲士守卫甚严,如王者之城。几经数重,遂见飞楼连阁,下有大门,如天子之居,而多宫监。安道乘马,经翠楼朱殿而过。又十余处,遂入一门内,行百步许,复有大殿。上陈广筵众乐,罗列樽俎[12]。九奏万舞,若钧天之乐。美妇人数十,如妃主之状,列于筵左右。前所与同行宫监,引安道自西阶而上。顷之,见殿内宫监如赞者,命安道殿间东向而立,顷之,自殿后门见卫从者先罗立殿中,乃微闻环佩之声，有美妇人备首饰祎衣[13]，如谒[14]庙之服，至殿间西向，与安道对立。乃是前于慈惠西街飞伞下所见者也。宫监乃赞曰："后土夫人，乃冥数[15]合为匹偶。"命安道拜，夫人受之；夫人拜，安道受之，如人间宾主之礼。遂去礼服，与安道对坐于筵上。前所见十数美妇人，亦列坐于左右。奏乐饮馔，及昏而罢。则以其夕偶之，尚处子也。

如此者盖十余日，其所服御饮馔，皆如帝王之家。夫人因谓安道曰："某为子之妻，子有父母，不告而娶，不可谓礼，愿从子而归，庙见舅姑[16]，得成夫之礼，幸也。"安道曰："诺。"因下令，命车驾，即日告备。夫人乘黄犊之车，车有金璧宝玉之饰，盖人间所谓犊车也。上有飞伞覆之，车徒宾从如慈惠西街所见。安道乘马，从车而行。安道左右侍者十数人，皆才官宦者之流。行十余里，有朱幕供帐，女吏列于后，行宫供顿之所。夫人遂入供帐中，命安道与同处。所进饮膳华美。顷之，又下令，命去所从车骑，减去十七八。相次又行三数里，复下令去从者。及至建春门，左右才有二十骑人马，如王者之游。既入洛阳，欲至其家，安道先入。家人怪其车服之异。安道遂见其父母。二亲惊愕。久之，谓曰："不见尔者盖月余矣，尔安适[17]耶？"安道拜而对曰："偶为一家迫以婚姻。言新妇即至，故先上告。"父母惊问来意，车骑已及门矣。遂有侍婢及阍奴数十辈，自外正门，敷绣茵绮席，罗列于庭，及以翠屏画帷，饰于堂门。左右施细绳床二，请舅姑对坐。遂自门外，设二锦步障，夫人衣礼服，垂佩而入。修妇礼毕，奉翠玉金瑶罗绔，盖十数箱，为人间贺遗之礼，置于舅姑之前。爰及叔伯诸姑家人，皆蒙其礼。因曰：新妇请居东院。遂又有侍婢阍奴。持房帷供帐之饰，置于东院，修饰甚周，遂居之。父母相与忧惧，莫知所来。

是时天后朝，法令严峻，惧祸及之，乃具以事上奏请罪。天后曰："此必魅物也，卿不足忧。朕有善咒术者，释门之师九思、怀素二僧，可为卿去此妖也。"因诏僧九思、怀素往。僧曰："此不过妖魅狐狸之属，以术去之，易耳。当先命于新妇院中设馔、置坐位，请期翌日而至。"贞归，具以二僧之语命之。新妇承命，具馔设位，辄无所惧。明日二僧至，既毕饮，端坐，请与新妇相见，将施其术。新妇旋至，亦致礼于二僧，二僧忽若物击之，俯伏称罪，目眦[18]鼻口流血。又具以事上闻。天后因命二僧，对曰："某所咒者，不过妖魅鬼物，此不知其所从来，想不能制。"天后曰："有正谏大夫明崇俨，以太乙术，制录天地诸神，此必可使也。"遂召崇俨。崇俨谓贞曰："君可以今夕于所居堂中，洁诚坐以候，新妇所居室上，见异物至，而观其胜则已，或不胜，则当更以别法制之。"贞如其言。如甲夜，见有物如飞云，赤光若惊电，自崇俨之居飞跃而至，及新妇屋上，忽若为物所扑灭者，因而不见。使人候新妇，乃平安如故。乙夜，又见物如赤龙之状，拿攫[19]喷毒，声如群鼓，乘黑云有光者，至新妇屋上。又若为物所扑，有呦然之声而灭。使人候新妇，又如故。又至子夜，见有物朱发锯牙，盘铁轮，乘飞雷轮错角呼奔而至。既及其屋，又如为物所杀，称罪而灭。既而又如故，贞怪惧，不知其所为计，又具以事告。崇俨曰："前所为法，是太乙符法也，但可扫制狐魅耳。今既无效，请更索之。"因致坛醮之篆，使征八极厚地，山川河渎，丘墟水木，主职鬼魅之属，其数无缺。崇俨异之。翌日，又征人世上天累部八极之神，具数无缺。崇俨曰："神祇所为魅者，则某能制之，若然，则不可得而知也。请试自见而索之。"因命于新妇院设馔，请崇俨。

崇俨至坐，请见新妇，新妇方肃答，将拜崇俨，崇俨又忽若为物所击，奄然斥倒，称罪请命，目眦鼻口流血于地。贞又益惧，不知所为。其妻因谓贞曰："此九思、怀素、明正谏所不能制也，为之奈何？闻安道初与偶之时，云是后土夫人。此虽人间百术亦不能制之。今观其与安道夫妇之道，亦甚相得。试使安道致词，请去之，或可也。"贞即命安道谢之曰："某寒门，新妇灵贵之神，今幸与小子伉俪，不敢称敌。又天后法严，惧由是祸及。幸新妇且归，为舅姑之计。"语未终，新妇涕泣而言曰："某幸得配偶君子，奉事舅姑，为夫妇之道，所宜奉舅姑之命。今舅姑既有命，敢不敬从。"因以即日命驾而去，遂具礼告辞于堂下，因请曰："新妇，女子也，不敢独归，愿得与韦郎同去。"贞悦而听之，遂与安道俱行。至建春门外，其前时车徒悉至，其所都城仆使兵卫悉如前。至城之明日，夫人被法服，居大殿中，现天子朝见之像。遂见奇容异人来朝，或有长丈余者，皆戴华冠长剑，被朱紫之服，云是四海之内岳渎河海之神。次有数千百人，云是诸山林树木之神。已而又报天下诸国之王悉至。时安道于夫人坐侧置一小床，令观之。因最后通一人，云大罗天女。安道视之，天后也。夫人乃笑谓安道曰："此是子之地主，少避之。"命安道入殿内小室中。既而天后拜于庭下，礼甚谨。夫人乃延上坐，天后数四辞，然后登大殿，再拜而坐。夫人谓天后曰："某以有冥数，当与天后部内一人韦安道者为匹偶，今冥数已尽，自当离异。然不能与之无情。此人若无寿。某尝在其家，本愿与延寿三百岁，使官至三品。为其尊父母厌迫，不得久居人间，因不果与成其事。今天女幸至，为予之钱五百万，予官至五品。无使过之，恐不胜之，安道命薄耳。"因而命安道出，使拜天后。夫人谓天后曰："此天女之属部人也，当受之拜。"天后进退，色若不足而受之，于是诺而去。夫人谓安道曰："以郎尝善丹青，为郎更益此艺，可成千世之名耳。"因居安道于一小殿，使垂帘设幕，召自古帝王及功臣之有名者于前，令安道图写。凡经月余，悉得其状，集成二十卷。于是安道请辞去。夫人命车驾于所都城西，设离帐祖席，与安道诀别。涕泣执手，情若不自胜。并遗以金玉珠瑶，盈载而去。

安道既至东都，入建春门，闻金吾传令于洛阳城中，访韦安道已将月余。既至，谒，天后坐小殿见之，且述前梦，与安道所叙同。遂以安道为魏王府长史，赐钱五百万。取安道所画帝王功臣图视之，与秘府之旧者皆验[20]，至今行于世。天策中，安道竟卒[21]于官。

——出《异闻录》

注释

[1] 起居舍人，唐代官名，主要掌管皇帝所发命令。

[2] 不第，科举考试不中。

[3] 衢，路，大路。

[4] 衣，穿着。

[5] 纛，音"dào"，一般指古代军队里的大旗；有时也指羽毛做成的舞具或帝王车舆上得饰物。

[6] 持钺，拿着兵器。钺，音"yuè"，古代的一种兵器。

[7] 驰马，驱马疾行。

[8] 循，沿着。

[9] 朱扉，红漆门。

[10] 延，邀请。

[11] 牙笏（hù），古代大臣上朝拿着的手板。用玉或象牙制作而成。

[12] 樽俎（zǔ），这里指宴席。樽，盛酒的器皿。俎，盛肉的器皿。

[13] 袆衣，王后所穿，上有五彩鸡形图案的祭服。

[14] 谒，拜访。

[15] 冥数，旧时指上天所定的命运或气数，通常不可更改、不以人意来定。

[16] 舅姑，公公婆婆。

[17] 适，往，到。

[18] 眦，眼角。

[19] 攫，抓取。

[20] 验，印证、验证。

[21] 卒，完结，死去。

评 析

韦安道所经历的一切，真可谓奇幻。说它奇，是因为在晨鼓初发之际，就碰上了浩大的非人间的甲仗及旁人难以见到的天庭早朝所发生的一切。而且这之中还伴随着韦安道被后土夫人招为夫婿，被遗以"金玉珠瑶"等。说它幻,是因为故事中所发生的一切,不过一个贫穷的士人,因为不得志而对朝廷大堂内所发生一切的幻想。最后韦安道"为魏王府长史",被"赐钱五百万"的结果,则可以说是穷寒中的奢望似乎得到了实现而已。更关键的,是后土夫人叙述自己"冥数为安道匹偶","为尊父母所厌迫","不得久居人间"等信息,则依然反映了唐代妇女在家中仍然得尊崇父母之命的特点。"待晓堂前拜舅姑,画眉深浅入时无",朱庆余的这句问询诗,也是女性在家中遵从父母的旁证!

萧 旷

大和中,处士萧旷,自洛东游,至孝义馆,夜憩[1]于双美亭。时月朗风清,旷善[2]琴,遂取琴弹之。夜半,调甚苦。俄闻洛水之上,有长叹者,渐相逼,乃一美人。旷因舍琴而揖[3]之曰:"彼何人斯?"女曰:"洛浦神女也。昔陈思王[4]有赋,子不忆耶?"旷曰:"然。"旷又问曰:"或闻洛神即甄皇后,谢世,陈思王遇其魄于洛滨,遂为《感甄赋》;后觉事之不正,改为《洛神赋》,托意于宓[5]妃,有之乎?"女曰:"有之,妾即甄后也,为慕陈思王之才调,文帝怒而幽[6]死,后精魄遇王于洛水之上,叙其冤抑;因感而赋之,觉事不典,易其题,乃不缪矣。"

俄有双鬟,持茵席、具酒肴而至。谓旷曰:"妾为袁家新妇时,性好鼓琴,每弹至《悲风》及《三峡流泉》,未尝不尽夕而止。适闻君琴韵清雅,愿一听之。"旷乃弹《别鹤操》及《悲风》,神女长叹曰:"真蔡中郎之俦[7]也!"问旷曰:"陈思王《洛神赋》如何?"旷曰:"真体物浏亮,为梁昭明[8]之精选尔。"女微笑曰:"状妾之举止,云'翩若惊鸿,婉若游龙',得无疎[9]矣?"旷曰:"陈思王之精魄,今何在?"女曰:"见为遮须国王。"旷曰:"何谓遮须国?"女曰:"刘聪子死而复生,语其父曰:'有人告某云:遮须国久无主,待汝父来作主。'即此国是也。"

俄有一青衣，引一女，曰："织绡娘子至矣。"神女曰："洛浦龙君之处女，善织绡于水府，适令召之尔。"旷因语织绡曰："近日人世，或传柳毅灵烟之事，有之乎？"女曰："十得其四五尔，余皆饰词，不可惑也。"旷曰："或闻龙畏铁，有之乎？"女曰："龙之神化，虽铁石金玉，尽可透达，何独畏铁乎？畏者，蛟螭[10]辈也。"旷又曰："雷氏子佩丰城剑[11]，至延平津，跃入水，化为龙，有之乎？"女曰："妄也！龙，木类；剑乃金，金既克木而不相生，焉能变化？岂同雀入水为蛤、野鸡入水为蜃哉？但宝剑灵物，金水相生而入水，雷生自不能沉于泉，信其下搜剑不获，乃妄言为龙。且雷焕只言化去，张司空但言终合，俱不说为龙，任剑之灵异。且人之鼓铸锻炼[12]，非自然之物，是知终不能为龙，明矣。"旷又曰："梭化为龙，如何？"女曰："梭，木也；龙本属木，变化归木，又何怪也？"旷又曰："龙之变化如神，又何病而求马师皇疗之？"女曰："师皇是上界高真，哀马之负重行远，故为马医，愈其疾者万有匹。上天降鉴，化其疾于龙唇吻间，欲验师皇之能。龙后负而登天。天假之，非龙真有病也。"

旷又曰："龙之嗜燕血，有之乎？"女曰："龙之清虚，食饮沆瀣[13]，若食燕血，岂能行藏？盖嗜者乃蛟蜃辈，无信造作，皆梁朝四公诞妄[14]之词尔。"旷又曰："龙何好？"曰："好睡，大即千年，小不下数百岁。偃仰于洞穴，鳞甲间聚其沙尘。或有鸟衔木实，遗弃其上，乃甲坼[15]生树，至于合抱，龙方觉悟。遂振迅修行，脱其体而入虚无，澄其神而归寂灭，自然形之，与气随，其化用散入真空，若未胚腪[16]，若未凝结，如物有恍惚，精奇杳冥[17]。当此之时，虽百骸五体，尽可入于芥子之内，随举止无所不之，自得还原返本之术，与造化争功矣。"旷又曰："龙之修行，向何门而得？"女曰："高真所修之术何异！上士修之，形神俱达；中士修之，神超形沉；下士修之，形神俱堕。且当修之时，气爽而神凝，有物出焉，即老子云'恍恍惚惚，其中有物'也。其于幽微，不敢泄露，恐为上天谴谪尔。"

神女遂命左右传觞叙语，情况昵洽[18]，兰艳动人，若左琼枝而右玉树，缱绻[19]永夕，感畅冥怀。旷曰："遇二仙娥于此，真所谓双美亭也。"忽闻鸡鸣，神女乃留诗曰："玉箸凝腮忆魏宫，朱丝一弄洗清风。明晨追赏应愁寂，沙渚烟消翠羽宫。"织绡诗曰："织绡泉底少欢娱，更劝萧郎尽酒壶。愁见玉琴弹《别鹤》，又将清泪滴真珠。"旷答二女诗曰："红兰吐艳间夭桃，自喜寻芳数已遭，珠佩鹊桥从此断，遥天空恨碧云高。"神女遂出明珠、翠羽二物赠旷曰："此乃陈思王赋云'或采明珠，或拾翠羽'，故有斯赠，以成《洛神赋》之咏也。"龙女出轻绡一匹赠旷曰："若有胡人购之，非万金不可。"神女曰："君有奇骨异相，当出世，但淡味薄俗，清襟养真，妾当为阴助。"言讫，超然蹑虚而去，无所睹矣。

后旷保其珠、绡，多游嵩岳，友人尝遇之，备写其事。今遁世[20]不复见焉。

——出《传奇》

注　释

[1] 憇，同憩，休憩，休息。

[2] 善，同擅，擅长。

[3] 揖，作揖，古代的一种礼节，表示恭敬。

[4] 陈思王，即建安时期的著名诗人曹植，生前被封陈王，谥号为"思"，故后人以"陈思王"称呼他。

[5] 宓，音"mì"，安静。

[6] 幽，隐蔽，不公开的。

[7] 俦，同辈，伴侣。

[8] 昭明，即梁昭明太子肖统，文学家，因其所编《文选》而广为后人周知。

[9] 踈，音"shū"，同疏，疏远。

[10] 蛟螭，即蛟龙，泛指水族。

［11］丰城剑，宝剑名。传说豫章人雷焕任丰城令时所得的两宝（物）剑，一名为龙泉，一名为太阿。

［12］鼓铸锻炼，鼓风扇火，冶炼金属。

［13］沆瀣，音"hàng xiè"，晚间的雾气或水汽。

［14］诞妄，虚妄荒诞，没有根据。

［15］坼，音"chè"，裂开。

［16］胚腪，音"pēi yùn"，同胚浑，混沌的意思。腪，膜也，音运。纠缠萦绕；固结不解。形容感情深厚。

［17］杳冥，幽暗，看不清。

［18］昵洽，融洽亲昵。

［19］缱绻，情感深厚，难以分开。

［20］遁世，避世隐居。

评 析

在古书中，月朗风清之夜，最适宜超旷之士与友人（知音）倾吐衷肠之际。故事中的萧旷因弹奏之音"调甚苦"，故引来了洛水女神的降临。故事中萧旷与女神的一问一答，多少给人们澄清了诸如"柳毅给龙女传书"之类的确切与否。

故事中的问答过分冗长，多少对故事的趣味性有所消减。不过最后神女对萧旷的断语及其"当阴助之"等表态，让我们看到了人神恋在本故事中的淡化。人与神仙之恋，也许就是彼此之间的莞尔一笑或心有感戚，岂能以俗世婚姻的繁文缛节来等闲视之？

离魂记

天授[1]三年，清河张镒，因官家于衡州。性简静[2]，寡知友[3]。无子，有女二人。其长早亡；幼女倩娘，端妍[4]绝伦。镒外甥太原王宙，幼聪悟，美容范。镒常器重，每曰："他时当以倩娘妻之。"后各长成。宙与倩娘常私感想于寤寐[5]，家人莫知其状。后有宾寮[6]之选者求之，镒许焉。女闻而郁抑；宙亦深恚恨[7]。托以当调，请赴京，止之不可，遂厚遣之。宙阴恨悲恸，诀别上船。日暮，至山郭数里。夜方半，宙不寐，忽闻岸上有一人，行声甚速，须臾至船。问之，乃倩娘徒行跣足[8]而至。宙惊喜发狂，执手问其从来。泣曰："君厚意如此，寝食相感。今将夺我此志，又知君深情不易，思将杀身奉报，是以亡命来奔。"宙非意所望，欣跃特甚。遂匿[9]倩娘于船，连夜遁去。倍道兼行，数月至蜀。凡五年，生两子，与镒绝信。其妻常思父母，涕泣言曰："吾曩日[10]不能相负，弃大义而来奔君。向今五年，恩慈间阻。覆载之下，胡颜独存也？"宙哀之，曰："将归，无苦。"遂俱归衡州。

既至，宙独身先至镒家，首谢其事。镒曰："倩娘病在闺中数年，何其诡说[11]也！"宙曰："见[12]在身中！"镒大惊，促使人验之。果见倩娘在船中，颜色怡畅，讯使者曰："大人安否？"家人异之，疾走报镒。室中女闻，喜而起，饰妆更衣，笑而不语，出与相迎，翕然[13]而合为一体，其衣裳皆重。其家以事不正，秘之。惟亲戚间有潜知之者。后四十年间，夫妻皆丧。二男并孝廉擢第[14]，至丞、尉。玄佑少常闻此说，而多异同，或谓其虚。大历末，遇莱芜县令张仲规，因备述其本末。镒则仲规堂叔祖，而说极备悉，故记之。

——出《太平广记》

注　释

[1] 天授，唐代皇帝武则天的年号，具体在公元690—692年之间。

[2] 简静，简朴肃静，多形容人的性格。

[3] 寡知友，少知心的朋友。

[4] 端妍，端庄妍丽。

[5] 寤寐，音"wù mèi"，寤，睡醒，寐，睡着。

[6] 宾寮，即幕僚，是古代文武官府中用于佐助主事者的人。

[7] 恚恨，恚，音"huì"，"恚恨"即愤恨，怨恨。

[8] 跣（xiǎn）足，光足，赤足。

[9] 匿，藏匿，隐藏。

[10] 曩日，昔日。曩，音"nǎng"。

[11] 诡说，胡说，瞎说。

[12] 见通"现"。

[13] 翕然，突然，忽然。

[14] 擢第，擢，音"zhuó"，提拔，"擢第"是科举考试及第。

评 析

古人交通极其不便，远隔相聚的人们的每一次分别，都不啻于人生的生离死别。这种状况，在亲人之间、恋人之间，友人之间，都无不如此。因此在本故事中，王宙与倩娘的相见，那么的不容易。尽管倩娘与王宙有婚约在先，也有两人的寤寐相思，但距离之隔让他们情感的牵系变得那么的不容易。更何况中间有倩娘父亲的势利和反悔，已私下里将其许配给同僚之子。好在深挚的恋情不会因人为的阻隔而分开，在王宙离开倩娘家之后，倩娘由于想念的强烈而魂魄跟着王宙，与他做了夫妻，直到数年以后夫妻二人思念故乡，倩娘才神魂合一，惊愕了家中的所有亲长。

"问世间情为何物，直叫今生死相许"！倩娘与王宙的爱情传奇，是古代女子追求美好爱情而不得的悲剧的体现，也是人们渴望有情人终成眷属的美好期待。

赵 颜

唐进士赵颜，于画工处得一软障[1]，图一妇人甚丽。颜谓画工曰：

"世无其人也,如何令生,某愿纳[2]为妻。"画工曰:"余神画也,此亦有名,曰真真。呼其名百日,昼夜不歇,即必应之。应则以百家彩灰酒灌之,必活。"颜如其言,遂呼之百日,昼夜不止。乃应曰:"喏。"急以百家彩灰酒灌,遂活。下步言笑,饮食如常。曰:"谢君召妾,妾愿事箕帚[3]。"终岁,生一儿,儿年两岁,友人曰:"此妖也,必与君为患!余有神剑,可斩之。"其夕,乃遗[4]颜剑。剑才及颜室。真真乃泣曰:"妾南岳地仙[5]也,无何为人画妾之形,君又呼妾名,既不夺君愿。君今疑妾,妾不可住。"言旋[6],携其子却上软障,呕出先所饮百家彩灰酒。睹其障,唯添一孩子,皆是画焉。

——出《闻奇录》

注 释

[1] 障,用来阻挡、遮盖一类的东西。

[2] 纳,接纳。

[3] 箕帚,音"jī zhǒu",也写作"箕箒",具体指畚箕和扫帚。因为此二者皆为扫除工具,常用来操持家内杂务。古书中常用"愿事箕帚"来代指做某人的妻妾。

[4] "遗",音"wèi",意为赠予,送给。

[5] 地仙,道教中认为住在人间的仙人。

[6] 旋,不久。

评 析

故事不长,寥寥两百余字的篇幅,却给我们描绘了一个形象而又启人深思的故事。身为进士的赵颜,睹画中丽人而心动,遂有求画工令其为妻之举。求仁得仁,在画工的指引下,赵颜终于得遂己愿,与画中美人"真真"为妻,且"真真"还为其生有一两岁之子。人们常祝愿朋友"心想事成",赵颜之遇,便是如此!

然天下之不平,常在有些人之爱管闲事,尤其是与己无关之闲事。文中的赵颜友人,便是这样一位。鲁迅先生曾云"非常希望西湖边的雷峰塔倒掉",因为雷峰塔下压着的是无辜的白娘子。她仅因书生许宣雨中借伞这一小小的温暖之举,便想着回报,想着为他甘心付出。可后来因为法海的多事或嫉妒,便有了被压雷峰塔的结局。如此我们再来看真真,亦因为赵颜的呼唤百日,昼夜不止,她便有从画上来到人间,回报赵颜之举。岂料这一包含无比深情的回馈——"事箕帚",只因友人的一句"为妖"戏言便轰然坍塌。说好了的"执子之手,与子偕老"呢,又倒何处去了?借此小故事,我们不难体会到作为"类"的男子(尽管还是进士)为人的不重情义和反复……至于本故事中的"呼名即活",画中人成为现实里的人等等,明眼人一看便知其是模拟巫术中的相似律在起作用!

长恨传

唐开元中,泰阶平[1],四海无事。玄宗在位岁久,倦于旰食宵衣[2],政无大小,始委[3]于丞相。稍深居游宴,以声色自娱。先是[4],元献皇后、武惠妃皆有宠,相次即世[5]。宫中虽良家子千万数,无悦目者。上心忽忽不乐。时每岁十月,驾幸华清宫,内外命妇[6],熠耀景从[7],浴日余波,赐以汤沐,春风灵液,淡荡其间。上心油然,恍若有遇,顾左右前后,粉色如土。诏高力士,潜搜外宫,得弘农杨玄琰[8]女于寿邸。既笄[9]矣,鬓发腻理[10],纤[11]中度,举止闲冶[12],如汉武帝李夫人。别疏汤泉,诏赐澡莹。既出水,体弱力微,若不任罗绮,光彩焕发,转动照人。上甚悦。进见之日,奏《霓裳羽衣》以导之。定情之夕,授金钗钿合以固之。又命戴步摇,垂金。明年,册[13]为贵妃,半后服用。由是冶其容,敏其词,婉娈[14]万态,以中上意,上益嬖[15]焉。时省风九州,泥金五岳,骊山雪夜,上阳春朝,与上行同辇,止同室，宴专席，寝专房。虽有三夫人、九嫔、二十七世妇、八十一御妻、暨后宫才人、乐府妓女、使天子无顾盼意。自是六宫无复进幸者。非徒殊艳尤态，独能致是；盖才知明慧，善巧便佞，先意希旨，有不可形容者焉。叔父昆弟皆列在清贵，爵为通侯，姊妹封国夫人，富埒[16]主室。车服邸第，与大长公主侔，而恩泽势力，则又过之。出入禁门不问，京师长吏为之侧目。故当时谣咏有云："生女勿悲酸，生男勿欢喜。"又曰："男不封侯女作妃，君看女却为门楣[17]。"其为人心羡慕如此。

天宝末，兄国忠盗丞相位，愚弄国柄[18]。及安禄山引兵向阙，以讨杨氏为辞。潼关不守，翠华南幸。出咸阳道，次马嵬，六军徘徊，持戟不进。从官郎吏伏上马前，请诛错以谢天下。国忠奉氂缨盘水，死于道周。左右之意未快，上问之，当时敢言者，请以贵妃塞[19]天下之怒。上知不免，而不忍见其死，反袂掩面，使牵而去之。仓皇展转，竟就绝于尺组[20]之下。既而玄宗狩[21]成都，肃宗禅灵武。明年，大凶归元，大驾还都，尊玄宗为太上皇，就养南宫，自南宫迁于西内。时移事去，乐尽悲来。每至春之日、冬之夜，池莲夏开，宫槐秋落，梨园弟子，玉管发音，闻《霓裳羽衣》一声，则天颜不悦。左右欷歔[22]，三载一意，其念不衰。求之梦魂，杳杳而不能得。适有道士自蜀来，知上心念杨妃如是，自言有李少君之术。玄宗大喜，命致其神。方士乃竭其术以索之，不至。又能游神驭气，出天界，没地府，以求之，又不见。又旁求四虚上下，东极绝天涯，跨蓬壶，见最高仙山。上多楼阁，西厢下有洞户，东向，窥其门，署曰"玉妃太真院"。方士抽簪扣扉，有双鬟童出应门。方士造次未及言，而双鬟复入。俄有碧衣侍女至，诘其所从来。方士因称唐天子使者，且致其命。碧衣云："玉妃方寝，请少待之。"于时云海沈沈，洞天日晚，琼户[23]重闱，悄然无声。方士屏息敛足，拱手门下。久之而碧衣延入，且曰："玉妃出。"俄见一人，冠金莲，披紫绡，珮红玉，曳凤舄[24]，左右侍者七八人，揖方士，问皇帝安否。次问天宝十四载已还事，言讫悯然。指碧衣女，取金钗钿合[25]，各折其半，授使者曰："为谢太上皇，谨献是物，寻旧好也。"方士受辞与信，将行，色有不足。玉妃因徵其意，复前跪致词："乞当时一事，不闻于他人者，验于太上皇。不然，恐钿合金钗，雁[26]新垣平之诈也。"玉妃茫然退立，若有所思，徐而言曰："昔天宝十年，侍辇避暑骊山宫，秋七月，牵牛织女相见之夕，秦人风俗，夜张锦绣，陈饮食，树花燔[27]香于庭，号为乞巧。宫掖[28]间尤尚之。时夜始半，休侍卫于东西厢，独侍上。上凭肩而立，因仰天感牛女事，密相誓心，愿世世为夫妇。言毕，执手各呜咽。此独君王知之耳。"因自悲曰："由此一念，又不得居此，复于下界，且结后缘。或在天，或在人，决再相见，好合如旧。"因言"太上皇亦不久人间，幸唯自安，无自苦也"。使者还奏太上皇，上心嗟悼久之。余具国史。至宪宗元和元年，周至县尉白居易为歌，以言其事。并前秀才陈鸿作传，冠于歌之前，目为《长恨歌传》。

——出《太平广记》

注 释

[1] 泰阶平，天下太平。

[2] 旰食宵衣，天已晚才吃饭，天不亮就穿衣起床。形容勤于政务。旰，音"gàn"，晚，天色晚。

[3] 委，任，派，把事交给人办。

[4] 先是，在此之前。

[5] 即世，去世。

[6] 命妇，有封号的妇女，多指官员的母亲或妻子。

[7] 熠耀景从，熠耀，光彩鲜明。熠，音"yì"。景从即"影从"，身影相随。此处指两词合用，形容侍从跟趋很紧。

[8] 琰（yǎn），有光泽的样子，多用于人名。

[9] 笄，音"jī"，古代用来挽住头发的簪子。本文女子既笄，指女子过了出嫁的年龄。

[10] 腻理，形容肌理红润。

[11] 纤，细小。

[12] 闲冶，形容人的举止言谈娴静娇媚。

[13] 册，册封，授予官爵或职位。

[14] 婉娈，娈，音"luán"，婉娈意为美丽，借指美女。

[15] 嬖，音"bì"，宠幸。

[16] 富埒，埒，音"liè"，"富埒"形容非常富有。

[17] 门楣，门庭，门第。

[18] 国柄，指国家权力。

[19] 塞，堵塞，塞住。

[20] 尺组，带子。这里指杨贵妃自尽时的三尺白绫。

[21] 狩，打猎。此处是玄宗西逃蜀郡的委婉说法。

[22] 欷歔，感慨。也可理解为"感慨流泪"。

[23] 琼户，用玉加以装饰的门户，形容居室的华美。

[24] 凤舄，用凤装饰的花鞋。舄，音"xì"，鞋，鞋子。

[25] 金钗钿合，把金钗钿合起来。传说金钗钿是唐玄宗和杨贵妃的定情信物。

[26] 罹，音"lí"，遭遇，遭受。

[27] 燔，用火烧。

[28] 宫掖，皇宫。掖，音"yè"，具体指皇宫旁边的房舍。

评 析

世间之让人留恋不舍，在于人间有至情耳！这种至情，或在父母，或在夫妻，或在友朋。而在本文，则在夫妻之间。而且这对夫妻，不是寻常百姓，而是令一般人仰视莫及的皇帝唐玄宗和身为贵妃的杨玉环。按照通常的思维，会把皇帝写成残酷无情的化身或政治权利的机器，妃子则是任其摆布的玩偶。但在唐人笔下，则跳出了寻常的套路，让我们看到了鲜活富有魅力的深情的一代皇帝和他那感念旧恩的妃子！其实，不管是江山社稷，还是主宰之权，都仅是活蹦乱跳的有血有肉的人身上的外在物，一旦这生命的主体不把他当成一回事，再怎么有吸引力的权力江山也都会黯然失色，不被人们认可。在这个角度上说，与本文同时而作的唐代白居易的《长恨歌》，让人永久记住的是"在天愿为比翼鸟，在地愿为连理枝"，而非"女色祸国"等惩戒说教！

任氏传

任氏，女妖也。有韦使君者，名崟[1]，第九，信安王祎之外孙。少落拓[2]，好饮酒。其从父妹婿曰郑六，不记其名。早习武艺，亦好酒色，贫无家，托身于妻族；与崟相得，游处不间。天宝九年夏六月，崟与郑子偕行于长安陌中，将会饮于新昌里。至宣平之南，郑子辞有故，请间去，继至饮所。崟乘白马而东。郑子乘驴而南，入升平之北门。偶值[3]三妇人行于道中，中有白衣者，容色姝丽[4]。郑子见之惊悦，策[5]其驴，忽先之，忽后之，将挑而未敢。

白衣时时盼睐[6]，意有所受。郑子戏之曰："美艳若此，而徒行，何也？"白衣笑曰："有乘[7]不解相假[8]，不徒行何为？"郑子曰："劣乘不足以代佳人之步，今辄以相奉。某得步从，足矣。"相视大笑。同行者更相眩诱，稍已狎暱[9]。郑子随之东，至乐游园，已昏黑矣。见一宅，土垣车门，室宇甚严。白衣将入，顾曰："愿少踟蹰[10]。"而入。

女奴从者一人，留于门屏间，问其姓第，郑子既告，亦问之。对曰："姓任氏，第二十。"少顷，延入。郑縶[11]驴于门，置帽于鞍。始见妇人年三十余，与之承迎，即任氏姊也。列烛置膳，举酒数觞。任氏更妆而出，酣饮极欢。夜久而寝，其娇姿美质，歌笑态度，举措皆艳，殆非人世所有。

将晓，任氏曰："可去矣。某兄弟名系教坊[12]，职属南衙，晨兴将出，不可淹留[13]。"乃约后期而去。既行，乃里门，门扃[14]未发。门旁有胡人鬻[15]饼之舍，方张灯炽炉。郑子憩其帘下，坐以候鼓，因与主人言。

郑子指宿所以问之曰："自此东转，有门者，谁氏之宅？"主人曰："此隤墉[16]弃地，无第宅也。"郑子曰："适过之，曷以云无？"与之固争。主人适悟，乃曰："吁！我知之矣。此中有一狐，多诱男子偶宿，尝三见矣，今子亦遇乎？"郑子赧而隐曰："无。"质明[17]，复视其所，见土垣车门如故。窥其中，皆蓁[18]荒及废圃耳。既归，见崟。崟责以失期。郑子不泄，以他事对。

然想其艳冶，愿复一见之心，尝存之不忘。经十许日，郑子游，入西市衣肆，瞥然见之，襄[19]女奴从。郑子遽呼之。任氏侧身周旋于稠人[20]中以避焉。郑子连呼前迫，方背立，以扇障其后，曰："公知之，何相近焉？"郑子曰："虽知之，何患？"对曰："事可愧耻。难施面目。"郑子曰："勤想如是，忍相弃乎？"

对曰："安敢弃也，惧公之见恶耳。"郑子发誓，词旨益切。任氏乃回眸去扇，光彩艳丽如初，谓郑子曰："人间如某之比者非一，公自不识耳，无独怪也。"郑子请之与叙欢。对曰："凡某之流，为人恶忌者，非他，为其伤人耳。某则不然。若公未见恶，愿终己以奉巾栉[21]。"

郑子许与谋栖止。任氏曰："从此而东，大树出于栋间者，门巷幽静，可税[22]以居。前时自宣平之南，乘白马而东者，非君妻之昆弟乎？其家多什器，可以假用。"是时崟伯叔从役于四方，三院什器，皆贮藏之。郑子如言访其舍，而诣崟假什器。问其所用。郑子曰："新获一丽人，已税得其舍，假具以备用。"

崟笑曰："观子之貌，必获诡陋[23]。何丽之绝也。"崟乃悉假帷帐榻席之具，使家僮之惠黠[24]者，随以觇[25]之。俄而奔走返命，气吁汗洽[26]。崟迎问之："有乎？"又问："容若何？"曰："奇怪也！天下未尝见之矣。"崟姻族广茂，且尝从逸游，多识美丽。乃问曰："孰若某美？"僮曰："非其伦也！"

崟遍比其佳者四五人，皆曰："非其伦。"是时吴王之女有第六者，则崟之内妹,秾艳如神仙,中表[27]素推第一。崟问曰:"孰与吴王家第六女美?"又曰:"非其伦也。"崟抚手大骇曰:"天下岂有斯人乎?"遽命汲水澡颈,巾首膏唇而往。既至,郑子适出。崟入门,见小僮拥篲方扫,有一女奴在其门,他无所见。征于小僮。小僮笑曰:"无之。"

崟周视室内,见红裳出于户下。迫而察焉,见任氏戢身[28]匿于扇间。崟引出就明而观之,殆过于所传矣。崟爱之发狂,乃拥而凌之,不服。崟以力制之,方急,则曰:"服矣。请少回旋。"既从,则捍御[29]如初,如是者数四。崟乃悉力急持之。任氏力竭,汗若濡雨。

自度不免,乃纵体不复拒抗,而神色惨变。崟问曰:"何色之不悦?"任氏长叹息曰:"郑六之可哀也!"崟曰:"何谓?"对曰:"郑生有六尺之躯,而不能庇一妇人,岂丈夫哉!且公少豪侈,多获佳丽,遇某之比者众矣。而郑生,穷贱耳。所称惬[30]者,唯某而已。忍以有余之心,而夺人之不足乎?哀其穷馁,不能自立,衣公之衣,食公之食,故为公所系耳。若糠糗[31]可给,不当至是。"

崟豪俊有义烈[32],闻其言,遽置之,敛衽[33]而谢曰:"不敢。"俄而郑子至,与崟相视咍乐[34]。自是,凡任氏之薪粒牲饩[35],皆崟给焉。任氏时有经过,出入或车马舆步,不常所止。崟日与之游,甚欢。每相狎昵,无所不至,唯不及乱而已。是以崟爱之重之,无所悋惜[36],一食一饮,未尝忘焉。任氏知其爱己,言以谢曰:"愧公之见爱甚矣。顾以陋质,不足以答厚意。且不能负郑生,故不得遂公欢。某,秦人也,生长秦城;家本伶伦,中表姻族,多为人宠媵[37],以是长安狭斜[38],悉与之通。或有姝丽,悦而不得者,为公致之可矣。愿持此以报德。"崟曰:"幸甚!"廛中[39]有鬻衣之妇曰张十五娘者,肌体凝结,崟常悦之。因问任氏识之乎。对曰:"是某表娣妹,致之易耳。"旬馀,果致之,数月厌罢。

任氏曰:"市人易致,不足以展效。或有幽绝之难谋者,试言之,愿得尽智力焉。"崟曰:"昨者寒食,与二三子游于千福寺。见刁将军缅张乐于殿堂。有善吹笙者,年二八,双鬟垂耳,娇姿艳绝。当识之乎?"任氏曰:"此宠奴也。其母,即妾之内姊也。"求之可也。"鉴拜于席下。任氏许之,乃出入刁家。月余,鉴促问其计。任氏愿得双缣[40]以为赂。鉴依给焉。后二日,任氏与鉴方食,而缅使苍头控青骊以迓任氏。任氏闻召,笑谓悺曰:"谐矣。"初,任氏加宠奴以病,针饵[41]莫减。其母与缅忧之方甚,将征诸巫。任氏密赂巫者,指其所居,使言从就为吉。及视疾,巫曰:"不利在家,宜出居东南某所,以取生气。"

缅与其母详其地,则任氏之第在焉。缅遂请居。任氏谬辞以逼狭[42],勤请而后许。乃辇服玩,并其母偕送于任氏。至,则疾愈,未数日,任氏密引鉴以通之,经月乃孕。其母惧,遽归以就缅,由是遂绝。他日,任氏谓郑子曰:"公能致钱五六千乎?将为谋利。"郑子曰:"可。"遂假求于人,获钱六千。任氏曰:"鬻马于市者,马之股有疵[43],可买入居之。"郑子如市,果见一人牵马求售者,眚[44]在左股。

郑子买归。其妻昆弟皆嗤之,曰:"是弃物也。买将何为?"无何,任氏曰:"马可鬻矣,当获三万。"郑子乃卖之。有酬二万,郑子不与。一市尽曰:"彼何苦而贵卖,此何爱而不鬻?"郑子乘之以归;买者随至其门,累增其估,至二万五千也。不与,曰:"非三万不鬻。"

其妻昆弟聚而诟之。郑子不获已,遂卖,卒不登三万。既而密伺买者,征其由,乃昭应县之御马疵股者,死三岁矣,斯吏不时除籍。官征其估,计钱六万。设其以半买之,所获尚多矣。若有马以备数,则三年刍粟之估,皆吏得之。且所偿盖寡,是以买耳。任氏又以衣服故弊,乞衣于鉴。鉴将买全彩与之。

任氏不欲,曰:"愿得成制者。"鉴召市人张大为买之,使见任氏,问所欲。张大见之,惊谓鉴曰:"此必天人贵戚,为郎所窃。且非人间所宜有者,愿速归之,无及于祸。"

其容色之动人也如此。竟买衣之成者而不自纫缝也,不晓其意。后岁余,郑子武调,授槐里府果毅尉,在金城县。时郑子方有妻室,虽昼游于外,而夜寝于内,多恨不得专其夕。将之官,邀与任氏俱去。

任氏不欲往，曰："旬月同行，不足以为欢。请计给粮饩[45]，端居以迟归。"郑子恳请，任氏愈不可。郑子乃求崟资助。崟与更劝勉，且诘其故。任氏良久，曰："有巫者言某是岁不利西行，故不欲耳。"郑子甚惑也，不思其他，与崟大笑曰："明智若此，而为妖惑，何哉！"固请之。任氏曰："倘巫者言可征，徒为公死，何益？"

二子曰："岂有斯理乎？"恳请如初。任氏不得已，遂行。崟以马借之，出祖于临皋，挥袂别去。信宿，至马嵬。任氏乘马居其前，郑子乘驴居其后；女奴别乘，又在其后。是时西门圉人[46]教猎狗于洛川，已旬日矣。适值于道，苍犬腾出于草间。郑子见任氏欻然[47]坠于地，复本形而南驰。苍犬逐之。郑子随走叫呼，不能止。里余，为犬所获。

郑子衔涕出囊中钱，赎以瘗[48]之，削木为记。回睹其马，啮草于路隅，衣服悉委于鞍上，履袜犹悬于镫间，若蝉蜕然。唯首饰坠地，余无所见。女奴亦逝矣。旬余，郑子还城。崟见之喜，迎问曰："任子无恙乎？"

郑子泫然对曰："殁矣。"崟闻之亦恸，相持于室，尽哀。徐问疾故。答曰："为犬所害。"崟曰："犬虽猛，安能害人？"答曰："非人。"崟骇曰："非人，何者？"郑子方述本末。崟惊讶叹息不能已。

明日，命驾与郑子俱适马嵬，发瘗视之，长恸而归。追思前事，唯衣不自制，与人颇异焉。其后郑子为总监使，家甚富，有枥马十余匹。年六十五，卒。大历中，沈既济居钟陵，尝与崟游，屡言其事，故最详悉。

——出《太平广记》

注释

[1] 崟，音"yín"，高峻高耸，多用于人名。

[2] 落拓，豪放，放荡不羁。

[3] 偶值，恰好遇到。

［4］姝丽，美丽。

［5］策，驾驭。

［6］盼睐，观看，顾盼。

［7］乘，坐骑。

［8］假，借，借用。

［9］狎暱，即狎昵，因过分亲近而态度轻佻。

［10］踟蹰，犹豫不定。

［11］絷，音"zhí"，指用绳子捆。

［12］教坊，古代朝廷管理音乐的地方。

［13］淹留，逗留，停留。

［14］门扃，扃，音"jiōng"，门扃即门户。

［15］鬻，音"yù"，卖。

［16］隤墉，音"tuí yōng"，隤，倒下，崩溃；墉：城墙，墙垣。两词连用指要倒不倒的墙壁。

［17］质明，到了天明，天亮。

［18］榛，音"zhēn"，指丛生的荆棘。

［19］曩，音"nǎng"，从前，先前。

［20］稠人，人群。

［21］巾栉，泛指盥洗工具。

［22］税，租，租赁。

［23］诡陋，长得丑或不好看。

［24］惠黠，聪慧而狡黠。

［25］觇，音"chān"，偷偷地察看。

［26］汗洽，汗流浃背。

［27］中表，指与祖父、父亲的姐妹的子女的亲戚关系，或与祖母、母亲的兄弟姐妹的子女的亲戚关系。

［28］戢身，戢，音"jí"，收敛。戢身就是缩着身子。

［29］捍御，抗拒，抵抗。

[30] 称惬，称心，称意。

[31] 糗，音"qiǔ"，干粮，炒熟了的米或面。

[32] 义烈，义气凌冽，大气凌然。

[33] 敛衽，整理衣装。

[34] 哈，音"hāi"，笑的意思。

[35] 牲饩，所献赠的活的牛羊猪等。饩，音"xì"，指馈赠用的食物。

[36] 悋惜，吝啬顾惜。悋，音"lìn"，同"吝"。

[37] 宠媵，受宠爱的妻妾。媵，音"yìng"，古代随嫁、陪嫁的女子。

[38] 狭斜，狭窄的巷子。后来多指花街柳巷之地。

[39] 廛中，古代城市平民的房地；廛，音"chán"，同"缠"，约束。

[40] 双缣，双丝的细丝。缣，音"jiān"。

[41] 针饵，针灸和药物。

[42] 逼狭，狭窄。

[43] 疵，缺点，过失，毛病。

[44] 眚，音"shěng"，本是眼睛的生翳，这里引申为毛病。

[45] 粮饩，粮食。

[46] 圉人，泛指养马的人。圉，音"yǔ"。

[47] 欻然，欻，音"xū"，突然，忽然。

[48] 瘗，音"yì"，意为掩埋，埋葬。

评析

本文篇幅长，容纳量大。是唐人笔下非常瑰丽的一篇人狐恋小说。故事中任氏虽为狐所化，但她在与人的各种交往中流露出来的知礼数，有闺阁之范，俨然不失为一大家闺秀！公子郑六是在一偶然的机会与之相遇，因为艳羡而走到了一起。在郑六的告知下，大家公子韦崟才得以与之交往。彼此往来的过程中，韦氏公子的乘财使气，恣意妄为，任氏的有礼有节，不卑不亢，都给人无比深刻的印象！尤其是任氏在遭遇韦公子的暴力挟制时，其发出"郑生枉有六尺之躯，而不能庇一妇人"的慨叹，让人深膺其对恋人的忠贞！其指出韦氏所为是"忍以有馀之心，而夺人之不足"，非常巧妙地抓住了对方内心的软肋，使其有所感动而放弃。任氏深刻地分析出公子郑六是因为"穷馁，不能自立"才造成了自己的狼狈和受制于人！相较于其他作品，显然本文是创作者"借他人之酒杯，浇自己之块垒"。故而就本文而言，作者沈既济借狐女与郑氏的爱情说事，慨叹当时妇人们"遇暴不失节，徇人以至死"的鲜见与难得！另外，在韦氏仆人给韦氏道出任氏美丽无比所使用的对比和烘托手法的高妙和传神，也是历代作家们所称道的对象！

柳毅传

仪凤中，有儒生柳毅者，应举下第[1]，将还湘滨。念乡人有客于泾阳者，遂往告别。

至六七里，鸟起马惊，疾逸道左。又六七里，乃止。见有妇人，牧羊于道畔。毅怪视之，乃殊色也。然而蛾脸不舒，巾袖无光，凝听翔立，若有所伺。毅诘之曰："子何苦而自辱如是？"妇始楚[2]而谢，终泣而对曰："贱妾不幸，今日见辱问于长者。然而恨贯肌骨，亦何能愧避？幸一闻焉。妾，洞庭龙君小女也。父母配嫁泾川次子，而夫婿乐逸，为婢仆所惑，日以厌薄[3]。既而将诉于舅姑[4]，舅姑爱其子，不能御[5]。迨[6]诉频切，又得罪舅姑。舅姑毁黜以至此。"言讫，歔欷[7]流涕，悲不自胜。又曰："洞庭于兹，相远不知其几多也？长天茫茫，信耗莫通。心目断尽，无所知哀。闻君将还吴，密通洞庭。或以尺书寄托侍者，未卜将以为可乎？"毅曰："吾义夫也。闻子之说，气血俱动，恨无毛羽，不能奋飞，是何可否之谓乎！然而洞庭深水也。吾行尘间，宁可致意耶？惟恐道途显晦，不相通达，致负诚托，又乖[8]恩愿。子有何术可导我邪？"女悲泣且谢，曰："负载珍重，不复言矣。脱获回耗，虽死必谢。君不许，何敢言。既许而问，则洞庭之与京邑，不足为异也。"毅请闻之。女曰："洞庭之阴，有大橘树焉，乡人谓之'社橘'。君当解去兹带，束以他物。然后叩树三发，当有应者。因而随之，无有碍矣。幸君子书叙之外，悉以心诚之话倚托，千万无渝！"毅曰："敬闻命矣。"女遂于襦[9]间解书，再拜以进。东望愁泣，若不自胜。毅深为之戚，乃致书囊中，因复谓曰："吾不知子之牧羊，何所用哉？神岂宰杀乎？"女曰："非羊也，雨工也。""何为雨工？"曰："雷霆之类也。"毅顾视之，则皆矫顾怒步，饮龁[10]甚异，而大小毛角，则无别羊焉。毅又曰："吾为使者，他日归洞庭，幸勿相避。"女曰："宁止不避，当如亲戚耳。"语竟，引别东去。不数十步，回望女与羊，俱亡所见矣。

其夕，至邑而别其友，月余到乡，还家，乃访友于洞庭。洞庭之阴，果有社橘。遂易带向树，三击而止。俄有武夫出于波间，再拜请曰："贵客将自何所至也？"毅不告其实，曰："走谒大王耳。"武夫揭水指路，引毅以进。谓毅曰："当闭目，数息[11]可达矣。"毅如其言，遂至其宫。始见台阁相向，门户千万，奇草珍木，无所不有，夫乃止毅，停于大室之隅，曰："客当居此以俟[12]焉。"毅曰："此何所也？"夫曰："此灵虚殿也。"谛[13]视之，则人间珍宝毕尽于此。柱以白璧，砌以青玉，床以珊瑚，帘以水精，雕琉璃于翠楣，饰琥珀于虹栋。奇秀深杳，不可殚言。然而王久不至。毅谓夫曰："洞庭君安在哉？"曰："吾君方幸玄珠阁，与太阳道士讲《大经》，少选当毕。"毅曰："何谓《大经》？"夫曰："吾君，龙也。龙以水为神，举一滴可包陵谷。道士，乃人也。人以火为神圣，发一灯可燎阿房。然而灵用不同，玄化各异。太阳道士精于人理，吾君邀以听。"言语毕而宫门辟，景从云合，而见一人，披紫衣，执青玉。夫跃曰："此吾君也！"乃至前以告之。

君望毅而问曰："岂非人间之人乎？"对曰："然。"毅而设拜，君亦拜，命坐于灵虚之下。谓毅曰："水府幽深，寡人暗昧[14]，夫子不远千里，将有为乎？"毅曰："毅，大王之乡人也。长于楚，游学于秦。昨下第，闲驱泾水右涘[15]，见大王爱女牧羊于野，风鬟雨鬓，所不忍睹。毅因诘之，谓毅曰：'为夫婿所薄，舅姑不念，以至于此'。悲泗淋漓，诚怛[16]人心。遂托书于毅。毅许之，今以至此。"因取书进之。洞庭君览毕，以袖掩面而泣曰："老父之罪，不能鉴听，坐贻[17]聋瞽[18]，使闺窗孺弱，远罹构害[19]。公，乃陌上人也，而能急之。幸被齿发[20]，何敢负德！"词毕，又哀咤良久。左右皆流涕。时有宦人密侍君者，君以书授之，令达宫中。须臾，宫中皆恸哭。君惊，谓左右曰："疾告宫中，无使有声，恐钱塘所知。"毅曰："钱塘，何人也？"曰："寡人之爱弟，昔为钱塘长，今则致政矣。"毅曰："何故不使知？"曰："以其勇过人耳。昔尧遭洪水九年者，乃此子一怒也。近与天将失意，塞其五山。上帝以寡人有薄德于古今，遂宽其同气之罪。然犹縻系[21]于此，故钱塘之人日日候焉。"语未毕，而大声忽发，天拆地裂。宫殿摆簸，云烟沸涌。俄有赤龙长千余尺，电目血舌，朱鳞火鬣，项掣金锁，锁牵玉柱。千雷万霆，激绕其身，霰雪雨雹，一时皆下。乃擘青天而飞去。毅恐蹶[22]仆地。君亲起持之曰："无惧，固无害。"毅良久稍安，乃获自定。因告辞曰："愿得生归，以避复来。"君曰："必不如此。其去则然，其来则不然，幸为少尽缱绻[23]。"因命酌互举，以款人事。

俄而祥风庆云，融融怡怡，幢节玲珑，箫韶以随。红妆千万，笑语熙熙。中有一人，自然蛾眉，明珰满身，绡縠[24]参差。迫而视之，乃前寄辞者。然若喜若悲，零泪如丝。须臾，红烟蔽其左，紫气舒其右，香气环旋，入于宫中。君笑谓毅曰："泾水之囚人至矣。"君乃辞归宫中。须臾，又闻怨苦，久而不已。有顷，君复出，与毅饮食。又有一人，披紫裳，执青玉，貌耸神溢，立于君左。君谓毅曰："此钱塘也。"毅起，趋拜之。钱塘亦尽礼相接，谓毅曰："女侄不幸，为顽童所辱。赖明君子信义昭彰，致达远冤。不然者，是为泾陵之土矣。飨[25]德怀恩，词不悉心。"毅撝退辞谢，俯仰唯唯。然后回告兄曰："向者辰发

· 70 ·

灵虚,巳至泾阳,午战于彼,未还于此。中间驰至九天,以告上帝。帝知其冤,而宥其失。前所谴责,因而获免。然而刚肠激发,不遑辞候,惊扰宫中,复忤[26]宾客。愧惕惭惧,不知所失。"因退而再拜。君曰:"所杀几何?"曰:"六十万。""伤稼乎?"曰:"八百里。""无情郎安在?"曰:"食之矣。"君怃然[27]曰:"顽童之为是心也,诚不可忍,然汝亦太草草。赖上帝显圣,谅其至冤。不然者,吾何辞焉?从此以去,勿复如是。"钱塘君复再拜。是夕,遂宿毅于凝光殿。

明日,又宴毅于凝碧宫。会友戚,张广乐,具以醪醴[28],罗以甘洁。初,笳角鼙鼓[29],旌旗剑戟,舞万夫于其右。中有一夫前曰:"此《钱塘破阵乐》。"旌杰气,顾骤悍栗。座客视之,毛发皆竖。复有金石丝竹,罗绮珠翠,舞千女于其左,中有一女前进曰:"此《贵主还宫乐》。"清音宛转,如诉如慕,坐客听下,不觉泪下。二舞既毕,龙君大悦。锡以纨绮,颁于舞人,然后密席贯坐,纵酒极娱。酒酣,洞庭君乃击席而歌曰:"大天苍苍兮,大地茫茫,人各有志兮,何可思量,狐神鼠圣兮,薄社依墙。雷霆一发兮,其孰敢当?荷贞人兮信义长,令骨肉兮还故乡,齐言惭愧兮何时忘!"洞庭君歌罢,钱塘君再拜而歌曰:"上天配合兮,生死有途。此不当妇兮,彼不当夫。腹心辛苦兮,泾水之隅。风霜满鬓兮,雨雪罗襦。赖明公兮引素书,令骨肉兮家如初。永言珍重兮无时无。"钱塘君歌阕,洞庭君俱起,奉觞于毅。毅踧踖[30]而受爵,饮讫,复以二觞奉二君,乃歌曰:"碧云悠悠兮,泾水东流。伤美人兮,雨泣花愁。尺书远达兮,以解君忧。哀冤果雪兮,还处其休。荷和雅兮感甘羞。山家寂寞兮难久留。欲将辞去兮悲绸缪[31]。"歌罢,皆呼万岁。洞庭君因出碧玉箱,贮以开水犀;钱塘君复出红珀盘,贮以照夜玑:皆起进毅,毅辞谢而受。然后宫中之人,咸以绡彩珠璧,投于毅侧。重叠焕赫,须臾埋没前后。毅笑语四顾,愧谢不暇。洎酒阑[32]欢极,毅辞起,复宿于凝光殿。

翌日,又宴毅于清光阁。钱塘因酒作色,踞谓毅曰:"不闻猛石可裂不可卷,义士可杀不可羞耶?愚有衷曲,欲一陈于公。如可,则俱在云霄;如不可,则皆夷粪壤。足下以为何如哉?"毅曰:"请闻之。"钱塘曰:"泾阳之妻,则洞庭君之爱女也。淑性茂质,为九姻[33]所重。不幸见辱于匪人,今则绝矣。将欲求托高义,世为亲戚,使受恩者知其所归,怀爱者知其所付,岂不为君子始终之道者?"毅肃然而作,歘然[34]而笑曰:"诚不知钱塘君孱困[35]如是!毅始闻跨九州,怀五岳,泄其愤怒;复见断金锁,擘玉柱,赴其急难。毅以为刚决明直,无如君者。盖犯之者不避其死,感之者不爱其生,此真丈夫之志。奈何萧管方洽,亲宾正和,不顾其道,以威加人?岂仆人素望哉!若遇公于洪波之中,玄山之间,鼓以鳞须,被以云雨,将迫毅以死,毅则以禽兽视之,亦何恨哉!今体被衣冠,坐谈礼义,尽五常之志性,负百行之微旨,虽人世贤杰,有不如者,况江河灵类乎?而欲以蠢然之躯,悍然之性,乘酒假气,将迫于人,岂近直哉!且毅之质,不足以藏王一甲之间。然而敢以不伏之心,胜王不道之气。惟王筹之!"钱塘乃逡巡[36]致谢曰:"寡人生长宫房,不闻正论。向者词述狂妄,唐突高明。退自循顾,戾不容责。幸君子不为此乖间可也。"其夕,复饮宴,其乐如旧。毅与钱塘遂为知心友。

明日,毅辞归。洞庭君夫人别宴毅于潜景殿,男女仆妾等悉出预会。夫人泣谓毅曰:"骨肉受君子深恩,恨不得展愧戴,遂至睽别[37]。"使前泾阳女当席拜毅以致谢。夫人又曰:"此别岂有复相遇之日乎?"毅其始虽不诺[38]钱塘之情,然当此席,殊有叹恨[39]之色。宴罢,辞别,满宫凄然。赠遗珍宝,怪不可述。毅于是复循途出江岸,见从者十余人,担囊以随,至其家而辞去。毅因适广陵宝肆,鬻[40]其所得。百未发一,财已盈兆。故淮右富族,咸以为莫如。遂娶于张氏,亡。又娶韩氏。数月,韩氏又亡。徙家金陵。常以鳏旷[41]多感,或谋新匹。有媒氏告之曰:"有卢氏女,范阳人也。父名曰浩,尝为清流宰。晚岁好道,独游云泉,今则不知所在矣。母曰郑氏。前年适清河张氏,不幸而张夫早亡。母怜其少,惜其慧美,欲择德以配焉。不识何如?"毅乃卜日就礼。既而男女二姓俱为豪族,法用礼物,尽其丰盛。金陵之士,莫不健仰[42]。居月余，毅因晚入户，视其妻，深觉类于龙女，而艳逸丰厚，则又过之。因与话昔事。妻谓毅曰："人世岂有如是之理乎？"

经岁余，有一子。毅益重之。既产，逾月，乃秾饰换服，召毅于帘室之间，笑谓毅曰："君不忆余之于昔也？"毅曰："夙为姻好，何以为忆？"妻曰："余即洞庭君之女也。泾川之冤，君使得白。衔君之恩，誓心求报。泊钱塘季父论亲不从，遂至睽违[43]。天各一方，不能相问。父母欲配嫁于濯[44]锦儿某。遂闭户剪发，以明无意。虽为君子弃绝，分见无期。而当初之心，死不自替。他日父母怜其志，复欲驰白于君子。值君子累娶，当娶于张，已而又娶于韩。迨张、韩继卒，君卜居于兹，故余之父母乃喜余得遂报君之意。今日获奉君子，咸善终世，死无恨矣。"因呜咽，泣涕交下。对毅曰："始不言者，知君无重色之心。今乃言者，知君有感余之意。妇人匪薄[45]，不足以确厚永心，故因君爱子，以托相生。未知君意如何？愁惧兼心，不能自解。君附书之日，笑谓妾曰：'他日归洞庭，慎无相避。'诚不知当此之际，君岂有意于今日之事乎？其后季父请于君，君固不许。君乃诚将不可邪，抑怨然邪？君其话之。"毅曰："似有命者。仆始见君子，长泾之隅，枉抑憔悴，诚有不平之志。然自约其心者，达君之冤，余无及也。以言'慎无相避'者，偶然耳，岂有意哉。泊钱塘逼迫之际，唯理有不可直，乃激人之怒耳。夫始以义行为之志，宁有杀其婿而纳其妻者邪？一不可也。某素以操真为志尚，宁有屈于己而伏于心者乎？二不可也。且以率肆胸臆，酬酢[46]纷纶，唯直是图，不遑避害。然而将别之日。见君有依然之容，心甚恨之。终以人事扼束，无由报谢。吁，今日，君，卢氏也，又家于人间。则吾始心未为惑矣。从此以往，永奉欢好，心无纤虑也。"妻因深感娇泣，良久不已。有顷，谓毅曰："勿以他类，遂为无心，固当知报耳。夫龙寿万岁，今与君同之。水陆无往不适。君不以为妄也。"毅嘉之曰："吾不知国客乃复为神仙之饵！"。乃相与觐[47]洞庭。既至，而宾主盛礼，不可具纪。

后居南海仅四十年，其邸第、舆马、珍鲜、服玩，虽侯伯之室，无以加也。毅之族咸遂濡泽。以其春秋积序,容状不衰。南海之人,靡不惊异。

洎开元中,上方属意于神仙之事,精索道术。毅不得安,遂相与归洞庭。凡十余岁,莫知其迹。

至开元末,毅之表弟薛嘏为京畿令,谪官东南。经洞庭,晴昼长望,俄见碧山出于远波。舟人皆侧立,曰:"此本无山,恐水怪耳。"指顾之际,山与舟相逼,乃有彩船自山驰来,迎问于嘏。其中有一人呼之曰:"柳公来候耳。"嘏省然记之,乃促至山下,摄衣疾上。山有宫阙如人世,见毅立于宫室之中,前列丝竹,后罗珠翠,物玩之盛,殊倍人间。毅词理益玄,容颜益少。初迎嘏于砌,持嘏手曰:"别来瞬息,而发毛已黄。"嘏笑曰:"兄为神仙,弟为枯骨,命也。"毅因出药五十丸遗嘏,曰:"此药一丸,可增一岁耳。岁满复来,无久居人世以自苦也。"欢宴毕,嘏乃辞行。自是已后,遂绝影响。嘏常以是事告于人世。殆四纪,嘏亦不知所在。

——出《异闻集》

注 释

[1] 下第,科举考试不中,又称落第。

[2] 楚,齐整。

[3] 厌薄,鄙视,瞧不起。

[4] 舅姑,公公婆婆。

[5] 御,管控,约束。

[6] 迨,音"dài",等,等到。

[7] 歔欷,音"xū xī",悲泣,叹息。

[8] 乖,有违,违背。

[9] 襦,短袄。

[10] 龁,音"hé",咬的意思。

[11] 数息，很短的时间。息是人的鼻孔进出时的气。

[12] 俟，等待。

[13] 谛，仔细。

[14] 暗昧，愚昧，愚蠢。

[15] 浂，音"shì"，水边。

[16] 怛，音"dá"，忧伤，悲苦。

[17] 坐贻，因为遭遇，因而造成。

[18] 聋瞽，耳朵听不见，眼睛看不到。瞽，音"gǔ"，眼瞎。

[19] 构害，设计事端来陷害。

[20] 齿发，牙齿和头发，即用牙齿和头发来作自身的谦称。这句话争议很大，关键在于"幸"的理解，"幸"和后文"德"是同一个意义。全句的意思：你的恩德施及了我的全身（到头发和牙齿上了），怎能有负你的恩德呢？

[21] 縻系，被拘禁，捆束。

[22] 蹶，音"jué"，跌倒。

[23] 缱绻，深厚的感情。

[24] 绡縠，音"xiāo hú"，丝织品，多偏指轻纱类。

[25] 飨，音"xiǎng"，领受，承受。

[26] 忤，触犯，违背。

[27] 怃然，不高兴、失意的样子。

[28] 醪醴，音"láo lǐ"，甜酒，美酒。

[29] 笳角鼙鼓，战争的代称。笳，音"jiā"，鼙，音"pí"。

[30] 踧踖，音"cùjí"，恭敬而不安的样子。

[31] 绸缪，缠绵。

[32] 酒阑，酒席将尽。

[33] 九姻，九族的姻亲。

[34] 欻然，突然。欻，音"xū"。

[35] 孱困，孱，音"chán"，孱困是低劣浅陋之意。

[36] 逡巡，有所顾虑而徘徊不前。

[37] 睽别，分离，分别。

[38] 诺，承诺，践行。

[39] 叹恨，慨叹遗憾。

[40] 鬻，音"yù"，卖。

[41] 鳏旷，鳏，音"guān"，鳏男和旷男，都泛指没有妻室的人。

[42] 健仰，十分仰慕。

[43] 睽违，分别意。

[44] 濯，音"zhuó"，洗。

[45] 匪薄，即"菲薄"，浅陋。

[46] 酬酢，音"chóu zuò"，彼此敬酒。代指应酬。

[47] 觐，音"jìn"，朝拜君王或朝拜圣地。

评 析

　　就笔者所知的中国古代小说中，男主人形象最为光辉、最为人称道的，莫过于上述故事中的柳毅了。我们看许多古代小说中（甚至诗文），男子要么胆小怕事，要么不念旧恩，要么蛮横滋事，鲜有一光明磊落者。但《柳毅传》中柳毅不一样。当他闻听到龙女的不幸遭遇时，不畏艰难决然为其托书；当使命完成，钱塘君欲以强力迫使其成就婚事时，他又凛然不从，申说自己是救人为难，无丝毫个人非分之心！面对对方威势，则慨然以"虫类"蔑之，正直磊落，让人敬畏。

　　纵观全篇，虽然作者后来还是描写了龙女在辗转曲折后与柳毅有琴瑟之合，但毋宁我们可看做是文章对急人所难、又正直卓绝的有识之士最终会有好的报答的一种期待。直白地讲，龙女、洞庭君、钱塘君等等，都无不可以将其视为作者要表达内心世界的某种凭借，将其对应为现实生活中遭遇不幸的某女子及其父亲、叔父又如何不可？下第之士柳毅的所为，某种意义上是不是一种没考取功名者的代表呢？

关于《柳毅传》里落第书生与洞庭湖龙女之恋的动人曲折的经历，很少有读者能够解读到此处。

补江总白猿传

梁大同末，遣平南将军蔺钦南征，至桂林，破李师古、陈彻。别将欧阳纥略地[1]至长乐，悉平诸洞，深入险阻。纥妻纤白，甚美。其部人曰："将军何为挈丽人经此？地有人，善窃少女，而美者尤所难免。宜谨护之。"

纥甚疑惧，夜勒兵[2]环其庐，匿妇密室中，谨闭甚固，而以女奴十余伺守之。尔夕，阴雨晦黑，至五更，寂然无闻。守者怠而假寐[3]，忽若有物惊寤者，即已失妻矣。关扃[4]如故，莫知所出。出门山险，咫尺迷闷，不可寻逐。迨明，绝无其迹。

纥大愤痛[5]，誓不徒还。因辞疾，驻其军，日往四遐，即深凌险以索之。既逾月，忽于百里之外丛筱[6]上，得其妻绣履一只，虽雨浸[7]，犹可辨识。纥尤凄悼，求之益坚，选壮士三十人，持兵负粮，岩栖野食。又旬余，远所舍约二百里，南望一山，葱秀迥出。至其下，有深溪环之，乃编木以渡。绝岩翠竹之间，时见红彩，闻笑语音。扪萝引絙[8]，而陟其上，则嘉树列植，间以名花，其下绿芜，丰软如毯。清迥岑寂，杳然殊境。有东向石门，妇人数十，被服鲜泽，嬉游歌笑，出入其中。见人皆漫视迟立[9]，至则问曰："何因来此？"纥具以对。相视叹曰："贤妻至此月余矣。今病在床，宜遣视之。"入其门，以木为扉。中宽辟若堂者三。四壁设床，悉施锦荐[10]，其妻卧石榻上，重茵累席，珍食盈前。纥就视之，回眸一睇[11]，即疾挥手令去。诸妇人曰："我等与公之妻，比来久者十年。此神物所居，力能杀人。虽百夫操兵，不能制也。幸其未返，宜速避之。但求美酒两斛，食犬十头，麻数十斤，当相与谋杀之。其来必以正午，后慎勿太早。以十日为期。"因促之去。纥亦遽退。遂求醇醪[12]与麻犬，如期而往。妇人曰："彼好酒，往往致醉。

· 77 ·

醉必骋力,俾吾等以彩练缚手足于床,一踊皆断。尝纫三幅,则力尽不解。今麻隐帛中束之,度不能矣。遍体皆如铁,唯脐下数寸,常护蔽之,此必不能御兵刃。"指其旁一岩曰:"此其食廪,当隐于是,静而伺之。酒置花下,犬散林中。待吾计成,招之即出。"如其言,屏气以俟。

日晡[13],有物如匹练,自他山下,透至若飞,径入洞中。少选,有美髯丈夫长六尺余,白衣曳杖,拥诸妇人而出。见犬惊视,腾身执之,披裂吮咀,食之致饱。妇人竞以玉杯进酒,谐笑甚欢。既饮数斗,则扶之而去。又闻嬉笑之音。良久,妇人出招之,乃持兵而入。见大白猿,缚四足于床头,顾人蹙缩[14],求脱不得,目光如电。竞兵之,如中铁石。刺其脐下,即饮刃[15],血射如注。乃大叹咤曰:"此天杀我,岂尔之能?然尔妇已孕,勿杀其子,将逢圣帝,必大其宗。"言绝乃死。搜其藏,宝器丰积,珍羞盈品,罗列几案。凡人世所珍,靡不充备。名香数斛,宝剑一双。妇人三十辈,皆绝其色。久者至十年,云色衰必被提去,莫知所置。又捕采唯止其身,更无党类。旦盥洗,著帽,加白袷[16],被素罗衣,不知寒暑。遍身白毛,长数寸。所居常读木简,字若符篆,了不可识[17],已,则置若磴[18]下。晴昼或舞双剑,环身电飞,光圆若月。其饮食无常,喜啖果栗,尤嗜犬,咀而饮其血。日始逾午,即欻[19]然而逝。半昼往返数千里,及晚必归,此其常也。所须无不立得。夜就诸床嬲[20]戏,一夕皆周,未尝寐。言语淹详,华音会利。然其状即猳玃[21]类也。今岁木落之初,忽怆然曰:"吾为山神所诉,将得死罪。亦求护之于众灵,庶几可免。"前此月生魄,石磴生火,焚其简书,怅然自失曰:"吾已千岁而无子,今有子,死期至矣。"因顾诸女,泛澜[22]者久,且曰:"此山峻绝,未尝有人至,上高而望,绝不见樵者。下多虎狼怪兽。今能至者,非天假之何耶?"纫取宝玉珍丽及诸妇人以皆归,犹有知其家者。纫妻周岁生一子,厥状肖焉。后纫为陈武帝所诛。素与江总善。爱其子聪悟绝人,常留养之,故免于难。及长,果文学善书,知名于时。

——出《太平广记》

注　释

[1] 略地，占领土地，侵占土地。

[2] 勒兵，治兵，操练或指挥军队。

[3] 假寐，和衣打盹。

[4] 关扃（jiōng），封锁。扃，音"jiōng"。

[5] 愤痛，愤怒，悲痛。

[6] 丛篠，茂密的竹林。篠，音"tiáo"。

[7] 浸，泡，使渗透。

[8] 緪，音"gēng"，粗绳子。

[9] 迟立，伫立。

[10] 锦荐，锦缎做的垫褥。

[11] 睇，眼光不正，斜着眼看。

[12] 醇醪，味厚的美酒。醪，音"láo"。

[13] 晡（bū），申时，具体在一天午后的三点到五点这个时间段。

[14] 蹙缩，退缩畏难状。蹙，音"cù"。

[15] 饮刃，刀刃能刺进。

[16] 袷，音"qiā"，夹衣，夹袍。

[17] 了不可识，清楚但不可认识，识别。

[18] 磴，音"dèng"，石头做的台阶。

[19] 欻，音"xū"，突然，忽然。

[20] 嬲，音"niǎo"，缠绕，搅扰。

[21] 猳玃，音"jiā jué"，猿猴类动物。

[22] 泛澜，本义是水满溢横流，这里指眼泪从眼眶溢出，流出。

评　析

在上述故事中，欧阳总兵失妻得妻的过程，充满神奇，又令人喟叹。神奇的是其失妻的过程。总兵之妻被安置在很密闭屋子里，屋外有卫兵把守，屋内有十女仆近旁侍奉。然而疏忽间就被盗走，不见了人影。偷盗者系何方圣神？于是作者在读者的紧张期待中故事曲折有致地展开：欧阳总兵携美妻而行——被告诫妻子将被盗走——层层防卫——瞬间失妻——艰难寻找等等；令人感喟的则是其寻找妻子的艰难、曲折。

故事中对妻子被掠环境的描写，"绝岩翠竹"，"嘉树列植"，"清迥岑寂，杳然殊境"云云，何异于神仙之境？但借此神仙之境便说有千年之寿的白猿存在，这就多少有些玄幻了。至于文尾戏谑文学家欧阳询乃此猿所生，则首开以小说暗射他人的恶例。

西方有经典电影《与狼共舞》，不知他们是否知道，中国在一千年以前，就有人妻与白猿结合的跌宕描写呢？

孙 恪

广德[1]中，有孙恪秀才者，因下第，游于洛中。至魏王池畔，忽有一大第[2]，土木皆新，路人指云："斯袁氏之第也。"恪迳[3]往叩扉，无有应声。户侧有小房，帘帷颇洁，谓伺客[4]之所。恪遂褰[5]帘而入。良久，忽闻启关者一女子，光容鉴物，艳丽惊人，珠初涤其月华，柳乍含其烟媚，兰芬灵濯，玉莹尘清。恪疑主人之处子，但潜窥而已。女摘庭中之萱草，凝思久立，遂吟诗曰："彼见是忘忧，此看同腐草。青山与白云，方展我怀抱。"吟讽惨容。后因来褰帘，忽睹恪，遂惊惭入户，使青衣诘之曰："子何人，而夕向于此？"恪乃语以税居[6]之事。曰："不幸冲突[7]，颇益惭骇。幸望陈达于小娘子。"青衣具以告。女曰："某之丑拙，况不修容，郎君久盼帘帷，当尽所睹，岂敢更回避耶？"久，乃出见恪。美艳愈于向者所睹。命侍婢进茶果曰："郎君即无第舍，便可迁囊橐[8]于此厅院中。"指青衣谓恪曰："少有所须，但告此辈。"恪愧荷而已。恪未室[9]，又睹女子之妍丽如是，乃进媒而请之，女亦忻然相受，遂纳为室。袁氏赡足[10]，巨有金缯[11]。而恪久贫，忽车马焕若[12]，服玩华丽，颇为亲友之疑讶。多来诘恪，恪竟不实对。恪因骄倨，不求名第，日洽豪贵，纵酒狂歌，如此三四岁，不离洛中。

忽遇表兄张闲云处士[13]，恪谓曰："既久暌间[14]，颇思从容。愿携衾裯，一来宵话[15]。"张生如其所约。及夜半将寝，张生握恪手，密谓之曰："愚兄于道门曾有所授，适观弟词色，妖气颇浓，未审别有何所遇？事之巨细，必愿见陈。不然者，当受祸耳。"恪曰："未尝有所遇。"张生又曰："夫人禀阳精，妖受阴气，魂掩[16]魄尽，人则长生；魄掩魂消，人则立死。故鬼怪无形而全阴也，仙人无影而全阳也。阴阳之盛衰，魂魄之交战，在体而微有失位，莫不表白于气色。向观弟神采，阴夺阳位，邪干正腑，真精已耗，识用渐驱[17]，津液倾输，根蒂荡动，骨将化土，颜非渥丹[18]，必为怪异所铄[19]，何坚隐而不剖[20]其由也？"恪方惊悟，遂陈娶纳之因。张生大骇曰："只此是也，其奈之何？"恪曰："弟忖度[21]之，有何异焉？"张曰："岂有袁氏海内无瓜葛之亲哉！又辨慧多能，足为可异矣。"遂告张曰："某一生遭迍[22]，久处冻馁，因滋婚娶，颇似苏息，不能负义，何以为计？"张生怒曰："大丈夫未能事人，焉能事鬼！传云：'妖由人兴，人无衅焉，妖不自作。'且义与身孰亲？身受其灾，而顾其鬼怪之恩义，三尺童子，尚以为不可，何况大丈夫乎？"张又曰："吾有宝剑，亦干将之俦亚[23]也。凡有魍魉[24]，见者灭没。前后神验，不可备数。诘朝奉借，倘携密室，必睹其狼狈，不下昔日王君携宝镜而照鹦鹉也。不然者，则不断恩爱耳。"明日，恪遂受剑。张生告去，执手曰："善伺其便。"恪遂携剑，隐于室内，而终有难色。袁氏俄觉。大怒而责恪曰："子之穷愁，我使畅泰[25]。不顾恩义，遂兴非为，如此用心，则犬彘[26]不食其余，岂能立节行于人世也？"恪既被责，惭颜惕虑，叩头曰："受教于表兄，非宿心也，愿以饮血为盟，更不敢有他意。"汗落伏地。袁氏遂搜得其剑，寸折之，若断轻藕耳。恪愈惧，似欲奔迸。袁氏乃笑曰："张生一小子，不能以道义诲其表弟，使行其凶险，来当辱之。然观子之心，的应不如是。然吾匹君[27]已数岁也，子何虑哉！"恪方稍安。后数日，因出，遇张生，曰："无何使我撩虎须，几不脱虎口耳！"张生问剑之所在，具以实对。张生大骇曰："非吾所知也。"深惧而不敢来谒。

后十余年，袁氏已鞠育[28]二子。治家甚严，不喜参杂。后恪之长安，谒旧友人王相国缙，遂荐于南康张万顷大夫，为经略判官，挈[29]家而往。袁氏每遇青松高山，凝睇久之，若有不快意。到端州[30]，袁氏曰："去此半程，江壖[31]有峡山寺，我家旧有门徒僧惠幽居于此寺。别来数十年，僧行夏腊[32]极高，能别形骸，善出尘垢。倘经彼设食，颇益南行之福。"恪曰："然。"遂具斋蔬之类。及抵寺，袁氏欣然，易服理妆，携二子诣[33]小僧院，若熟其迳者。恪颇异之。遂将碧玉环子以献僧曰："此是院中旧物。"僧亦不晓。及斋罢，有野猿数十，连臂下于高松，而食于生台上。后悲啸扣萝而跃，袁氏恻然。俄命笔题僧壁曰："刚被恩情役此心，无端变化几湮沉。不如逐伴归山去，长啸一声烟雾深。"乃掷笔于地，抚二子咽泣数声，语恪曰："好住好住！吾当永诀矣。"遂裂衣化为小猿，追啸者跃树而去。将抵深山而复返视。

恪乃惊惧，若魂飞神丧。良久抚二子一恸[34]。乃询于小僧，僧方悟："此猿是贫道为沙弥时所养。开元中，有天使高力士经过此，怜其慧黠[35]，以束帛而易之。闻抵洛京，献于天子。时有天使来往，多说其慧黠过人，长驯扰于上阳宫内。及安史之乱，即不知所之。于戏[36]！不期今日更睹其怪异耳。碧玉环者，本诃陵胡人所施，当时亦随猿颈而往。方今悟矣。"恪遂惆怅，舣舟[37]六七日，携二子而回棹，不复能之任也。

——出《传奇》

注 释

[1] 广德，唐代宗年号，约公元763—764年。

[2] 大第，第是府邸，大第即是很气派的大宅院。

[3] 迳，音"jìng"，同径，直接。

［4］伺客，守候客人。

［5］褰（qiān）帘，揭起门帘。

［6］税居，租赁房屋而居。

［7］冲突，冒犯。

［8］囊橐，音"náng tuó"，行李财物。

［9］未室，没有家属或妻子。

［10］赡足，富足。

［11］缯，丝织品。

［12］焕若，焕然一新。

［13］处士，有才德而隐居不仕之人。

［14］暌间，分别。

［15］宵话，夜间谈话。

［16］掩，遮蔽，遮盖。

［17］隳，音"huī"毁坏。

［18］渥丹，渥，音"wó"，渥丹本是润泽光艳的朱砂，后来多用以形容红润的面色。

［19］铄，削弱，毁坏。

［20］剖，解析。

［21］忖度，音"cǔn duó"，推测，估计。

［22］邅迍，音"zhān zhūn"，困顿，不顺利。

［23］俦亚，同类，一类。

［24］魍魉，音"wǎng liǎng"，鬼魅之意。

［25］畅泰，舒畅安宁。

［26］彘，音"zhì"，猪。

［27］匹君，与君为匹，伴侣。

［28］鞠育，抚养，养育。

［29］挈，拖，拉。

［30］端州，州名，在今广东肇庆附近。

[31] 壖，音"ruán"，水边空地。

[32] 夏腊，僧人出家的年数。

[33] 诣，音"yì"，到。

[34] 恸，大哭。

[35] 慧黠，灵巧机智。

[36] 于戏，感叹词，相当于"呜呼"。

[37] 舣舟，舣，音"yǐ"，舣舟即停船靠岸。

评　析

概有读书人考试不中，才有类似此文之奇幻事。

孙恪遭遇之前后，与义气凛然的柳毅相比，有天壤之别。自然，前者基于义愤，后者源于游猎好奇。相识时青衣与女子和孙恪的应答，和一般人间青年男女的相逢相识无异。关键是后来，当处境困窘的孙恪突然到了有金缯巨富的袁氏住所时，毫无疑问地沉醉其中，断绝了与所有友朋的交往。然而，再好的梦也有醒来的时候，表兄张氏的偶然相遇，断识出孙恪身上的妖气，便是此段情缘了结的时候。而这也是奇异婚恋最终回到人间的常见路数，即人妖相恋中有道之人的陡然出现。妙在唐人笔下，道士尚不是无所不能的，其所用法术手段均被女方识破，这才让孙氏陷入其中而很难自拔。

人世间有那么多的生计奔波，或官场，或生意。在孙恪则是前者。由于途径袁氏故地，故才有了她身世之谜的解开和丈夫儿女的深情惜别！谁说只有人类才有舐犊深情？在动物亦复如是。本文的结局便是此类深情的最好明证。更何况，猿类的智力是最接近人类的，所以这里袁氏离别时还"将抵深山而复返视"。读全文，倘若不把"袁氏"像作者那样看，何异于一位深情的又不得不惜别的人间母亲呢？好在作者的高妙，既在姓氏上给了你暗示，"袁猿同音"，又在情节上预设，"每遇青松高山，凝睇久之，若有不快意"。倘不明这些，你就真的被作者玩转了，会把一切都当成了真的。在此意义上，连鲁迅先生都佩服唐人的不羁与好奇呢！

申屠澄

　　申屠澄者，贞元九年，自布衣调补汉州什邡尉。之[1]官，至真符县东十里许遇风雪大寒，马不能进。路旁茅舍中有烟火甚温煦[2]，澄往就[3]之。有老父、妪及处女环火而坐。其女年方十四五，虽蓬发垢衣，而雪肤花脸，举止妍媚。父妪见澄来，遽起[4]曰："客冲雪寒甚，请前就火。"澄坐良久，天色已晚，风雪不止。澄曰："西去县尚远，请宿于此。"父、妪曰："苟[5]不以蓬室为陋，敢不承命。"澄遂解鞍，施衾帱[6]焉。其女见客，更修容靓饰，自帷箔[7]间复出，而闲丽之态，尤倍[8]昔时。

　　有顷，妪自外挈酒壶至，于火前暖饮。谓澄曰："以君冒寒，且进一杯，以御凝冽[9]。"因揖让曰："始自主人。"翁即巡行，澄当婪尾[10]。澄因曰："座上尚欠小娘子。"父、妪皆笑曰："田舍家所育，岂可备宾主？"女子即回眸斜睇[11]曰："酒岂足贵？谓人不宜预饮也。"母即牵裙，使坐于侧。澄始欲探其所能，乃举令以观其意。澄执盏曰："请微书语，意属目前事。"澄曰："厌厌[12]夜饮，不醉无归。"女低鬟微笑曰："天色如此，归亦何往哉？"俄然[13]巡至女，女复令曰："风雨如晦，鸡鸣不已。"澄愕然叹曰："小娘子明慧若此，某幸未昏，敢请自媒如何？"翁曰："某虽寒贱，亦尝娇保之。颇有过客，以金帛为问。某先不忍别，未许。不期贵客又欲援拾[14]，岂敢惜？"即以为托。澄遂修子婿之礼，祛[15]囊以遗[16]之。妪悉无所取。曰："但不弃寒贱，焉事资货？"明日，又谓澄曰："此孤远无邻，又复湫溢[17]，不足以久留。女既事人，便可行矣。"又一日，咨嗟而别，澄乃以所乘马载之而行。既至官，俸禄甚薄，妻力以成其家，交结宾客。旬日之内，大获名誉。而夫妻情义益浃[18]。其于厚亲族，抚甥侄，洎[19]僮仆厮养[20]，无不欢心。

后秩[21]满将归，已生一男一女，亦甚明慧，澄尤加敬焉。常作《赠内诗》一篇曰："一官惭梅福[22]，三年愧孟光[23]。此情何所喻？川上有鸳鸯。"其妻终日吟讽，似默有和者，然未尝出口。每谓澄曰："为妇之道，不可不知书。倘更作诗，反似妪妾耳。"澄罢官，即罄室[24]归秦。过利州，至嘉陵江畔，临泉藉[25]草憩息。其妻忽怅然谓澄曰："前者见赠一篇，寻即有和，初不拟奉示，今遇此景物，不能终默之。"乃吟曰："琴瑟情虽重，山林志自深。常忧时节变，辜负百年心。"吟罢，潸然[26]良久，若有慕焉。澄曰："诗则丽矣，然山林非弱质[27]所思，倘忆贤尊，今则至矣。何用悲泣乎？"人生因缘业相之事，皆由前定。后二十余日，复至妻本家。草舍依然，但不复有人矣。澄与其妻即止[28]其舍。妻思慕之深，尽日涕泣，于壁角故衣之下，见一虎皮，尘埃积满。妻见之，忽大笑曰："不知此物尚在耶。"披之，即变为虎，哮吼拿攫[29]，突门而去，澄惊走避之，携二子寻其路，望林大哭数日，竟不知所之。

——出《河东记》

注　释

[1] 之，往，到。

[2] 温煦，温和，温暖。

[3] 就，靠近。

[4] 遽，就。

[5] 苟，假如，假若。

[6] 衾裯，音"qīn chóu"，被子和蚊帐，一般用来泛指卧具。

[7] 帷箔，帷幕和帘子。

[8] 倍，超出几倍。

[9] 凝冽，通凛冽，形容极为寒冷，严寒刺骨。

[10] 婪尾,酒席的末座。

[11] 斜睨,斜着眼睛看。

[12] 厌厌,安静的样子。

[13] 俄然,不久。

[14] 援拾,提携收录。

[15] 祛,同去,这里指解除。

[16] 遗,给。

[17] 湫溢,音"jiǎo'ài",低矮狭小。一般指房屋。

[18] 浃,深厚,深入。

[19] 洎,到。

[20] 厮养,即厮役,役使的人。

[21] 秩,官阶,这里指任期。

[22] 梅福,西汉名臣,有担当,后归隐。

[23] 孟光,东汉梁鸿之妻。她与丈夫梁鸿互相敬重,传为佳话。后来孟光就成了贤妻的代称。

[24] 罄室,罄是空的意思,罄室就是空尽家财。

[25] 藉,借助。

[26] 潸然,眼泪流下来的样子。

[27] 弱质,质弱的颠倒语,体质弱,这里是妻子的代称。

[28] 止,停留。

[29] 撄,触犯,挨近。

评 析

爱情之可贵,往往在于有人意想不到的奇迹发生。我们看发生在申屠澄身上的故事,便是如此。他途中的遇阻,与貌态娴丽的女子的邂逅,得到对方父亲应允后的成为夫妻等等,都无不让人感慨申屠澄此番调补上升的值得。而到任后妻子调理兄弟邻里的妥当熨帖,堪合人意,几乎是一位人人羡慕的贤妻所为！与丈夫相处日久的缱绻，偶尔吟诗的不乏文采，对儿女的深情，很多时候一般人家的妻子都难以匹敌。可最后，当千不该万不该的申屠澄带她寻访亲人来到旧居时，其妻子的披皮化虎，突门而去，几乎让原本有美好期待的读者几乎不敢相信自己：申屠澄妻子乃老虎所化？是的。相比一般人离开世界的化为灰烬、尘土，为老虎所化的申妻的爱夫护子，舐犊情深，又有谁会再追究一个贤惠妻子的前生今世呢？作品的寓意，当然是给人们呈现一段婚恋奇迹，表露对美好妻子的称颂了。

郭代公

代国公郭元振[1]，开元中下第，自晋之汾，夜行阴晦失道[2]。久而绝远[3]有灯火之光，以为人居也，迳往投之。八九里有宅，门宇甚峻[4]。既入门，廊下及堂下灯烛辉煌，牢馔[5]罗列，若嫁女之家，而悄无人。公系马西廊前，历阶而升，徘徊堂上，不知其何处也。俄闻堂中东阁有女子哭声，呜咽不已。公问曰："堂中泣者，人耶，鬼耶？何陈设如此，无人而独泣？"曰："妾此乡之祠有乌将军者，能祸福人，每岁求偶于乡人，乡人必择处女之美者而嫁焉。妾虽陋拙[6]，父利乡人之五百缗，潜以应选。今夕，乡人之女并为游宴者，到是，醉妾此室，共锁而去，以适[7]于将军者也。今父母弃之就死，而令惴惴哀惧。君诚人耶，能相救免，毕身为扫除之妇，以奉指使。"公愤曰："其来当何时？"曰："二更。"公曰："吾忝[8]为大丈夫也，必力救之。如不得，当杀身以徇汝，终不使汝枉死于淫鬼之手也。"女泣少止，于是坐于西阶上，移其马于堂北，令一仆侍立于前，若为宾而待之。

未几，火光照耀，车马骈阗[9]，二紫衣吏入而复出，曰："相公在此。"逡巡，二黄衣吏入而出，亦曰："相公在此。"公私心独喜："吾当为宰相，必胜此鬼矣。"既而将军渐下，导吏复告之。将军曰："入。"有戈剑弓矢，翼引以入，即东阶下，公使仆前曰："郭秀才见。"遂行揖[10]。将军曰："秀才安得到此？"曰："闻将军今夕嘉礼，愿为小相耳。"将军者喜而延坐，与对食，言笑极欢。公于囊中有利刀，思取刺之，乃问曰："将军曾食鹿腊乎？"曰："此地难遇。"公曰："某有少须珍者，得自御厨，愿削以献。"将军者大悦。公乃起，取鹿腊并小刀，因削之，置一小器，令自取。将军喜，引手取之，不疑其他。公伺其无机，乃投其脯，捉其腕而断之。将军失声而走，导从之吏，一时惊散。公执其手，脱衣缠之，令仆夫出望之，寂无所见，乃启门谓泣者曰："将军之腕已在于此矣。寻其血踪，死亦不久。汝既获免，可出就食。"泣者乃出，年可十七八，而甚佳丽，拜于公前，曰："誓为仆妾。"公勉谕焉。天方曙，开视其手，则猪蹄也。

——出《玄怪录》

注 释

[1] 郭元振，唐朝名将，宰相，其生卒年为公元656—713年。

[2] 失道，迷失道路。

[3] 绝远，极远。

[4] 峻，高大。

[5] 牢馔，酒食，馔，音"zhuàn"。

[6] 陋拙，丑陋笨拙。

[7] 适，相合。

[8] 忝，辱，有辱于，有愧于。

[9] 骈阗，阗，音"tián"，"骈阗"是聚集在一起。

[10] 行揖，拱手行礼。

评 析

郭代公字元振，为唐玄宗时名臣。史书多有记载。而追寻本篇故事之产生，不外乎当时郭氏的崇拜者们为歌颂他而编造的英雄故事。尽管如此，本文亦有两处值得我们注意，一是郭代公的勇敢大胆，见义勇为而又颇有智慧。二是当时人们囿于识见，神奇地把年数久了的动物神化（所谓物久成精）、人化，认为他们也像人一样，需要娶妻婚配，故才有乌将军求偶乡人一说。乌者，黑也。黑将军，不就是猪的外形化身？不过本文可贵的是，无论刻画郭代公的神勇大胆，或者乌将军的趾高气扬，欺压乡邻，都栩栩如生，非常形象。读罢全文，让我们不惊奇的是人们把"巨猪"都可以幻想成乌将军的丰富想象，反倒是对诸如乌将军那些鱼肉百姓，横行无忌的乡里的有权势者，人们又该如何来反抗和拯救自己？文中女子的遭遇和父母的作为，多少会让人看到古代中国乡间社会的生态，即使开明繁盛如唐朝，也逃脱不了。

虎 妇

唐开元[1]中，有虎取[2]人家女为妻，于深山结室而居。经二载，其妇不之觉。后忽有二客携酒而至，便于室中群饮。戒其妇云："此客稍异，慎无窥觑。"须臾[3]皆醉眠，妇女往视，悉虎也。心大惊骇，而不敢言。久之，虎复为人形，还谓妇曰："得无窥乎？"妇言初不敢离此。后忽云思家，愿一归觐[4]。经十日，夫将酒肉与妇偕行，渐到妻家，遇深水，妇人先渡。虎方褰[5]衣，妇戏云："卿背后何得有虎尾出？"虎大惭愧，遂不渡水，因尔疾驰不返。

——出《广异记》

注　释

[1] 开元，唐朝皇帝李隆基的年号。
[2] 同"娶"。
[3] 须臾，不久，很短时间内。
[4] 觐，音"jìn"，对君主或朝拜圣地的朝拜。

[5] 褰，音"qiān"，揭起，提起。

评析

《虎妇》一文，既可以作为一则有关人与动物之间的爱情故事来读，也可以当作一则寓言来读。作为后者，其包含的寓意也比较明显，即使再聪明的动物，无论其如何隐匿乔装，最终都比不过人类。原文不长，但读来盎然有趣。娶妻，结室而居，请客醉酒等描写，跃然纸上。最难能可贵的是小说写出了虎为自己行为的羞愧。尝试对比一下厚脸皮的人类，似乎连老虎的这点惭愧心情都没有了呢！

天宝选人

天宝年中，有选人[1]入京。路行日暮，投一村僧房求宿。僧不在。时已昏黑，他去不得，遂就榻假[2]宿，鞍马置于别室。迟明[3]将发，偶巡行院内。至院后破屋中，忽见一女子。年十七八，容色甚丽，盖虎皮。熟寝之次，此人乃徐行，挈[4]虎皮藏之。女子觉，甚惊惧，因而为妻。问其所以，乃言逃难，至此藏伏。去家已远，载之别乘，赴选。选既就[5]，又与同之官。数年秩[6]满，生子数人。一日俱行，复至前宿处。僧有在者，延[7]纳而宿。明日，未发间，因笑语妻曰："君岂不记余与君初相见处耶？"妻怒曰："某本非人类，偶尔为君所收，有子数人。能不见嫌，敢且同处。今如见耻，岂徒为语耳？还我故衣，从我所适。"此人方谢[8]以过言，然妻怒不已，索故衣转急。此人度不可制[9]，乃曰："君衣在北屋间，自往取。"女人大怒，目如电光，猖狂入北屋间寻觅虎皮，披之于体。跳跃数步，已成巨虎，哮吼回顾，望林而往。此人惊惧，收子而行。

——出《元化记》

注释

［1］选人，待选之人，含等待任命之意。

［2］假，借。

［3］迟明，迟至天明，到第二天。

［4］掣，用手拿。

［5］就，完毕。

［6］秩，本是官吏的俸禄，级别，这里指任期。

［7］延，邀请。

［8］谢，谢罪，赔不是。

［9］制，制止，阻止。

导读

唐人之着意好奇和饶有趣味，在此文中可见一斑。为表明自己的观点，作者有意幻设了这样的场景和结局。从选人误入身盖虎皮的艳丽女子寝卧之处，到有意揭其虎皮而藏，以及后文女子醒后"惊觉"，只好为选人之妻等等，都给我们展示了女子被迫就范的原因和曲折。而该女子为选人生子数人，似乎在不苟言笑地给人们调侃，你身边的女人，保不准是像文中的选人艳丽的妻子一样，是一只母老虎呢！尤其是后文，选人因得意而触碰了妻子心底的禁忌，唤醒了其本身作为"虎"的类意识，从而导致自己最终"不可制""惊惧"的危险结局，似乎咎由自取。对比今天歌手李娜那首广为流传的《女人是老虎》，读者朋友似乎意识到点什么呢？而且，另外还有唐代作家在一本正经地告诉你，有"文名"的欧阳询之所以聪敏绝伦而又貌寝，是因为他是猿猴与其母亲所生呢！（详见《补江总白猿传》）

光化寺客

兖州徂徕山寺曰光化,客有习儒业者,坚志[1]栖焉。夏日凉天,因阅壁画于廊序。忽逢白衣美女,年十五六,姿貌绝异。客询其来,笑而应曰:"家在山前。"客心知山前无是子,亦未疑妖。但心以殊尤,贪其观视[2]。且挑且悦,因诱致于室。交欢结义,情款[3]甚密。白衣曰:"幸不以村野见鄙[4],誓当永奉恩顾。然今晚须去,复来则可以不别矣。"客因留连,百端遍尽,而终不可。素宝白玉指环,因以遗[5]之曰:"幸视此,可以速还。"因送行。白衣曰:"恐家人接迎,愿且回去。"客即上寺门楼,隐身目送。白衣行计百步许,奄然[6]不见。客乃识其灭处,径寻究。寺前舒平数里,纤木细草,毫发无隐,履历详熟,曾无踪迹。暮将回,草中见百合苗一枝,白花绝伟。客因劚[7]之。根本如拱,瑰异不类常者。及归,乃启其重付,百叠既尽,白玉指环,宛在其内。乃惊叹悔恨,恍惚[8]成病,一旬而毙。

——出《博异记》

注 释

[1] 志,意志,志向。

[2] 观视,观察,观看。

[3] 情款,情意,情思。

[4] 见鄙,被鄙视,被看不起。

[5] 遗,给,递给。

[6] 奄然,忽然。

[7] 劚,音"zhú"砍,挖,锄。

[8] 恍惚,精神游离,不集中。

评 析

　　尘世间的生活有时也许让人生腻，所以常有人会产生异想天开的念头。而在这方面，又要以那些能识书断字，脑子里充满了各种奇异想法的读书人为甚。

　　可不，看故事中那光华寺的来客，那意志坚定的"习儒业"者！大概读书比较辛苦，所以辛苦中的奇思幻想就容易被人理解。突逢美女，姿态绝异，还与他款接融洽，此是奇幻得不能再奇幻的事情。按理，如果故事到此结束，应该很满足人们的欲望。可光华寺客的悲剧就在于，仅有上述这些，他还不够，非要知道对方的来处才行。钱钟书先生说，鸡蛋好吃，不必非要知道下蛋的母鸡如何。而光华寺客一根筋地要寻求白衣美女的来处，于是，他便等来了他要的结果——女子为百合花所化，以及其自己"一旬而毙"的结局。

李 黄

　　元和[1]二年，陇西李黄，盐铁使逊之犹子[2]也。因调选次[3]，时已晚，遂逐犊车而行。碍夜方至所止，犊车入中门，白衣妹一人下车，侍者以帷拥之而入。

　　李下马，俄见一使者将榻而出，云："且坐。"坐毕，侍者云："今夜郎君岂暇[4]领钱乎？不然，此有主人否？且归主人，明晨不晚也。"李子曰："乃今无交钱之志，然此亦无主人，何见隔之甚也？"侍者入，复出曰："若无主人，此岂不可，但勿以疏漏为诮也。"俄而侍者云："屈[5]郎君。"李子整衣而入，见青服老女郎立千庭，相见曰："白衣之姨也。"中庭坐，少顷，白衣方出，素裙聚然[6]，凝质皎若[7]，辞气闲雅，神仙不殊。略序款曲[8]，翻然却入。姨坐谢曰："垂情与货诸彩色，比日来市者，皆不如之。然所假如何？深忧愧。"李子曰："彩帛粗缪[9]，不足以奉佳人服饰，何敢指价乎？"答曰："渠浅陋，不足侍君子巾栉[10]。然贫居有三十千债负，郎君倘不弃，则愿侍左右矣。"李子悦。拜千侍侧，俯而图之。李子有货易所，先在近，遂命所使取钱三十千。须臾而至，堂西间门，割然而开。饭食毕备，皆在西间。姨遂延李子入坐，转盼炫焕[11]。女郎旋至，命坐，拜姨而坐，六七人具饭。食毕，命酒欢饮。

第四日，姨云："李郎君且归，恐尚书怪退，后往来亦何难也？"李亦有归志，承命拜辞而出。上马，仆人觉李子有腥臊气异常。遂归宅，问何处许日不见，以他语对。遂觉身重头旋，命被而寝。先是婚郑氏女，在侧云："足下调官已成，昨日过官，觅公不得，某二兄替过官，已了。"李答以愧佩之辞。俄而郑兄至，责以所住行。李已渐觉恍惚，祗对失次[12]，谓妻曰"吾不起矣。"口虽语，但觉被底身渐消尽，揭被而视，空注水而已，唯有头存。家大惊慑，呼从出之仆考之，具言其事。及去寻旧宅所，乃空园。有一皂荚树，树上有十五千，树下有十五千，余于无所见。问彼处人云："住住有巨白蛇在树下，便无别物，姓袁者，盖以空园为姓耳。"

——出《博异记》

注释

[1] 元和，唐宪宗李纯的年号，时间在公元806—820年。

[2] 犹子，侄子或侄女。

[3] 次，旅行所居止之处所。

[4] 暇，空闲，没有事的时候。

[5] 屈，委屈。

[6] 聚然，聚集的样子。

[7] 皎若，洁白。

[8] 款曲，殷勤诚挚的情意。

[9] 粗缪，质地粗糙，不细洁。

[10] 巾栉，泛指盥洗工具

[11] 炫焕，光彩照耀。

[12] 失次，没有次序，语无伦次。

导　读

　　上述故事中盐铁使之子李黄的经历（遭遇），给人一种前面轻松，后面沉重之感！乘暇逛东市的李黄，无意中瞥见对面牛车中有风姿绰约的女子，遂不顾自己调选之身，以身上所带之币悉数求其依从于自己。于是，逐车而行，得到对方寝所，在风姿艳丽的"仙姝"的簇拥中，接连几日地"饮乐无所不至"！然而乐极生悲，也许是李黄自己失去了警觉，在怀揣即将娶得美女归的好梦中回到了家里，不想突如其来的变化让人大惊失色：神思恍惚，头底下只剩下了空注水的躯壳！极端惊讶的家人在同去仆人的陪伴下找到了其曾经欢娱的处所，殊知见到的却是只有皂荚树的一座空园！往日大堂高屋何在？前日美颜佳丽在哪？一片幻觉中给犯此病、此痴者以当头棒喝！唐人最善于恶搞，也最长于抖包袱，这篇小说的结局便是如此。它所告诉人们的道理，不是美如蛇蝎的戏谑版又是什么呢？

崔　韬

　　崔韬，蒲州人也。旅游滁州，南抵历阳。晓发滁州，至仁义馆，宿馆。吏曰："此馆凶恶，幸无宿也。"韬不听，负笈[1]升厅。馆吏备灯烛讫[2]，而韬至二更，展衾[3]方欲就寝，忽见馆门有一大足如兽。俄然其门豁开，见一虎自门而入。韬惊走，于暗处潜伏视之，见兽于中庭脱去兽皮，见一女子奇丽严饰，升厅而上，乃就[4]韬衾。出问之曰："何故宿余衾而寝？""韬适见汝为兽入来，何也？"女子起谓韬曰："愿君子无所怪，妾父兄以畋猎[5]为事，家贫，欲求良匹，无从自达，乃夜潜将虎皮为衣。知君子宿于是馆，故欲托身，以备洒扫。前后宾旅，皆自

· 96 ·

怖而殒。妾今夜幸逢达人，愿察斯志。"韬曰："诚如此意，愿奉欢好。"来日，韬取兽皮衣，弃厅后枯井中，乃挈[6]女子而去。后韬明经[7]擢第[8]，任宣城。时韬妻及男将赴任，与俱行。

月余，复宿仁义馆。韬笑曰："此馆乃与子始会之地也。"韬往视井中，兽皮衣宛然如故。韬又笑谓其妻子曰："往日卿所著之衣犹在。"妻曰："可令人取之。"既得，妻笑谓韬曰："妾试更著之。"衣犹在请。妻乃下阶将兽皮衣著之才毕，乃化为虎，跳踯哮吼，奋而上厅，食子及韬而去。

——出《集异记》

注 释

[1] 笈，古代用竹、藤编织的主要用来放置书籍、衣巾、药物等的箱子。

[2] 讫，完，完毕。

[3] 衾，音"qīn"，大的被子，与夹被相对。

[4] 就，接近，靠近。

[5] 畋猎，即田猎，打猎，狩猎的意思。

[6] 挈，拉，拖。

[7] 明经，是唐代科举考试的科目之一，因为以经义取士，故云。

[8] 擢第，科举考试及第。古代及第后一般会被授予某种官职。

导 读

故事中，崔韬及子女之所以会遭到被吞食的命运，就在于他两次所犯了的错误（或曰禁忌）。首先，他下榻的地方，是虎的宿处，侵入了老虎的领域。由于他窥探到了虎女的全部秘密，所以对方不得已而主动提出与之成婚；其次，则是旧地重游时，崔本人在得意之余的旧话重提，尤其是后者，既让虎妻想到了昔日为虎的"自由"和化身为人的种种束缚，又使她无意之中领会到丈夫身为"人类"，作为"类"的自得或对其的压抑。本文写作时佛教已经广泛影响中国，除了整个故事给人一种"兽性难驯"的道理，而且暗晗一种佛教的观点，美女是野兽或恶魔，男人应该远离才对。

两宋卷

王 榭

唐王榭,金陵人,家巨富,祖以航海为业。一日,榭具[1]大舶,欲之大食国[2]。行逾[3]月,海风大作,惊涛际天,阴云如墨,巨浪走山[4]。鲸鳌出没,鱼龙隐现,吹波鼓浪,莫知其数。然风势益壮,巨浪一来,身若上于九天;大浪既回,身若坠于海底。举舟之人,兴而复颠[5],颠而又仆。不久,舟破,独榭一板之附,又为风涛飘荡。开目则鱼怪出其左,海兽浮其右,张目呀口,欲相吞噬,榭闭目待死而已。

三日,抵一洲,舍板登岸。行及百步,见一翁媪,皆皂衣服,年七十余,喜曰:"此吾主人郎也!何由到此?"榭以实对,乃引到其家。坐未久,曰:"主人远来,必甚馁[6]。"进食,肴皆水族。月余,榭方平复,饮食如故。翁曰:"至吾国者,必先见君。向以郎倦,未可往,今可矣。"榭诺,翁乃引行三里,过阛阓[7]民居,亦甚烦会。又过一长桥,方见宫室台榭,连延相接,若王公大人之居。

至大殿门,阍者[8]入报。不久一妇人出,服颇美丽,传言曰:"王召君入见。"王坐大殿,左右皆女人立。王衣皂袍乌冠。榭即殿阶。王曰:"君北渡人也,礼无统制,无拜也。"榭曰:"既至其国,岂有不拜乎?"王亦折躬劳谢。王喜,召榭上殿,赐坐,曰:"卑远之国,贤者何由及此?"榭以风涛破舟,不意及此,惟祈王见矜,曰:"君舍何处?"榭曰:"见居翁家。"王令急召来,翁至,曰:"此木乡主人也,凡百无令其不如意。"王曰:"有所须但论。"乃引去,复寓翁家。

翁有一女,甚美色。或进茶饵,帘牗[9]间偷视私顾,亦无避忌。翁一日召榭饮,半酣,白翁曰:"某身居异地,赖翁母存活。旅况如不失家,为德甚厚。然万里一身,怜悯孤苦,寝不成寐,食不成甘,使人郁郁。但恐成疾伏枕,以累翁也。"翁曰:"方欲发言,又恐轻冒。家有小女,年十七,此主人家所生也。欲以结好,少适旅怀,如何?"榭答:"甚善。"乃择日备礼,王亦遗酒肴彩礼,助结婚好。成亲,榭细视女,俊目狭腰,杏脸绀鬓[10],体轻欲飞,妖姿多态。榭询其国名。曰:"乌衣国也。"榭曰:"翁常目我为主人郎,我亦不识者,所不役使,何主人云也?"女曰:"君久即自知也。"后常饮燕衽席之间,女多泪眼畏人,愁眉蹙黛。榭曰:"何故?"女曰:"恐不久睽别。"榭曰:"吾虽萍寄,得子亦忘归,子何言离意?"女曰:"事由阴数不由人也。"王召榭宴于宝墨殿,器皿陈设俱黑,亭下之乐亦然。杯行乐作,亦甚清婉,但不晓其典耳。王命玄玉杯劝酒曰:"至吾国者,古今止两人:汉有梅成[11],今有足下。愿得一篇,为异日佳话。"给笺,榭为诗曰:"基业祖来兴大舶,万里梯航惯为客。今年岁运顿衰零,中道偶然罹此厄。巨风迅急若追兵,千叠云阴如墨色。鱼龙吹浪泣血腥,全舟灵葬鱼龙宅。阴火连空紫焰飞,直疑浪与天相拍。鲸目光连半海红,鳌头波涌掀天白。桅樯倒折海底开,声若雷霆以分别。随我神助不沈沧,一板漂来此岸侧。君恩虽重赐宴频,无奈旅人自凄恻。引领乡原常涕零,恨不此身生羽翼。"王览诗欣然曰:"君诗甚好!无苦怀家,不久令归。虽不能羽翼,亦令君跨烟雾。"宴回,各人作诗。女曰:"末句何相识也?"榭亦不晓。不久,海上风和日暖,女泣曰:"君归有日矣!"王遣人谓曰:"君某日当回,宜与家人叙别。"女置酒,但悲泣,不能发言,雨洗娇花,露沾弱柳,绿惨红愁,香消腻瘦。榭亦悲感。女作别诗曰:"从来欢会惟忧少,自古恩情到底稀。此夕孤帏千载恨,梦魂应逐北风飞。"又曰:"我自此不复北渡矣。使君见我非今形容,且将憎恶之,何暇怜爱。我见君亦有嫉妒之情,今不复北渡,愿老死于故乡。此中所有之物，郎俱不可持去，非所惜也。"令侍中取九灵丹来曰："此丹可以召人之神魂，死未逾月者，皆可使之更生。其法用一明镜，致死者胸上，以丹安于项。以东南艾枝作柱灸之，立活。此丹海神秘惜，若不以昆仑玉盒盛之，即不可逾海。"适有玉盒，并付以击榭左臂。大恸而别。王曰："吾国无以为赠。"取笺诗曰："昔向南溟浮大舶，漂流偶作吾乡客。从兹相见不复期，万里风烟云水隔。"榭辞拜。王命取"飞云轩"来。既至，乃一乌毡兜子耳。命榭入其中，复命取化羽池水，洒之共毡乘。又召翁姬，扶持榭回。王戒榭曰："当闭目，少息即至君家。不尔，即堕大海矣。"榭合目，但闻风声怒涛。既久开目，已至其家坐堂上。四顾无人，惟梁上有双燕呢喃。榭仰视，乃知所止之国，燕子国也。须臾，家人出向劳问，俱曰："闻为风涛破舟，死矣！何故遽[12]归？"榭曰："独我附板而生。"亦不告所居之国。榭惟椎一子，去时方三岁。不见，乃问家人。曰："死已半月矣！"榭感泣，因思灵丹之言，命开棺取尸，如法灸之，果生。至秋，二燕将去，悲鸣庭户之间。榭招之，飞集于臂，乃取纸细书一绝，系于尾，云："误到华胥国里来，玉人终日重怜才。云轩飘去无消息，泪洒临风几百回。"来春，燕来，径泊榭臂，尾一小束，取视，乃诗也。有一绝云："昔日相逢真数合，而今睽隔是生离。来春纵有相思字，三月天南无燕飞。"榭深自恨。明年，亦不来。

——出《青琐高议》

注释

[1] 具，备，办。

[2] 大食国，中古时期阿拉伯人建立起来的国家，唐代以来都以此相称。

[3] 逾，超过。

[4] 巨浪走山，意为巨浪如山一般倾倒。

[5] 兴而复颠，意谓抛掷起又跌落。

［6］馁，饥饿。

［7］闤闠，音"huán huì"，街道，街市之意。

［8］阍者，阍，音"hūn"，守门，阍者即守门人。

［9］牖，音"yǒu"，窗户的意思。

［10］绀，音"gàn"，黑青色。

［11］梅成，（约公元2世纪—209年），中国东汉时代末期扬州刺史部庐江郡人，东汉末年群雄之一。

［12］遽，音"jù"，突然。

评　析

遭海难而遇人搭救，本是常见的题材。但本文之新奇，在于落难的公子王榭到了燕子国，不但得到上至燕子国国王，下到普通百姓的礼遇，还成为了燕子国的女婿！以人这个类所具有的行为习惯和美善来推加到其他物类（包括文中的燕子）身上，是古代中国作家最乐于做的事情。譬如在本文中，临席赋诗的主人公的一番表述得到燕子公主一家人的善意深解，颇使人感动，而行文里描写燕子公主的"俊目狭腰，体轻欲飞"，燕子国王的"皂袍衣冠"等，都无不让人联想到逗人喜爱而又浑身黑色的燕子。其轻盈的文字和细腻的描写，让本文从各个方面呈现出了一篇典范的爱情婚恋童话的优美。

长桥怨

——钱忠钱塘遇水仙

治平年，钱忠字惟思，少好学多闻，随侍父湖湘。后以家祸零替[1]，惟忠一身流落，因如二浙。道过吴江，爱水乡风物清佳，私心恋恋。不能去。每江上春和，湖边风软，翠浪无声，画桥烟白，忠尽日讽咏游赏，多与采莲客、拾翠女相逐，周旋洲渚间。忠尤悦一女，方及笄[2]，垂螺浅黛，修眉浅黛，宛然天质。忠虽与游，卒不敢以异语犯焉。凡数月，浸于女熟，女亦睽睽[3]有意。

一日，忠惟酒所使，谓其女曰："吾与子相从江渚舟楫间数月矣，吾甚动子之色，独不知乎？"女曰："吾之志亦然也。家有严尊[4]，乃隐纶客也，常独钓湖上，尤好吟咏。子能为诗，以动其心，妾终身奉君箕帚[5]；不然，未可知也。"至暮举楫，扁舟入云水中。忠归，惕[6]意为诗曰："八十清翁今钓客，一纶一艇一鱼蓑。碧潭波底系船卧，红蓼香中对月歌。玉脍[7]盈盘同美酒，锦鳞随手出清波。风烟幽隐无人到，俗客如何愿一过。"忠以诗付女，女持而去。明日，女复持诗至曰："翁和子诗，亦有不许君之句，子更为之。"翁和诗曰："向晚云情无限好，船头又见乱堆蓑。却无尘世利名厌，尽是市朝兴废歌。全宅合来居水泽，此身常得弄烟波。肥鱼美酒尤丰足，自是幽人不愿过。"忠复依前韵为诗云："小舟泛泛游春水，竹笠团团覆败蓑。盈棹长风三尺浪，满船明月一声歌。非于奔走厌浮世，自是情怀慕素波。惟有仙翁为密友，就鱼携酒每相过。"付女上翁。他日，又遇女于湖上，女曰："翁亦不甚爱子之诗。"又数日，忠又构成诗云："吴江高隐仙乡客，衰鬓长髯白发乾。满目生涯千顷浪，全家衣食一纶竿[8]。长桥水隐秋风软，极浦烟浮夜钓寒。因笑区区名利者，是非荣辱苦相干。"翌日，忠见女，女喜曰："翁方爱子之诗，我与君事谐矣！"又去，忠终不知所止。一日，忠与数友晚步江岸，过小桥，遇女于其上，不语相顾，喜笑而去，同行者颇疑焉。明日早，忠尚伏卧，有人持书于窗牖，忠起视之，乃女所作之诗也，诗云："昨日相逢小木桥，风牵裙带缠郎腰。此情不语无人觉，只恐猜疑眼动摇。"

他日，忠又与邻渔泛舟，钓于湖上，渔唱四发，忠亦递相应和其间，女又遣人遗忠诗曰："轻桡直入湖心里，渡入荷花窣窣鸣。何处渔谣相调戏？住船侧耳认郎声。"月余，忠别里巷邻友，泛舟深入烟波，不知所往。忠有姑之子曰王师孟，登第[9]后失官。有故人居钱塘，道经吴江，泊舟水际，登长桥，有彩船来甚速，中有人呼曰："王兄固无恙乎?"师孟审其声,乃忠也。俄见舟舣[10]桥下,果忠也。邀师孟登舟,音乐酒肉,器皿服用如王公,皆非人世所有。忠复命其妻以大兄之礼拜师孟,师孟但觉瑶枝玉干,辉映左右。因三人共饮。至明,忠谓师孟曰:"吾之居处在烟波之外,不欲奉召兄。兄方贵游,弟能无情!"乃以黄金十斤赠之,师孟谢之。忠曰:"相别二纪,而兄之发白,伤怆[11]尘世间烟波使人易老。"师孟曰:"子为神仙,吾今游客,命也如何?"因而唏嘘泣下。忠为诗曰:"水国神仙宅,吾今过此中。长桥千古月,不复怨春风。"已而别去。后不复见之。

注 释

[1] 零替,衰败。

[2] 及笄(jí),女子十五六岁。

[3] 睠睠,同眷眷,依依不舍,一心一意。

[4] 严尊,父亲。

[5] 箕帚,撮箕和扫帚的合称,一般用它来代指家务。

[6] 惕(tì),恭谨,小心貌。

[7] 脍(kuài),切细的肉。

[8] 纶竿,钓竿。

[9] 登第,考中进士。

[10] 舣,音"yǐ",船舶靠岸。

[11] 伤怆,悲伤。

评 析

博学书生钱忠游览吴江,周旋于江渚间,其与拾翠女相恋并在诗词的唱和中结为夫妻,在钱塘江的烟波浩渺中悠游度日。整个故事充满了浪漫和理想的色彩。但故事中两人最终走到一起,须经女方父亲同意才行，这看似不经意，却向我们透露了古人（宋人）婚恋生活中，父母的应允与否对青年男女婚姻具有很强的约束力。

在古人（宋人）的实际生活中，父母之命、媒妁之言对于儿女的婚配具有决定性作用。当男女双方的结合毫无爱情可言的时候，他们便常常把自己对婚恋的不满和对理想婚恋的渴望，投射到自己与神、人的相恋上。然而就是在这样的仙俗婚恋中，依然隐隐地带有婚姻恋爱不能全由婚恋双方自由主宰的遗憾。这也许正反映了神仙世界也是人间实际生活折射的本质。不过本故事还是能够给人安慰的，即拾翠女仙的父亲以夫婿才华而非其他来作为选择标准。即使是现在，以这样的标准来选择女子婚恋对象，这也依然是值得人称许和钦佩的。

远烟记

戴敷，筠州[1]邑人也。父为游商，出入多从焉。后敷纳[2]粟为太学生，娶都下酒肆王生女为妇。岁久，父没[3]于道途。敷多与浮薄[4]子出处，耗其家资，则装橐[5]尽虚，屋无担石。妻为其父夺之以归，敷日夜号泣。妻王氏亦然，誓于父曰："若不从吾志，我身不践他人之庭，愿死以报敷。"及王氏卧病，久则沉绵[6]。家人多勉父使王氏复归于敷。父刚毅很人[7]也，曰"吾头可断，女不可归敷。"因大诟女："汝寡识无知，如敷者冻饿死道路矣。"王氏自念病且不愈，私谓侍儿曰："汝为我报郎，取吾骨归筠，久当与郎共义矣。"后数日王氏死。

侍儿一日遇敷于道，具述王氏意，敷大伤感。方夜乃潜往都外，脱衣遗园人，取其骨自负而归筠。敷后愈贫，无衣食，乃佣于人为篙工。下沔迤逦[8]至江外，萍寄岳阳，学钓鱼自给。敷怀妻，居常伤感，多独咏齐己诗曰："谁知远烟浪，多有好思量。"

于时穷秋木脱，水落湖平，溶溶若万顷寒玉。敷行数里外，隐约烟波中亭亭有人望焉。数日，钓无鱼，只见烟波人。岁余则似近，又半岁愈近焉。经月则相去不逾五十步，熟视乃其妻王氏也。敷号泣，妻亦然,道离索之恨。更旬日,不过数步。敷乃题诗于壁,诗曰:"湖中烟水平天远,波上佳人恨未休。收拾鸳鸯好归去,满船明月洞庭秋。"一日,敷乃别主人,具道其事。主人不甚信,乃遣子与敷翌日往焉。敷移舟入湖,俄有妇人相近,与敷执手曰:"自子持吾骨归筠,我即随子于道途间。子阳旺不敢见子。子钓湖上相望者二载,以岁月未合,莫可相近。今其时矣。"乃引敷入水中。主人子大惊而回。后数日尸出水上,岳阳尉侯谊验覆其尸,容色如生。闻其事于人。

注 释

[1] 筠州,地名,因产筠篁(丛竹)而得名。

[2] 纳粟,在宋代,富人捐粟以取得官爵或赎罪。

[3] 没,同"殁",死。

[4] 浮薄,浮泛,不诚实。

[5] 橐,音"tuó",口袋。

[6] 沉绵,病重。

[7] 很人,狠心之人。很同"狠"。

[8] 迤逦,曲曲折折。

评 析

故事讲述的是戴敷夫妻被岳父拆散后,两人相思甚苦,戴妻忧思成疾而死;戴垂钓湖上,亡妻鬼魂化人形,引戴入水相会。

在我们看来,是刚狠的岳丈活活地拆散了恩爱的夫妻俩,既造成女儿因相思成疾而逝的悲剧,也造成戴敷纵身浩渺烟波的不幸!一对被生生拆散的深爱夫妻,只有在成鬼后方能实现团聚的悲剧,让人不难体会到为什么会有"愿天下有情人终成眷属"的浩叹!

焦生见亡妻

焦生不知何许人，客于洛阳久之。生通《诗》《易》《论语》，尝以讲说为事。于洛城西宫南里，有同人庄，居积食且多，村民之豪者也。有同里民姓刘，家亦丰实。姓刘者忽暴亡，有二女一男。长者才十余岁，刘之妻以租税[1]且重，全无所依。夫既葬，村人不知礼教，欲纳一人为夫，俚语[2]谓之"接脚"。村之豪儒以焦生块然[3]，命媒氏于刘之妻言之，刘妻知焦生于州县熟，许之。未半岁，纳之为夫。焦久贫悴，一旦得刘之活业，几为富家翁，自以为平生之大遇也。凡十余年，家道益盛，牛羊之蹄角倍多。入城市，昏晚醉归，妻率儿女辈于庄门及令丁壮一二里候之，未尝反目。一旦，焦之妻亦暴亡，焦生痛悼，追念不已。妻既葬，昼夜号呼涕泣，无暂辍，为之饭僧看经造功德备至。豪儒暨洛中之友人以理劝喻，稍止。

后数月，焦生复早诣城市，昏晚方归。半醉，策驴去其居十许里，大恸[4]而归。家人扶接而入，凡数度，村民亦不之讶。一日自城中醉归，行及柿园店，以鞭乱殴其家客。家客怒，先驰归。焦生独乘驴，不由故道，东南望荒地而去也。见者不之测，焦之居在西南，家人不知，村民为其昏晚，恐为狼虫所伤，五七人共持白梃[5]后随之，渐近，生即回，以言告相随之者次南"某与数人为约，慎勿相逐。"众遂回，焦生乘驴直诣洛河崖岸最深险处，急鞭驴使前，驴见岸深，不之进，焦生下以手用力推之，驴双脚踢焦生，焦生倒死，卧在地，驴亦归。时已十月，崖下水深处河道弯曲，有筏数十只，上有人宿止，筏上人见乘驴欲投崖，谓是风狂。焦生起，筏上人连声大叫云："莫向前！向前岸下是潭水，淹杀你。"焦生闻之，自弃沿身衣服于地，望西北下急走，潜伏不见。筏人上岸睹其衣服，曰："果是风狂人，几合淹杀。若向前有疏失，况遗衣服在地，来日人寻踪至此，带累人。"咫尺村中人有耆长[6]，遂夜深叩门告之。村耆曰："适昏晚见焦生去，必狂醉。"乃夜诣焦生家告之。来早寻之不见，于百余步外草中有微血踪，盖跣足[7]为棘刺所伤故也。焦之家诬筏上数人害之，送官鞫[8]之，无状。又数日，人有于三山后涧侧草中见一人坐，被发无衣装，视之，焦生也。与语，不答，双目闪闪，微有光，见者惧，驰诣焦庄告之。家人依其言往，果尚在涧侧丛草中。见家人至，欲奔走，丁壮者追及，执缚[9]而归。满身及手足多棘刺，血污狼藉，不饮食，不知亲疏，但云"放我去归。"

本家遂召善符禁者，时有道士丁自然能使汤火符，禁祛捉鬼魅精怪多验，依法设坛，敕水讫，炽火沸汤，书符禁之，遂释缚，呼焦生及死妻姓氏。厉声持剑呼诘之曰："尔为鬼！焦乃生人，人鬼异路尔！鬼物敢辄干人。"又责焦曰："彼鬼尔！何辄随之久之。"焦生流汗，战栗伏地，若知过之状，然终无言语。于是与拔棘刺，且汤沐衣之新衣，扶之令卧睡。数日亦不食不饥，始微能言语呻吟，觉肌骨间疼痛。道士去，又数旬日，问其故，焦曰："某到柿园店，见亡妻先行，某不知其鬼也。中心喜，妻以手指相随者庄客，似欲令去，不觉用鞭朴击[10]之。庄客去，妻行渐急，恐失之，遂鞭驴而往东南。见道路宽阔，妻先行，某乘驴逐之。妻回顾曰：'尔向后觑[11]，引他许多人来，我怕！我怕！可速教他回。'某遂却回，逆其相逐者，绐之云：'我与数人在前路相约。'相逐者信，俱回。妻喜笑，前行数里。妻指前面一所庄云：'此家也'。将及数百步，有二红衣女子，一大一小，迎笑曰：'耶来！耶来！'有大门不同向者，所居，妻先入，女子亦先入。某驴不肯前行，鞭之不动。某怒，自下以手推之，驴双脚起，踢某倒，遂昏然不知觉久之。妻与红衣小女子前引某上山入涧，尤觉身健，日随之。及尊师至，妻与女子号泣辞去，遂不复见。"

——出《洛阳缙绅旧闻记》

注 释

[1] 租税，田税和各种税款的总称。

[2] 俚语，街巷之语。

［3］块然，魁梧，高大的样子。

［4］大恸（tòng），大哭；非常悲伤。

［5］梃，音"tǐng"，棍棒。

［6］耆（qí）长：一种差役的名称，主要职责是抓捕盗贼。

［7］跣（xiǎn）足，指光着脚。

［8］鞫，音"jū"，审问、拷问。

［9］执缚，逮捕捆绑。

［10］朴击，击杀。

［11］觑，音"qù"，看，偷看。

评 析

人世间之可贪恋，在于其有许多难以甚至永远都割舍不断的情缘纠葛！这种不断，不仅仅是恋人或夫妻之间有山高水远的间隔，还在于有时即使是生死异路、幽冥相隔也同样如此。可不，看本文的焦生与亡妻两人，他们的故事真的再演了令人信服的"生死相许"！尽管焦生与妻子刘氏是"接脚"，但他们的情感却异常深厚，所以才有刘氏死后焦生"昼夜泣啼"。到了后来，焦生一次又一次的神思恍惚的寻妻，多次被红衣妻子所导引，让我们不妨理解为是他思念太过的缘故。文学笔法的化虚为实，事情讲述的生动逼真，尤其是"醒"后焦生的细节自叙，仿佛让我们看到了在另一个世界里的妻子刘氏对他的眷恋和为他所做的一切！

本文作者是宋代的张齐贤，他是著名的宰相，又是一代散文名家，其所著的《洛阳缙绅旧闻记》非常具有可读性，而取自于里面的"焦生见亡妻"，虽然得于别人偶尔的一个传闻，一个话语，可在他笔下，则成了非常令人感动的活人与已故者之间难以剪断的恋情故事。

甘陵异事

　　供奉官宋潜，授[1]河北路七州巡检，公署[2]在甘陵。将行，有故人赵当者，久贫，求依栖于门馆，训其子弟。潜欣然相许，遂同之任。既至，厅事西偏一位阒然[3]，乃前政学序之所也，潜乃令赵生居之。

　　越三宿，生欹[4]枕间，有一美妇绰立灯下，纤妖一搦[5]，颜色动人，举手唱曰："郎行久不归，妾心伤亦苦。低迷罗箔凤，泣背西窗雨。"遂灭其灯，移就赵寝。生喜其容质艳丽，乃与之偶。良久，生乃询其所从来，则曰："妾君之邻也。妾本东方人，不幸失身，流落至此，遂鬻身[6]于彭城郎。妾在后房，独承宠顾。郎少年好书，每至中夜，览究经史，虽妻子不得在左右，唯妾侍焉。其或春宵命客，月夕邀宾，妾无不预席上。今郎观光上国，岁久未还，寂寞一身，孤眠暗室，其谁知我！近闻君子至斯，无缘展见。适乘月暗，不免逾垣，辄造斋簧，私荐枕席，此诚多幸。愿君密之，恐事露即不得来也。"天未及晓，妇人辞去，约翌日再至。达旦，生乃起，教授子弟。

　　至夜，生乃高烛危坐以俟之。妇人果来，又唱曰："一自别来音信杳，相思瘦得肌肤小。秋夜迢迢更漏长，守尽寒灯天未晓。"遂与生卸衣就寝。久之，斜月尚明，寒鸡未唱，妇人辞去，又约再至。是夜，生亦候焉。顷之，妇人自外而入，徐行而唱云："世间谁有相思药，无奈薄情弃后约。有时缓步出兰房，傍人竟笑身如削。"乃褰帷[7]就枕，又宿生馆。因泣谓生曰："妾之为人，性灵而心通，非愚者也。唯恐溺于恩爱，惑于情欲，终必丧身。彼大本之樗[8]，以臃肿为全；不才之木，以拳曲而寿，盖其无知而不灵也。"言迄，唏嘘不已。生曰："两情方浓，双鸳正美，何遽言此也？愿无他念，以尽今夕之欢。"妇人乃推枕相就，语笑和洽。玉漏未残，妇人告去，乃抚生曰："每至夜头，郎留户以俟妾。"

　　及晓，生乃起。训导诸生，言辞舛错[9]，众皆疑焉。抵暮，生乃促弟子还舍，设榻以待之。妇人俄至，又唱云："独倚柴扉翠黛颦，伤嗟良夜暂

·110·

相亲。如今且伴才郎宿，应为才郎丧此身。"生闻之，意颇不乐，乃谓之曰："汝何屡出不祥之语，使吾惑也？"妇人不答，乃与生就寝。更漏四鼓，妇人辞去。翌旦，生意绪恛惶[10]，精神恍惚。诸生大怪之，乃以所疑，具告于父。宋度其有滥，乃曰："俟晚吾必潜往观焉。"入夜，宋乃私诣生所，映立窗外，窥见赵生挑灯排榻，若有所待。宋乃四望无人。忽于西北隅有一妇人飘然而至，直诣灯下。唱曰："向晚临鸾拂黛眉，红装妖艳照罗帏。不辞夜夜偷相访，只恐旁人又得知。"妇人吹灯，复欲就寝。宋乃大呼，遽入，以手抱之，觉所抱之妇人甚细。命烛视之，乃一灯檠[11]耳。

——出《云斋广录》

注　释

[1] 授，任职。

[2] 公署，古代官员办公的处所。

[3] 阒（qù）然，形容空无所有。

[4] 攲，同攲，音"qī"，倾斜。

[5] 搦，音"nuò"，握，把。

[6] 鬻（yù）身，卖身。

[7] 搴（qiān）帏，撩起、拉起帷帐。

[8] 樗（chū），树名，即臭椿（zhuāng），常比喻大而无用之才，这里用作自谦。

[9] 舛（chuǎn）错，错乱，不正常。

[10] 恛惶，音"huí huáng"，惶恐不安，心神不定。

[11] 灯檠（qíng），灯架。

评　析

整个故事，都讲的是书生赵当与灯檠所化女子之间的一场爱恋。而其中的情节描绘，若依一般人的眼光来看，无疑是荒诞不经的。但即便如此，却依然不失为一个充满诗意的婚恋童话。供奉官宋潜，则起着证明故事确凿的作用，也是他，见证了赵当与灯檠美女相恋的所有历程：从她的突然绰立于灯下，以唱词自报原委，到被赵接纳，以及后来几个晚上的缱绻相拥都叙述得饶有趣味，尤其是窥探到这一切的宋潜的突然闯入，则让一场美丽的邂逅戛然而止。那些穿插在故事里、又推动了情节发展的那些诗词，不但使人觉得小说情节的发展信而有征，而且又点出了两人能够相恋的心理基础：无人陪伴的各自孤凄，双双遇合的互相慰藉，在一起的欢快愉悦等等，无不给人一种爱情充满诗意的缠绵和美好，甚至还让人对多事的宋潜有责备之心呢。

谁说人生不美好？不是有小小的灯檠都愿意化身为人来感受世界的奇遇吗？这，便是此文要教会你我的东西。

张夫人

张子龙妙龄甲科中第。乡里宗氏，衣冠望族也。有女始笄[1]，色冠一时，离[2]以为婿。成礼之后，张虽少年文采，驰誉当时，而宗常有不足之色，坐是琴瑟不甚洽浃[3]。张任太学博士，宗忽告曰："吾某处之神也，尝以为过，罚为人之室。岁满合归，幸毋以为念，子行亦光显矣。然有三事嘱子：吾平日与子不甚叶[4]，吾没之后，父母必来问吾既死之状，慎勿揭吾面帛。其次，毋再娶。又其次，吾有二婢，人物不至陋，他日足以区分处子之事，勿令去。苟背吾言，吾将祸子不得其死。"言毕而逝。

已而宗父母果来，张告以此，翁媪益疑焉。竟启视之，乃如所画夜叉，若将起撄[5]人状，众惧而急覆之。未几，擢[6]侍从，益贵幸。一日登对，徽考语之曰："卿妇死数年，为何尚未娶？枢密[7]邓洵仁女甚美且贤，知经术，尝随其母入禁中，宫女呼为邓五经，朕当为卿娶之。"张力辞以他，不可，已而言定邓氏。邓氏欲逐其二婢，张不得已又去之。合卺[8]之夜，夫妇方结发，忽火起床下，帷幔俱烬。翌日，张奏厕，见故妻如死后状，前搏子龙，遂残其势，自是张遂不能为人。

——出《投辖录》

注 释

［1］笄，音"jī"，是古代女子用来挽住头发的发簪。后来常用"及笄"来表示女子已经到了成年。

［2］脔，音"luán"，本指切成小块的肉，这里引申为幼小时就约定婚姻。

［3］洽浃（jiā），融洽，亲近。

［4］叶，音"xié"，和谐。

［5］撄（yīng），接触，触犯；扰乱，纠缠。

［6］擢，提拔，提升。

［7］枢密，枢密使，古代官名，宋代枢密使和中书省官员一起共同掌管军政。

［8］合卺（jǐn），古代婚礼的一种礼仪。

评 析

张子龙少年得志登科，妻子美冠一时，如此郎才女貌之婚姻，照常理，本应让人非常羡慕才对。但在本文中，却并不这样。实际原因就在于张妻生前与他的不甚融洽，夫妻怨怼。也因为这，才有妻子临终与丈夫的约法三章，且一章比一章更使丈夫为难。不让自己的父母揭面，不得辞去曾经的婢女，这些似乎都还在情理之中。而第三条，不得再娶，从张的表现，也是遵循了的。可令人惋惜的是主宰者皇帝宋徽宗不明就里的热情撮合，使张遭致了亡妻让他"遂不能为人"的严重惩罚！我们说，夫妻一场，缘分相系，张之再娶，确有十分的不得已。但亡妻宗氏的应怼，应视为太过！

"死了都要爱"，倘若真能如这句流行歌词所唱，那的确是人世间婚姻的最美好状态了。

李山甫妻

汴梁李山甫妻亡逾月，所居楼梯忽轧轧有声。少焉妻至。李初疑怖，至则亡之矣，语笑就枕，如平生欢，晓去复来。母闻知，密布灰于梯道以验之，见鸡迹四五。已而妻谓李曰："我托此而来，非是异类。夫妇情深，自恋恋不能舍，无意相害也。"久之，李谋复娶同邑包氏。一夕，妻泣言："君已谋继室乎？"李讳[1]焉。妻曰："我断君此事不得。既有此议，我当绝矣。"苦留不可，曰："幽明有间，但善与新人养护稚儿。否则君妇生子，我必致祸[2]。"李许诺，遂诀去。包氏成礼未几，昼寝未熟，若有牵帐者，冷风凄然而入，一妇严整丽服，登榻曰："我即李前室，与妇人如姊妹，幸善视吾子。不然，夫人生子，我必祟之。"下榻出，风吹其帐自合。包警觉，帐犹摇摇不已也。

——出《夷坚支庚》

注 释

[1] 讳，掩饰，有顾忌不敢说或不愿说。
[2] 致祸，带来灾祸。

评 析

李山甫妻子亡故数月，却依然前来与丈夫欢笑团聚。照一般人的思维看来，这是根本不可能的事，但在作家笔下，却栩栩如生，不做丝毫怀疑。为什么？因为作家叙述的翔实，人物里弄的出处有据。自然，作为文学创作的非现实写法，人死而复生亦被认为是可能的。然而，作为本文，最打动人心的还是里边的重心人物——作为李山甫妻的那位已然不在人世的母亲，由于她时刻考虑到自己尚未成人的"稚儿"，才返回到人家与丈夫再续姻缘。再看她，当得知丈夫即将谋取继妻以后，其警告丈夫一定善待自己孩子的举措，何不让每一位有情义的父母感动？

"痴心父母古来多"，虽然本文表面上是一篇人鬼续缘的文章，但骨子里给我们展示了一位身为母亲的那永远也断绝不了的对子女的护爱！

太原意娘

京师人杨从善陷虏在云中，以干如燕山，饮于酒楼。见壁间留题，自称"太原意娘"，又有小词，皆寻忆良人之语。认其姓名字画，盖表兄韩师厚妻王氏也，自乱离暌隔[1]不复相闻。细验所书，墨尚湿，问酒家人，曰："恰数妇女来共饮，其中一人索笔而书，去犹未远。"杨便起，追蹑[2]及之。数人同行，其一衣紫佩金马盂，以帛拥项，见杨愕然，不敢公召唤，时时举目使相送。逮夜[3]，众散，引杨到大宅门外，立语曰："顷与良人避地至淮泗，为虏[4]所掠。其酋[5]撒八太尉者欲相逼，我义不受辱，引刀自刭不殊[6]。大酋之妻韩国夫人闻而怜我，亟命救疗，且以自随。苍黄[7]别良人[8]，不知安往，似闻在江南为官，每念念不能释。此韩国宅也，适与女伴出游，因感而书壁，不谓叔见之。乘间愿再访我，傥[9]得良人音息幸见报。"杨恐宅内人出，不敢久留连，怅然告别。虽眷眷于怀，未敢复往。

它日，但之酒楼瞻玩墨迹，忽睹别壁新题字并悼亡一词，正所谓韩师厚也。惊扣此为谁，酒家曰："南朝遣使通和在馆，有四五人来买酒，此盖其所书。"时法禁未立，奉使官属尚得与外人相往来。杨急诣馆，果见韩，把手悲喜，为言意娘所在。韩骇曰："忆遭掠时，亲见其自刎死，那得生？"杨固执前说，邀与俱至向一宅，则阒[10]无人居，荒草如织。逢墙外打线媪，试告焉，媪曰："意娘实在此，然非生者。昨韩国夫人闵其节义，为火骨以来，韩国亡，因随葬此。"遂指示窆[11]处。二人逾垣入，恍然见从庑下趣室中，皆惊惧。然业已至，即随之，乃韩国影堂，傍绘意娘像，衣貌悉囊所见。韩悲痛还馆，具酒肴，作文祭酹，欲挈遗烬归，拜而祝曰："愿往不愿往，当以影响相告。"良久，出现曰："劳君爱念，孤魂寓此，岂不愿有归？然从君而南，得常常善视我，庶慰冥漠；君如更娶妻，不复我顾，则不若不南之愈也。"韩感泣，誓不再娶。于是窃发冢，裹骨归，至建康，备礼卜葬，每旬日辄往临视。后数年，韩无以为家，竟有所娶，而于故妻墓稍益疏。梦其来，怨恚甚切，曰："我在彼甚安，君强携我。今正违誓言。不忍独寂寞，须屈君同此况味。"韩愧怖得病，知不可免，不数日卒。

——出《夷坚丁志》

注　释

[1] 暌隔，分离，分别。

[2] 追蹑，悄悄地跟踪。

[3] 逮，及，到。

[4] 虏，敌人，虏通常被理解为中国古代对北方外族的称呼。

[5] 酋，少数民族的头领。

[6] 不殊，没有成功。

[7] 苍黄，仓猝。

[8] 良人，古时女子对丈夫的称呼。

[9] 傥，同"倘"，假如，如果。

[10] 阒，音"qù"，寂静无声。

[11] 窆，音"biǎn"。本意是把死者的棺材放进墓穴。引申为墓穴，坟茔。

评　析

古人云，夫妻本是同林鸟，大难来时各自飞。此语虽然鄙俗，但有时也大抵描绘了夫妻之间碰到外界灾难的一些情况。本文《太原意娘》便是如此。

因为金人南侵，意娘王氏和丈夫韩师厚仓促之间便阴阳隔离，意娘命绝，师厚得脱。倘若没有表弟杨从善的一番发现，自然便没有后来的故事。杨的一番发现沟通了处于阴阳之间的意娘夫妻之间的感情，也让我们看到这一对因为战争乱离而分开的夫妻之间的缠绵和不舍，以及后来丈夫韩师厚的备至关照。可毕竟是现实的欲求远超幽冥相隔的夫妻之间的感泣，另成家的丈夫对亡妻墓管理的疏远导致了妻子的不满，招致他的怨愤。惊恐的丈夫不数日而死，让人想起世间男女情缘的永远难了，何以成为永恒的话题！

透过这个故事，我们看到了当时战争给人们造成的严重灾难，韩师厚夫妻因为战争的阴阳相隔便是其中鲜明的缩影和例证。

香屯女子

德兴香屯人陈百四、百五，同时双生，二亲俱亡，兄弟同居未娶。绍兴四年六月，弟纳凉门首，女子不告而入。追之，答言："恰与丈夫忿争[1]，索要分离，故窜身到此。"弟寻常着意声色，见之甚善，即拉令就宿。女亦喜，是夕共寝，而兄不知。五更后告去，曰："吾夫一夜必相寻觅，当往探其所为，明晚却再至。"弟丁宁使勿违约，如期果来，复托故晓去。绸缪[2]一月，尪悴[3]之极，迫于伏枕[4]。兄以为感疾，招张法师治疗。张盖能医，又工于法箓[5]，视其脉曰："渠本非有病，祟惑在心，驯以至此。可今夜过予法院，当以符水服之。君却执一符在手而宿弟榻，待异物至，痛批其颊，精魅之形状可立验。"陈尽如所戒。甫二鼓，一女着黄色衫，系黄裙，直造室内，脱解于椅上，裸而前，近枕畔欲卧。兄引手掴[6]之，叫呼而出，声如婴孩，即时不见。视椅上衣，皆虎皮耳。

——出《夷坚三志》

注 释

[1] 忿争，愤怒相争。
[2] 绸缪，缠绵难分的男女恋情。
[3] 尪悴，尪，音"wāng"，尪悴，憔悴瘦弱。
[4] 伏枕，卧病在床的人。
[5] 法箓，道教用语。指用以驱鬼压邪的丹书、符咒等。
[6] 掴，音"guó"，用巴掌打人的耳光。

评 析

作家之让人佩服的地方，就在于其所具常人难以达到的丰富想象力！并在丰富想象力之上，把一个根本不可能发生的故事，描绘得绘声绘色，宛如真的。

阅读这篇文章，给人的感受便是这样。着意声色的陈百五，不告而入的香屯女子，让人信服的借口，只夜里前来共寝的时间段，善符箓的张法师，现原形的椅子上的虎皮，所有的一切，都在不足四百字的篇幅中描绘得那么地真实可信。相逢，共寝，得病，治妖，直至妖精的原形毕现，环环相扣的情节推演，确凿可信的收尾，读及于此，还有谁会怀疑中国古代作家讲述故事、编造童话的高超能力？

萧县陶匠

邹氏，世为兖人。至于师孟，徙居徐州萧县之北白土镇，为白器窑总首。凡三十余窑,陶匠数百。一匠曰阮十六,秉性灵巧,每制作规范,过绝于人。来买其器者价值加倍。又只事廉且谨,师孟益爱之,遂妻以幼女。历数载,生男女三人。既皆长大,而阮之年貌俨不少衰,众聚疑其异,唯非人类,虽师孟亦惑焉。唯妻溺于爱,无所觉。阮或出外,不持寸铁,登山陟巘[1],涉水穿林,未尝恐怖蛇虎。萧沛土俗,多以上巳节群集郊野,倾油于溪水不流之处,用占一岁休咎[2],目曰:"油花卜。"阮常同家人此日出游,抵张不来山,见鹿鸣呦呦,意气踊跃。及暮还舍,语妻曰:"我欲归乡省父母,暂与汝别。如要见我时,只来州城下宝宁寺罗汉洞伏虎禅师边求我。"妻固留之,翩然而去。后二年,师孟携家诣宝宁,设水陆斋。幼女忆阮,同母入洞,瞻伏虎像旁一土偶,以手加虎额,容色体态,悉阮生也。始知其前时幻变云。

——出《夷坚补志》

注 释

[1] 巘(yǎn),大山上的小山。
[2] 休咎,吉凶、好坏。

评 析

因为人世间太有吸引力,所以在作家们笔下,不但动物们要化身为人,植物们要化身为人,而且连静止的器物都要化身为人前来,以体验一番在人世间走一遭的真正滋味。这篇《萧县陶匠》,便是如此。

数百陶匠,要数阮十六最灵异聪明,制作的东西也最讨人喜爱,唯其如此,他被白器窑总首看中,选为女婿,生儿育女。然而过多的异于常人之处慢慢引起了人们的惊疑,年貌不变,跋山涉水不惧蛇虎又如履平地等,多少显露了其"非人"的特点。也许真如人世间的美好不能久延一样,举家和乐的生活留不住陶匠的思归之情,"归省父母"的理由终让他翩然而去。但情感的牵绊终让幼女找到了其最终的身份和归宿。而读本文的最大印象，便是想象的奇特和叙述语言的简洁传神。

西池春游

侯诚叔，潭州人，久寓都下，惟以笔耕自给。古年有都官与生有世契，诚叔得庇身百司，复从巨位出镇[1]，获捕武，乃授临将军市，是时年二十八岁，尚未婚，虽媒说通好，莒未谐。

一日，友人约游西池。于时小雨初霁，清无纤尘，水面翠光，花梢红粉，望外楼台，疑中箫管，春意和煦，思生其间。诚叔与友肩摩迤逦[2]步长桥，远远一妇人从小青衣独游池西，举蒙首望焉。其容甚冶，诚叔亦不致念。翌日，又同友人游焉。步至桥中，与妇人复于故处。诚叔默念：池西游人多不往，彼妇人独步而望，固可疑。将往从之，逼友人弗克如意。日西倾，将出池门，小青衣呼诚叔云：主妇遗子书。诚叔急怀之以归。视之，乃诗一首也。

诗云：人间春色多三月，池上风光值万金。幸有桃源归去路，如何才子不相寻？

复云：后日相见于旧地。诚叔爱其诗，但字体柔弱，若五七岁小童所书。又如期而往。遇于池畔。诚叔偷视，乃西子之艳丽，飞燕之腰肢，笑语轻巧，顾视诚叔池上复游西岸，诚叔问其姓，则云：独孤，家居都北，翌日，欲邀君子相过[3]。迤逦又还池西数步，复以书一封投诚。书云：今日有中表[4]亲姻约于池上，不得款邀，其余更俟他日。诚叔归视其书，亦诗也。诗曰：几回独步碧波西，自是寻君去路迷。妾已有情君有意，相携同步入桃溪。后日复相遇，乃去。

翌日大风雨稍霁，诚叔骑去，泥泞尤甚，池门合关无人。诚叔意思索寞，将回，有人呼生，回顾，乃向青衣。女曰：今日泥雨，道远不通车骑，有诗与君。观之，即诗也。

春光入水到底碧，野色随人是处同。不得殷勤频问妾，吾家只住杏园东。

青衣寻去。不复有异日之约。生恋恋。

他日复游，杳不可见，云平天晚，生意愈不足，乃回。将出池门，向青衣复遗诚叔书云：妾住桃溪杏圃之间，花时烂漫，无足可爱。或风月佳夕，弟妹燕集，未始不倾凤结相思，与郎遇，逼父母兄弟邻里，莫得如意，翌日君出都门，当遂披对[5]。弛皆一侍者通道委曲。青衣曰：君某日出酸枣门，西北去，有名园景物异处，乃我家也。我至日以俟君于柳阴之下。

生如期往焉。出都门数里，果见青衣。同行十余里。青衣指一处，花木茂盛。青衣邀生入于其中，乃酒肆。青衣与生共饮。青衣曰：君且待之。娘子以父母兄弟，又与朱官家比邻，昼不可至，君宜待夜。生与青衣徐徐饮以俟夜。

已而颓阳西下，居人合户，青衣乃引诚叔往焉。高门大第，回廊四合，若王公家。生入一曲室，杯皿交辉，宝蜡并燃，莲垂珠腺，幕捲轻红。生情意恍惚，与姬对饮。姬云：郊野幽窟，不意君子惠然见临，妾居侍下，兄弟众多，西善邻，未谐良聚。今日父母远游，经月方回，兄弟赴亲吉席。今日之会，乃天赐之也。命小童舞以侑[6]酒。

少选，青衣报云：王夫人来矣。笑迎夫人曰：虽处邻里，不相见久矣。夫人曰：知子今日花烛，我乃助喜耳。生起揖之，夫人亦躬敛谢生。三人共集，水陆并集。夜将半，王夫人云：日月易得，会聚尤难，玉漏催晓，金鸡司晨，笑语从容，更俟他日。王夫人乃辞去。

生乃与姬就枕，灯火如昼，锦屏双接，玉枕相挨，文姻并寝，帐纱透烛，光彩动人。姬肌滑，骨秀目丽，异香锦衾，下腹明玉，生不意今日得此，虽巫山华胥[7]不足道也。生因询：王夫人何人？色秀美如此。姬曰：彼帝王家也。生惊曰：安得居此？姬曰：今未可道，他日子自知之耳。是夜各尽所怀。

不久钟敲残月，鸡唱寒村，姬起谓生曰：郎且回，恐兄弟归，邻里起，郎且不得归矣。不惟辱于郎，且不利于妾。君不忘菲薄，翌日再得侍几席。生曰：后会可期也。姬曰：当令青衣往告。姬送生出门，生回顾，见姬倚门，风袂泛泛，宛若神仙中人。生愈惑，百步十顾，生犹望焉。

生归数日，心益惑乱。自疑：姬其妖也？所可验，臂粉仍存，香在怀抱。后踰月无耗[8]，生乃复至相遇之地，都迷旧路，但见园圃相接，翠阴环合。乃询人曰：此有独孤氏居？率皆莫有知者。有老叟坐柳阴下抱簑笠，生往叩之，且道向所遇之实。叟曰：此妖怪耳，生惊。叟曰：事虽惊异，亦不至害人，可席地，吾将告子。叟云：此有隋将独孤将军之墓，即不知果是否？下有群狐所聚，西去百步有王夫人墓，乃梁高祖子之妻耳。生复叟曰：彼何知其为怪也？叟云：向三十年前，吾闻此怪，多为人妻，夫主至有三十载，情意深密。人或负之，亦能报人。生曰：此怪独孤之鬼乎？叟曰：非也，独孤死已数百年，安得鬼？此乃群狐耳！吾今九十岁矣，所见狐之为怪多矣。今若此狐能幻惑年少。向一田家子年少，身姿雅美，彼狐与之偶，踰岁，生一子，归田家，夜则乳其子，昼则隐去，后家人恶之，伺其便，以刃伤其足，乃不复来。叟以手抚生背曰：子听之，子若不能忘情，与之久相遇则已，子若中变，不测，虽不能贼子之命，亦有后患耳。生曰：彼狐也，以情而爱人，安能为患？叟曰：此狐吾见之，莫知其几百岁也。智意过人，逆知先事。有耕者耕坏冢，见老狐凭腐棺而观书，耕者击之而夺其书，字皆不可识，经日复失之，不知其何书。此狐善吟诗，能歌唱伎艺不能者。子过厚，彼亦依于人也，但恐子即报子矣。吾见兹怪已七八十年矣，不知吾未生之前为怪又不可知也。叟亦扶杖而归，生亦归所居。

生日夜思慕其颜色，欲再见之，有如饥渴。时方盛热，生出，息于听廊下，猛见青衣复携书至，生遽起封而观焉。乃一诗也。其词云：睽违[9]经月音书断，君问田翁尽得因。沽酒暗思前古事，郑生的是赋情人。生见青衣慧丽，颜色亦甚佳，乃云：随我至室，意将为诗谢姬。青衣即入室，生则强之，青衣拒曰：非敢僭[10]也，但娘子性不可犯，妾当死矣。岂可顺君子之意，因一而欢巧言百端？生固不听。青衣弱力不能拒生，久之乃去。出门谢生曰：辱君子爱慕，非敢惜也，第恐此后不见郎也。挥泪而去。复回谓生曰：郎某日至某园中，北有高陵丛墓处，子必见姬也。

生至日，至其所约之处，阒[11]不见人。时盛暑，生乃卧木会下熟寐。既起，则日沉天暗，宿鸟投林，轻风微发，暮色四起；警喧欲回，念都门已闭。俄有人出于林后，生视之，乃姬也。且喜且问：君何舍我久乎？姬至一处，云：此妾之别第也，携生同往。姬谢云：妾之丑恶，君已尽知，不敢自匿，固突再见。姬俯首愧谢，玉软花羞，鸾柔凤倦，生为之怆然。曰：大丈夫生当眠烟卧月，占柳怜花，眼前长有奇花，手内且将醇酎[12]，则吾无忧矣。于是高烛促席，酌玉醴献酬，土盟辞，固远挽松筠[13]，近祝神鬼。是后与姬昼燕夜寐，凡十日。

姬云：君且归数日，妾亦从君游。君为择一深院清洁，比屋无异类君子居必择邻。是夜又置酒，不久侍者报云：夫人至，生益喜。三人共坐。生询云：夫人何故居此？夫人愁惨吁嗟，久方曰：妾非今世人。妾朱高祖中子之妇也。妾妇人，高祖掠地见妾，得为妇。生曰：某长观《五代史》，高祖事丑，史之疑也，实有之。妇人容貌愈愧，若无所容。久方曰：高祖之丑声传千古，至于今日，妾一人安能独讳之？妾自入宫，最承顾遇，妾深抗拒，以全端洁。高祖性若狼虎，顺则偷生，逆则速死。高祖自言：我一日不杀数人，则吾目昏思睡，体倦若病。高祖病，妾侍帝，高祖指妾云：其玉玺，吾气才绝，汝急取之，与夫作取家，勿与之。友生逆物，吾誓勿与。时友生妇屏外窃听，归报友生云：大家已将传国玺与五新妇，我等受祸非晚也。翌日，友生携白刃上殿。时帝合目仰卧，妾急呼帝云：友生久不利于陛下。帝遽起。帝亦常致刀于床首，时求之不获，不知何人窃之也。帝甚急，以银缸掷友生，不中。帝骂曰：尔与吾父子，辄敢为大逆也，吾死，子亦亡矣。帝云：吾杀此贼不早，固有今日之祸。友生母曰：我子乃以缓步迟尔，急逐帝，帝大呼求救，绕柱而走。时帝被单，友生逆靳帝腹，肠胃具坠地。帝口含血喷友生盈面，友生乃退。帝自以为肠胃内腹中，久方仆地。友生为血所噀，神色都丧，乃下殿呼其兵。宫中大乱，高祖惟用紫褥裹之，友生杀君父死如此，友生非天地所能容也。吁！高祖本巢贼之余党。不识，度宫浊乱，自贻大祸，今日思之，亦会报也。妾亲见逼唐昭宗迁都，皇后乳房方数日，昭宗亲为诏请高祖，高祖不从，昭宗竟行。帝所为他皆类此。侍儿尽曰：异代事言之令人愤恨。乃作乐纵酒。夜半，王夫人去。及晓，生乃归。

姬复曰：子急试第，我将往焉。生幽居数日，姬先来。姬装囊最后，生煖[14]愈温。生久寓都撑，至起官费用，皆姬囊中物。姬随生之官，治家严肃，不喜柔杂，遇奴婢亦也礼法，接亲族俱有恩爱。暇日谕议，生有不直，姬必折之。生所谓为，必出姬口，虽毫发必询于姬。所为无异于人，但不见姬理发组缝裳。姬天未明则整发结髻，人未尝见。三牲五味茶果，姬皆食，惟不味野物。饮亦不过数盂，辞以小，他皆无所异。姬凡适生子，不数日则失之。

前后七年，生甫補官都下，有固游相国，遇建龙孙道士，惊曰：生面异乎常人，生曰：君何以言也？孙曰：凡人之相，皆本二仪之正气，高厚之覆载。今子之行，正为邪夺，阳为阴侵，体之微弱，唇根浮黑，面青而不荣，形衰而靡壮，君必为妖孽所惑。子若隐默不觉乎非，必至于死也。人之所以异于人者。善知性命之重，利益之尊。今子绸惑异物，非知性命者也；惑此邪妖，非尊礼仪者也；吾将见之尸卧于空郊矣。生闻其论甚惧，但诺以他事，不言其实。

生归，意思不足，姬诘之，生对以道士之言，乌足信也。我以君思我甚厚，不能拒君，故子情削。姬出囊中药令生服。后月余，复见孙道士。孙惊曰：子今日之容，气清形峻，又可怪也。生答以服姬之剂若此。孙云：妖惑人也，吾子不知也。

生一日告姬云：吾欲售一妾，足以代子之劳。姬不唯。生请甚坚。姬曰：先青衣，子曾犯之，吾已逐之海外。子若售妾，吾亦害之。由是生乃止。

生有舅家南阳，甚富，不与会十余年；生欲往谒之，乃别姬云：吾往不过逾月，子但端居掩户，姬流泪生曰：子慎见新忘故，重利而遗义。生至邓，舅极喜。南阳太守乃生之主人，生见之，太守云：子久待缺都下，吾此正乏一官，令子补填之。太守乃飞章申请。舅暇日询曰：汝娶未？生答曰：已娶矣。何氏族姓？生则顾舅而言他。舅亦疑已。他日会其妻诘生，生乘醉道其实。舅责生曰：汝，人也？其必于异类乎？乃为生娶郝氏。郝大族，成婚之期，生尤慰意。

不久，生受邓之官，生乃默遣人持书谢姬。后为书与生云：士之去就，不可忘义。人之反复，无甚于君。恩虽可负，心安可欺？视盟誓若无有，顾神明如等闲。子本躬愁，我令温暖。子口厌甘肥，身披衣帛。我无负子，子何负我？吾将见子堕死沟中，亦不引手援子。我虽妇人，义须报子。

生后官满，挈其妻治家于汝海，独出京师。蒙远出，生被命广州抽兵。生数日后，忽有仆持书授郝氏，开书乃夫人之亲笔，云：吾已蒙广州刺史举授此州兵官，汝可火急治行。妻询其仆，云：生令郝氏自东路洪州来。郝氏乃货物市马而去。生在广，复得郝氏书，乃郝之亲笔，云：我久卧病，必死不起，君此来即可相见，不然，乃终天之别。我已遣兄荆州待子，君当由此途来。生自广州急归，至京，不见郝氏。郝氏至广，不见生。后年余，方复聚于京师。生与郝氏大恸，家资荡尽。

一日，生与郝氏对坐，有人投书于门，生取观之，云：暂施小智，以困二人。今子之情深，乃可惜之寥落也。书尾无名氏，生知姬所为也。

后一年，郝氏死，生亦失官，风埃[15]满面，衣冠褴褛。有故出宋门，见轻车驾花牛行于道中，有揭帘呼生曰：子非侯郎乎？生曰：然。姬曰：我已委身从人矣。子病贫如此，以子惜时之事，我得子故尽人不能无情。乃以东钱五缗[16]遗生，曰：我不敢多言，同车乃良人之族也，千万珍重。

——出《青琐高议》

注 释

[1] 出镇，出任地方长官。

[2] 迤逦，音"yǐ lǐ"，连绵曲折。

[3] 相过，相互来往。

[4] 中表，见《任氏传》注[27]。

[5] 披对，开诚相对，见面，会晤。

[6] 侑，音"yòu"，辅助，帮助。

[7] 巫山华胥，即巫山华胥梦，巫山梦是楚怀王游巫山时所做的遇见神女一梦，华胥是传说黄帝做梦梦见自己做了华胥国的女婿。后来用它们来指代理想的和平安乐之境。

[8] 耗，音讯。

[9] 睽违，离别，离开。

[10] 僭，音"jiàn"，超越自己分内的事情。

[11] 阒，音"qù"，寂静无声。

[12] 醇酎，酎，音"zhòu"，醇酎是味道醇美的酒。

[13] 松筠，松树和竹子。后两词常用来比喻节操坚贞。

[14] 煖，同"暖"。

[15] 风埃，风霜和尘埃。

[16] 缗，音"mín"，古代穿铜钱用的绳子。

评 析

即使不把独孤姬视为异类，她与侯诚叔的爱情故事仍然值得一读。也许作者要在作品里容纳更多的社会内涵，故有意把独孤姬写成谙通世事多年的老狐，再通过一个田夫的讲述交代出身份。从文中看，侯与她的相识、相恋乃至于结为夫妻，与人间的男女成为夫妇没有多大的异样：路上相逢，相思再寻，青衣传信，终成夫妻等等，只不过因为独孤姬以诗传情，让人感觉其出身是有讲究的大家闺秀而已。可除此之外，我们更不能忽略的是侯与其相遇后，其请来的王夫人所述前事（亡灵忆往），非常生动地给我们传达出以后梁武帝朱温为代表的宫廷夺权的骇人场面，再有身为皇帝的昏庸无道（每天不杀数人，则神思倦怠）和侍奉其的极为可怕！至于侯听信他言，得官后背叛承诺，落到一贫如洗、尘埃满面的结局，则可视为其见异思迁，违背对狐妻许诺的必然惩罚！另外，此故事还有趣的一点，是在两人相会时处处暗示读者女方非人类的描写（钟敲残月，鸡唱寒村时必须离开），使你无意间就相信了所发生的一切。加之全部描述语言的清新易懂（即使是传情的诗，也不晦涩），视之为晓畅的爱情小说亦无不可。

书仙传

曹文姬，本长安娼女也。生四五岁，好文字戏，每读书一卷，能通大义，人疑其夙习[1]也。及笄，姿艳绝伦，尤工翰墨。自牍素外至于罗绮窗户，可书之处，必书之，日数千字。人号为书仙，笔力为关中第一。当时工部周郎中越，马观察端，一见称赏不已。家人教以丝竹，曰："此贱事，吾岂乐为之！惟墨池笔塚，使吾老于此间足矣。"由是藉藉[2]声名，豪贵之士，愿输金委玉求与偶者，不可胜计。女曰："此非吾偶也。欲偶者，请托投诗，当自裁择。"自是长篇短句，日驰数百，女悉无意。

有岷江任生，客于长安，赋才敏捷，闻之自喜曰："吾得偶矣。"或问之，则曰："凤栖梧而鱼跃渊，物有所归耳。"遂投之诗曰：玉皇殿前掌书仙，一染尘心谪九天。莫怪浓香薰骨腻，霞衣曾惹御炉烟。女得诗，喜曰："此真吾夫也，不然何以知吾行事耶？吾愿妻之，幸勿他愿。"家人不能阻，遂以为偶。自此春朝秋夕，夫妇相携。微吟小酌，以尽一时之景。如是五年，因三月晦日[3]送春对饮，女题诗曰：仙家无夏亦无秋，红日春风满翠楼。况有碧霄[4]归路稳，可能同为五云游？云毕，呜咽泣曰："吾本天上司书仙人，以情爱谪居尘寰一纪。"谓任生曰："吾将归，子可偕乎？天上之乐胜于人间，幸无疑焉。"俄闻仙乐飘空，异香满室，家人惊异共窥，见朱衣吏持玉版书篆文，且曰："李长吉新撰《玉楼记》，天帝召汝写碑，可速驾无缓。"家人曰："李长吉唐之诗人，迄今三百年，焉有此妖也。"女笑曰："非尔等所知，人世三百年，仙家顷刻耳。"女与生易衣拜命，举步腾空，云霞烁烁[5]，鸾鹤缭绕，观者万计。

——出《青琐高议》

注　释

[1] 夙习，夙，早。夙习是积习，长时间所累积。
[2] 藉藉，盛大的样子，多形容名声。
[3] 晦日，古代人们把一个月最后一天叫"晦日"。
[4] 碧霄，云霄。
[5] 烁烁，光芒闪烁的样子。

评　析

本文构筑了一段令人羡慕的人仙姻缘！四五岁就爱舞文弄墨的曹文姬，读一卷书立即就能通晓其中深刻道理的表现，无不让人们叹服她的神异。待年长及笄，曹文姬不但艳丽绝伦，而且翰墨绝佳，被誉为书仙。罗窗绮户，凡能够书写字处，皆是她的字画。其优异卓绝，让无数豪贵名士愿输金委玉求之为偶，然而都没有人能够如愿。因为她投诗择婿的方式只能让不可胜计之士望而兴叹！结果是岷江一任姓后生以诗道出曹文姬身世而被选中为婿。

家人的阻拦和各种议论，都不能阻挡她与之结为伴侣。春朝秋夕中夫妇相随，且伴以偶尔的小酌微吟。尤其最后以文姬本为天上书仙，与任生同驾五云而去的结局，无不给我们描绘出一种理想的婚恋模式：以诗相选，心迹相通，吟诗相伴又志趣相投，还双双同驾五云而游，岂有半点人间婚恋的挂碍与束缚？

西蜀异遇

宣德郎李襃，字圣与，于绍圣间调眉州丹稜县令。下车日，布宣[1]诏条，访民利病。居数月，邑人大称之。其公舍之后有花圃，圃之中筑一亭，名曰：九思。其子达道，每进修之暇，以此为宴息[2]之地。达道一日独坐于其间，忽于花阴柳影之中，闻抚掌轻讴，其音韵清婉可爱。生遂潜往观焉。见一女子，年十五许，缓移莲步，微鞸[3]香鬟，脸莹红莲，眉匀翠柳，真蓬岛之仙子也。生复避于亭上，沉思久之：以谓娼家也，则标韵潇洒，态有余妍，固非风尘之列；以谓良家也，则行无侍姬，入无来径，亦何由而至此。疑念之际，则女子者肖然[4]已至于亭下。生谓之曰："娘子谁氏之家，而独游于此地？"曰："妾君之近邻也，姓宋，名媛，叙行第六。适因兰堂睡起，选胜徐行，睹丽景和风，暖烟迟日，流莺并语，紫燕交飞。妾乃春思荡摇，幽情拂郁，攀花摘柳，误踰短垣，入君之圃。不为从者在兹，岂胜羞愧。"生曰："汝必严亲在堂，久出而不返，宁勿怪耶？"曰："妾幼失怙恃[5]，继亡兄嫂，今姊妹数人，唯妾为长。"生复询之曰："汝还有所适否？"媛逡巡有报色[6]，乃谓生曰："妾未尝嫁也。然则君尝娶乎？"生应之曰："方议姻连，而未谐佳配。"媛乃微笑，顾谓生曰："如妾者，门阀卑微，容资鄙陋，还可以奉频繁者乎？"生曰："某孱弱之躯，幸无见戏。"媛曰："第恐兔系蔓短，不能上附长松，安敢厚说君子。"生窃自喜，遂与过亭之西，欲与之合。则曰："宁当款曲[7]，容妾归舍，近晚复来于此，君无他往。"言讫而去。

生候之，坐不安席，侧身以待。顷之，红日西下，碧云暮合，钟动栖古木，而星斗灿然。生忽闻异香馥郁[8]，乃拭目而望焉，则媛冉冉而至矣。生起迎之，谓媛曰："子之来此，得无贻婢仆之疑乎？"媛曰："无畏无畏。"乃相与携手，入生之寝所。须臾，生备佳肴旨酒，相与叙话，各尽所怀。至夜阑，衣卸薄罗，裯铺市绣，芙蓉帐悄，云雨声低，曲尽人间之欢。及晓，媛乃辞去。

自是晨隐而往，暮隐而来，宿于生之第者，几一月矣。有日，生神疲意怠，乃隐几昼瞑于斋室。忽梦一人通束，称李二秀才候谒。生出迎之门，见其人风观极丽，举止甚伟。生与之坐，乃曰："某常蒙尊丈见待殊厚，无以为报。今知君为妖所惑，故来拯君之难。"生曰："何谓也？"客曰："君尝与会遇之女子，非人类也。还欲察其状否？"生曰："唯。"客乃敕左右使擒来。少顷，则媛为一力士驱至矣。玉惨花愁，兰柔柳困，羞容寂寞，粉泪阑干[9]。客乃叱之，则媛化为一大狐，狼狈而去。生起谢之，客乃出一符，留于几上，曰："君当佩之，则可绝也。然有少恳，复得浼[10]君。某弊庐近市，湫隘[11]嚣尘，不可以居。加之人民杂踏，榱桷[12]骧废，还能为我完之，使左右肃清，则君之惠也。"生曰："蒙君见邻，脱此患难，岂敢背德，当即图之。"客乃告去，生欤而梦觉，焕然汗流，危坐而思，晓然无所忘。及于几上得符，生视之，乃《易》之坤卦也。生大惶恐，遂以其所遇之事，并梦中之语，具以告父。父惊异之，乃谓生曰："见梦于汝者，自谓李二秀才，又称尊丈见待，得非吾所事灌神君者乎？"褰递谐其祠，观其殿陛廊宇，悉皆颓毁，命工葺焉。生乃佩其符而不敢暂舍。

后常见媛，虽咫尺之间，卒不能相近。生亦不与之语，媛但挥涕而已。如是者旬日，生乘闲独步后圃，于小径旁得花笺一幅。生觉之，乃媛所作之词也。词寄《蝶恋花》：

云破檐光穿晓户。倚枕凄凉，多少伤心处。唯有相思情最苦。檀郎咫尺千山阻。莫学飞花兼落絮。摇荡春风，迤逦抛人去。结盖寸肠千万缕，如今认得先辜负。

生讽咏甚久，爱其才而复思其色。方踌躇之间，忽见媛映立于垂杨之下，鲜容美服，甚于曩昔。生乃仰天叹曰："人之所悦者，不过色也。

今睹媛之色，可谓悦人也深矣，安顾其他哉！然则吾生之前，死之后，安知其不为异类乎？媛不可拾也。"遂毁其符再与之合。媛且喜且愧，乃谓生曰："妾之丑恶，君已备悉。分甘委弃，望绝攀缘。岂意君子不以鄙陋见疏，犹能终始为念。戴天履地，恩可忘乎。"因泣数行下。生遽止之曰："第无见疑，吾终不负子矣。"遂相与如初，而缱绻之情，则又弥笃。如是者阅月，生容色枯悴，肌肉瘦削。父母恐其疾不起，遂召师巫禁治，终不能制。乃闭生于密室中，则媛不得而至焉。翌日，怪变大作，有群猴数百，攀缘屋舍，百术不可止，但累累然悬于户牖之间。褒大以为挠。一日，褒独坐于书室中，忽于窗隙间有人掷书一通于坐侧，褒急出视之，了无行迹，乃启其封而观之云：

夔州进士孔昌宗，谨裁书投献于李公阁下。某启，钦服高义久矣，素以不获一觇犀角为恨，岂胜怅然。昌宗衮圣[13]之后裔，徙居巴川，故今为巴川人也。家素以儒为业，衣冠世系，纡朱绅者多矣。曩昔以才调自高，风韵绝人，不幸为妖物所眉，耽惑沉溺。岁月既久，则与之俱化，同为丑类。窃聆阁下之子亦然，久而不去，亦将与之俱化矣。昌宗与之为伉俪者，乃宋媛之妹也。姊妹朋济，变为妖丽以惑人者多矣。阁下之子，至于毁符除禁，蹈死而不悔，可不哀耶。又闻妖狐不获所欲，为厉现怪，沐猴累累，此易为耳。可多畜鹰犬以御之，则无患矣。足下以父子之相亲，某与公人兽之殊途，哀君子之无辜，伤我生之异类，不敢不告也。狂斐[14]，惟足下裁之。

公览毕，惊异甚久，乃用其言，多致鹰犬以惧之，而群猴稍息。一夕，公梦人谓己曰："我孔昌宗也，尝为书献公，以泄群狐之机。群狐恚怒，乃杀我于西溪之侧。且生不得齿于人伦，死不得终其正命，魂茕茕而无所归焉。公豁达抱义，能济人之难，周人之急，此吾所以有望于公也。某之遗骸，暴露原野，腐在草莽，公能悯而葬之，则荷德于九泉之下矣。"公许之而寐。及明，遍诣西溪，求其尸而弗得，因为饭僧数十，持诵佛书以追荐焉。并作文以祭之，其辞曰：

"万物盈于天地兮，莫知去来之因。谓大钧之可度兮，曷变化之无垠。形非可以长久兮,造物与之而栖神。周旋上下无不知兮,乃独栖此而不去者,盖以吾之有身,孕阴阳而更寒暑兮,是未离乎死生之津。凡物随缘而异观兮,然自宇宙言之,不乎啻[15]太山之与微尘。彼动植与飞走兮,忽然而化为人。安知人之去世兮,不为木石之类,鸟兽之群。瞻[16]兹理之固然兮,则又何戚而何欣。痛夫君之不幸兮,百年怨结而声吞。拾大厦之处兮,伏丘原之荒榛。志儒服而规行兮,逐丑类而驰奔。今以余可诉兮,故投书而殷殷。观其言之反复兮,知君平昔之能文。怅西溪之遗骸兮,数往来而不存。苟前形为不足爱兮,奚事覆土而为填。惟佛果之妙兮,可以荐君之幽魂。君慎所往兮毋失门,秋天凄兮云昏昏,君安在兮闻不闻?"

祭讫后数日,又现怪百端,鹰犬所不能制。公知其无可奈何,因纵达道,不复检辖[17],怪遂宁息。媛复得与达道相见,欢爱益甚。乃持缯绮毛罽[18]之属,以谢舅姑。褒始不欲受,复恐其怒而现怪,故不得已而留之。有日,达道母暴发心痛,几致殒绝,遍召名医,皆不能已。媛谓达道曰:姑之病不足忧也。子可持此药,急以汤煮之,令进少许,则可差也。生受其药,发而视之。见青木叶如钱许。生不之信而漫从之。因使其母服,不食顷而其疾立愈。一家尽惊,以为媛通神矣。自是家属稍稍与之亲密,而无疑忌焉。时抵暮春,生与媛同游后圃,饮于荼蘼花下,杯盘间列,丝竹递奏,放怀摅思[19],各极其欢。媛既醉,乃作诗一绝,诗云:

绿鞦盘纡成绀幄,屑玉纷纷迎面落。美人欲醉朱颜酡,青天任作刘伶幕。

生大赏其才,因戏谓媛曰:"还可对属否?"媛曰:"请。"于时槛[20]有芍药,方葩而未坼,然蝴蝶团飞,已集其上矣。生乃曰:"芍药槛庞春蝶乱。"媛应声曰:"海棠梢外晓莺啼。"少选,生复曰:"垂杨夹道袅青丝。"媛复应声曰:"嫩竹出槛抽碧玉。"生愈服其敏捷而律切也。于是说吟谐谑,终日而罢。他时生有干入眉州,乃与媛约曰:"我此行十日定归,无见讶也。"生既抵州,宾朋故旧喜生之来,曲留二十日,方得返舍。媛谓生曰："何愆期之甚也？"生曰："朋友见留耳。"媛曰："自君之行，闲窗昼永，芳阁无人，膏沐不施，铅华不御，离恨之深，思君之切，因成《落花辞》一阕，用以自意。"辞寄《阮郎归》：

车风成阵送春归，庭花高下飞。柔条缭绕入帘帐，斑斑装舞衣。云鬟乱，坐偷啼，郎来何负期？人生恰似这芳菲，芳菲能几时？

读讫，生谢不敏焉。时邑中有乡先生张其性者，就僧寺中下帷讲学，后进多往从之。褒闻，乃遣生受业。媛每致夜，常潜往与生寝。其同辈悉知之，争来一见。而媛亦不之避，皆得与语。媛性慧敏，能迎合众意，人人自以为媛亲己，而莫肯为先生言者，以故媛常得与生会聚于彼。会有进士杨彪者，自辇下归，闻生之遇，遂求谒达道，因欲见媛，媛乃许之。彪因起谓媛曰："某自出京日，当致金缕花钿，颇极工巧。山邑粗丑，念无足以称者，欲奉左右，顾得佳篇以易之。"媛欣然，乃命戕管，立成诗一首云：

妙手装成颜色新，东君别付一家春。劝君莫与情人戴，戴着牵帘恼杀人。

杨叹服而去，媛后诞一子，已及晬[21]矣。一夕，媛忽悲跪，哽咽不能语。生怪而问之，媛乃洒涕，默而不答。生再四叩之，徐谓生曰："妾与君相遇，是非偶然。今冥数已尽，当与之别。"遂敛袂振衣而言曰："古人谓：女为悦己者容，妾幸得附托君子，欢爱之私，始终无嫌，虽粉骨亡身而无恨矣。昔鹊巢之誓，间阔虽久，仍有后会之期；锦字之诗，哀怨虽深，终有再来之意。妾与君叙别之日甚迟，相见之期无涯。离魂片飞，愁肠寸断，常为恨别之人，永作衔冤之物。"言讫而翠黛频蹙，珠泪满襟。生亦为之涕泣，又曰："昔孔昌宗以无稽之言，见谮于舅姑，而舅姑终不以贱妾见疑，乃得与君奉枕席。岁再暮矣，情深义重，虽人间夫妇，亦所不及此。恨无以报德，岂敢贼人之命，伤人之生，使闻之者恶也。彼昌宗腐儒耳，庸讵知我耶。"又丁宁复谓生曰："君方少年，可力学问，亲师友，以荣宗族，以显父母，则尽人子之道。顾勿以妾为意，余冀自爱。"生曰："后会复有相见之期乎？"媛乃援笔写诗一绝，以示生云：二年衾枕偶多才，此去天涯更不回。欲话他时相见处，巫山嶂外白云堆。叙话久之，乃各就枕。达旦，生起晨省，复归于室。则媛与其子俱不复见矣。生不胜感恨叹息，临风对月，每想芳容艳态，竟绝耗[22]焉。

——出《云斋广录》

注 释

[1] 布宣，传布宣扬。

[2] 宴息，宴乐安居。

[3] 鬌，音"duǒ"，下垂的样子。

[4] 峔然，高大挺立。

[5] 怙恃，音"hù shì"，代指父母。

[6] 赧色，赧，音"nǎn"，羞愧而脸红。赧色即羞愧之色。

[7] 款曲，诚挚殷勤的心意。

[8] 馥郁，形容香气浓厚。

[9] 阑干，纵横。

[10] 浼，音"měi"，求。

[11] 湫（jiǎo）隘，低下狭小。

[12] 榱桷，榱，音"cuī"，榱桷即屋檐。

[13] 衮圣，即圣人，这里指孔子。衮，古代帝王祭祀时穿的龙衣。

[14] 狂斐，本是立意高远，文采斐然的样子，这里取义相反。

[15] 啻（chì），不止，不异于。

[16] 睠，同"眷"。

[17] 检辖，拘束。

[18] 毛罽，毛毡。亦指毛毡制成的衣、靴。罽，音"jì"。

[19] 樗，音"chū"，即椿树。放怀樗思，即放开胸怀诉说情思。

[20] 櫏，音"lán"，桂树的一种。

[21] 晬，婴儿年满周岁。晬，音"zuì"。

[22] 耗，音信。

评析

全文篇幅长而情节曲折，主要描述李达道与狐女宋媛的爱情。一对青年男女从花园相识，因两厢情悦而径直走到一起，摆脱了传统礼教的诸多禁忌，在理学、道学日趋盛行的当时（北宋），其所为值得肯定。

然而正如很多事情不能一帆风顺一样，达道与宋媛的爱情同样如此。这种不顺，一是因为宋媛身系狐女，被李二郎君告知达道父亲而被隔离，二是进士孔昌宗的书信泄密，让达道之父几弃掷其不管。尽管有这些不顺，可因为两人对感情的执着，依然续写了一段人狐深情相恋的颂歌。尤其是当达道已明知宋媛是狐女时，抛弃一切世俗成见深情地爱着她，且以"吾生之前，死之后，安知其不为异类"来宽慰自己，颇有一番爱情先锋的味道！从宋媛的大胆相爱，为李母治病和为进士杨彪的题词，亦可看出其所代表的当时社会中很了不起的某类女性。细读此文，你不能不体会到作者编撰故事的高妙和思想的前卫大胆！

越娘记

杨舜俞，字才叔，西洛人也。少苦学，颇有才。家贫，久客都下，依倚显宦门。念乡人有客蔡其姓者，将往省焉。舜俞性尤嗜酒，中道於野乘店，乃行。居人曰："前去乃凤楼坡也，其间六十里，今日已西矣，其中亦多怪，不若宿于此。"舜俞方沉醉曰："何怪之有？"鞭驭而去。

行未二十里，则日已西沉，四顾昏黑，阴风或作，愈行愈昏暗，不辨道路。舜俞酒初醒，意甚悔恨，亦不知所在焉，但信马而已。忽远远有火光，舜俞与其仆望火而去。又若行十数里，皆荆棘间，狐兔呼鸣，欢意，终身未已。将晓，别舜俞："后夜再约焉。"

舜俞备酒果待之，如期而来。酒数行，越娘敛躬曰："郎之大恩，踵顶何报？妾有至恳，口渎于郎，妾既有安宅，住身亦非晚也。苦再有罪庾，又延岁月。妾此来，欲别郎也。"舜俞惊云："方与子意如胶漆，情若夫妻，何遽言别？"越娘曰："妾之初遇郎，不敢以朽败尘土迹交君子下体之欢者，无他，诚恐君子思而恶之也。以君之私我，我之爱君，何时而竭焉？妾乃幽阴之极，君子至盛之阳，在妾无损，于君有伤，此非厚报之德意也。愿止浓欢，请从此别。"舜俞作色云："吾方瞵[12]此，安可议别？人之赋情，不宜若此。"越娘见舜俞不诺，又宿邸中，舜俞申约，自是每夕至矣。

数月日，舜俞卧病，越娘昼隐去，夜则来侍汤剂。且曰："君不相悉，至有此苦。"越娘多泣涕。后舜俞稍安。一夕，越娘曰："我本阴物，固有管辖，事苟发露，永堕幽狱，升反欲累之也，向之德不为德矣。妾不再至，君复取其骨掷之，亦无所避。"乃去。自此杳不再来。舜俞日夕望之，既久，一日至越娘墓下大恸曰："吾不敢他望，但得一见，即亡恨矣。"又火冥财，酹酒拜祝。是夕，舜俞宿相于墓侧，欲遇之，终不可得。舜俞留园中三夕，复作诗祷于墓前。其诗曰：

香魂妖魄日相从，倚玉怜花意正浓。梦觉曲帐天又晓，雨消云歇陡无踪。

舜俞神思都丧，寝食不举，惟日饮少酒。形体骨立，容颜憔悴。虽舜俞思念至深，而越娘不复再见。舜俞恃有德于彼，忿恨至切，乃顾彼伐其墓。适会有道士过而见之，揖舜俞而询其故。舜俞不获已，且道焉。道士止其事，俾[13]不伐。且谓舜俞曰："子憾此鬼乎？吾为君辱之。"乃削木为符，丹书其上，长数尺，钉墓铿锵有声。道士复长啸，甚清远，闻者肃然。又命舜俞以碧纱覆面向墓。顷之，俄见越娘五木披身，数卒守而箠挞[14]之，越娘号叫。少选，道士会卒吏少止。越娘诟舜俞曰："古之义士葬骨迁神者多矣，不闻乱之使反受殃祸者焉。今子因其事反图淫欲，我惧罪藏匿不出，子则伐吾墓，今又困于道者，使我荷枷，痛被鞭挞，血流至足，子安忍乎？我如知子小人，我骨虽在污泥下，不愿至此地，至贻今日之困。"涕泣之下。舜俞乃再拜道士，求改其过，而方令去。乃不见。

道士曰："幽冥异道，人鬼殊途，相遇两不利，尤损于子。凡人之生，初岁则阳多而阴少，壮年则阴阳相半，及老也，阳少而阴多。阳尽而阴存则死。子自壮，气血方刚，自甘逐阴纯异物，耗其气，子之死可立而待。儒者不适于理，徒读其书，将安用也？"舜俞再拜曰："兹仆之过也。越娘乃仆迁于此地，今受重祸，敢祈赦之。"道士笑曰："子尚有口情，亦须薄谴。"舜俞又拜哀求，道士曰："与子悯之，罪非彼造。"随即乃引手出墓上符口去。舜俞欲邀留，不顾而行。

后舜俞反复至念，一夕梦中见越娘云："子几陷我，蒙君曲换，重有故情，幽冥之间，宁不感念？千万珍重。"舜俞亦昌言于人，故人多知之。迄今人呼为越娘墓。

——出《青琐高议》

注 释

[1] 阒，音"qù"，形容寂静。

[2] 烟爨（cuàn），生火做饭。

[3] 凄怆，悲伤，悲凉。

[4] 髡（kūn）发，剃发。

[5] 袴，同"裤"。

[6] 坰，音"jiōng"，比较远的野外。

[7] 笺管，写信的纸和笔。

[8] 悬磬，音"xuán qìng"，形容空无所有，非常贫穷。

[9] 愧腆，羞愧。

[10] 諤，音"xiàn"，诤言，诤语。

[11] 垲，音"kǎi"，高而干燥的地势。

[12] 睊，同"眷"。

[13] 俾，音"bǐ"，使。

[14] 箠挞，箠同"棰"，拷打。

评 析

"误入荒冢痴男子，遭遇旷世千古情"，这，便是此文的主题。这误入的男子，自然是文中的主人公杨舜俞，演绎旷世情的女子，则是已经身陷为鬼的越娘。在前者，自然是在"四顾昏黑，阴风或作"的夜晚才能发生的事，在后者，是别人的误入打破了她本来该有的平静。接下来的发展，是两人的一问一答中，双方的身世得以揭晓，以及越娘死后的身处泥淖！人们常说，"死后得以安宁"，但在越娘那里，死前的惨遭不幸，并没有迎来死后的安宁，故使得她有拜托杨舜俞将其葬身之处改葬的请求。而书生的允诺重诺，加上传统中国人固有的投桃报李的思维，让他们相恋了。可投生为人的诉求又似乎要拆散一对好端端的恋人，哪怕这恋情是人鬼殊途的奇特之恋。于是，一个往生，一个不让，彼此的牵扯终于在一个道士的帮助下结束，谁是谁非读者自然也心知肚明。

不过，对阅读本文的读者来说，最重要的是要把握住在封建时代，作为一个普通百姓，尤其是女性命运的极其不幸。倘若你能从越娘的口述中明晓封建王朝的人们遭遇的大概，那你就不枉读此文了。

范 敏

范敏，齐人也，博通经史。尝预州荐至省，失意远旧居，久不以进取为意。一日，有故入邹，时大暑，敏但见星月而行，未数里，浮云蔽月，不甚明朗。忽一禽触马首，敏急下马捕而获之。其大若鹁雀，且不识其名，乃置于仆怀中。敏跨马而行，则昏然失道路，乃信马行。望数里有烟火若居人。鞭马速行约三十里,望之其火愈远。敏倦,仆人亦不能行,乃纵马啮草[1],仆亦倚木而休。敏抗鞍而卧。不久,天将晓,四顾无人,荆刺纵横。见樵者,敏求路焉。樵者云:"吾居处不远,子暂休止馆宇,早膳却去。"忻然从之。不数里即至,虽田舍家,亦颇清洁。

敏至,樵者曰:"吾樵于野,子且盘桓。"俄有青衣设席,布馔数种。时有一妇人望于户罅[2]间,貌极妖冶。食已,又啜[3]茶。茶已,又陈酒罝[4]。数杯后,敏云:"失道之人,偶至于此、主礼优厚,何以报答?"妇人自内言曰:"上客至,田野疏谵,不能尽主人意。知君好笛,我为子横笛劝君一杯。"敏极喜。闻笛音清脆雄壮,敏甚爱,但不晓是何曲。敏曰:"不终日烦浼[5]足矣,又以笛侑酒,鄙薄何敢克当?如何略一拜见,致谢而后去,即某心无不足也。"妇人云:"敢不从命?但居田野,蓬首垢面,久不修饰,候匀面易衣而出。"即冠带修谨待之。妇人出,敏拜,少叙间,颇有去就。妇人高髻浓鬓,杏脸柳眉,目剪秋水,唇夺夏樱。敏三十岁未尝见如是美色,复命进酒。

敏曰:"夫人必仕宦家也,愿闻其详。"妇人曰:"妾欲遽言,虑惊贵客。知子有志义,言固无害。昨夜特锦衣儿奉迎,误触君马,有辱见捕。妾乃唐庄宗之内乐笛部首也。"敏方知此必鬼也,敏安定神识,端雅待之。敏云:"夫人适吹者何曲也?"人云:"此庄宗自制曲也,名《清秋月》。帝多爱,遇夜有月,必自横笛数曲。秋气清,月更明,方动笛,其韵倍高,与秋月相感也,故为曲名。今夜乃六月十四日,有月,留君宿此,妾当吹数曲以娱雅意。"敏曰:"庄宗英武善用兵,隔河对垒[6],二十年马不解鞍,人不脱甲,介胄生虮虱,大小数十百战,方有天下。得之艰难,可知之也。一旦纵心歌舞,箫鼓间作,不忆前,望后患,何也?"妇人曰:"妾在宫中六年,备见始末。帝长八尺,而色类紫玉,声如巨钟,行步如龙虎。"自言:"一日不闻乐,则饮食不美,忽忽若堕诸渊者。或辄暴怒,鞭箠[7]左右。惟闻乐声,怡然自适,万事都忘焉。昼夜赏赐乐人,不知纪极。妾民间有寡嫂,时进宫。来见妾,具言官库皆空。人民饥冻,妾乘暇常具言如此,帝默然都不答。后河北背反，帝大惧，令开府库赏军，库吏奏：帛不及三千疋[8]，他物及实亦不及万。乃敛取富民后宫所有，以至宫中装囊物，皆用赏赐兵焉。其得疋帛，或弃之道路曰："今天下徨徨，妻子离散，安用此也？"帝知士卒离心，勉强置酒，令妾吹笛。笛音呜咽不快，帝掷杯掩面泣下。翌日，帝出，兵乱。帝引弓抗贼，郭从谦蔽后，射中帝腰腹。帝拔矢入后宫，殿门随关。帝急求水饮，嫔谓上腹有箭血，不可饮水。乃取酒进。帝饮酒，复呕出。帝怒曰："吾悔不与李嗣同行。"大恸，有顷帝崩。兵大乱。入后宫，妾为一武人携至此。今思旧事令人感恸。泣数行下。是夕，敏宿于帐，闺帏之间，极尽人间之乐。

　　明日敏告行，妇人曰："妾不幸为凶人以兵刃所胁，今为之侧室。"敏曰："良人何人也？"曰："齐王之犹子田权也，尝弑其叔，后为韩信兵杀之。伊今往阴府受罪，弑叔之故也。"敏曰："田王迄今千余年，权尚未得受生，何也？"曰："阴府之罪重莫过于杀人，权又杀其叔。其叔已往生人间二十余世矣，其案尚在。田叔死，又摄去受苦。始则一年，今受苦之日差少，日月有减焉。"敏连绵住十余日。

　　一日，有青衣走报曰："将军至矣。"妇人忽趋入室。有介胄者貌峻神耸，执戈而来，言曰："安得有世间人气乎？"猛见敏，以戈刺敏。敏执其戈，两相角力。妇人自内呼曰："房国公如何不来救，万一不虞，亦累及邻舍也。"俄有一人衣冠甚伟，趋来夺介胄者戟折之。推其人仆地，骂曰："魍魉[9]幽囚于此千余年，犹不知过，尚敢辱人乎？你自家里人引诱他方人至此，不然，彼何缘而来也？此尔不教诲家人之罪也。"将军曰："我今夜势不两立，须杀李氏。"妇人大呼曰："好待共你入地狱对会，你杀叔案底尚在，今又胁我为妇。我乃帝王家宫人，得甚罪？"将军乃止。

　　敏欲去，巨翁呼敏曰："且坐，且坐，必不至害君。"翁谓将军曰："客乃衣冠之士，今又晚，教他何处去？"将军曰："总是壮夫，且休相争，可相揖。"揖敏曰："非礼冲突，实为鄙俗，幸仁人恕之，当尽今夜之欢。"复高烛置酒。敏曰："不知将军之家，误宿於此，幸将军恕

· 142 ·

之!"将军曰:"权当将兵三千,夜劫韩信营,血战至中夜,兵尽陷,惟权独得归。吾手杀百余人,身中箭如猬毛[10],今居此悒悒[11],复何言也!"於是不争闲气。敏是夜又宿焉,妇人则不至。

明日,将军又召敏饮,巨翁亦至焉。三人环坐饮甚久。将军顾敏曰:"君子不乐,当令李氏侑坐。"将军呼李氏,李氏俄至。李氏坐将军及敏之间,敏乘醉请李夫人吹笛。将军曰:"瓮酒臠肉,真勇夫之事也。"又命取酒。大肉盈盘,巨觥饮酒。李氏横笛音愈愤怨,将军曰:"不知怨何人也?"巨翁曰:"且休发狂狷[12],当歌对酒,不要忿怒。"巨翁索笺管赠李氏《吹笛》诗曰:"一声吹起管欲裂,窍中迸出火不减。半夜苍龙伸颈吟,五湖四海波涛竭。自从埋没尘土中,玉管无声宝箧空。今日重吹旧时曲,几多怨思悲秋风?此意无心泮寒骨,梦魂飞入李王宫。"

将军见而不悦曰:"巨翁安知李氏忆旧事而无新意乎?"李氏忿然曰:"唐帝有甚不如你这小鬼。"乃回而视敏。

既久,将军曰:"子之旧情未当全替。"乃劝李氏饮,李氏不之饮。将军执杯令李氏歌,李氏默然不发声。敏举杯,李氏不求而自歌。将军怒,面若死灰曰:"歌即不望,酒则须劝一杯。"李氏取其酒覆之。敏乃执杯与李氏,则忻然而饮。将军大叫云:"今夜一处做血!"李氏云:"小魖魍[13],你今日其如何我?有两个人管辖得你!"李氏引手执敏衣曰:"我今夜再侍君子枕席,看待如何?"将军以手批李氏颊,复唾其面。将军走入室,持剑而出。李氏云:"范郎不要惊,引颈受刃,这鬼不敢杀我。"巨翁起,夺将军剑。掷屋上云:"你当荷铁枷。食铁丸,方肯止也。"李氏谓巨翁曰:"好人相劝,尚不自止,此不足勉也。我自共伊有证於阴府,这鬼曾对巨翁骂五道将军来。"方纷挐,有人空中叫云:"一千年死骨头,相次化作土也,犹不息心乎?李氏贵家,因甚共这至愚贱下鬼同室?我待如今报四世界探子,交报阴冥。这鬼辛令入无间地狱,三五千年不得出。兼如今你杀他马,又把他衣服买酒,似如此怎得稳便!"或有人自空中下一棒,击破酒瓮,铿然作声,人屋俱不见。日色暮,四顾无人,荆棘间塚累累[14]然。视其马,惟皮骨存焉。

开箧，则衣服无有也。

有小童投敏曰："将军致意子，人间之娼室，亦须财赂。今十余日在此，费耗兼不多。"忽不见。敏急去十余里，酒肆间主人曰："数日前有人称范身五经，累将衣服为换酒。"敏取其衣，乃己者也。询其仆，云："数日他家以酒肉醉我，他皆不知也。"敏身犹在焉，至今为东人所笑。

——出《青琐高议》

注　释

[1]　啮（niè）草，吃草

[2]　罅，音"xià"，缝隙，间隙。

[3]　啜，音"chuò"，喝。

[4]　斝，音"jiǎ"，古代青铜制的酒器，圆口，三足。

[5]　浼，音"měi"，求。

[6]　对垒：两军相持，交战。

[7]　鞭箠，用鞭子打。箠，音"chuí"，同"棰"。

[8]　疋（pǐ），同"匹"。

[9]　魍魉，音"wǎng liǎng"，精怪鬼魅。

[10]　猬毛，刺猬之毛，形容众多。

[11]　悒悒，内心不快，郁闷。

[12]　狂狷，急躁，偏激，行为不合常态。

[13]　魊魉，音"yù liǎng"，鬼魅。

[14]　累累，接连不断。

评　析

在暗夜中骑马夜行而误入他境，得与鬼魅交往，从而展开宛转曲折之事，是很多怪异类小说最爱用的写法，这里的《范敏》一文亦不例外。不过很有不同的，是他相遇的女鬼李氏除了貌极艳冶外，还通过她与范敏的交谈，给我们提供了很多后唐庄宗宫廷的许多秘事以及当时的社会情况，亲而可信，比读正史多了一条可入手的途径。

本文中故事复杂，女鬼李氏与庄宗，与将军，与误撞入的范敏，以及后来加入规劝的巨翁等，俨然一部人间男女爱恋、交往打斗的现实再现，从中亦可看出作为女性的李氏在冥界的极为不自由！至于范敏得到李氏的好感，能够与之遇合之描写，是人与异类发展到互相交底的必然环节。我们说，小说是好事者为之，是把烦腻透了的生活变得有趣的重要手段，以范敏之遇来看，的确如此。美女侍寝，宫廷夺权，冥府争风吃醋，跌回现实等等，都在作家的创造中让你经历了一番，获得了情感的、内心的满足。

钱塘异梦

贤良司马槱[1]，陕州夏台人也。好学博艺，为世巨儒，而飘逸之材尤为过人。元祐中，应方正贤科，君以第三人过阁中第。天下之士，莫不想望其风采。君衣锦还乡，里人迎迓[2]，充塞道路。翌日，君乃遍诣亲戚故旧，至于闾巷屠沽之辈，莫不往谢。乡人以此知其大度。

一日，在私第赐书阁下昼寝，乃梦一美人翠冠珠珥，玉佩罗裙，行步虚徐，颜色艳丽，徘徊阁下。顷谓君曰："妾幼以姿色名冠天下，而身无所依，常以为恨。久欲托附君子，未敢面问，余俟他日。今辄有小词一阕，寄《蝶恋花》，浼黩[3]左右，为君讴焉。"命板缓歌之。唱讫，复为君曰："君异日受王命守官之所，乃妾之居。当得会遇，幸无相忘。"君欲与之语，遂飘然而去。君乃欻然[4]而觉，嗟异久之。因省其词，唯记其半，词曰：

妾本钱塘江上住，花落花开，不管流年度。燕子衔将春色去，纱窗几阵黄梅雨。

君爱其词旨幽凄，乃续其后云："斜插犀梳云半吐。檀板朱唇，唱彻黄金缕。望断行云无觅处，梦回明月生春浦。"君后常以此梦为念。及君赴阙调官，得于杭幕客。挚[5]舟东下，及过钱塘，因忆曩昔梦中美人自谓："妾本钱塘江上住"，今至于此，何所问耗。君意凄恻，乃为词以思之，词寄《河传》："银河漾漾。正桐飞露井，寒生斗帐。芳草梦惊，人忆高唐惆怅。感离愁，甚情况？春风二月桃花浪。扁舟征棹，又过吴江上。人去雁回，千里风云相望。倚江楼，倍凄怆。"君识之数四，意颇不怿。是夕君寝，复梦向之美人喜谓君曰："自别之后，睽阔[6]千里。春风秋月，徒积心伤。然感君不以微贱见疏，每承思念，加以新词见忆，足认君之于妾，亦以厚矣。则妾之于君，奉箕帚，荐枕席，安可辞也！"君曰："昔获相遇，不暇款曲，使我愁愤。今再辱过访，幸无妾遽去，愿接欢爱，以慰畴昔之心。"美人微笑曰："此来妾亦愿与郎为偶，况时当谐矣，又何避焉。"乃相将就寝，虽高唐之遇，未易比也。

及晓，乃留诗为别，诗曰："长天书锦雁来尽，深院落花莺更多。发策决科君自尔，求田问舍我如何。"君曰："吾方以少年中第，始食王禄，将致身于公辅而后已。子何遽为此诗，以劝吾之退也？"美人曰："人之得失进退，寿夭贫富，莫不有命。君虽欲进，而奈命何？此非君所知。如妾与君遇，盖亦有缘，岂偶然哉！"美人告去，君乃觉焉。

及抵余杭，每夕无间，梦中必来。君遂与僚属言，具道其本末。众谓之曰："君公署之后有苏小墓，君初梦之，言幼以姿色名冠天下，又称君'守官之所'乃妾之居，得非是乎？"坐客或谓君曰："此诚佳梦。吾虽愿之，安可得也。"君为之一笑。君后创一画舫，颇极工巧，每与僚属登舫，游于江上。缸酒之间，吟咏景物，终日而罢。常令舟卒守之。一日昏后，舟卒行于江上，复至岸侧，见一少年衣绿袍，携一美人同赴画舫。卒遽往止之，则舫中火发，不可向迩。顷之，画舫已没。卒急以报，比至公署，则君已暴亡矣。

——出《云斋广录》

注 释

[1] 櫾，音"yǒu"，作名词，木材；作动词，烧火。

[2] 迓，音"yà"，迎接。

[3] 浼黩，使受到玷污。

[4] 欻，音"xū"，然，快速。

[5] 拏，音"ná"，同"拿"牵引。

[6] 暌阔，分隔，分离。

评 析

苏小小与才子司马櫾的故事，在宋代广为流传。苏小小是一代名伎，以美貌冠天下，但去世得很早。司马櫾风流倜傥，少年高中，加之为人贤良，邻里乡亲莫不称道。然而也许是天妒英才，在司马櫾得官赴任不久，突然暴病而亡，让人莫不惋惜。人们为了表示对他的不舍和怀念，故敷衍了他与已故女子钱塘苏小小之间的故事。

全文从司马櫾高中后白日得梦写起，有条不紊地讲他与苏小小之间的高唐相会，相见后的倾慕，诗词往来的深情，以及司马櫾赴任钱塘后的与梦相合等，读来无不信以为真，十分令人倾慕。但到后来，即苏小小梦告他命将不永后，读者惋惜之情顿生，尤其，当隶卒见绿衣少年携一美女同赴画舫，画舫顿时起火，两人杳不可寻等，也许为隶卒之幻觉，可同时报来公署中司马櫾暴亡的消息，则只能感叹后者为恋人而陨的深情高致！司马櫾留下的作品不多，但从此文所引，我们亦不难推知他的才貌之令人十分钦佩。

盈盈传

皇祐中，龙图阁学士田宫节制东海，予是岁不中春官氏选，杖策[1]

间行谒公。有吴女盈盈来游,容艳甚冶[2]。十四善歌舞,尤能筝,喜词翰,情思绵致,千态万貌,奇性殊绝,所谓翘翘煌煌[3],出类甚远。少豪多出金饩[4]欢,盈盈必遴柬,然后一笑。公尝召在宴,盈盈便巧,能用意贾公爱。公贵宠愈笃。盈盈颇快饮,予与之游仅月,盈盈酷爱予尚情,颇学词于予。每花色破春,老叶下柯[5],闲幌凉月,青楼夏风,往往沈吟章句,多叙幽怨,流涕不足。久之忘归,必援筝一弹,幺弦孤韵,瞥入人耳能喜人,能悲人,予尝悯其情之太极。虽元凭赏金之十八叠,似未能多也。予因语通倅[6]王公曰:"此子弟恐不复永年。"公亦以予言为然。予既戬[7]束西归,盈盈泣啼。别予,不能止。明年夏,客有至东海过魏者,携盈盈所寄《伤春曲》示予。予读其词,愈益叹感。

"芳菲时节,花压枝折,蜂蝶撩乱,栏槛光发,一旦碎花魂,葬花骨。蜂兮蝶兮何不来,空余栏槛对寒月。"予寻撰一歌勉之。又一年,予寓游淄川。通倅王公秩满西归,遇予于郊舍,首出盈盈简示予。开读,召予偕游东山。纸尾复有词一首曰:"枝上差差绿,林间薿薿[8]红。已叹芳菲尽,安能罇俎[9]空。君不见铜驼[10]茂草长安东,金镳[11]玉勒花骢[12]。二十年前是侠少,累累昨日成衰翁。几时满引流霞锺,共君倒载夕阳中?"时夏,会予病,不果去。秋中再如山东,盈盈已死。予访王公,公具道盈盈事。公曰:"子归一年后,盈盈若平居时。醉寝,忽梦红裳美人,手执幅纸字示盈盈曰:'玉女命汝掌奏牍。'及觉,泣以告母曰:'儿不复久居人间矣,异日当访我于东山。'遂呜咽流涕,永诀其母。母亦泣下,但勉之而已。既夕,母更召巫觋[13]善祝者守之,竟卒。"公与予共感其事,歔欷不已。公命予作诗吊之曰:"烛花红死睡初醒,一枕孤怀病客情。海上有山应大梦,人间无路可长生。乾坤意入凭栏阔,风月人归似旧清。汉殿香消春寂寂,夕阳无语下西城。"又:"弦绝银筝镜任尘,细腰休舞凤凰茵。一枝浓艳埋香土,万颗珠珍滴绣巾。行雨不归魂梦断,落花难伴绮罗春。汉皇甲帐当年意,纵有香魂不似真。"又:"小巷朱桥花又春,洞房何事不归云。二年前过曾携手,今日重来忽见坟。香魄已飞天上去,凤箫犹似月中闻。纵然却入襄王梦，会向阳台忆使君。"

后至嘉祐五年春，予游奉符，偶与同志陟泰山。历水帘，攀援而登，箕踞[14]以遨，披奇究异。至于绝顶，有玉女池在焉，石罅[15]潺谖[16]，湛然镜清。州人重之，每岁无贵贱皆往祠谒。予恍然追思畴昔盈盈之所梦，徘徊池侧，心忆神会，泣然感怆久之。因题于石，曰："浮世繁华一梦休，登临因忆昔年游。人归依旧野花笑，玉冷几经坟树秋。风月过清须感慨，江山多恨即迟留。如今纵拟夸才思，事往情多特地愁。"又："柳条黄尽杏梢新，山翠无非昔日春。花色笑风春似醉，寂寥惟少赏花人。"又"忆昔闲妆淡苧[17]衣，一枝红拂牡丹微。无端不入襄王梦，为雨为云到处飞。"予既归就次，忽梦游日观峰北，石上有大字甚密。予就阅，则诗一章，笔迹类盈盈，竟不究其意何也。诗曰："绛阙琳宫锁乱霞，长生未晚弃繁华。断无方朔人间信，远阻麻姑洞里家。浩劫易翻沧海水，浓春难谢碧桃花。紫台树稳瑶池阔，凤懒龙骄日又斜。"予读毕，忽寤，益大骇。是夕昏醉惘然，忽有女奴召予。予乘醉偕行，约十许里，至一溪洞，洞门重楼，彩槛雕楹，桥环溪水，花木繁丽，风香袭人。女奴先入，予立门下。俄有碧衣女短鬟，出迎予。予既趣入，至一宫殿，飞楼连阁，帷幕珠翠，灯烛明列。中有一女子，年可二十四五，玉冠黄帔[18]，衣绛绡曳地，长眸映容，多发而不妆。予欲趋拜，女遽起止之，予揖升阶。予既就坐，曰："予非嗜诗者，雅闻子风韵才诗，吟讽之际，真有可喜。奉屈，且欲一相见。"指碧衣女奴，召盈盈辈来。少选，盈盈与一女子偕至，年可十七八，古环髻，薄妆，衣淡黄轻绡，长娥多态，时复好颦。女起迎。盈盈见予，翳袖微笑曰："'为雨为云到处飞'，何乃尤人如此也？"二女泫然[19]，浅笑不禁。既坐，多道陈隋间事。又曰："每讽《子南朝怀》，仿佛如见无家之遗台老树，使人未尝不惋愤[20]凄恻之不已也。今夕良会，可赋一篇。"遂命进酒，侍女环立，笙箫间杂，珠珰玉珮，相鸣琅琅。酒既数行，女奴授予纸笔。予不得辞，书诗二章曰："两行红粉雾为衣，画烛香喷翠幕垂。乌鹊桥危星过晚，凤凰箫冷曲成迟。鳞生酒面东风信，春入花枝半夜知。可惜欢惊[21]都一瞬，白云峰外玉绳欹。"又曰："蓬莱朱翠隔星津，半夜骖[22]鸾国姓秦。罗扇不开花似织，忍遮琼树两枝春。"

女诗曰："春慵一枕夕阳山，珠箔无风日尽闲。不觉武陵溪下水，直流花片到人间。"又曰"水声寒隔洞天深，帐殿云闲少客寻。门外路歧春色断，老霜秦树谩萧森。"次女诗曰："繁华如梦指堪弹，故国空余万叠山。箫管寂寥无处问，越江依旧水声闲。"又曰："绛绡春薄梦魂醒，对酒凄凉旧国情。一夜月华溪上水，潺湲犹作渡江声。"盈盈诗曰："乱山无数水声东，莺弄花枝恰恰红。愁见绿窗明夜月，一场春梦玉楼空。"

诸女被酒，惊离吊往，愁艳幽寂，啼笑玄生，情若不胜。致夜既深，二女曰："盈盈雅故，便可就寝。"须臾酒辍，盈盈召予寝。顷闻鸡声，女奴曰："可起。"二女复置酒劳予："珍重珍重，异日慎无相忘。"予辞归，命女奴送予。盈盈持予泣别，二女亦泫然。予遽行，怳然出一洞，但苍崖古木，水声山色，皆非向来所历。予徘徊感怆，足不能去。后衣袖粉香，弥月乃已，不知何也。呜呼！盈盈女娼也。幼以高情妙翰，见爱于人，其风态奇怪，卓出常辈。卒能为神用事，岂诬也乎？惜翦翦[23]没身于娼，世无可道说。至二女之会，日观之题，仙凡茫茫，精神会遇，是邪非邪，不可致诘，又可怪也。

——出《云斋广录》

注　释

［1］杖策，执马鞭。即策马而行。

［2］冶，艳丽，妖媚。

［3］翘翘煌煌，翘翘，超出一般，煌煌，显耀鲜明。两词连在一起，意为出类拔萃，很是招人关注。

［4］僦，音"jiù"，通"就"。

［5］柯，枝条，枝茎。

[6] 倅，音"cuì"，副职，起辅助作用的官员。如倅职，倅帅。

[7] 戢，音"jí"，收敛，整理。

[8] 薮薮，音"sǒu"，植物聚集、生长多的地方。

[9] 罇俎，音"zūn zǔ"，器皿。古代盛酒食时，罇以盛酒，俎以置肉。

[10] 铜驼，宫廷。

[11] 镳，音"biāo"，马爵子。

[12] 骢，音"cōng"，青白色的马。

[13] 巫觋（xí），古代男女巫师的统称。其中女的称巫，男的为觋。

[14] 箕踞，两腿随意伸开的席地而坐，有轻慢的意味在里边。

[15] 罅，音"xià"，缝隙，裂缝。

[16] 潺湲，音"chán xuān"，水缓流貌。

[17] 苧，音"níng"，同"苎"（zhù），即苎麻，多年生草本植物，茎皮可拿来纺织衣服。

[18] 帔，音"pèi"，古代贵族妇女披在肩上的一种服饰。

[19] 泫然，泫，音"xuàn"，泫然即流泪的样子。

[20] 惋愤，怨恨愤慨。

[21] 欢悰，悰，音"cóng"，欢乐，欢快。

[22] 骖，音"cān"，古代驾在车前两侧的马。

[23] 蕺蕺，丛集，聚集，多人聚集。

评 析

思极出幻。王山自传的《盈盈传》，大概如此。

小说从两人相遇在他人的酒席上写起，中间叙述了彼此的书信尤其是诗词往来和相互倾慕。可能是越觉得珍贵的，会越消失得快，盈盈的命运便是如此。而王山的登泰山与盈盈的诗词相和，杯酒唱酬，便可能是作者过度思念所造成的。诗词为悼念者所写不难理解，两人觥筹交错、侍女列队侍奉后，有人主动让他们就寝则只能是王山的幻想。唐人有南柯一梦之说，王山与盈盈的一场艳遇，人鬼相恋情深，用一些学者的观点，则应该是他眷念对方，舍不得，又不想就此湮灭，因而编造出来自娱自炫的鬼话。

玉尺记

海州举子王生者，寓迹[1]僧舍为学。一夕，行吟月下。有一女子立于廊庑[2]之间，神闲而清，色美而清，弱质轻盈，如不胜衣。生乃近之，略无避忌[3]，因谓生曰："须臾求谒君子。"生还舍待之，不久，女子者果至，曰："儿良家子，居君舍之东，映竹朱门，即儿家也。每闻弦诵[4]之声，复窥君风采，特相慕而来，固不异东邻之子登垣[5]矣。君其许乎？幸无见鄙。"生曰："儿女之情，嗜欲之性，诚不可遏[6]。然恐汝父母兄弟得而知之，则子爱我之情，反为祸我之实矣。悔其可追，愿无及乱。"

女子曰："妾不幸久违侍下[7]，兄弟异处，独居于此，已数年矣。今日幸接贤者，实慰萧索。"生喜其颜色殊绝，言语敏慧，遂扃户[8]与之寝。女子曰："儿幼喜笔砚，经史传记，亦所娴习，至于歌诗，初能仿佛。"及晓辞去，乃留诗以赠生。诗曰："芳姿况晦几经秋，风响梧桐夜夜愁。惆怅平生浑如梦，满怀幽怨甚日休？"自兹朝往夕来，未尝愆[9]期。每从容与生究古论今，吟风咏月，虽巨儒宿学，未易过也。一日，携一白玉尺谓生曰："此妾平生所宝，又玉，君子用以比德，持以赠君，用以见意。尺若常在，君应不我忘也。"时逼寒食[10]，因谓生曰："君久客于此，而佳节密尔，得无衣服制浣乎？愿以见委。"生授以素缣[11]，令作单衣之类。复云："近节多事，不能数来，当清明前一日，携衣奉谒[12]。"去三日，有客来馆于邻室。生揖之，因问其所来，复有何干。客云："有亡妹殡[13]于此，将展寒食奠礼。"客夜过生闲话，见生几上玉尺，惊而问曰："此尺君从何而得之？"生曰："此吾家旧物耳。"客曰："非也，此吾亡妹柩中之物，子必发吾妹之殡而窃取之。不尔，安得至此耶？"客遂欲质生于有司，以劾其情，生不获以，具告以实。客曰："岂有是哉？"乃率寺僧共视其殡，封识如故。客颇疑讶[14]，遂启殡，发棺视之，其亡妹面色，宛然如生，惟玉尺不在，所制单衣已成。客默然，掩封设奠而去。生亦徙居他所。

——出《云斋广录》

注 释

[1] 寓迹，暂时寄住。

[2] 庑，音"wǔ"，殿堂或厅堂的四面屋檐之下，向外开敞的部分。

[3] 避忌，顾忌和回避。

[4] 弦诵，吟哦诵读。

[5] 垣，音"yuán"，矮墙。

[6] 遏，音"è"，阻止，压制住。

[7] 侍下，父母存在之时。

[8] 扃户，扃，音"jiōng"，关门用的门栓，门环等，扃户就是把门关上。

[9] 愆，音"qiān"，耽误。

[10] 寒食，即寒食节，时间在清明节前一两天。因这两天禁烟火，只吃冷食，故名之。

[11] 素缣，白色的丝织品，缣，音"jiān"。

[12] 奉谒，拜见。

[13] 殡，停放灵柩。

[14] 疑讶，疑惑惊奇。

评 析

世间之人，常因为各种缺憾而使得多少心事未尽就去了黄泉。而那些未了的心事，便常常以各种变异的形式展现在活人中间。这之中，尽管不乏虚构或想象。本篇《玉尺记》，便演绎的是这类故事。不过，玉尺在本文作为爱情的信物，它牵扯着一位在寺院短暂留住的王姓书生和神、色清雅的女子。在前者，虽然心怀戒备但终抵不住"颜色殊绝"的诱惑而掩门接纳；在后者，则由于羡慕风采而主动相就。此过程中不乏女方可信的托辞和善良本心的感人体现！

在我们古人那里，他们从未将生死者的界限截然地分开，皇帝从登基那天起就营造自己的陵墓想延续生前的一切，百姓也在为死者造就墓地之时，想方设法要造就人间居室的环境。故在本文，相慕而来的女子除了情爱上的相依相偎外，还主动承担为其制作单衣、剪裁素缣的任务！如果不是其兄长的寒食祭奠，没有王姓书生的作揖相邀，我们真不知后面将演绎怎样的感人故事？西方有一部著名的电影《人鬼情未了》，而在我们这个古老的国度，书写的类似之例也比比皆是。只不过因为我们传播发掘的滞后，使得他们被湮没罢了。

王彦太家

临安人王彦太，家甚富。有华室，颐指如意。忽议航南海，营舶货。舟楫既具，而己妻方氏妙年美色，不忍轻相舍。久之，始决行。历岁弗反，音书断绝。

当春月，杭人日游湖山，方氏素廉静，独不肯出，散步舍后小圃，舒豁幽闷。经花阴中，逢少年，衣红罗衣，戴璧金[1]帽，肌如傅粉，容止儒缓，潜窥于密处，引所携弹弓欲弹之。方氏骂之曰："我是良家，以夫出年多，杜门避处。汝为何等人，擅入吾后圃，且将挟弹击我，一何无礼！"少年渐惧，掷弓拱手，揖而谢过。方正色叱之，恍然不见。方归奔，呼告群婢，觉神宇涓乱，力惫不支。迨夜半，少年直登堂。方趋走欲避，则伸臂其裾，长数丈余，群婢尽力援夺不能胜，遂拥升榻，与款接。自是晚去暮来，无计可脱。心所欲物，未尝言，不旋踵[2]立至。方念彦太殊切，报于亲故，招道士行五雷法，乃设醮[3]，又择僧二十辈，作瑜伽道场，皆为长臂摇去，莫克尽其技。

后数月，少年惨慼[4]语方曰："汝良人自海道将归矣，如至家，相见时切勿露吾事。苟违吾戒，必害汝！汝知吾神通否？虽水火刀兵，不能加毫末于我也。"未几，王生果归。方垂泣曰："妾有弥天之罪，君当即斩我以谢诸亲。"王惊问故，具言之。王曰："是乃山精木魅，吾必杀之。"乃藏利剑，以俟其来。一夕，俨然而至，王拔刀袭逐，中其背，锵锵若金玉声，化为白光，煜煜[5]亘数丈，冲虚去。其后声灭响绝，王夫妇相待如初。

——出《夷坚志》

注 释

［1］蹙金，蹙，音"bì"，亦称"蹙金"，一种刺绣方法。用金线绣花而皱缩其线纹，使其匀贴。

［2］旋踵，本为转身，这里指时间短。

［3］设醮，道士设立道场祈福消灾。

［4］惨慼，即惨戚，意为悲伤凄切。慼，音"cù"。

［5］煜煜，明亮。

评 析

丈夫外出后，王彦太妻正道直行，却遭到妖魅蛊惑，确实令人为之抱屈。而且，文中的这种鬼魅，还仗着自己长数丈，力大无比便为所欲为。最后一次的威胁加恐吓，似乎再让人难以看到希望。然而，丈夫的归来，方氏的垂哭，终于让整个事件有了转机，也让丈夫王彦太明白了暴虐作恶的妖孽究竟系何种妖物。身藏利剑，拔刀逐袭等描写，展示了作为男主人的勇敢和无所畏惧。也许妖孽化作男子来魅惑女子系人们的有意编造，但故事最终却给我们展示了勇敢无所畏惧者的美好结局。虎有利爪，鹰有长喙，但人们常见的是虎被囚在笼子里，鹰被戴上铁链。故事中作威作福的山木精被击杀便是同样的道理。作为方氏丈夫王彦太，则是中国爱情童话故事中难得的光辉形象。

刘改之教授

刘过，字改之，襄阳人。虽为书生，而资产赡足[1]。得一妾，爱之甚。淳熙[2]甲午预秋荐[3]，将赴省试。临歧眷恋不忍行，在道赋《水仙子》一词，每夜饮旅舍，辄使随直小仆歌之。其语曰："宿酒醺醺犹自醉，回顾头来三十里。马儿只管去如飞，骑一会，行一会，断送杀人山共水。是则青衫深可喜，不道恩情拼得未？雪迷前路小桥横，住底是，去底是？思量我了思量你。"其词鄙浅不恭，姑以写意为已。

到建昌，游麻姑山。薄暮独酌，屡歌此词。思想之极，至于堕泪。二更后，一美女来前，执拍板曰："愿唱一曲劝酒。"即歌曰："别酒未斟心先醉，忽听阳关辞故里。扬鞭勒马到皇都，三题尽，当际会。稳跳龙门三级水。天意令吾先送喜。不审君侯知得未？蔡邕[4]博识爨桐声，君背负，只此是。酒满金杯来劝你。"盖赓和元韵。刘以"龙门"之句甚喜，即令再诵，书之于纸，与之欢接。但不晓"蔡邕背负"之意。因留伴寝，始问为何人？曰："我本麻姑上仙之妹，缘度王方平、蔡邕不切，谪居此山，久不得回玉京。恰闻君新制雅丽，勉趁韵自媒，从此愿陪后乘[5]。"刘犹以辞却之，然素深于情，长途远客，不能自制，遂与之偕东，而令乘小轿，相望于百步之间。追入都城，僦[6]委巷密室同处。果擢第，调金门教授以归。

过临江，因游阜阁山，道士熊若水修谒，谓之曰："欲有所言，得乎？"刘曰："何不可者。"熊曰："吾善符箓，窃疑随车娘子，恐非人也，不审于何地得之？"刘具以告。曰："是矣，是矣。俟兹夕与并枕时，吾于门外作法行持，呼教授紧抱同衾人，切勿令窜佚。"刘如所戒。唤仆秉烛排挞入，见拥一琴，顿悟昔日"蔡邕"之语，坚缚置于旁。及行，亲自挈持，眠食不舍。及经麻姑，访诸道流，乃云："顷有赵知军携古琴过此，宝惜甚至。因搏拊[7]之际，误触堕砌下石上，损破不可治。乃埋之官厅西边，斯其物也。"遽发瘗[8]视之，匣空矣。刘举琴置匣，命道焚香诵经咒，祝泣而焚之，且作小曲述怀。

——出《夷坚志》

注 释

[1] 赡足，富裕，富足。

[2] 淳熙，南宋宋孝宗年号，时间在公元1174—1189年。

[3] 秋荐，我国唐宋时期，地方州府向朝廷荐举会试人员的选拔考试，因在秋天举行，故名。

[4] 蔡邕（132—192年），东汉著名文学家，书法家，三国时著名女诗人蔡文姬之父。

[5] 后乘，随从在后面的车马。

[6] 僦，音"jiù"，租赁。

[7] 搏拊，音"bó fǔ"，弹奏。

[8] 瘗，音"yì"，埋藏，掩埋。

评 析

旅途寂寞，思亲怀友，本是常见。刘改之教授前面途中所为，便是如此。也许是他的不舍的深情让人感动，也许是他粗鄙不恭的小词要惹人应和，故他招来了执板能歌的美女。女子和韵的意雅，能预知未来的神通，都无不深契刘的内心，让刘自己乐意和她密室相处。遗憾的是熊道士的识破是一切的结束，他让刘的做法结束了其一段深情高致的美好时光。古琴幻化的美女，深懂琴道的知音相遇，都不复存在了。略微可以弥补的是刘改之最后的做法依然充满了诗意,"举琴置匣""焚香诵经"等举动,给我们昭示了只有宋人才深谙的美好与情调。人们常说万物有灵,故事中的古琴,便复如此。

海王三

甲志载泉州海客遇岛上妇人事,今山阳海王三者亦似之。王之父贾泉南,航巨侵,为风涛败舟,同载数十人俱溺。王得一板自托,任其颠簸,到一岛屿旁,遂陟岸行山间,幽花异木,珍禽怪兽,多中土所未识,而风气和柔,不类蛮峤[1],所至空旷,更无居人。王憩于大木下,莫知所届。忽见一女子至,问曰:"汝是甚处人,如何到此?"王以舟行遭溺告,女曰:"然则随我去。"女容状颇秀美,发长委地,不梳掠,语言可通晓,举体无丝缕朴樕[2]避形。王不能测其为人耶,为异物耶,默念业已堕他境,一身无归,亦将毙命豺虎,死可立待,不若姑听之。乃从山而下,抵一洞,深杳洁邃,晃耀常如正昼,盖其所处,但不设庖爨[3]。女留以同居,朝暮饲以果实,戒使勿妄出。王虽无衣衾可换易,幸其地不甚觉寒暑,故可度。

岁余,生一子。迨及周晬[4],女采果未还,王信步往水涯,适有客舟避风于岸,认其人,皆旧识也,急入洞抱儿至,径登之。女继来,度不可及,呼王姓名骂之,极口悲啼,扑地几绝。王从篷底举手谢之,亦为掩涕。此舟已张帆,乃得归楚。儿既长,楚人目为海王三,绍兴间犹存。

——出《夷坚志》

注 释

[1] 峤,音"qiáo",高山或山岭。
[2] 樕,音"sù",小木,小树。

[3] 爨，音"cuàn"，生火做饭。

[4] 周晬，晬，音"zuì"，周晬即婴幼儿满一周岁。

评　析

从很早的时候起，我们的先民都开始了对自己以外的异域他乡的好奇和探索。秦始皇为了长寿，派徐福带领三百童男童女去海岛上采集长生不老药的故事，虽是传说，但给人们显示了从那个时代起，先民们就不停探索异域（海岛，海上）的决心，在本文，亦可归入这类来对待。为风涛舟败的海王三父亲，其所流落的岛屿，很可能就是当时中土人士尚未到达的地方，所以作者描述得也很神奇，如女子无丝缕遮身，常食蔬果，无熟食等。但更吸引人的，则是秀发委地的女子对王父的友善以致结为夫妻的美好。也许是生活习惯力量（想念家乡，故土）的驱使，王父带着子女不经离别就离开了海岛，惹得女子悲哭甚至气绝，让人看到了多么遗憾的一面。为爱，为父母对子女的不忍舍，海王三父亲与海岛女子的恋情，充满奇特，更充满了绝情的伤痛。

石六山美女

宁越灵山县外，六山相连，故名曰石六山，岩谷奇伟，山容秀绝。旧为墟市，居民益广，商旅交会，至于成邑。郡胥宁赏，主藏于驿中。尝以未晓起，盥栉，俄一女子至，荷筠筒[1]候门，徘徊羞怯，将汲井。赏凝睇[2]久之，盖美色也。所著布裰[3]，净白无垢汙，讶为异物。执而讯之，对曰："我只山下村家，丧夫半岁矣。姑舅严急，每天明必使负水，少迟则遭打，不计其数，臀脊常流血，不如无生。"因汪汪泣下。赏已美其色，又悦其语音僾利[4]，欲加以非义，拒不肯。赏愤怒，令驿卒系之柱间，殊不慑怖[5]。至晓，始悲告求释。赏再诘之，收泪而言曰："碧岩之前，绿水之滨，桥木之上，白云之间，君幸勿相苛窘，他日当自知。"赏命解缚遣之，与俱出门，倏而不见，惟筠筒在焉。赏料必灵山之精，邀朋辈好事者，挈壶酒往游，冀有值遇，略无所睹。日将暮，云阴四合，于林杪一白猕猴引手垂足，且往且来，掷一木叶堕前，其大如扇，书二十字于上，墨犹未干。其词曰："桃花洞口开，香蕊落莓苔。佳景虽堪玩，萧郎尚未来。"众传观惊叹，即随失之。赏虑其为妖孽，亟率众奔归，消息遂绝。

后十年，县市一少年，狂醉继日。因过岩畔，逢女子，秀色夺目，留盼不能进步。女亦注视，含笑而迎曰："慕君之心久矣，能过我乎?"少年喜甚，便握手相从。入石室，但见琼楼瑶砌，碧玉阶梯，中铺宝帐，名香芬馥，奇葩仙卉，不可殚[6]述。遂留饮同寝，各各惬意。居数日，女于席上歌曰："洞府深沉春日长，山花无主自芬芳。凭栏寂寂看明月，欲种桃花待阮郎。"少年不思归，女曰："与君邂逅合欢，恨不得偕老。君之家人失君久，晓夕叫呼，寻访绝崦[7]孤寂之墟。行且抵此，恐为不便，君宜遽归。"犹眷念弗忍，不获已而行。及家已三更，妻孥[8]言失之两月矣，后亦无恙。

——出《夷坚志》

注　释

[1] 筠筒，竹筒。

[2] 凝睇，注视，注目斜视。

[3] 襟，音"suī"，用鹭的羽毛编织的衣服。

[4] 儇利，轻快流利，敏捷灵巧。儇，音"xuān"。

[5] 慑怖，恐惧。

[6] 殚，尽，全。

[7] 崦（yān），山。

[8] 孥，音"nú"，子女。

评 析

人生活在世间，总希望平淡的生活外能邂逅一些奇迹。为应验人们的心理，《石六山美女》便依此而生。像宁赏这样的郡县胥吏，就更是期盼生活中有奇迹发生的人！早起的他碰到了一竹筒打水的女子，因其"美色"就执而问之，欲以非义加之而不得逞，反倒是狂醉几日之市井少年，相遇流盼而得以握手相从，在芬芳馥郁，琼楼瑶砌的仙境中得以勾连数日，尘俗疲累之心得到慰藉。尤其是文中两首诗歌，即"桃花洞口开，香蕊落莓苔。佳景虽堪玩，萧郎尚未来"和"洞府深沉春日长，山花无主自芬芳。凭栏寂寂看明月，欲种桃花待阮郎"更意味深长，让人想象此种女子神矣仙矣？或许是山中人迹罕至之处的某绝尘之女？但其待阮郎、萧郎的确有所指，坐实了其为深山中的女仙。本文的构筑，无疑给凡俗的尘世生活一抹期待和亮色。

吴小员外

赵应之，南京宗室也。偕弟茂之在京师，与富人吴家小员外日日纵游。春时至金明池上，行小径，得酒肆，花竹扶疏[1]，器用罗陈，极潇洒可爱，寂无人声。当垆[2]女年甚艾[3]。三人驻留买酒，应之指女谓吴生曰："呼此侑觞[4]如何？"吴大喜，以言挑之，欣然而应，遂就坐。方举杯，女望父母自外归，亟起。三人与既阑，皆舍去。

时春已尽，不复再游，但思慕之心，形于梦寐。明年，相率寻旧游，至其处，则门户萧然，当垆人已不见。复少憩索酒，询其家曰："去年过此，见一女子，今何在？"翁媪颦蹙[5]曰："正吾女也。去岁举家上冢，是女独留。吾未归时，有轻薄三少年从之饮，薄责以未嫁而为此态，何以适人，遂悒怏不数日而死。今屋之侧有小丘，即其冢也。"三人不敢复问，促饮毕，言旋，沿道伤惋。日已暮，将及门，遇妇人羃[6]首摇摇而前，呼曰："我即去岁池上相见人也。员外得非往吾家访我乎？我父母欲君绝望，诈言我死，设虚冢相绐[7]。我亦一春寻君，幸而相值。今徙居城中委巷[8]，一楼极宽洁，可同往否？"三人喜，下马偕行。既至，则共饮。吴生留宿，往来逾三月，颜色益憔悴。其父责二赵曰："汝向诱吾子何往？今病如是，万一不起，当诉于有司。"兄弟相顾悚汗[9]，心亦疑之。闻皇甫法师善治鬼，走谒之，邀同视吴生。皇甫才望见，大惊曰："鬼气甚盛，祟深矣。宜急避诸西方三百里外，倘满百二十日，必为所死，不可治矣。"三人即命驾往西洛。每当食处，女必在房内，夜则据榻。到洛未几，适满十二旬，会诀酒楼，且愁且惧。会皇甫跨驴过其下，拜揖祈哀。皇甫为结坛行法，以剑授吴曰："子当死，今归，试紧闭户。黄昏时有击者，无问何人，即刃之。幸而中鬼，庶几可活；不幸误杀人，即偿命。均为一死，犹有脱理耳。"如其言。及昏，果有击户者，投之以剑，应手仆地。命烛视之，乃女也。流血滂沱。为街卒所录，并二赵、皇甫师，皆絷[10]囹圄[11]。鞫[12]不成，府遣吏审池上之家，父母告云已死。发冢验视，但衣服如蜕，无复形体。遂得脱。

——出《夷坚志》

注　释

[1] 扶疏，枝叶繁茂分披的样子。

[2] 垆，音"lú"，旧时指酒店里安放酒瓮的土台子。后来用垆代指酒店。

[3] 艾，美好，漂亮。

[4] 侑觞，劝酒。

[5] 颦蹙，愁眉不展。

[6] 羃，音"mì"，覆盖。

[7] 绐，音"dài"，相瞒，欺骗。

[8] 委巷，僻陋曲折的小巷。

[9] 悚汗，悚，音"sǒng"，悚汗是因为惶恐愧疚而出汗。

[10] 絷，音"zhí"，本义是用绳索捆，拘束。

[11] 囹圄，音"líng yǔ"，监狱的意思。

[12] 鞫，音"jū"，被审问，追究。

评 析

因为一个被呼陪酒的前缘，当垆卖酒女即使死后，也要前来与有缘之人相会和共同生活！篇幅不长的《吴小员外》，要给我们讲的便是这样一个故事。尽管在故事的结尾，复活的女子因为皇甫道士的"作法"而流血滂沱，所涉四人皆深陷囹圄，可实际上给我们昭示的是当时礼法甚严，女子稍有不慎便被父母责备的现实。至于女子化身为人，一春寻觅，乃得与吴生三月居处一起的描写，是非写实之笔，也写出了那个时代青年男女相逢相处极少的机会。

紫竹园女

隆兴二年，舒州怀宁县主簿[1]章裕之官。仆顾超夜宿书轩，见一女子著绿衣裳，诉云："为母叱逐，无所归，知尔独处，故来相就[2]。"问所居，曰："在城南紫竹园。"遂共寝。才数夕，超恍惚如痴，貌瘦乏力。裕怪而诘之，以实相告。裕曰："必妖物也，将害汝，俟今夜至此，宜执之而大呼，吾当往视。"及至，超持其袖，呼有鬼，女奋身绝袖而窜。举灯照之，乃芭蕉叶也。先是，轩外紫竹园中，芭蕉一丛甚大，襄[3]亦尝为怪。裕命芟除[4]之，血津津[5]然，并竹亦伐去，且逐超归。超自此恹恹[6]不乐，竟抱疾死。

——出《夷坚志》

注 释

[1] 主簿，官名，其职责为主管文书之类。
[2] 相就，主动亲近，主动靠近。
[3] 曩，音"nǎng"，先前，以前。
[4] 芟（shān）除，用刀斩伐使消除。
[5] 津津，水流动的样子或汁液流出的样子。
[6] 恹恹（yān），精神不振，萎靡，常用来形容病态。

评 析

现实太腻，又过于枯燥，所以有时候需要点想象或幻想来加以刺激，做一下生活的调剂。像本文所写的夜宿书轩的顾超的故事，就是如此。顾超夜宿书轩，逢绿衣美女主动前来相寝，这在常人来说是多么难得的好事，其来时的自报来历和居住地的清晰，让你丝毫不起疑心。搞笑的是不少这类故事小说中的男性，不几天就往往精神萎靡不支，被那些稍有生活经验的人看出破绽，识别其身逢妖精或沉迷怪物。围绕降服妖怪，故事便进一步展开。在顾超这里，绝袖窜逃的女子实质是一片芭蕉叶。但更生动的是叶子被割仍血流"津津然"，好一个万物有情有灵。但顾超不几日报疾而死的遭遇，则让人唏嘘不已了。

张客奇遇

余干乡民张客，因行贩[1]入邑，寓旅舍，梦妇人鲜衣华饰，求荐寝。迨梦觉，宛然在旁，到明始辞去。次夕方阖户[2]，灯犹未灭，又立于前，复共卧。自述所从来曰："我邻家子也，勿多言。"经旬日，张意颇忽忽[3]。主人疑焉，告曰："此地昔有缢死者，得非为所惑否？"张祕[4]不肯言。须其来，具以问之，略无羞讳色，曰："是也。"张与之狎，弗畏惧，委曲[5]扣其实，曰："我故娼女，与客人杨生素厚。杨取我赀货二百千，约以礼昏我，而三年不如盟。我悒悒[6]成疾，求生不能，家人渐见厌，不胜愤，投缳[7]而死。家持所居售人，今为邸店。此室实吾故栖，尚眷恋不忍舍。杨客与尔同乡人，亦识之否？"张曰："识之。闻移饶州市门，娶妻开邸，生事绝如意。"妇人嗟唶良久，曰："我当以始终托子，忆埋白金五十两于床下，人莫之知，可以助费。"张发地得金，如言不诬[8]。妇人自是正昼亦出，他日，低语曰："久留此无益，幸能挈我归乎？"张曰："诺。"令书一牌，曰"廿二娘位"，缄于箧，遇所至，启缄微呼便出相见，张悉从之，结束告去。邸人谓张鬼气已深，必殒于道路，张殊不以为疑，日日经行，无不共处。既到家，徐于壁间开位牌，妻谓其所事神，方瞻仰次，妇人遂出。妻诘夫曰："彼何人斯？勿盗良家子累我。"张尽以实对。妻贪所得，亦不问。同室凡五日，又求往州中督债，张许之。达城南，正渡江，妇人出曰："甚愧谢尔，奈相从不久何？"张泣下，莫晓所云。入城门，亦如常，及就店，呼之再三，不可见。乃亟访杨客居，则慌扰殊甚。邻人曰："杨元无疾，适七窍流血而死。"张骇怖遽归，竟无复遇。

——出《夷坚志》

注释

[1] 行贩，流动做小生意，也指外出经商。
[2] 阖户，关门。
[3] 忽忽，失意的样子。
[4] 祕，同"秘"。
[5] 委曲，委婉曲折。
[6] 悒悒，忧愁，郁闷。
[7] 投缳，投缳即自缢。缳，音"huán"，绳套。
[8] 不诬，不妄，不假。

评析

　　文学之有价值，往往在于生动曲折的故事背后，所蕴藏着的有时尽管不好表达、但又使人觉得受教益的那些东西。本文描写发生在贩卖商张客身上的奇怪故事，便是如此。商贩流动，天黑寄居旅舍，再司空见惯不过。可此次张客的入住，却碰到了一位主动前来就寝的服饰华丽的女子，让他颇感意外。十多天的往来相询，终于使张客明白了对方的身份——一位因负心而自缢身亡的妇人！冥魂悠悠，费尽艰难的该妇人找到了张客，随其行商回家，并要求去仇家开店之处。辗转颠沛中，随行的妇人到了饶州，突然告别张客，前往仇家杨某氏所在处店铺，取了杨的性命，令其七窍流血而死。

　　初读全文，似乎平淡无奇，不外乎人鬼姻缘，寻仇报仇而已。但在其背后，则蕴藏着为人不可欺瞒，不可违背良知，愧负重托（如性命之托）的告诫。传统中国人那里有很深的灵魂观念，其长念叨的人死而有灵，冤魂不散等等，几千年以来都起着引领着人们为人行善，多积多福的社会作用。可不，看上述文中的取人资财，骗婚背约的杨某的结局，不就是最有力的证明！有句话说"出来混迟早要还的"，"混"法的最终，每一个人都可得承受哟！

张相公夫人

　　钱履道，字嘉贞，京兆咸阳人。北虏[1]皇统中，游学商、虢[2]。过富县，贪程不止。独一仆相随，天曛黑，不复辨路，信马行。到一大宅，叩门将托宿，遇小妾从内出，惊语之曰："此地近山，多狼、虎，岂夜涉？"钱曰："适不意迷途，敢求栖寓[3]一夕之地，但不知为何大官第宅？"妾曰："是河中府尹张相公之居。相公薨[4]后，唯夫人在，须禀命乃可。"遂入白之。

　　少顷，延客相见。高堂峻屋，明烛盈前，已罗列杯盘。夫人容色端妍，冠服华盛，便与同宴。侍儿歌舞之妙，目所未睹，自谓其奇逢，若游仙都，情思荡摇，莫知身世之所届。拱手敬坐，不轻交一谈。诸人以为野戆[5]，相视笑侮。罢席就枕，俄而烛至，夫人者复又来，众拥之登床，钱趋下辞避，强之再三，于是共寝。

明旦，留之饭。钱本漂泊旅人，既称惬怀抱，累日不言去。一夕，正欢饮间，闻户外传呼喝道之声云："相公且至矣。"夫人遽起，诸妾皆奔忙而散。钱窜伏暗室，不敢喘怖，因假寐久之。狐嗥[6]鸦噪，东方既明，人屋俱亡，但已卧于棘丛古塚耳。狼狈而出，逢耕夫，始得官道。衣上余香芬馥，经月乃歇。

——出《夷坚志》

注 释

[1] 北虏，古代对北方匈奴等少数民族的蔑称。
[2] 虢，音"guó"，中国周代诸侯国名。
[3] 栖寓，暂住，寄居。
[4] 薨，音"hōng"，古代称诸侯或有爵位的大官死去。
[5] 戆，音"gàng"，傻，鲁莽。
[6] 嗥，音"háo"，野兽吼叫。

评 析

古人交通极其不便。走至天黑因找不到路而慌乱投宿之事时有发生。本文即是其中的鲜明之例。不过引人兴趣的是主人公不经意的投宿中，得到了高规格的待遇：高堂华屋，明烛辉映，端庄盛俨的堂中女主人最后侍寝！这一切，让为生计担忧、游学异地他乡的主人公钱履道以为到了仙都，留连多日不走。可作为梦，总有醒来的时候，更何况是其黑夜中的慌乱投宿，感觉到的高规格待遇也在被冷醒后化为乌有，清楚地认识到自己卧身古冢丛莽之中！

因一时的脱离现实而陡然地进入神仙富贵荣华之境，常常是作家们让贫穷书生满足愿望的最常见写法。本文主人公的上升跌落，很容易使人想起唐代作家沈既济的小说"黄粱一梦"！不过比后者更惨的是其从张相公夫人的情思摇荡、温柔之床跌落到古冢旁边！还有比这更有讽刺意味的吗？尽管小说还说其衣服上芬芳馥郁，很久不歇。

西湖女子

乾道中，江西某官人赴调都下。因游西湖，独行疲倦，小憩道旁民家。望双鬟女子在内，明艳动人，寓目不少置，女亦流眄[1]寄情。士眷眷若失，自是时时一往，女必出相接，笑语绸缪。挑以微词，殊无羞拒意，然冀顷刻之欢不可得。既注官言归，往告别，女乘间私语曰："自与君相识，彼此倾心，将从君西，度父母必不许，奔而骋志，又我不忍为，使人晓夕劳于窨寐，如之何则可？"士求之于父母，啖[2]以重币，果峻却[3]焉。到家之后，不复相闻知。又五年，再赴调，亟寻旧游，茫无所睹矣。

怅然空还，忽遇之于半途，虽年貌加长，而容态益媚秀。即呼挥相问讯，女曰："隔阔滋久，君已忘之耶？"士喜甚，扣其徙舍之由，女曰："我久适人，所居在城中某巷。吾夫坐[4]库务事暂系府狱，故出而祈援，不自意值故人，能过我啜[5]茶否？"士欣然并行。二里许，过士旅馆，指示之，女约就彼从容，遂与之狎。士馆僻在一处，馆无他客同邸。女曰："此可栖泊，无庸至吾家。"乃携手入其室。留半岁，女不复顾家，亦间出外，略无分毫求索，士亦不忆其有夫。

将还，议挟以偕逝，始敛衽颦蹙曰："自向来君去后，不能胜忆念之苦，厌厌感疾，甫期年而亡。今之此身，实非人也。以宿生缘契，幽魂相从，欢期有尽，终无再合之道，无由可陪后乘。虑见疑讶，故详言之。但阴气侵君已深，势当暴泻，惟宜服平胃散，以补安精血。"士闻语惊惋良久，乃云："我曾看《夷坚志》，见孙九鼎遇鬼亦服此药。吾思之，药味皆平平，何得功效如是？"女曰："其中用苍术去邪气，上品也，第如吾言。"既而泣下。是夜同寝如常，将旦，恸哭而别。

——出《夷坚志》

注　释

［1］流眄（miǎn），流转目光观看。眄，斜着眼睛看。
［2］啖，拿利益引诱。
［3］峻却，严峻地拒绝，推辞。
［4］坐，因为。
［5］啜，音"chuò"，饮，吃。

评　析

一个流眄寄情的寓目，一个明艳动人的回眸，便成就了此篇动人的爱情故事。赴调都下的江西某官员，寓身民家的双鬟女子，彼此的邂逅，似乎可以写成两人美好情感的乐章。然而女方父母的不许，男子仕途的规束，让他们的缘分难以实现。依常理，此段情分似可就此完结。但天下之绚烂多彩，有时还真得依赖作家诗人的无穷想象：几年后官员重回故地，怅然中半道相逢，两人的欣然并行乃至成为夫妻，的确会羡煞多少有情之人！但诚如美好的永远不可久待一样，临别女子身系为鬼的和盘托出，其害怕对方因为自己的受到病害的药方提供等，令人陡然想起了一句话：人非木石，岂能无情？

南丰知县

绍兴初，某县知县赵某季子二十岁，未授室[1]，与馆客处于东轩。及暮客归，子独宿书院，闻窗外窸窣[2]有声，自牖窥之，一妇人徘徊月明下。方骇愕[3]间，已傍窗相揖，惊问云："汝何人，窃至此？"曰："我东邻女也，慕君读书，逾墙相从，肯容我一听乎？"欣然延入，留不使去。

自是晓往夕来。子神情昏悴[4]，饮食顿削，父母疑而扣焉，不以告。密讯左右者曰："但闻每夜窃窃如私语，又时嬉笑，久欲白而未敢。"父母知为鬼所惑，徙归同榻寝，即寂然，踰月颜色膳食稍复旧。一日，独处房中，忽大呼求救，似为人捽[5]髻而出，驱行甚速，举家不知所为，婢仆共牵挽，而力不可制。迤逦由书院东趋后园，才出门，去愈速，将至八角大井边，欸[6]仆地不醒。家人共扶车归，移时乃能言，云："实与妇人往返久，及徙室不复来。今日父母在堂上，忽见从外入，忿怒特甚，戟手肆骂曰：'许时觅汝不得，元来只在此！'便向前捽我髻，尽力不能脱，直造井傍，以手招井内，即有无数小鬼出，皆长三二尺，交拽我，势且入井。俄一白须翁坐小凉轿，仆从三十辈，自园角奔而至，传呼云：'不得！不得！'群鬼悉敛手，翁斥曰：'著棒打！'仆从举梃[7]乱击，皆还井中。翁责妇人曰：'我戒汝不得出，那敢如是？'妇低首敛衽[8]，无一言。又曰：'元有大石镇井上，今何在？'仆曰：'宅内人车将捣衣矣。'咄曰：'不合动。'著鞭妇人数十，骂之曰：'汝安得妄出，为生人害，况郎君自有前程耶？'逐入井，命别扛巨石窒于上。告我曰：'吾乃土地也，来救郎君。郎君性命，几为此鬼坏了。归语家中人，此石不可动也。'语罢，复升轿去。"

——出《夷坚志》

注 释

[1] 授室，指娶妻。

[2] 窸窣，音"xī sū"，象声词，如摩擦等细微的声音。

[3] 骇噩，害怕惊愕。

[4] 昏悴，昏沉衰颓。

[5] 捽，音"zuó"，抓，揪。

[6] 欻，音"xū"，突然。

[7] 梃，音"tǐng"，棍棒。

[8] 敛衽，整饬衣襟，表示恭敬。

评 析

青年男子独处夜读，闻书声而有东邻女子主动入室相就，是古代人鬼（妖）恋故事的主要类型之一。尽管上述知县赵某的季子并未读书。但他独宿书院，在外在上，已经给羡慕的女子以主动前来相就的好借口。女方晓往夕来往来中男子常常神情昏悴，既是所恋对象非人的最好写法，也是恋情发展不下去的障碍。于是明白真相者，要么自己出面，要么请来法师帮助，让妖孽被收治，男子回归正常状态。但本故事却与常见的套路迥异，是恋情失败后的女鬼自己把不对付的男子往井里摁，要治其于死地。幸好有土地神赶来相救，助其脱险。我们说，现实世界的纷纭复杂，常常不经意间就会让人们做各种非现实的梦幻或设想。本篇的后半部，即醒来后的赵知县季子讲述梦中发生的一切，帮人们完成了其遭遇的来龙去脉。唯其讲得生动形象，故大家读后感觉到几乎真的一样。

金山夫人

祝尧卿云：有士大夫自浙西赴官湖北，妻绝美。舟过扬子江，大风作于金山寺下。所乘舟覆，妻孥[1]尽溺。唯大夫赖小艇得脱，就寺哀恸累日，然后去。三年秩满东还，复留故处，就寺设水陆供荐，祷于佛，乞使妻早受生。罢时已四更。少焉童仆扫地，逢一美妇人，满身流液如瀁涎，裸跣抱柱，如醉如痴，唤之不应。黎明，僧众聚观，大夫亦至。细认之，乃其妻也，骇怖无以喻。命加熏燎，具汤药守之；至食时，稍稍知人，自引手接汤。俄而复活，夫妇相持而泣。遂言其故。曰："我于没时，如被人拖脚引下，吃数口水，入水底，为绿衣一官人携入穴。穴高且深，置我土室中，每夜袖糕饼之属伺我，未尝茹荤[2]。问其所从来。初犹笑不言。及既昵熟，方云是水陆会中得来。因告之曰：'我囚闷已久，试带我出瞻仰佛事，少快心意如何？'彼坚拒不肯，求之屡矣。一夕，道我攀险梯危，上寺中，望灯烛荧煌[3]。及诣香案边，听读书，乃是君官位姓名追荐我者。料君在此，盘旋绕寺，不肯还。绿衣苦见促，我故逗留。会罢，强拽我行。我闻君咳声，紧抱廊柱不放，遭殴打，极困倦。怕天晓，遂舍去。此身堕九泉下，不知岁月，赖君再生，皆佛力广大所致。"喜甚而哭，夫亦哭，遂为夫妇如初。满寺之人，莫不惊异。绿衣官人者，盖水府判官也。

——出《夷坚志》

注释

[1] 妻孥（nú），妻子和儿女。

[2] 茹荤，原指吃葱韭等辛辣的蔬菜。后把吃鱼肉等称为荤。

[3] 荧煌，辉煌。

评析

　　破镜可以重圆，但亡故者不能返生，这是千百年来民间常说的话题，也是广为人知的常识。但即使如此，世间依然有那么多活着的人在渴望"亡去者能够返生"，因为很多时候的确是"不思量，自难忘"！可不，看本篇《金山夫人》，几乎就上演了这样的一个故事。丈夫赴官，妻子相随，不难见出伉俪情深。但过河时舟翻妻亡，丈夫的累日哀痛不忍去，是的确让人肝肠寸断的事情。好在作家给了人一副美好的愿景，即眷恋难舍的丈夫为妻子设的水陆法场供奉斋戒，终于让妻子感佛力而再生为人！也许类似的源于佛家法力无边而出现奇迹的事情并不少，但像金山夫人这样感受真切，详细描写他界的故事却不多见，尤其是像感水陆法会而能立即往生的！"流液如潺涎"、水底土室、糕饼久伺等场景，再一次给人们展示了宗教丰富的想象！仅就本文，除了宗教的魅力，亦是让人想象他界的最好资料！

崇仁吴四娘

　　临川贡士张举赴省试，行次玉山途中，暮宿旅店。揭荐治楣，得绢画一幅，展视之，乃一美人写真，其旁题"四娘"二字。以问主者，答曰："非吾家物，比来士子应诏东下，每夕有寓客，殆好事少年所携而遗之者。"举旅怀淫荡，注目不释，援笔书曰："捏土为香，祷告四娘，四娘有灵，今夕同床。"因挂之于壁。酤酒[1]独酌，持杯接其吻曰："能为我饮否？"灯下恍惚觉轴上应声莞尔[2]微笑，醉而就枕。俄有女子卧其侧，撼之使醒曰："我是卷中人，感尔多情，故来相伴。"于是抚接尽欢，将晓告去。

——出《夷坚志》

注　释

[1] 酤酒，买酒。
[2] 莞尔，莞，音"wǎn"，形容微笑。

评　析

文中书生张举之为，在今天的我们看来，仍然不失大胆狂妄，异想天开。但有趣的是，在宋人笔下，居然认可了他的行为，而且还"心想事成"！通篇故事，要讲的就是旅途无聊的应试者与画中美女缱绻尽欢的事，隐藏在其背后的，则是古代中国流传很广的图画巫术。在这种巫术中，画中人有灵，能够活泛，行为举止和常人一样，故要他做人要做的事情，自然不成问题了，著名的这类故事如两晋张僧繇"画龙不点睛，点睛即飞去"之说。而在本文中，还给我们透露的另一个重要信息，即宋人婚恋观念的开放。唯其开放，因此不少深刻理解宋朝的人，希望活在宋代。为什么，想法的自由无稽，行为的大胆少约束。上文的张举，便是最鲜明的例子。

懒堂女子

舒信道中丞宅在明州，负城濒湖，绕屋皆古木茂竹，萧森如山麓间。其中便坐曰"懒堂"，背有大池，子弟群处讲习，外客不得至。方盛秋佳月，一生呼灯读书。忽见女子揭帘入，素衣淡妆，举动妩媚，而微有悲涕容，缓步而前曰："窃慕君子少年高致，欲冥行[1]相奔，愿驻容片时，使奉款曲[2]。"舒迷蒙恍恍，不疑为异物，即与语。扣其姓氏所居，曰："妾本丘氏，父作商贾，死于湖南，但与继母居茅茨小屋，相去只一二里。母残忍猛暴，不能见存，又不使媒妁议婚姻，无故捶击，以刀相吓，急走逃命，势难复归，倘得留为婢子，固所大愿。"舒甚喜,曰:"留汝固吾所乐,或事泄如何?"女曰:"姑置此虑,续为之图。"俄一小青衣携酒肴来,即促膝共饮,三行,女敛袂起,致辞曰:"奴虽小家女,颇能缀词,辄作一阕,叙兹夕邂逅相遇之意。"顾青衣举手代拍而歌曰:"绿净湖光,浅寒先到芙蓉岛,谢池幽梦属才郎,几度生春草。尘世多情易老,更哪堪、秋风蒻蒻[3]。晚来羞对,香芷汀州,枯荷池沼。恨锁横波,远山浅黛无心扫。湘江人去叹无依,此意从谁表?喜趁良宵月皎,况难逢、人间两好。莫辞沉醉,醉入屏山,只愁天晓。"盖寓声《烛影摇红》也。舒愈爱惑,女令青衣归,遂留共寝,宛然处子耳。

将晓别去,间一夕复来,珍果异馔,亦时时致前,及怀缣帛之属,亲为舒造衣,工致敏妙。相从月余日,守宿僮隶闻其与人言,谓必侠倡优淫昵,它时且累己,密以告老姨媪。展转漏泄,家人悉知之。掩其不备,遣弟妹乘夜伴为问讯,排户直前。女奔忙斜窜,投室傍空轿中。乘烛索之,转入它轿,垂手于外,洁白如玉。度事急,穿竹趣赴池,紑然[4]而没。生怅然掩泣,谓无复有再会期。众散门扃,女蓬首喘颤,举体淋漓,足无覆袜,奄至室中。言堕处得孤屿,且水不甚深,践泞而出,免葬鱼腹,亦云天幸。舒怜而拊之,自为燃汤洗濯,夜分始就枕。自是情好愈密,而意绪常恍惚如痴,或对食不举箸。家人验其妖怪,潜具状请符于小溪朱彦诚法师。朱读状,大骇曰:"是鳞介之精邪?毒入肝脾里,病深矣,非符水可疗,当躬往治之。"朱未及门,女惨戚嗟喟,为惘惘[5]可怜之色。舒问之,不对,久乃云:"朱法师明日来,坏我好事矣。因缘竟止于是乎!"呜咽告去,力挽不肯留。旦而朱至,舒父母再拜烛香,祈救子命。朱曰:"请假僧寺一巨镬[6],煎油二十斤,吾当施法摄其祟,令君阖族见之。"乃即池边,焚符檄[7]数通,召将吏弹诀,嘘[8]水叱曰:"速驱来。"俄顷,水面喷涌,一物露背,突兀如蓑衣,浮游中央,闻首四顾,乃大白鳖也。若为物所钩致,跋曳至庭下,顿足呀口,犹若向人作乞命态。镬油正沸,自匍匐投其中,糜溃[9]而死。观者骇惧流汗。舒子独号呼追惜曰:"烹我丽人。"朱戒其家,俟油冷以斧破鳖，剖骨并肉暴日中，须极干，入人参、茯苓、龙骨，末成丸。诧为补药，命病者晨夕饵之，勿使知，知之将不肯服。如其言，丸尽病愈。后遇阴雨，于沮洳闻哭声云：杀了我大姐，苦事苦事！盖尚遗种类云。

——出《夷坚补志》

注 释

[1] 冥行，夜间行路，盲目行事。

[2] 款曲，即衷情，诚挚殷勤的心意。

[3] 嫋嫋，同"袅袅"摇曳，飘荡的样子。

[4] 紞然，象声词，类击鼓声。紞，音"dǎn"，敲击。

[5] 惘惘，若有所失。

[6] 镬，音"huò"，古代烹饪食物的大锅。

[7] 符檄，官符移檄等文书的统称。

[8] 噀，音"xùn"，将液体含在口中喷出。

[9] 糜溃，腐败，腐烂。

评 析

舒姓学生夜读，迎来了淡妆素眉的女子。如果该女子不是姿态妩媚，其也许成就不了她与书生的美好姻缘。尽管从常人的角度说，该女子身为异类，文中说她为鳞介精所化，但看其所言身份之圆转，与书生诗词之往来之富有才情，我们岂得有半点怀疑？爱情是人类最美好的情感之一，其所包括人类的彼此相融依赖，没其他是可比的。可这些向往人间男子的异类女子，即使有心上人相爱，但两人之间的情感依然不能持久，因为其中会有法师来识破彼此身份的不对等，从而将她们杀死或赶走。假如单就重视情义而言，自诩高一等的人类往往还不如化身为人的异类。所以鲁迅先生一听说杭州的雷峰塔倒掉了,就非常欣慰,因为那里面压着了比丈夫更有情义的白娘子。与此相类,与舒姓书生相恋而惨遭烹煮的懒堂女子,与被镇雷峰塔下的白娘子比,似乎更有过之而无不及。即此,本文便更是引人深思的悲剧了。

满少卿

满生少卿者,失其名,世为淮南望族。生独不羁,浪游四方。至郑圃依豪家,久之,觉主人倦客,闻知旧出镇长安,往投谒[1],则已罢去。归次中牟,适故人为主簿,赒[2]之又不能足,又转而西抵达凤翔。穷冬雪寒,饥卧寓舍,邻叟焦大郎见而恻然,饭之,旬日不厌。生感幸过望,往拜之,大郎曰:"吾非有余,哀彼逆旅披猖[3],故量力相济,非有他意也。"生又有拜誓,异时或有进,不敢忘报。自是,日诣其家,亲昵无间,杯酒流宕,辄通其室女。既而事露,惭愧无所容,大郎叱责之曰:"吾与汝本不相知,过为振拔[4],何期所为不义若此?岂士君子之行哉?业已尔,虽悔无及,吾女亦不为无过。若能遂为婚,吾亦不复言。"生叩头谢罪,愿从命。暨成婚,夫妇相得欢甚。

居二年,中进士第,甫唱名即归,绿袍槐简,跪于外舅前,邻里争持羊酒往贺,歆艳夸诧[5]。生连夕燕饮,然后调官,将戒行,谓妻曰:"我得美官,便来取汝,并迎丈人俱东。"焦氏本市井人,谓生富贵可俯拾,便不事生理,且厚贶厥婿,赀产半空。生至京,得东海尉。

会宗人[6]有在京者,与相遇,喜其成名,拉之还乡。生深所不欲,托辞以拒,宗人骂曰:"书生登科名,可不归展坟墓乎?"命仆负其囊装先赴舟,生不得已而行。到家逾月,其叔父曰:"汝父母俱亡,壮而未娶,宜为嗣续计。吾为汝求宋都朱从简大夫次女,今事谐矣。汝需次尚岁余,先须毕姻,徐为赴官计。"叔性严毅[7],历显官,且为族长,生素敬畏,不敢违抗,但唯唯而已,心殊窘惧[8]。数日,忽幡然改曰:"彼焦氏非以礼合,况门户寒微,岂真吾偶哉?异时来通消息,以理遣之足矣。"遂娶于朱。朱女美好,而装奁[9]甚富,生大惬适。凡焦氏女所遗香囊巾帕,悉焚弃之,常虑其来,而杳不闻问。

如是几二十年。累官[10]鸿胪少卿[11],出知齐州。视印三日,偶携家人子散步后堂,有两青衣自别院右舍出,逢生辄趋避。生追视之,一妇人着冠帔褰帷出,乃焦氏也。生惶惧失措,焦泣泫然曰:"一别二十年,向来婉娈[12]之情略不想念,汝真忍人也!"生不暇扣其所从来,具以实告。焦氏曰:"吾知之久矣。吾父已死,兄弟不肖,乡里无所以,千里相投。前一日方至此,为阍者[13]所拒,恳祈再三,仅得托足。今一身孤单,茫无栖泊,汝既有嘉偶,吾得为侧室,竟此余生,以奉事君子及尊夫人足矣,前事不复校也。"语毕长恸。生软语慰藉之,且畏彰闻于外,乃以语朱氏。朱素贤淑,欣然迎归,待之如妹。越两旬,生微醉,诣其室寝。明日,门不启,家人趣起视事,则反扃其户,寂若无人。朱氏闻之,唤仆破壁而入,生已死牖下,口鼻流血。焦与青衣皆不见。是夕,朱氏梦焦曰:"满生受我家厚恩,而负心若此。自其去后,吾抱恨而死,我父相继沦没。年移岁迁,方获报怨,此已幽府伸诉逮证矣。"朱未及问而寤,但护丧柩南还。此事略类王魁,至今百余年,人罕有知者。

——出《夷坚志》

注 释

[1] 投谒,投递名帖求见。

[2] 赒,音"zhōu",接济,救济之意。

[3] 披猖,失意,狼狈。

[4] 振拔,振奋自拔。

[5] 夸诧,夸耀。

[6] 宗人,同一宗族、家族之人。

[7] 严毅,严厉刚毅。

[8] 窘惧，急迫惶恐。

[9] 装奁，泛指嫁妆。

[10] 累官，积功升官。

[11] 鸿胪少卿，胪，音"lú"，古代官名，主要职责是引领宾客、凶吉等事务。

[12] 婉娈，缠绵，缱绻。

[13] 阍，音"hūn"，门的意思。阍者即看门人。

评析

　　落难得救的满少卿负深恩不报，招致口鼻流血、身死牖下的横祸，是全文的中心。而此文的满少卿，在没中进士之前，在穷冬寒月身处逆旅的茫然无措，着实可怜和令人同情；中进士后，因为叔父的严厉、碍于门户而负心另娶的所作所为，无不让人欲用拳头殴之而后快！有恩报恩，情债情偿，可惜空读诗书的满少卿忘记了这一点，因此他最后招致的报复是活该和罪有应得！试想，一个在为难中拯救他，对他以身相托的弱女子，被他弃置后的"孤单一身，茫无栖泊"是何等的艰难！望眼欲穿的悲痛，必报负心之仇的决绝，便让文中焦氏千里相投，欲一取满少卿之命！自然，文中的满少卿此人，亦有一定难处，可他却因一点难处而彻底抛却良知，故让他死于非命，甚至千古背负骂名（明代出现的陈世美可从此找到原型），就在情理之中了。

元明清卷

牛郎织女

　　天河之东有织女，天帝之子也。年年机杼[1]劳役[2]，织成云锦天衣，容貌不暇整[3]。天帝怜其独处[4]，许[5]嫁河西牵牛郎。嫁后遂废织纴[6]。天帝怒，责令归河东，许一年一度相会。涉[7]秋七日，鹊首无故皆髡[8]。相传是日河鼓[9]，与织女会于河东，役[10]乌鹊为梁[11]以渡，故毛皆脱去。

——出冯京《月令广记》

注 释

　　[1] 机杼，杼，音"zhù"，本义为织布用的梭子。机杼合起来代指织布机。

　　[2] 劳役，劳作出力，被役使，使唤。

　　[3] 不暇整，没有闲暇（时间）整饬打扮。

　　[4] 独处，独自一个人处。

　　[5] 许，同意，答应。

　　[6] 织纴，纴，音"rèn"，是织布帛的丝线麻线之类。织纴即拿经线贯穿纬线，代指编制布帛之事。

　　[7] 涉，到。

[8] 髡，音"kūn"，本是古代剃光男子头发的一种刑罚。这里指乌鹊脑袋上的毛掉光。

[9] 河鼓，牵牛星的别名，即牛郎。

[10] 役，役使。

[11] 梁，津梁，桥梁。

评 析

　　在中华大地上，有关牛郎与织女的爱情故事流传久远，影响很大。言其久远，是因为在南朝宗懔的《荆楚岁时记》里，就有关于他们爱情的相关记载。此后的岁月里，有关牛郎织女的各种版本的故事更是层出不穷。即使在诗歌里，也不乏诗人作诗来加以吟咏。最有代表性的如北宋词人秦观的《鹊桥仙》。云其影响大，则是几乎到了家喻户晓的程度。但在众多的流传版本中，唯有明代冯京《月令广记》中的这则记载最完备，最打动人。究其原因，一则是因为该记载包蕴了非常丰富的想象。作为凡夫俗子的我们，每每面对浩瀚灿烂的星河，就禁不住想往，在遥远的星河那端，究竟是什么样的一种情形？于是，作者就给我们构筑了天河之东住着天帝的女儿，而且这位女儿因为要编制云锦天衣而十分疲惫。第二则是把世间的人之常情完美地往天帝身上做了投射：不忍心女儿太辛苦，又独处，遂把她嫁给了河西的牵牛郎，体现了高不可攀的天帝如同人间父亲一样仁爱，有体贴儿女之心。但同时作为天帝，文章又想象了作为天帝的威严，不允许女儿过度的无拘束，一看到其废掉了本行（织衽）就把她召回原籍，造成彼此暌隔。三是喜鹊们的善解牛郎织女之意。那些富有温情的喜鹊，即使各自"髡首"也要促成两人的相会，充满着团聚的温馨和幸福感。概是人世间的美好善良（尤其是爱情）感动了除人之外的天地众生，故有了它们架鹊桥令其团聚的义举！谁说只有西方青蛙王子、美人鱼小姐的爱情故事才令我们感喟？本篇故事，不也从另一个侧面启示人类，即使比人类不那么有智慧的动物，它们对群体自身（包括后代）和人类，也那么有情有爱。对这一点，如果你是《动物世界》的热心观众，相信你是会赞同的！

弄 玉

却说秦穆公有幼女，生时适有人献璞[1]，琢[2]之得碧色美玉。女周岁，宫中陈盘[3]，女独取此玉，弄之不舍，因名弄玉。稍长，姿容绝世，且又聪明无比。善于吹笙，不由乐师，自成音调。穆公命巧匠，剖此美玉为笙[4]。女吹之，声如凤鸣。穆公钟爱其女，筑重楼以居之，名曰凤楼。楼前有高台，亦名凤台。

弄玉年十五，穆公欲为之求佳婿。弄玉自誓曰："必得善[5]笙人，能与我唱和者，方是我夫，他非所愿也。"穆公使人遍访，不得其人。忽一日，弄玉于楼上卷帘闲看，见天净云空，月明如镜，呼侍儿焚香一柱，取碧玉笙，临窗吹之。声音清越，响入天际。微风拂拂，忽若[6]有和之者。其声若远若近。弄玉心异之，乃停吹而听，其声亦止，余音犹袅袅不断。

弄玉临风惘然[7]，如有所失。徙倚[8]夜半，月昃[9]香消，乃将玉笙置于床头，勉强就寝。梦见西南方天门洞开，五色霞光，照耀如昼。一美丈夫羽冠鹤氅[10]，骑彩凤自天而下，立于凤台之上。谓弄玉曰："我乃太华山之主也。上帝命我与尔结为婚姻，当以中秋日相见，宿缘[11]应[12]尔。"乃于腰间解赤玉箫，倚栏吹之。其彩凤亦舒翼鸣舞。凤声与箫声，唱和如一，宫商[13]协调，喤喤[14]盈耳。弄玉神思俱迷，不觉问曰："此何曲也？"美丈夫对曰："此《华山吟》第一弄也。"弄玉又问曰："曲可学乎？"美丈夫对曰："既成姻契，何难相授？"言毕，直前执弄玉之手。弄玉猛然惊觉，梦中景象，宛然在目。

及旦，自言于穆公。乃使孟明以梦中形象，于太华山访之。有野夫指之曰："山上明星岩，有一异人，自七月十五日至此，结庐独居，每日下山沽[15]酒自酌。至晚，必吹箫一曲，箫声四彻，闻者忘卧，不知何处人也。"孟明登太华山,至明星岩下,果见一人羽冠鹤氅,玉貌丹唇,飘飘然有超尘出俗之姿。孟明知是异人,上前揖[16]之,问其姓名。对曰:"某萧姓,史名。足下何人?来此何事?"孟明曰:"某乃本国右庶长,百里视是也。吾主为爱女择婿,女善吹笙,必求其匹。闻中下精于音乐,吾主渴欲一见,命某奉迎。"萧史曰:"某粗解宫商,别无他长,不敢辱命。"孟明曰:"同见吾主,自有分晓。"乃与共载而回。

  孟明先见穆公,奏知其事,然后引萧史入谒。穆公坐于凤台之上,萧史拜见曰:"臣山野匹夫,不知礼法,伏祈矜宥[17]!"穆公视萧史形容潇洒,有离尘绝俗之韵,心中先有三分欢喜;乃赐坐于旁,问曰:"闻子善箫,亦善笙乎?"萧史曰:"臣止能箫,不能笙也。"穆公曰:"本欲觅吹笙之侣,今箫与笙不同器,非吾女匹也。"顾孟明使引退。弄玉遣侍者传语穆公曰:"箫与笙一类也。客既善箫,何不一试其长?奈何令怀技而去乎?"穆公以为然,乃命萧史奏之。萧史取出赤玉箫一枝,玉色温润,赤光照耀人目,诚希世之珍也。才品一曲,清风习习而来。奏第二曲,彩云四合。奏至第三曲,见白鹤成对,翔舞于空中;孔雀数双,栖集于林际;百鸟和鸣,经时方散。穆公大悦。时弄玉于帘内,窥见其异,亦喜曰:"此真吾夫矣!"穆公复问萧史曰:"子知笙、箫何为而作?始于何时?"萧史对曰:"笙者,生也;女娲氏所作,义取发生,律应太簇[18]。箫者,肃也;伏羲氏所作,义取肃清,律应仲吕[19]。"穆公曰:"试详言之。"萧对曰:"臣执艺在箫,请但言箫。昔伏羲氏,编竹为箫,其形参差,以象凤翼;其声和美,以象凤鸣。大者谓之'雅箫',编二十三管,长尺有四寸;小者谓之'颂箫',编十六管,长尺有二寸。总谓之箫管。其无底者,谓之'洞箫'。其后黄帝使伶伦[20]伐竹于昆溪,制为笛。横七孔,吹之,亦象凤鸣,其形甚简。后人厌箫管之繁,专用一管而竖吹之。又以长者名箫,短者名管。今之箫,非古之箫矣。"穆公曰:"卿吹箫,何以能致珍禽也?"史又对曰:"箫制虽减,其声不变,作者以象凤鸣,凤乃百鸟之王,故皆闻凤声而翔集也。昔舜作箫韶之乐,凤凰应声而来仪,凤且可致,况他鸟乎?"

萧史应对如流，音声洪亮。穆公愈悦，谓史曰："寡人有爱女弄玉，颇通音律，不欲归之盲[21]婿，愿以室吾子。"萧史敛容再辞拜曰："史本山僻野人，安敢当王侯之贵乎？"穆公曰："小女有誓愿在前，欲择善笙者为偶，今吾子之箫，能通天地，格[22]万物，更胜于笙多矣。况吾女复有梦征，今日正是八月十五中秋之日，此天缘也，卿不能辞。"萧史乃拜谢。穆公命太史择日婚配，太史奏今夕中秋上吉，月圆于上，人圆于下。乃使左右具汤沐，引萧史洁体，赐新衣冠更换，送至凤楼，与弄玉成亲。夫妻和顺，自不必说。

——出《东周列国志》

注　释

[1] 璞，音"pú"，是指蕴藏有玉的石头。也指未雕琢的玉。

[2] 琢，雕琢，打磨。

[3] 陈盘，陈列、摆设在盘里。

[4] 笙，音"shēng"，汉民族古老的簧管乐器，一般用三十六根长短不同的竹管制成，用于吹奏。

[5] 善，擅长。

[6] 忽若，恍若，好像。

[7] 惘然，心有所失的样子。

[8] 徙倚，音"xǐ yǐ"，来回不停地走。

[9] 昃，音"zè"，古人把太阳偏西时称为昃。

[10] 氅，音"chǎng"，古代指一种像鹤的水鸟的羽毛，用以做衣服和仪仗中的旗幡，后来则指大衣或外套，如大氅。

[11] 宿缘，前生的因缘，前定的因缘。佛教中用得较多。

[12] 应，兑现。

[13] 宫商，古代五音声调中的两音，相当于音乐简谱中的1、2。

[14] 喤喤，象声词，声音大而洪亮。

[15] 沽，音"gū"，买的意思。

[16] 揖，作揖，古代的一种礼节，表示有礼貌。

[17] 矜宥，矜怜宽宥。

[18] 太簇，五音中的商音，亦写成"大簇""泰簇"。

[19] 仲吕，古乐十二律的第六律，又称"小吕"。

[20] 伶伦，黄帝时代的乐官，相传是发明律吕以制乐的始祖。

[21] 盲，不懂，不能辨别。

[22] 格，探究。

评　析

　　弄玉和萧史的爱情故事，是中国版的灰姑娘与王子故事。只不过里边的男女身份刚好颠倒了一下。灰姑娘变成了底层男子，王子则成了国君的公主。作为一个流传很广的爱情故事，里边有一些非常值得我们注意的细节，如弄玉名字的由来，是因为抓周时对玉的喜爱和弄之不舍；二是其姿容的绝世与吹笙技艺的日渐增长，让无数人为之倾倒。三是其对恋爱的追求，非要找一个能够与其"笙"相和的知音成为自己的恋人。有此三个细节作铺垫，后来发生的故事就在情理之中了。即找到了非常善箫的萧史作为自己的白马王子。神奇的是恋人最初出现在梦里，而且派人沿梦的提示，找到的结果与梦境中毫无二致，这样，按照中国传统的说法，是天意或宿缘的决定了。

　　在此故事中，我们还不难发现一个有趣的对话，即秦穆公与萧史之间的对话。在前者，有作为尊（国君）长（父亲）的威严和不容侵犯，更有作为一个父亲对女儿全身心的喜爱（以女儿的心愿为准）；在后者，体现了一个特擅独技的青年对突降喜事时的有尊严、个性而又不卑不亢的性格！其与弄玉的爱情，既可以认为是天作之合，也可以说是心想事成的最好明证！从《列子》记载这个故事起，千百年来人们对两人爱情的十分称羡和喜爱，原因恐怕也在这里。

画 皮

　　太原王生,早行,遇一女郎,抱袱[1]独奔,甚艰于步。急走趁之,乃二八姝丽。心相爱乐,问:"何夙夜踽踽[2]独行?"女曰:"行道之人,不能解愁忧,何劳相问。"生曰:"卿何愁忧?或可效力,不辞也。"女黯然曰:"父母贪赂,鬻[3]妾朱门。嫡妒甚,朝詈[4]而夕楚辱之,所弗堪也,将远遁耳。"问:"何之?"曰:"在亡之人,乌有定所。"生言:"敝庐不远,即烦枉顾[5]。"女喜,从生之。生代携袱物,导与同归。女顾室无人,问:"君何无家口?"答云:"斋耳。"女曰:"此所良佳。如怜妾而活之,须秘密,勿泄。"生诺之。乃与寝合。使匿密室,过数日而人不知也。生微告妻。妻陈氏疑为大家媵[6]妾,劝遣之。生不听。

　　偶适市,遇一道士,顾生而愕。问:"何所遇?"答言:"无之。"道士曰:"君身邪气萦绕,何言无?"生又力白,道士乃去,曰:"惑哉!世固有死将临而不悟者。"生以其言异,颇疑女。转思明明丽人,何至为妖,意道士借魇禳[7]以猎食者。

　　无何,至斋门,门内杜,不得入。乃逾垝垣[8],则室门已闭。蹑[9]迹而窗窥之,见一狞鬼,面翠色,齿如锯。铺人皮于榻上,执彩笔而绘之。已而掷笔,举皮,如振衣状,披于身,遂化为女子。睹此状,大惧,兽伏而出。急追道士,不知所往,遍迹之,遇于野,长跪乞救。道士曰:"请遣除之。此物亦良苦,甫能觅代者,予亦不忍伤其生。"乃以蝇拂授生,令挂寝门。临别,约会于青帝庙。

　　生归,不敢入斋,乃寝内室,悬拂焉。一更许,闻门外戢戢[10]有声,自不敢窥也,使妻窥之。但见女子来,望拂子不敢进;立而切齿,良久,乃去。少时复来,骂曰:"道士吓我。终不然宁入口而吐之耶!"取拂碎之,坏寝门而入。径登生床,裂生腹,掬[11]生心而去。妻号。婢入烛之,生已死,腔血狼藉。陈骇涕不敢声。

　　明日,使弟二郎奔告道士。道士怒曰:"我固怜之,鬼子乃敢尔!"

即从生弟来。女子已失所在。既而仰首四望，曰："幸遁未远！"问："南院谁家？"二郎曰："小生所舍也。"道士曰："现在君所。"二郎愕然，以为未有。道士问曰："曾否有不识者一人来？"答曰："仆早赴青帝庙，良不知。当归问之"，少顷而返，曰："果有之。晨间一妪来，欲佣为仆家操作，室人止之，尚在也。"道士曰："即是物矣。"遂与俱往。仗木剑，立庭心，呼曰："孽魅！偿我拂子来！"妪在室，惶遽无色，出门欲遁。道士逐击之。妪仆，人皮划然而脱，化为厉鬼，卧嗥如猪。道士以木剑枭其首；身变作浓烟，匝地作堆。道士出一葫芦，拔其塞，置烟中，飕飕然如口吸气，瞬息烟尽。道士塞口入囊。共视人皮，眉目手足，无不具备。道士卷之，如卷画轴声，亦囊之，乃别欲去。

陈氏拜迎于门，哭求回生之法。道士谢不能。陈益悲，伏地不起。道士沉思曰："我术浅，诚不能起死。我指一人，或能之，往求必合有效。"问："何人？"曰："市上有疯者，时卧粪土中。试叩而哀之。倘狂辱夫人，夫人勿怒也。"二郎亦习知之，乃别道士，与嫂俱往。

见乞人颠歌道上，鼻涕三尺，秽不可近。陈膝行而前。乞人笑曰："佳人爱我呼？"陈告之故。又大笑曰："人尽夫也，活之何为？"陈固哀之。乃曰："异哉！人死而乞活于我。我阎摩耶？"怒以杖击陈。陈忍痛受之。市人渐集如堵。乞人咯痰唾盈把，举向陈吻曰："食之！"陈红涨于面，有难色。既思道士之嘱，遂强啖[12]焉。觉入喉中，硬如团絮，格格而下，停结胸间。乞人大笑曰："佳人爱我哉！"遂起，行已不顾。尾之，入于庙中。追而求之，不知所在。前后冥搜，殊无端兆，惭恨而归。

既悼夫亡之惨，又悔食唾之羞，俯仰哀啼，但愿即死。方欲展血敛尸，家人伫望，无敢近者。陈抱尸收肠，且理且哭。哭极声嘶，顿欲呕。觉膈中结物，突奔而出，不及回首，已落腔中。惊而视之，乃人心也。在腔中突突犹跃，热气腾蒸如烟然。大异之，急以两手合腔，极力抱挤，少懈，则气氤氲[13]自缝中出，乃裂缯帛急束之。以手抚尸，渐温。覆以衾绸，中夜启视，有鼻息焉。天明，竟活。为言："恍惚若梦，但觉腹隐痛耳。"视破处，痂[14]结如钱，寻愈。

——出《聊斋志异》

注 释

[1] 襆，音"fú"，同"袱"，古指帕、短衣之类。

[2] 踽踽，音"jǔ jǔ"，一个人走路孤零零的样子。

[3] 鬻（yù）卖，出售。

[4] 詈，音"lì"，从旁边编造对方的缺点或罪状加以责骂。

[5] 枉顾，委屈你去看，光临。

[6] 媵，音"yìng"，古代随嫁的丫鬟之类。

[7] 魇禳，音"yǎn ráng"，魇是因作噩梦而发出可怕的呻吟、惊叫等，禳是祈祷消除灾祸。此处两词连用是指让人做噩梦或帮人消除灾患。旧时传说一些道士有这个法术。

[8] 堁垣，音"guǐ yuán"，被毁坏了的墙。

[9] 蹑，轻轻地追踪、追随。

[10] 戢戢（jí），声音细小。

[11] 掬，音"jū"，用两手捧。

[12] 啖，音"dàn"，吃或给人吃。

[13] 氤氲，音"yīn yùn"，指弥漫的烟气。

[14] 痂（jiā），指伤口。

评 析

本故事名为"画皮"，实际意义乃是被勾画了的、画上图案的人皮。唯被勾画、涂抹，与实相差别很远，故才迷惑了爱丽人的"王生"，迷惑了被繁华外表欺骗的我们每一个自己。作家蒲松龄不愧为一个讲故事的高手，用双线索展开来讲，且讲得生动可信。一条线索，是从王姓书生的路遇忧愁而美艳的女郎,到对他的盘问对答如流,切实可信,以及后面的不听妻子陈氏劝告与之留寝,乃至于被掏心裂腹而死等等,一环紧扣一环,推进得既合理又紧张;另一条线索,按偶遇道士,"力白"不认,识妖大惧,法物保身,屈辱求救几个场景演绎,动魄惊心而又听来真实。可以说每一个情节,都栩栩如生,给人深刻印象。"写人写鬼高人一筹",倘若以此来观照《画皮》,人们要从中得到"不要迷惑于外表"、世界上"人妖难辨"的哲理,那是太自然不过的事了。

娇 娜

孔生雪笠,圣裔也[1]。为人蕴藉[2],工诗。有执友[3]令天台,寄函招之。生往,令适卒。落拓[4]不得归,寓菩陀寺,佣为寺僧抄录。寺西百余步,有单先生第。先生故公子,以大讼[5]萧条,眷口寡,移而乡居,宅遂旷焉。

一日,大雪崩腾,寂无行旅。偶过其门,一少年出,丰采甚都[6]。见生,趋与为礼,略致慰问,即屈降临。生爱悦之,慨然从入。屋宇都不甚广,处处悉悬锦幕,壁上多古人书画。案头书一册,签[7]云:"琅嬛琐记。"翻阅一过,皆目所未睹。生以居单第,意为第主,即亦不审官阀[8]。少年细诘行踪,意怜之,劝设帐授徒。生叹曰:"羁旅[9]之人,谁作曹丘者[10]?"少年曰:"倘不以驽骀[11]见斥,愿拜门墙[12]。"生喜,不敢当师,请为友。便问:"宅何久锢?"答曰:"此为单府,曩以公子乡居,是以久旷。仆皇甫氏,祖居陕。以家宅焚于野火,暂借安顿。"生始知非单。当晚,谈笑甚欢,即留共榻。昧爽[13],即有僮子炽炭于室。少年先起入内,生尚拥被坐。僮入白:"太公[14]来。"生惊起。一叟入,鬒发皤然[15],向生殷谢曰:"先生不弃顽儿,遂肯赐教。小子初学涂鸦[16],勿以友故,行辈[17]视之也。"已,乃进锦衣一袭,貂帽、袜、履各一事[18]。视生盥栉[19]已,乃呼酒荐馔[20]。几、榻、裙、衣,不知何名，光彩射目。酒数行，叟兴辞[21]，曳杖而去。餐讫，公子呈课业[22]，类皆古文词，并无时艺[23]。问之，笑云："仆不求进取也。"抵暮，更酌曰："今夕尽欢，明日便不许矣。"呼僮曰："视太公寝未；已寝，可暗唤香奴来。"僮去，先以绣囊将琵琶至。少顷，一婢入，红妆艳绝。公子命弹湘妃[24]。婢以牙拨[25]勾动，激扬哀烈，节拍不类夙闻。又命以巨觥行酒，三更始罢。次日，早起共读。公子最惠，过目成咏，二三月后，命笔警绝。相约五日一饮，每饮必招香奴。

一夕，酒酣气热，目注之。公子已会其意，曰："此婢乃为老父所豢养。兄旷逸[26]无家，我夙夜代筹久矣。行当为君谋一佳耦。"生曰："如果惠好[27]，必如香奴者。"公子笑曰："君诚'少所见而多所怪'者矣。以此为佳，君愿亦易足也。"

居半载，生欲翱翔郊郭[28]，至门，则双扉外扃。问之。公子曰："家君恐交游纷意念，故谢客耳。"生亦安之。时盛暑溽热，移斋园亭。生胸间肿起如桃，一夜如碗，痛楚吟呻。公子朝夕省视，眠食都废。又数日，创剧，益绝食饮。太公亦至，相对太息。公子曰："儿前夜思先生清恙[29]，娇娜妹子能疗之。遣人于外祖处呼令归，何久不至？"俄僮入白："娜姑至，姨与松姑同来。"父子疾趋入内。少间，引妹来视生。年约十三四，娇波流慧[30]，细柳生姿[31]。生望见颜色，嚬呻顿忘，精神为之一爽。公子便言："此兄良友，不啻胞也，妹子好医之。"女乃敛羞容，揄[32]长袖，就榻诊视。把握之间，觉芳气胜兰。女笑曰："宜有是疾，心脉动矣。然症虽危，可治；但肤块已凝，非伐皮削肉不可。"乃脱臂上金钏安患处，徐徐按下之。创突起寸许，高出钏外，而根际余肿，尽束在内，不似前如碗阔矣。乃一手启罗衿[33]，解佩刀，刃薄于纸，把钏握刃，轻轻附根而割。紫血流溢，沾染床席，而贪近娇姿，不惟不觉其苦，且恐速竣割事，偎傍不久。未几，割断腐肉，团团然如树上削下之瘿[34]。又呼水来，为洗割处。口吐红丸，如弹大，着肉上，按令旋转：才一周，觉热水蒸腾；再一周，习习作痒[35]；三周已，遍体清凉，沁入骨髓。女收丸入咽，曰："愈矣！"趋步出。生跃起走谢，沉痼[36]若失。而悬想容辉，苦不自已。

自是废卷痴坐，无复聊赖。公子已窥之，曰："弟为兄物色，得一佳偶。"问："何人？"曰："亦弟眷属。"生凝思良久，但云："勿须。"面壁吟曰："曾经沧海难为水，除却巫山不是云。"公子会其指，曰："家君仰慕鸿才，常欲附为婚姻。但止一少妹，齿太稚[37]。有姨女阿松，年十八矣，颇不粗陋。如不见信，松姊日涉园亭，伺前厢，可望见之。"生如其教，果见娇娜偕丽人来，画黛弯蛾[38]，莲钩蹴凤[39]，与娇娜相伯仲也。生大悦，请公子作伐[40]。公子翼日自内出，贺曰："谐矣。"乃除别院，为生成礼。是夕，鼓吹阗咽[41]，尘落漫飞，以望中仙人，忽同衾帻，遂疑广寒宫殿，未必在云霄矣。合卺之后，甚惬心怀。

一夕，公子谓生曰："切磋之惠，无日可以忘之。近单公子解讼归，索宅甚急，意将弃此而西。势难复聚，因而离绪萦怀。"生愿从之而去。公子劝还乡闾，生难之。公子曰："勿虑，可即送君行。"无何，太公引松娘至，以黄金百两赠生。公子以左右手与生夫妇相把握，嘱闭眸勿视。飘然履空，但觉耳际风鸣。久之曰："至矣。"启目，果见故里。始知公子非人。喜叩家门。母出非望，又睹美妇，方共忻慰。及回顾，则公子逝矣。松娘事姑孝；艳色贤名，声闻遐迩。

后生举进士，授延安司李[42]，携家之任。母以道远不行。松娘举一男，名小宦。生以忤直指[43]罢官，里碍[44]不得归。偶猎郊野，逢一美少年，跨骊驹，频频瞻顾。细视，则皇甫公子也。揽辔停骖[45]，悲喜交至。邀生去，至一村，树木浓昏，荫翳天日。入其家，则金沤浮钉[46]，宛然世族。问妹子则嫁；岳母已亡：深相感悼。经宿别去，偕妻同返。娇娜亦至，抱生子掇提而弄[47]曰："姊姊乱吾种矣。"生拜谢曩德。笑曰："姊夫贵矣。创口已合，未忘痛耶？"妹夫吴郎，亦来谒拜。信宿[48]乃去。

一日，公子有忧色，谓生曰："天降凶殃，能相救否？"生不知何事，但锐自任[49]。公子趋出，招一家俱入，罗拜堂上。生大骇，亟问。公子曰："余非人类，狐也。今有雷霆之劫。君肯以身赴难，一门可望生全；不然，请抱子而行，无相累。"生矢[50]共生死。乃使仗剑于门。嘱曰："雷霆轰击，勿动也！"生如所教。果见阴云昼瞑，昏黑如磐[51]。回视旧居，无复闬闳[52]；惟见高冢岿然，巨穴无底。方错愕间，霹雳一声，摆簸山岳；急雨狂风，老树为拔。生目眩耳聋，屹不少动。忽于繁烟黑絮之中，见一鬼物，利喙长爪，自穴攫一人出，随烟直上。瞥睹衣履，念似娇娜。乃急跃离地，以剑击之，随手堕落。忽而崩雷暴裂，生仆，遂毙。少间，晴霁，娇娜已能自苏。见生死于旁，大哭曰："孔郎为我而死，我何生矣！"松娘亦出，共舁[53]生归。娇娜使松娘捧其首；兄以金簪拨其齿；自乃撮其颐，以舌度红丸入，又接吻而呵之。红丸随气入喉，格格作响。移时，醒然而苏。见眷口满前，恍如梦寤。于是一门团圞[54]，惊定而喜。生以幽圹[55]不可久居，议同旋里。满堂交赞，惟娇娜不乐。生请与吴郎俱，又虑翁媪不肯离幼子。终日议不果。忽吴家一小奴，汗流气促而至。惊致研诘[56]，则吴郎家亦同日遭劫，一门俱没。娇娜顿足悲伤，涕不可止。共慰劝之。而同归之计遂决。生入城勾当[57]数日，遂连夜趣装[58]。既归以闲园寓公子，恒返关之；生及松娘至，始发扃。生与公子兄妹，棋酒谈宴若一家然。小宦长成，貌韶秀，有狐意。出游都市，共知为狐儿也。

——出《聊斋志异》

注 释

[1] 圣裔，圣人的后代。在封建社会里孔丘被尊为圣人，他的后代便被叫作圣裔。

[2] 蕴藉，宽厚有涵养。

[3] 执友，志趣相投的朋友。

[4] 落拓，即落魄，穷困不得志。

[5] 大讼，关涉或干系重大的官司。讼，诉讼。

[6] 都，美好。

[7] 签，书籍封面的标签。

[8] 官阀，官员和门第。

[9] 羁旅，客居在外。

[10] 曹丘，指汉初的曹丘生，因其宣扬季布的"一诺千金"而使季布广为人知。后来人们就用"曹丘"来代指引荐人、推荐人。

[11] 驽骀，能力低下的马，比喻平庸无才，骀，音"tái"。

[12] 拜门墙，即愿意拜为老师。门墙，是《论语·子张》中记载的子贡称赞自己老师孔子的学问博大精深如很高的宫墙。后来人们便把拜某人为师为拜门墙。

[13] 昧爽，拂晓。

[14] 太公，古时对祖父辈老人的尊称。这里是仆人对老一辈主人的尊称。

[15] 鬓发皤然，鬓发皆白。皤，音"pó"，白的意思。

[16] 涂鸦，喻书法幼稚或胡乱写作。这里是太公的谦词。

[17] 行辈，同辈人，亦可看作同行之辈。

[18] 一事，一件。

[19] 盥栉，音"guàn zhì"，洗脸、梳头。

[20] 馔，饮食，食物。

[21] 兴辞，起身告辞。

[22] 课业，提请老师考核、批阅的习作。

[23] 时艺，明、清时，把科举应试的八股文为"时艺"或"时文"。

[24] 湘妃，湘水女神。

[25] 牙拨，象牙拨子。主要用来拨弹乐器丝弦。

[26] 旷邈，本是宽远辽阔，这里引申为男子壮而无妻。

[27] 惠好，见爱加恩。惠，恩惠。

[28] 郭，外城。

[29] 清恙，称人疾病的敬词。恙，病。

[30] 娇波，娇美的眼波。

[31] 细柳，形容腰围的纤细。

[32] 揄，音"yū"，挥。

[33] 衿，音"jīn"，衣襟。

[34] 瘿，音"yǐng"，树瘤。

[35] 习习作痒，微微发痒。

[36] 沉痼，积久难愈的病。

[37] 齿太穉，年纪太小。齿，年龄。穉，音"zhì"，同"稚"。

[38] 画黛弯蛾，描画的双眉，像蚕蛾的一对触须那样弯曲细长。黛，古时妇女描眉用的青黑色颜料。蛾，蚕蛾，其触须细长弯曲，所以旧时常喻女子细眉为"蛾眉"。

[39] 莲钩趿凤，纤瘦的小脚穿着凤头鞋。

[40] 作伐，做媒。

[41] 鼓吹阗咽，鼓吹之声一起发出来。吹，指唢呐、喇叭之类管乐器。阗咽，音"tián yīn"，阗，众声并作。咽，有节奏的鼓声。

[42] 司李，即推官，是有关诉讼、刑狱等的官员。

[43] 忤直指，违背直指使。直指，是直指使这个官员，在明、清时近似巡按御史一类的官员。

[44] 罣（guà）碍，古代官吏因公事获咎而罢官，被留在任所听候处理，不能自由行动的叫"罣碍"。

[45] 揽辔停骖，即收缰勒马。骖，马的代称。

[46] 金沤浮钉，装饰在大门上的形似水泡的涂金的圆钉，今天在一些寺庙的大门上还能见到。

[47] 掇提而弄，弯腰抱起逗弄。

[48] 信宿，再宿，住了两天。

[49] 但锐自任，却立即表示自己愿意承担。锐，迅疾。

[50] 矢，发誓。

[51] 黟，音"yī"，黑石。

[52] 闬闳，音"hàn hóng"，里巷之门。

[53] 昇，抬。

[54] 团圞，团聚。圞，音"luán"，圆的意思。

[55] 幽圹，墓穴。幽，地下。圹，音"kuàng"。

[56] 惊致研诘，大吃一惊地仔细询问。研，穷究。诘，问。

[57] 勾当，停留，勾留。

[58] 趣装，迅速地整理行装。

评 析

　　书生孔雪笠投奔友人不成，侨居没落中得遇暂住在单家府邸的皇甫公子。往来中彼此心心相惜，皇甫公子拜孔生为师，而且还让全家与孔生认识，如太公，婢女香奴，以及迟迟出现的娇娜等等。

　　情投意惬中孔生胸肿如桃，疼痛无比，在皇甫的妹妹娇娜的悉心治疗下孔生病好如初，但也因此恋上了娇波流慧的娇娜。可最终与孔生结合的确是皇甫的另一眷属松姊。似乎有恩报恩，侨寓的皇甫一家大小也遇到了如何保全一家的劫难，在孔生的誓死守护下，皇甫公子一家得以保全，但孔生却因之而命悬一线。仍是娇娜的口中吐出的红丸，让孔生得以苏醒过来。劫难过去，留下来一起团聚的，包括皇甫公子、松姊、太公和小宦等等。想家心切的孔生在皇甫公子的帮助下回到故里，也在此时，他才明白了皇甫一家身系为狐的真实身份，其与松姊所养的小宦长成，也只是偶有狐意。

　　整个故事，作者抛开了传统的男女爱情模式，着重描写了娇娜与孔生的友谊，其患难与共，病疾相扶，彼此的友谊又都经过了严峻的考验，可最终他们仍然是朋友，而不是夫妻！作者借狐写人，表达他对远离俗世情感的一种"腻友"（亲昵而美丽的异性朋友）的赞赏与期待。

青　凤

　　太原耿氏，故大家，第宅[1]弘阔。后凌夷[2]，楼舍连亘，半旷废之。

因生怪异，堂门辄自开掩，家人恒中夜骇哗。耿患之，移居别墅，留老翁门焉，由此荒落益甚。或闻笑语歌吹声。

耿有从子去病，狂放不羁，嘱翁有所闻见，奔告之。至夜，见楼上灯光明灭，走报生。生欲入觇其异。止之，不听。门户素所习识，竟拨蒿蓬，曲折而入。登楼，殊无少异。穿楼而过，闻人语切切。潜窥之，见巨烛双烧，其明如昼。一叟儒冠南面坐，一媪相对，俱年四十余。东向一少年，可二十许；右一女郎，裁及笄[3]耳。酒胾[4]满案，团坐笑语。生突入，笑呼曰："有不速之客一人来！"群惊奔匿。独叟出，叱问："谁何入人闺闼[5]？"生曰："此我家闺闼，君占之。旨酒自饮，不一邀主人，毋乃太吝？"叟审睇[6]，曰："非主人也。"生曰："我狂生耿去病，主人之从子耳。"叟致敬曰："久仰山斗[7]！"乃揖生入，便呼家人易馔。生止之。叟乃酌客。生曰："吾辈通家[8]，座客无庸见避，还祈招饮。"叟呼："孝儿！"俄少年自外入。叟曰："此豚儿也[9]。"揖而坐，略审门阀[10]。叟自言："义君姓胡。"生素豪，谈议风生，孝儿亦倜傥[11]，倾吐间，雅相爱悦。生二十一，长孝儿二岁，因弟之。

叟曰："闻君祖纂[12]涂山外传，知之乎？"答："知之。"叟曰："我涂山氏之苗裔[13]也。唐以后，谱系犹能忆之；五代而上无传焉。幸公子一垂教也。"生略述涂山女佐禹之功，粉饰多词[14]，妙绪泉涌。叟大喜，谓子曰："今幸得闻所未闻。公子亦非他人，可请阿母及青凤来，共听之，亦令知我祖德也。"孝儿入帏中。少时，媪偕女郎出。审顾之，弱态生娇，秋波流慧，人间无其丽也。叟指妇云："此为老荆[15]。"又指女郎："此青凤，鄙人之犹女也[16]。颇惠，所闻见辄记不忘，故唤令听之。"生谈竟而饮，瞻顾女郎，停睇不转。女觉之，辄俯其首。生隐蹑莲钩，女急敛足，亦无愠怒，生神志飞扬，不能自主，拍案曰："得妇如此，南面王不易也！"媪见生渐醉，益狂，与女俱起，遽搴[17]帏去。生失望，乃辞叟出。而心萦萦[18]，不能忘情于青凤也。

至夜，复往，则兰麝犹芳，而凝待终宵，寂无声咳。归与妻谋，欲携家而居之，冀得一遇。妻不从，生乃自往，读于楼下。夜方凭几，一鬼披发人，面黑如漆，张目视生。生笑，染指研墨自涂，灼灼然相与对视。鬼惭而去。

次夜，更既深，灭烛欲寝，闻楼后发扃[19]，辟之砰然。急起窥觇，则扉半启。俄闻履声细碎，有烛光自房中出。视之，则青凤也。骤见生，骇而却退，遽阖双扉。生长跽[20]而致词曰："小生不避险恶，实以卿故。幸无他人，得一握手为笑，死不憾耳。"女遥语曰："惓惓[21]深情，妾岂不知？但叔闺训[22]严，不敢奉命。"生固哀之，云："亦不敢望肌肤之亲，但一见颜色足矣。"女似肯可，启关出，捉之臂而曳之。生狂喜，相将[23]入楼下，拥而加诸膝。女曰："幸有夙分[24]；过此一夕，即相思无用矣。"问："何故？"曰："阿叔畏君狂，故化厉鬼以相吓，而君不动也。今已卜居[25]他所，一家皆移什物赴新居，而妾留守，明日即发矣。"言已，欲去，云："恐叔归。"生强止之，欲与为欢。方持论间，叟掩入。女羞惧无以自容，俯首倚床，拈带不语。叟怒曰："贱辈辱吾门户！不速去，鞭挞且从其后！"女低头急去，叟亦出。尾而听之，诃诟[26]万端。闻青凤嘤嘤啜泣[27]，生心意如割，大声曰："罪在小生，于青凤何与？倘宥[28]凤也，刀锯鈇钺[29]，小生愿身受之！"良久寂然，生乃归寝。自此第内绝不复声息矣。

生叔闻而奇之，愿售以居，不较直。生喜，携家口而迁焉。居逾年，甚适，而未尝须臾忘凤也。

会清明上墓归，见小狐二，为犬逼逐，其一投荒窜去，一则皇急道上。望见生，依依哀啼敛耳辑首[30]，似乞其援。生怜之，启裳袂，提抱以归。闭门，置床上，则青凤也。大喜，慰问。女曰："适与婢子戏，遘[31]此大厄。脱非郎君，必葬犬腹。望无以非类见憎。"生曰："日切怀思，系于魂梦。见卿如获异宝，何憎之云！"女曰："此天数也，不因颠覆[32]，何得相从？然幸矣，婢子必以妾为已死，可与君坚永约[33]耳。"生喜，另舍舍之。

积二年余，生方夜读，孝儿忽入。生辍读，讶诘[34]所来。孝儿伏地，怆然曰："家君有横难，非君莫拯。将自诣恳，恐不见纳，故以某来。"问："何事?"曰："公子识莫三郎否?"曰："此吾年家子也[35]。"孝儿曰："明日将过，倘携有猎狐，望君之留之也。"生曰："楼下之羞，耿耿在念，他事不敢预闻[36]。必欲仆效绵薄[37]，非青凤来不可！"孝儿零涕曰："凤妹已野死三年矣！"生拂衣[38]曰："既尔，则恨滋深耳！"执卷高吟，殊不顾瞻。孝儿起，哭失声，掩面而去。生如青凤所，告以故。女失色曰："果救之否?"曰："救则救之；适不之诺者，亦聊以报前横[39]耳。"女乃喜曰："妾少孤，依叔成立。昔虽获罪，乃家范[40]应尔。"生曰："诚然，但使人不能无介介[41]耳。卿果死，定不相援。"女笑曰："忍哉！"

次日，莫三郎果至，镂膺虎韔[42]，仆从甚赫[43]。生门逆[44]之。见获禽甚多，中一黑狐，血殷毛革[45]；抚之，皮肉犹温。便托裘敝，乞得缀补。莫慨然解赠。生即付青凤，乃与客饮。客既去，女抱狐于怀，三日而苏，展转复化为叟。举目见凤，疑非人间。女历言其情。叟乃下拜，惭谢前愆[46]。喜顾女曰："我固谓汝不死，今果然矣。"女谓生曰："君如念妾，还乞以楼宅相假，使妾得以申返哺之私[47]。"生诺之。叟赧然谢别而去。入夜，果举家来。由此如家人父子，无复猜忌矣。生斋居，孝儿时共谈谳。生嫡出子渐长，遂使傅之；盖循循[48]善教，有师范焉[49]。

——出《聊斋志异》

注　释

[1] 第宅，府邸住宅的合称。

[2] 凌夷，也"陵夷"，家势衰落。

[3] 及笄，笄，音"jī"，发簪。古代女子一般十五岁结发插簪，表示成年，可以结婚，后来一般称女子成年为及笄。

[4] 胾，音"zì"，切成大块的肉。

[5] 闺闼，音"guī tà"，女眷的住所。

· 198 ·

［6］睨，音"dì"，斜视。

［7］久仰山斗，即久仰大名。山斗是泰山北斗的合称，常作为恭维人的话，指人的地位极高。

［8］通家，家族之间，世代通好。即世交。

［9］豚儿，旧时对自己儿子的谦称，一般称"犬子"。

［10］门阀，对别人家族门楣的尊称。

［11］倾吐，流露内心的交谈。

［12］纂，音"zuǎn"，编辑，编撰。

［13］苗裔，后代子孙。

［14］粉饰多词，有意地装饰打扮且多赞美之词。

［15］老荆，亦称拙荆，对自己妻子的谦称，因其年龄大，故称。

［16］犹女，侄女。

［17］搴，音"qiān"，拉开。

［18］萦萦，萦绕，心头难以放下。

［19］扃，开关门的门栓之类。

［20］长跽，长跪。跽，音"jì"。

［21］惓惓，恳切诚挚。

［22］闺训，封建时代妇女所应遵循的规矩。

［23］相将（jiāng），手拉手。

［24］夙分（fèn），宿缘，前世注定的缘分。

［25］卜居，选择居所。

［26］诟，辱骂。

［27］嘤嘤啜泣，小声抽泣或哭泣。嘤嘤，声音细弱貌。啜泣，即饮泣。

［28］宥，宽恕，原谅。

［29］鈇钺，音"fū yuè"，鈇同"斧"。钺，也即大斧。

［30］嗒（tà）耳辑首，驯服畏惧的样子。辑，敛，缩。

［31］遘，遭遇。

[32] 颠覆，比喻严重的挫折，灾祸。

[33] 坚永约，坚订终身之约；即相誓白头偕老。

[34] 讶诘，惊讶地询问。

[35] 年家子，科举同年的晚辈子侄。

[36] 预闻，过问。

[37] 绵薄，即绵薄之力的简称。意思是力量薄弱，谦辞。

[38] 拂衣，因激动或愤激而振动衣服。

[39] 前横，前面的横祸。

[40] 家范，家规。

[41] 介介，即耿耿于怀，不能忘却。

[42] 镂膺虎韔（chàng），马的胸带饰以镂金，骑士的弓袋饰以虎纹。形容主人和坐骑英武华贵。

[43] 赫，显耀、有声势的样子。

[44] 逆，迎。

[45] 血殷（yān）毛革，伤口流出的血把皮、毛染红了。

[46] 惭谢前愆（qiān），面色羞惭地对往日过失表示歉意。愆，过失。

[47] 申返哺之私，表达对长辈的孝心。传说乌鸦的幼鸟长大后衔食喂养老乌，称为"反哺"，因以比喻子女对父母尽孝。私，私衷，指孝心。

[48] 循循善教，循序前进，善于教导。循循，有次序的样子。

[49] 有师范，很有老师的风度气派。范，风范。

评析

我们说，文学的艺术世间里能够异彩纷呈，一些伟大作家的丰富想象最功不可没！可不，在这篇《青凤》中，就是一篇想象非常丰富的杰作。在这里，老狐被设想成了治家严厉、很有长者风范的老叟（在文中是胡义君）、狐儿（孝儿）则成了有可以给耿去病家孩子做家教的君子,狐女青凤则被想象成深情、有教养、知恩图报的年青少女!倘若我们不把上述三者当成"狐"这个"类"来看,分别将其视为家教甚严、讲究门风的老叟,循规蹈矩的世家子之子、受到礼教严加约束的年青女子,又何尝不可?文中耿生的狂放不羁但又重情大胆、讲义气,老叟胡义君的礼数甚多但又能冰释前嫌,青凤的美丽迷人但又极有教养、知恩报恩等等,无不给人很深刻的印象,也显示出作家高妙的描写手段和技巧。去掉狐父、狐儿、狐女作者这表面的借助和障眼法,将其视为封建社会里一对青年男女追求爱情冲破各种礼教的阻碍束缚,好事成真的故事是完全可以的。情节上设置的一见倾情、次夜相会、道上相救以及解除为难等环节,更强化了故事的曲折跌宕,非常有吸引力。

婴 宁

王子服,莒[1]之罗店人。早孤,绝慧,十四入泮[2]。母最爱之,寻常不令游郊野。聘[3]萧氏,未嫁而夭,故求凰未就也。会上元,有舅氏子吴生,邀同眺瞩。方至村外,舅家有仆来,招吴去。生见游女如云,乘兴独遨。有女郎携婢,拈梅花一枝,容华绝代,笑容可掬。生注目不移,竟忘顾忌。女过去数武,顾婢曰:"个儿郎目灼灼[4]似贼!"遗花地上,笑语自去。

生拾花怅然,神魂丧失,怏怏[5]遂返。至家,藏花枕底,垂头而睡,不语亦不食。母忧之。醮禳[6]益剧,肌革锐减。医师诊视,投剂发表[7],忽忽若迷。母抚问所由,默然不答。适吴生来,嘱密诘之。吴至榻前,生见之泪下。吴就榻慰解,渐致研诘。生具吐其实,且求谋画。吴笑曰:"君意亦复痴,此愿有何难遂?当代访之。徒步于野,必非世家。如其未字,事固谐矣;不然,拚[8]以重赂,计必允遂。但得痊瘳[9],成事在我。"生闻之,不觉解颐。吴出告母,物色女子居里。而探访既穷,并无踪绪。母大忧,无所为计。然自吴去后,颜顿开,食亦略进。数日,吴复来。生问所谋。吴绐之曰:"已得之矣。我以为谁何人，乃我姑氏女，即君姨妹行，今尚待聘。虽内戚有婚姻之嫌，实告之，无不谐者。"生喜溢眉宇，问居何里。吴诡曰："西南山中，去此可三十余里。"生又付嘱再四，吴锐身自任而去。

生由此饮食渐加，日就平复。探视枕底，花虽枯，未便雕落。凝思把玩，如见其人。怪吴不至，折柬招之。吴支托不肯赴召。生恚怒[10]，悒悒[11]不欢。母虑其复病，急为议姻。略与商榷[12]，辄摇首不愿，惟日盼吴。吴迄无耗，益怨恨之。转思三十里非遥，何必仰息他人？怀梅袖中，负气自往，而家人不知也。

伶仃独步，无可问程，但望南山行去。约三十余里，乱山合沓[13]，空翠爽肌，寂无人行，止有鸟道。遥望谷底，丛花乱树中，隐隐有小里落。下山入村，见舍宇无多，皆茅屋，而意甚修雅。北向一家，门前皆绿柳，墙内桃杏尤繁，间以修竹，野鸟格磔[14]其中。意是园亭，不敢遽入。回顾对户，有巨石滑洁，因据坐少憩。俄闻墙内有女子，长呼"小荣"，其声娇细。方伫听间，一女郎由东而西，执杏花一朵，俯首自簪。举头见生，遂不复簪，含笑拈花而入。审视之，即上元途中所遇也。心骤喜，但念无以阶进，欲呼姨氏，而顾从无还往，惧有讹误。门内无人可问，坐卧徘徊，自朝至于日昃[15]，盈盈望断，并忘饥渴。时见女子露半面来窥，似讶其不去者。

忽一老妪扶杖出，顾生曰："何处郎君，闻自辰刻便来，以至于今，意将何为？得毋饥耶？"生急起揖之，答云："将以盼亲。"妪聋聩[16]不闻。又大言之。乃问："贵戚何姓？"生不能答。妪笑曰："奇哉。姓名尚自不知，何亲可探？我视郎君，亦书痴耳。不如从我来，啖以粗粝[17]，家有短榻可卧，待明朝归，询知姓氏，再来探访，不晚也。"生方腹馁思啖，又从此渐近丽人，大喜。从妪入，见门内白石砌路，夹道红花，片片堕阶上；曲折而西，又启一关，豆棚架满庭中。肃客入，粉壁光明如镜，窗外海棠枝朵，探入室内，裀藉[18]几榻，罔不洁泽。甫坐，即有人自窗外隐约相窥。妪唤："小荣，可速作黍。"外有婢子噭声而应。坐次，具展宗阀。妪曰："郎君外祖，莫姓吴否？"

曰："然。"媪惊曰："是吾甥也！尊堂，我妹子。年来以家窭贫，又无三尺男，遂至音问梗塞。甥长成如许，尚不相识。"生曰："此来即为姨也，匆遽遂忘姓氏。"媪曰："老身秦姓，并无诞育；弱息[19]仅存，亦为庶产。渠母改醮，遗我鞠养。颇亦不钝，但少教训，嬉不知愁。少顷，使来拜识。"

未几，婢子具饭，雏尾盈握。媪劝餐已，婢来敛[20]具。媪曰："唤宁姑来。"婢应去。良久，闻户外隐有笑声。媪又唤曰："婴宁，汝姨兄在此。"户外嗤嗤笑不已。婢推之以入，犹掩其口，笑不可遏。媪嗔目曰："有客在，咤咤叱叱[21]，是何景象？"女忍笑而立，生揖之。媪曰："此王郎，汝姨子。一家尚不相识，可笑人也。"生问："妹子年几何矣？"媪未能解。生又言之。女复笑，不可仰视。媪谓生曰："我言少教诲，此可见也。年已十六，呆痴裁如婴儿。"生曰："小于甥一岁。"曰："阿甥已十七矣，得非庚午属马者耶？"生首应之。又问："甥妇阿谁？"答云："无之。"曰："如甥才貌，何十七岁犹未聘耶？婴宁亦无姑家，极相匹敌，惜有内亲之嫌。"生无语，目注婴宁，不遑[22]他瞬。婢向女小语云："目灼灼，贼腔未改。"女又大笑，顾婢曰："视碧桃开未？"遽起，以袖掩口，细碎莲步而出。至门外，笑声始纵。媪亦起，唤婢幞被[23]，为生安置。曰："阿甥来不易，宜留三五日，迟迟送汝归。如嫌幽闷，舍后有小园，可供消遣，有书可读。"

次日，至舍后，果有园半亩，细草铺毡，杨花糁径[24]；有草舍三楹，花木四合其所。穿花小步，闻树头苏苏有声，仰视，则婴宁在上。见生，狂笑欲堕。生曰："勿尔，堕矣。"女且下且笑，不能自止。方将及地，失手而堕，笑乃止。生扶之，阴捘[25]其腕。女笑又作，倚树不能行，良久乃罢。生俟其笑歇，乃出袖中花示之。女接之曰："枯矣。何留之？"曰："此上元妹子所遗，故存之。"问："存之何意？"曰："以示相爱不忘也。自上元相遇，凝思成疾，自分化为异物；不图得见颜色，幸垂怜悯。"女曰："此大细事，至戚何所靳惜？待兄行时，园中花，当唤老奴来，折一巨捆负送之。"生曰："妹子痴耶？"女曰："何便是痴?"生曰:"我非爱花,爱拈花之人耳。"女曰:"葭莩[26]之情,爱何待言。"生曰:"我所谓爱,非瓜葛之爱,乃夫妻之爱。"女曰:"有以异乎?"曰:"夜共枕席耳。"女俯思良久,曰:"我不惯与生人睡。"语未已,婢潜至,生惶恐遁去。

少时,会母所。母问何往,女答以园中共话。媪曰:"饭熟已久,有何长言,周遮乃耳。"女曰:"大哥欲我共寝。"言未已,生大窘,急目瞪之,女微笑而止。幸媪不闻,犹絮絮究诘[27]。生急以他词掩之,因小语责女。女曰:"适此语不应说耶?"生曰:"此背人语。"女曰:"背他人,岂得背老母。且寝处亦常事,何讳之?"生恨其痴,无术可以悟之。食方竟,家中人捉双卫来寻生。先是,母待生久不归,始疑;村中搜觅几遍,竟无踪兆。因往询吴。吴忆曩[28]言,因教于西南山行觅。凡历数村,始至于此。生出门,适相值,便入告媪,且请偕女同归。媪喜曰:"我有志,匪伊朝夕。但残躯不能远涉,得甥携妹子去,识认阿姨,大好。"呼婴宁,宁笑至。媪曰:"有何喜,笑辄不辍?若不笑,当为全人。"因怒之以目。乃曰:"大哥欲同汝去,可便装束。"又饷家人酒食,始送之出,曰:"姨家田产充裕,能养冗人。到彼且勿归,小学诗礼,亦好事翁姑。即烦阿姨,为汝择一良匹。"二人遂发,至山坳回顾,犹依稀见媪倚门北望也。

抵家,母睹妹丽,惊问为谁。生以姨女对。母曰:"前吴郎与儿言者,诈也。我未有姊,何以得甥。"问女,女曰:"我非母出。父为秦氏,没时,儿在褓[29]中,不能记忆。"母曰:"我一姊适秦氏良确,然殂谢[30]已久,那得复存。"因细诘面庞痣赘[31],一一符合。又疑曰:"是矣。然亡已多年,何得复存?"疑虑间,吴生至,女避入室。吴询得故,悯然久之。忽曰:"此女名婴宁耶?"生然之。吴极称怪事。问所自知,吴曰:"秦家姑去后,姑丈鳏居[32],祟于狐,病瘵死。狐生女名婴宁,绷卧床上,家人皆见之。姑丈殁,狐犹时来。后求天师符粘壁间,狐遂携女去。将勿此耶?"彼此疑参,但闻室中吃吃,皆婴宁笑声。母曰:"此女亦太憨生。"吴请面之。母入室,女犹浓笑不顾。母促令出,始极力忍笑,又面壁移时,方出。才一展拜,翻然遽入,放声大笑。满室妇女,为之粲然[33]。

吴请往觇[34]其异,就便执柯。寻至村所,庐舍全无,山花零落而已。吴忆姑葬处,仿佛不远,然坟垄湮没,莫可辨识,诧叹而返。母疑其为鬼。入告吴言,女略无骇意,又吊其无家,亦殊无悲意,孜孜憨笑而已。众莫之测。母令与少女同寝止,昧爽即来省问,操女红精巧绝伦。但善笑,禁之亦不可止。然笑嫣然,狂而不损其媚。人皆乐之。邻女少妇,争承迎之。母择吉将为合卺[35],而终恐为鬼物,窃于日中窥之,形影殊无少异。至日,使华妆行新妇礼,女笑极不能俯仰,遂罢。生以其憨痴,恐漏泄房中隐事,而女殊密秘,不肯道一语。每值母忧怒,女至一笑即解。奴婢小过,恐遭鞭楚,辄求诣母共话,罪婢投见,恒得免。而爱花成癖,物色遍戚党,窃典金钗,购佳种,数月,阶砌藩溷[36],无非花者。

庭后有木香一架,故邻西家,女每攀登其上,摘供簪玩。母时遇见,辄诃之。女卒不改。一日,西邻子见之,凝注倾倒。女不避而笑。西邻子谓女意已属,心益荡。女指墙底,笑而下。西邻子谓示约处,大悦,及昏而往,女果在焉。就而淫之,则阴如锥刺,痛彻于心,大号而踣。细视非女,则一枯木卧墙边。所接乃木淋窍也。邻父闻声,急奔研问,呻而不言。妻来,始以实告。爇火烛窍,见中有巨蝎,如小蟹然。翁碎木捉杀之,负子至家,半夜寻卒。邻人讼生,讦发[37]婴宁妖异。邑宰素仰生才,稔知其笃行士,谓邻翁讼诬,将杖责之。生为乞免,遂释而归。母谓女曰:"憨狂尔尔,早知过喜而伏忧也。邑令神明,幸不牵累;设鹘突[38]官宰,必逮妇女质公堂,我儿何颜见戚里?"女正色,矢不复笑。母曰:"人罔不笑,但须有时。"而女由是竟不复笑,虽故逗,亦终不笑,然竟日未尝有戚容。

一夕,对生零涕。异之。女哽咽曰:"曩以相从日浅,言之恐致骇怪。今日察姑及郎,皆过爱无有异心,直告或无妨乎?妾本狐产,母临去,以妾托鬼母,相依十余年,始有今日。妾又无兄弟,所恃者惟君。

老母岑寂山阿，无人怜而合厝[39]之，九泉辄为悼恨。君倘不惜烦费，使地下人消此怨恫，庶养女者不忍溺弃。"生诺之，然虑坟冢迷于荒草。女但言无虑。刻日，夫妻舆榇[40]而往。女于荒烟错楚中，指示墓处，果得媪尸，肤革犹存。女抚哭哀痛。舁归，寻秦氏墓合葬焉。是夜，生梦媪来称谢，寤而述之。女曰："妾夜见之，嘱勿惊郎君耳。"生恨不邀留。女曰："彼鬼也。生人多，阳气胜，何能久居？"生问小荣。曰："是亦狐，最黠，狐母留以视妾。每摄饵相哺，故德之常不去心。昨问母，云已嫁之。"由是岁值寒食，夫妻登秦墓，拜扫无缺。女逾年生一子，在怀抱中，不畏生人，见人辄笑，亦大有母风云。

——出《聊斋志异》

注 释

[1] 莒（jǔ），地名，今山东莒县。

[2] 泮，音"pàn"，古代的学校。

[3] 聘，这里指订婚或女子出嫁。

[4] 灼灼，本是鲜明貌。这里是眼睛有光，给人以炽烈之感。

[5] 怏怏，闷闷不乐的样子。

[6] 醮禳，音"jiào ráng"，古代用来祈祷或消除灾祸的一种仪式。

[7] 发表，医药上的一种治病方式，主要是通过宣发于人体表面来达到治病目的，如让病人出汗来排除身体的不适等。

[8] 拚，音"pàn"，不顾惜，舍得。

[9] 痊瘳，音"quán chōu"，指病痊愈或康复。

[10] 恚（huì）怒，即愤怒。

[11] 悒悒（yì），忧郁，愁眉不展。

[12] 商榷，商量的正式用语。

[13] 合沓，重叠，攒聚。

[14] 格磔，象声词，鸟鸣声。磔，音"zhé"。

［15］日昃，太阳偏西。

［16］聋聩，耳聋或天生的聋子。聩，音"kuì"。

［17］粗粝，不精美，粗劣的食物。类似于现在人们所说的"粗粮"。

［18］裀（yīn）藉，即裀褥，坐卧的垫具。

［19］弱息，幼弱的子女。

［20］敛，收。

［21］叱叱咤咤，嬉笑发声而不严肃。

［22］遑，空隙，闲暇。

［23］幞（fú）被，铺被子。

［24］糁，音"shēn"，本是指谷类制成的小渣，这里就是"小"之意。

［25］拨，音"zùn"，按，捏。

［26］葭莩，音"jiā fú"，芦苇里的薄膜，比喻亲戚关系疏远淡薄。

［27］究诘，追究查问或查考。

［28］曩，音"nǎng"言，先前的，过去的。

［29］褓，包婴儿的被子。

［30］殂谢，死亡。

［31］赘，多余的。

［32］鳏居，独身无妻。鳏，音"guān"。

［33］粲然，笑容灿烂。

［34］觇，观察。

［35］合卺，旧时成婚的仪式，后用来指成婚。卺，音"jǐn"，盛酒的瓢。

［36］藩溷，篱笆和厕所。溷，音"hùn"。

［37］讦发，告讦揭发。

［38］鹘突，忤逆，违背。

［39］合厝，即合葬。

［40］榇，音"chèn"，棺材。

评析

假如你没有读过蒲松龄的《婴宁》，细细品尝过婴宁与王子服的爱情故事，一定会相信一些人说的，即"中国古代没有童话，缺少像西方《美人鱼》那样的童话。"可是，一旦你读过《婴宁》之后，你就会毫不犹豫地承认，古代中国是有童话的，《婴宁》就是其中最有说服力的代表！

故事中的男主人公王子服，像其他故事中的青年书生一样，其见到艳丽的婴宁时模样之不堪，诚如其婢子所说："个儿郎目灼灼似贼"。有此过目难忘，便有他后来的茶饭不思、卧床难起，被吴姓表哥欺骗，到最终气愤地说"走三十里不远，不仰仗他人"等行为。以王子服寻找婴宁，与之相遇，留宿后不理解婴宁的"痴"为主线，作家给我们勾勒了好一幅没有尘俗沾染的世外桃源图——婴宁的成长环境！母为狐鬼，长大也一直为狐女所携养，又在深山空谷中，没有半点人间的世俗气。所以在后来，在婴宁与王子服已成夫妻、当婴宁再如长于山间那样真、痴和"憨笑"、却被告以"人罔不笑，但须有时"后，她就"终不复笑"了。于此便引人深思，是否俗世人们的充满心机和罩着一层面纱生活，竟也改变了来自狐野世界的婴宁？

人高于一切，成了衡量世界万物的尺度。可会幻想的作家、诗人们也在想，那些蹦跳于田野山间的狐兔，那些也知爱惜后代的鸟儿羊群，它们是否也像人一样，有它们的爱恨情仇？也有数不清、道不完的各种情感纠葛？故而，在此篇故事里，相思成疾的王子服和他邂逅的狐女婴宁之间的戏谑、调笑和情趣和竟成夫妻等等，构成了一篇优美无比的童话。自然，《婴宁》一文，在古代中国情爱故事中的分量，不说你也可以掂量出八九分了。

阿 宝

粤西[1]孙子楚，名士也。生有枝指[2]。性迂讷，人诳之，辄信为真。或值座有歌妓，则必遥望却走。或知其然，诱之来，使妓狎逼[3]之，则赪颜[4]彻颈，汗珠珠下滴。因共为笑。遂貌[5]其呆状，相邮传作丑语[6]，而名之"孙痴"。

邑大贾某翁，与王侯埒[7]富。姻戚皆贵胄。有女阿宝，绝色也。日择良匹，大家儿争委禽妆[8]，皆不当翁意。生时失俪[9]，有戏之者，劝其通媒。生殊不自揣，果从其教。翁素耳其名，而贫之。媒媪将出，适遇宝，问之，以告。女戏曰："渠去其枝指，余当归之[10]。"媪告生。生曰："不难。"媒去，生以斧自断其指，大痛彻心，血益倾注，滨死。过数日，始能起，往见媒而示之。媪惊。奔告女。女亦奇之，戏请再去其痴。生闻而哗辨，自谓不痴；然无由见而自剖。转念阿宝未必美如天人，何遂高自位置如此？由是曩念顿冷。

会值[11]清明，俗于是日，妇女出游，轻薄少年，亦结队随行，恣其月旦[12]。有同社数人，强邀生去。或嘲之曰："莫欲一观可人否？"生亦知其戏己；然以受女揶揄故，亦思一见其人，忻然随众物色之。遥见有女子憩树下，恶少年环如墙堵。众曰："此必阿宝也。"趋之，果宝。审谛之，娟丽无双。少顷，人益稠。女起，遽去。众情颠倒，品头题足，纷纷若狂。生独默然。及众他适[13]，回视生，犹痴立故所，呼之不应。群曳之曰："魂随阿宝去耶？"亦不答。众以其素讷，故不为怪，或推之、或挽之以归。至家，直上床卧，终日不起，冥如醉，唤之不醒。家人疑其失魂，招[14]于旷野，莫能效[15]。强拍问之，则蒙昽应云："我在阿宝家。"及细诘之，又默不语。家人惶惑莫解。初，生见女去，意不忍舍，觉身已从之行，渐傍其衿带间，人无呵者。遂从女归，坐卧依之，夜辄与狎，甚相得；然觉腹中奇馁[16]，思欲一返家门，而迷不知路。女每梦与人交，问其名，曰："我孙子楚也。"心异之，而不可以告人。生卧三日，气休休若将渐灭[17]。家人大恐，托人婉告翁，欲一招魂其家。翁笑曰："平昔不相往还，何由遗魂吾家？"家人固哀之，翁始允。

巫执故服、草荐[18]以往。女诘得其故，骇极，不听他往，直导入室,任招呼而去。巫归至门,生榻上已呻。既醒,女室之香奁[19]什具,何色何名,历言不爽[20]。女闻之,益骇,阴感其情之深。生既离床寝,坐立凝思,忽忽若忘。每伺察阿宝,希幸一再遘之。浴佛节[21],闻将降香水月寺,遂早旦往候道左,目眩睛劳。日涉午,女始至,自车中窥见生,以掺[22]手寨帘,凝睇不转。生益动,尾从之。女忽命青衣来诘姓字。生殷勤自展,魂益摇。车去,始归。归复病,冥然绝食,梦中辄呼宝名。每自恨魂不复灵。家旧养一鹦鹉,忽毙,小儿持弄于床。生自念:倘得身为鹦鹉,振翼可达女室。心方注想,身已翩然鹦鹉,遽飞而去,直达宝所。女喜而扑之,锁其肘,饲以麻子。大呼曰:"姐姐勿锁!我孙子楚也!"女大骇,解其缚,亦不去。女祝曰:"深情已篆中心[23]。今已人禽异类,姻好何可复圆?"鸟云:"得近芳泽,于愿已足。"他人饲之,不食;女自饲之,则食。女坐,则集其膝;卧,则依其床。如是三日。女甚怜之,阴使人瞷[24]生,生则僵卧,气绝已三日,但心头未冰耳。女又祝曰:"君能复为人,当誓死相从。"鸟云:"诳我!"女乃自矢。鸟侧目,若有所思。少间,女束双弯[25],解履床下,鹦鹉骤下,衔履飞去。女急呼之,飞已远矣。女使姬往探,则生已寤。家人见鹦鹉衔绣履来,堕地死,方共异之。生旋苏,即索履。众莫知故。适姬至,入视生,问履所在。生曰:"是阿宝信誓物。借口相覆:小生不忘金诺也[26]。"姬反命。女益奇之,故使婢泄其情于母。母审之确,乃曰:"此子才名亦不恶,但有相如之贫[27]。择数年,得婿若此,恐将为显者[28]笑。"女以履故,矢不他。翁媪从之。驰报生。生喜,疾顿瘳。翁议赘诸家。女曰:"婿不可久处岳家。况郎又贫,久益为人贱。儿既诺之,处蓬茅而甘藜藿[29],不怨也。"生乃亲迎[30]成礼,相逢如隔世欢。

自是家得奁妆,小阜,颇增物产。而生痴于书,不知理家人生业;女善居积,亦不以他事累生。居三年,家益富。生忽病消渴[31],卒。女哭之痛,泪眼不晴,至绝眠食。劝之不纳,乘夜自经[32]。婢觉之,急救而醒,终亦不食。三日,集亲党,将以殓生。闻棺中呻以息,启之,已复活。自言:"见冥王,以生平朴诚,命作部曹[33]。忽有人白:'孙部曹之妻将至。'王稽鬼录,言:'此未应便死。'又白:'不食三日矣。'王顾谓:'感汝妻节义,姑赐再生。'因使驭卒控马送余还。"由此体渐平。值岁大比[34],入闱[35]之前,诸少年玩弄之,共拟隐僻之题七,引生僻处与语,言:"此某家关节[36],敬秘相授。"生信之,昼夜揣摩,制成七艺[37]。众隐笑之。时典试者[38]虑熟题有蹈袭弊,力反常径[39]。题纸下,七首皆符。生以是抡魁[40]。明年,举进士,授词林[41]。上闻异,召问之。生具启奏。上大嘉悦。后召见阿宝;赏赉[42]有加焉。

——出《聊斋志异》

注 释

[1] 粤西,约当今广西壮族自治区。粤,古百粤之地,辖今广东、广西地区。

[2] 枝(qí)指,歧指,骈指。俗称"六指"。

[3] 狎逼,亲近狎戏。

[4] 赪颜,脸红。赪,音"chēng",红色。

[5] 貌,形容。

[6] 相邮传作丑语,互相传扬,当作丑话。邮传,古时传递文书的驿站,此指传播。

[7] 埒富,同样富有。埒,音"liè",相等。

[8] 委禽妆,致送订婚聘礼。委,送。禽,指雁。古代给女方出嫁前的聘礼中有"家雁"一对,因为"雁"是禽的一种,故用"禽妆"来代指聘礼。

[9] 失俪,丧妻。

[10] 归之,出嫁给你。古代把女子出嫁称为"归"。

[11] 值,碰到,遇到。

［12］恣其月旦，肆意评论。东汉末年，由汝南郡人许劭兄弟主持对当代人物或诗文字画等进行品评、褒贬，因在每月初一发表，故称"月旦评"。后遂用"月旦"一词来代指评论。

［13］适，到。"他适"即到其他地方。

［14］招，招魂。

［15］效，有效果。

［16］馁，饿。

［17］气休休若将澌灭，休休（xū xū），同"咻咻"，喘气声；澌灭，消失。这句话大意是喘气不停好像要气绝。

［18］故服、草荐，平日穿的衣服和卧席，均是招魂的迷信用具。

［19］香奁，妇女妆具。盛放香粉、镜子等物的匣子。奁，音"lián"。

［20］爽，差错。

［21］浴佛节，即佛诞节，纪念释迦牟尼诞生的节日。佛寺这天举行诵经法会，并根据佛降生时龙喷香雨的传说，以各种名香浸水浴洗佛像，并供以香花灯烛茶果珍馐。我国汉族地区一般在农历四月初八日这天。

［22］掺手，即纤手。掺，音"xiān"，纤细。

［23］已篆中心，已铭刻在内心。篆，铭刻。

［24］瞷，音"jiàn"，看视。

［25］束双弯，指缠足。古代女子因为缠足而导致双足如弓般弯曲，后来人们遂用"双弯"来代指女子的脚。

［26］金诺，敬称别人的诺言。金，表示珍贵。

［27］相如之贫，有司马相如那样的家贫。史载司马相如娶卓文君时"家徒四壁"。

［28］显者，身份显豁之人。

［29］处蓬茅而甘藜藿，住茅舍，吃野菜，都心甘情愿。蓬茅，茅屋。甘，乐意。藜藿，野菜。

［30］亲迎，古婚礼之一，新女婿亲自到女子家迎娶。

[31] 病消渴，得消渴之病，亦即患糖尿病。

[32] 自经，自杀。

[33] 部曹，古时中央各部分科办事，其属官泛称部曹。

[34] 大比，即"大比试"。人们把明清两代每三年举行一次的乡试，称为"大比"。

[35] 入闱，在古代科举时，人们把应考的或监考的人进入考场叫"入闱"。

[36] 关节，应试者行贿主考谋求考中，称"关节"。这里指贿买得到的试题。

[37] 七艺，此指七篇应试文章。乡试初场考试有七道试题，包括"四书"义三道，"五经"义四道。

[38] 典试者，主考官员。典，掌管。

[39] 力反常径，极力打破常规。径，常，常道。

[40] 抡魁，选为第一。抡，选拔。魁，首，指榜首。

[41] 授词林，授官翰林。词林，即翰林。明初建翰林院，额曰"词林"，后来就把"词林"作为为翰林院的别称。

[42] 赏赉，赏赐，赉，音"lài"。

评 析

世间诸行业中，唯作家之所为最为可贵。为何？因其既能让人上天入地，亦能让人敢生敢死，怡然大笑而内心快慰无比。依此说，本文所述之孙子楚，便是这样的范例。在世俗人的眼中，孙子楚的迂腐木讷而又冥顽不化，已到达了极致。唯其如此，才有众人对其的戏谑取乐，以痴心妄想之念而调侃他。妙在这种捉弄打趣恰恰在极不世故的孙子楚那里起了很大的作用，发生了奇妙的变化。

当众人告知他去掉"枝指"就会娶得阿宝时，其竟然手起刀落，当场砍掉枝指以显自己内心；当对方没有反映万念俱灰时，他受恶友撺掇得见阿宝之面，便连魂魄都随着走了，且时时随侍在恋人左右。作为魂体合一之灵，没有了灵魂的孙子楚在家已奄然一息，只望自己能像鹦鹉一样能到阿宝之所！天遂人愿，孙子楚得魂附鸟儿遂了心愿，于辗转周折中娶得了阿宝。按理，好不容易获得的爱情应该天长地久才对，可不到三年中孙子楚病卒，又是阿宝的节义感动了阎王，赐其再生，夫妻重聚而事业腾达，子孙繁茂。

我们说，自世间有爱情以来，人类为之而生死者不知有几！但唯有孙子楚为了阿宝，死去复活多次。读此故事，我们感动于男女主人的重情重义，更感念作家的高妙和想象的奇幻！现实中有孙子楚那样的人吗，肯定很少。可从他身上，我们看到了人类追求的美好，文学世界与现实的隔离！

莲 香

桑生名晓，字子明，沂州[1]人。少孤，馆于红花埠[2]。桑为人静穆自喜，日再出，就食东邻，余时坚坐而已。东邻生偶至，戏曰："君独居不畏鬼狐耶？"笑答云："丈夫何畏鬼狐？雄来吾有利剑，雌者尚当开门纳之。"邻生归，与友谋，梯妓于垣而过之，弹指叩扉。生窥问其谁，妓自言为鬼。生大惧，齿震震有声。妓逡巡自去，邻生早至生斋，生述所见，且告将归。邻生鼓掌曰："何不开门纳之？"生顿悟其假，遂安居如初。

积半年，一女子夜来扣斋。生意友人之复戏也，启门延入，则倾国之姝。惊问所来，曰："妾莲香，西家妓女。"埠上青楼故多，信之。息烛登床，绸缪[3]甚至。自此三五宿辄一至。

一夕，独坐凝思，一女子翩然入。生意其莲，承迎[4]与语。觌[5]面殊非：年仅十五六，軃袖垂髫[6]，风流秀曼，行步之间，若还若往。大愕，疑为狐。女曰："妾良家女，姓李氏。慕君高雅，幸能垂盼。"生喜。握其手，冷如冰，问："何凉也？"曰："幼质单寒，夜蒙霜露，那得不尔！"既而罗襦衿解，俨然处子。女曰："妾为情缘，葳蕤[7]之质，一朝失守。不嫌鄙陋，愿常侍枕席。房中得无有人否？"生曰："无他，止一邻娼，顾亦不常至。"女曰："当谨避之。妾不与院中人等，君秘勿泄。彼来我往，彼往我来可耳。"鸡鸣欲去，赠绣履一钩，曰："此妾下体所著[8]，弄之足寄思慕。然有人慎勿弄也！"受而视之，翘翘如解结锥。心甚爱悦。越夕，无人，便出审玩。女飘然忽至，遂相款昵。自此，每出履，则女必应念而至。异而诘之。笑曰："适当其时耳。"

一夜，莲香来，惊云："郎何神气萧索[9]？"生言："不自觉。"莲便告别，相约十日。去后，李来恒无虚夕。问："君情人何久不至？"因以所约告。李笑曰："君视妾何如莲香美？"曰："可称两绝。但莲卿肌肤温和。"李变色曰："君谓双美，对妾云尔。渠必月殿仙人，妾定不及。"因而不欢。乃屈指计，十日之期已满，嘱勿漏，将窃窥之。次夜，莲香果至，笑语甚洽。及寝，大骇曰："殆矣！十日不见，何益愈损？保无他遇否？"生询其故。曰："妾以神气验之，脉析析如乱丝，鬼症也。"次夜，李来，生问："窥莲香何似？"曰："美矣。妾固谓世间无此佳人，果狐也。去，吾尾之，南山而穴居。"生疑其妒，漫应之。

逾夕，戏莲香曰："余固不信，或谓卿狐者。"莲亟问："是谁所云？"笑曰："我自戏卿。"莲曰："狐何异于人？"曰："惑之者病，甚则死，是以可惧。"莲香曰："不然。如君之年，房后三日，精气可复，纵狐何害？设旦旦而伐之，人有甚于狐者矣。天下痨尸瘵鬼[10]，宁皆狐蛊死耶？虽然，必有议我者。"生力白其无，莲诘益力。生不得已，泄之。莲曰："我固怪君愈也。然何遽至此？得勿非人乎？君勿言，明宵当如渠窥妾者。"是夜李至，裁三数语，闻窗外嗽声，急亡去。莲入曰："君殆矣！是真鬼物！昵其美而不速绝，冥路近矣！"生意其妒，嘿不语。莲曰："固知君不能忘情，然不忍视君死。明日，当携药饵，为君一除阴毒。幸病蒂尤浅，十日恙当已。请同榻以视痊可。"次夜，果出刀圭药啖生。顷刻，洞下三两行，觉脏腑清虚，精神顿爽。心虽德之，然终不信为鬼病。

莲香夜夜同衾偎生；生欲与合，辄止之。数日后，肤革充盈。欲别，殷殷嘱绝李。生谬[11]应之。及闭户挑灯，辄捉履倾想，李忽至。数日隔绝，颇有怨色。生曰："彼连宵为我作巫医，请勿为怼，情好在我。"李稍怿[12]。生枕上私语曰："我爱卿甚，乃有谓卿鬼者。"李结舌良久，骂曰："必淫狐之惑君听也！若不绝之，妾不来矣！"遂呜呜饮泣。生百词慰解，乃罢。

隔宿，莲香至，知李复来，怒曰："君必欲死耶！"生笑曰："卿何相妒之深？"莲益怒曰："君种死根，妾为若除之，不妒者将复何如？"生托词以戏曰："彼云，前日之疾，为狐祟耳。"莲乃叹曰："诚如君言，君迷不悟，万一不虞[13]，妾百口何以自解？请从此辞。百日后，当视君于卧榻中。"留之不可，怫然[14]径去。

由是于李夙夜必偕。约两月余，觉大困顿。初犹自宽解，日渐羸瘠[15]，惟饮饘粥[16]一瓯[17]。欲归就奉养，尚恋恋不忍遽去。因循数日，沉绵[18]不可复起。邻生见其病瘐，日遣馆僮馈给食饮。生至是始疑李，因谓李曰："吾悔不听莲香之言，一至于此！"言讫而瞑。移时复苏，张目四顾，则李已去，自是遂绝。

生羸卧空斋，思莲香如望岁。一日，方凝想间，忽有搴帘入者，则莲香也。临榻哂曰："田舍郎，我岂妄哉！"生哽咽良久，自言知罪，但求拯救。莲曰："病入膏肓，实无救法。姑来永诀，以明非妒。"生大悲曰："枕底一物，烦代碎之。"莲搜得履，持就灯前，反复展玩。李女欻[19]入，卒见莲香，返身欲遁。莲以身蔽门，李窘急不知所出。生责数之，李不能答。莲笑曰："妾今始得与阿姨面相质。昔谓郎君旧疾未必非妾致，今竟何如？"李俯首谢过。莲曰："佳丽如此，乃以爱结仇耶？"李即投地陨泣，乞垂怜救。莲遂扶起，细诘生平。曰："妾，李通判女，早夭，瘗[20]于墙外。已死春蚕，遗丝未尽。与郎偕好，妾之愿也；致郎于死，良非素心。"莲曰："闻鬼物利人死，以死后可常聚，然否？"曰："不然。两鬼相逢，并无乐处；如乐也，泉下少年郎岂少哉！"莲曰："痴哉！夜夜为之，人且不堪，而况于鬼！"李问："狐能死人，何术独否？"莲曰："是采补者流，妾非其类。故世有不害人之狐，断无不害人之鬼，以阴气盛也。"

生闻其语，始知狐鬼皆真，幸习常见惯，颇不为骇。但念残息如丝，不觉失声大痛。莲顾问："何以处郎君者？"李赧然[21]逊谢。莲笑曰："恐郎强健，醋娘子要食杨梅也。"李敛衽曰："如有医国手，使妾得无负郎君，便当埋首地下，敢复靦然[22]于人世耶！"莲解囊出药，曰："妾早知有今，别后采药三山，凡三阅月，物料始备，疗蛊[23]至死，投之无不苏者。然症何由得，仍以何引，不得不转求效力。"问："何需？"曰："樱口中一点香唾耳。我以丸进，烦接口而唾之。"李晕生颐颊，俯首转侧而视其履。莲戏曰："妹所得意惟履耳！"李益惭，俯仰若无所容。莲曰："此平时熟技，今何吝焉？"遂以丸纳生吻，转促逼之。李不得已，唾之。莲曰："再！"又唾之。凡三四唾，丸已下咽。少间，腹殷然如雷鸣。复纳一丸，自乃接唇而布以气。生觉丹田火热，精神焕发。莲曰："愈矣！"李听鸡鸣，彷徨别去。莲以新瘥[24]，尚须调摄，就食非计；因将外户反关，伪示生归，以绝交往，日夜守护之。李亦每夕必至，给奉殷勤，事莲犹姊。莲亦深怜爱之。

居三月，生健如初。李遂数夕不至；偶至，一望即去。相对时，亦悒悒[25]不乐。莲常留与共寝，必不肯。生追出，提抱以归，身轻若刍灵[26]。女不得遁，遂著衣偃卧，其体不盈二尺。莲益怜之，阴使生狎抱之，而撼摇亦不得醒。生睡去；觉而索之，已杳。后十余日，更不复至。生怀思殊切，恒出履共弄。莲曰："窈娜如此，妾见犹怜，何况男子！"生曰："昔日弄履则至，心固疑之，然终不料其鬼。今对履思容，实所怆恻[27]。"因而泣下。

先是，富室张姓有女字燕儿，年十五，不汗而死。终夜复苏，起顾欲奔。张扃户，不听出。女自言："我通判女魂。感桑郎眷注，遗舄[28]犹存彼处。我真鬼耳，锢我何益？"以其言有因，诘其至此之由。女低徊反顾，茫不自解。或有言桑生病归者，女执辨其诬。家人大疑。东邻生闻之，逾垣往窥，见生方与美人对语；掩入逼之，张皇间已失所在。邻生骇诘。生笑曰："向固与君言，雌者则纳之耳。"邻生述燕儿之言。生乃启关，将往侦探，苦无由。

张母闻生果未归，益奇之。故使佣媪索履，生遂出以授。燕儿得之，喜。试着之，鞋小于足者盈寸，大骇。揽镜自照，忽恍然悟己之借躯以生也者，因陈所由。母始信之。女镜面大哭曰："当日形貌，颇堪自信，每见莲姊，犹增惭怍[29]。今反若此，人也不如其鬼也！"把履号咷，劝之不解。蒙衾僵卧。食之，亦不食，体肤尽肿；凡七日不食，卒不死，而肿渐消；觉饥不可忍，乃复食。数日，遍体瘙痒，皮尽脱。晨起，睡舄遗堕，索着之，则硕大无朋矣。因试前履，肥瘦吻合，乃喜。复自镜，则眉目颐颊，宛肖生平，益喜。盥栉[30]见母，见者尽眙[31]。

莲香闻其异，劝生媒通之；而以贫富悬邈[32]，不敢遽进。会媪初度，因从其子婿行，往为寿。媪睹生名，故使燕儿窥帘认客。生最后至，女骤出，捉袂，欲从与俱归。母诃谯[33]之，始惭而入。生审视宛然，不觉零涕，因拜伏不起。媪扶之，不以为侮。生出，浼[34]女舅执柯[35]。媪议择吉赘生。

生归告莲香，且商所处。莲怅然良久，便欲别去。生大骇，泣下。莲曰："君行花烛于人家，妾从而往，亦何形颜？"生谋先与旋里，而后迎燕，莲乃从之。生以情白张。张闻其有室，怒加诮让[36]。燕儿力白之，乃如所请。至日，生住亲迎。家中备具，颇甚草草；及归，则自门达堂，悉以罽[37]毯贴地，百千笼烛，灿列如锦。莲香扶新妇入青庐，搭面既揭，欢若生平。莲陪卺饮[38]，细诘还魂之异。燕曰："尔日抑郁无聊，徒以身为异物，自觉形秽。别后，愤不归墓，随风漾泊。每见生人则羡之。昼凭草木，夜则信足浮沉。偶至张家，见少女卧床上，近附之，未知遂能活也。"莲闻之，默默若有所思。

逾两月，莲举一子，产后暴病，日就沉绵。捉燕臂曰："敢以孽种相累，我儿即若儿。"燕泣下，姑慰藉之。为召巫医，辄却之。沉痼[39]

弥留，气如悬丝。生及燕儿皆哭。忽张目曰："勿尔！子乐生，我自乐死。如有缘，十年后可复得见。"言讫而卒。启衾将敛，尸化为狐。生不忍异视，厚葬之。子名狐儿，燕抚如己出。每清明，必抱儿哭诸其墓。

后数年，生举于乡，家渐裕。而燕苦不育。狐儿颇慧，然单弱多疾。燕每欲生置媵[40]。一日，婢忽白："门外一妪，携女求售。"燕呼入。卒见，大惊曰："莲姊复出耶！"生视之，真似，亦骇。问："年几何？"答云："十四。""聘金几何？"曰："老身止此一块肉，但俾得所，妾亦得啖饭处，后日老骨不至委[41]沟壑，足矣。"生优价而留之。燕握女手，入密室，摄其颔而笑曰："汝识我否？"答言："不识。"诘其姓氏，曰："妾韦姓。父徐城卖浆者，死三年矣。"燕屈指停思，莲死恰十有四载。又审顾女仪容态度，无一不神肖者。乃拍其顶而呼曰："莲姊，莲姊！十年相见之约，当不欺吾！"女忽如梦醒，豁然曰："咦！"因熟视燕儿。生笑曰："此'似曾相识之燕归来'也。"女泫然[42]曰："是矣！闻母言，妾生时便能言，以为不祥，犬血饮之，遂昧宿因。今日始如梦寤。娘子其耻于为鬼之李妹耶？"共话前生，悲喜交至。

一日，寒食，燕曰："此每岁妾与郎君哭姊日也。"遂与亲登其墓，荒草离离，木已拱矣。女亦太息。燕谓生曰："妾与莲姊，两世情好，不忍相离，宜令白骨同穴。"生从其言，启李冢得骸，舁[43]归而合葬之。亲朋闻其异，吉服临穴，不期而会者数百人。

——出《聊斋志异》

注 释

[1] 沂（yí）州，地方，在今山东省。

[2] 埠，音"bù"，码头。

[3] 绸缪，缠绵。

[4] 承逆，承迎。

[5] 觌，音"dí"，相见之意。

[6] 軃（duǒ）袖垂髾，两臂下垂，长袖拖地。

[7] 葳蕤（wēi ruí），草木茂盛的样子。

[8] 著，穿。

[9] 萧索，神气不振。

[10] 痨尸瘵（zhài）鬼，因患痨病而死的人。

[11] 谬，假装，假意。

[12] 怿，欢悦。

[13] 不虞，没有意料到。

[14] 怫然，愤怒的样子。

[15] 羸瘠，瘦弱，消瘦。

[16] 饘粥，稀饭。饘，音"zhān"。

[17] 瓯，小盆。

[18] 沉绵，疾病缠身。

[19] 欻（xū）入，快速进入。

[20] 瘗，音"yì"，掩埋，埋葬。

[21] 赧然，因羞愧而脸红。

[22] 觍然，觍同"腼"，觍然即厚颜。

[23] 瘵蛊，久治不愈的病。

[24] 瘥（chài），病愈。

[25] 悒悒，闷闷不乐的样子。

[26] 刍灵，用茅草、稻草扎成的人马。

[27] 怆恻，悲痛。

[28] 舄，音"xì"，鞋。

[29] 惭怍，惭愧。

[30] 盥栉，梳洗打扮。

[31] 眙，音"chì"，本为瞪目直视，这里引申为惊讶。

· 220 ·

[32] 邈，音"miǎo"，远。

[33] 谯，音"qiáo"，原是古代城门上建的楼，可以用来瞭望。这里通"瞧"。

[34] 浼，求。

[35] 伐柯，替人做媒。

[36] 诮让，责备。

[37] 罽，音"jì"，用毛制成的毡毯之类。

[38] 卺饮，合卺之酒，犹如今天的交杯酒。卺，音"jǐn"。

[39] 沉痼（gù），积久难痊愈的病。

[40] 媵（yìng），古代指随嫁的女子。

[41] 委，委弃。

[42] 泫然，流泪的样子。

[43] 舁（yú），抬。

评 析

记得有心理学家说，"创作是作家未曾实现的白日梦"。此话虽有以偏概全之嫌，但以蒲松龄氏《莲香》一文观之，大抵不差。小说中，沂州生桑晓，女鬼李氏与狐女莲香所上演的这幕人鬼、人狐之恋，堪称作家用心之作。倘去掉对狐与鬼这字面上的外壳包装，将其视为古代男权社会下一男子对"妻妾"的美好构想，亦无不可。

小说中，莲香年龄上稍长，比李氏成熟老练，即使深爱着桑生，亦知道为桑生健康而克制自己的欲望。李氏年幼，因为眈于己欲而差点让桑生殒命。好在有莲香的遍山采药治疗和精心呵护，沉迷于二女之爱的桑生终于体复如初，最终得以回报两女子的用心用情侍奉。

如果按照常人之解读，可以认为《莲香》以童话般的构想，在很大程度上实现了古代中国男人"娶妻取德""娶妾取色"的梦幻。更有甚的，是妻妾都曼妙无比，不但有爱与性的满足，更有情感慰藉的温暖等等。但笔者要说的是，透过桑生的顺从，李氏与莲香的彼此抱怨提防直至和解，不也反衬出鬼狐之为的远超人类或人类的种种污淖吗？

鲁公女

招远张于旦，性狂不羁。读书萧寺。时邑令鲁公，三韩人。有女好猎。生适遇诸野，见其风姿娟秀，着锦貂裘，跨小骊驹，翩然若画。归忆容华，极意钦想。后闻女暴卒，悼叹欲绝。鲁以家远，寄灵寺中，即生读所。生敬礼如神明，朝必香，食必祭。每酹[1]而祝曰："睹卿半面，长系梦魂；不图玉人，奄然物化。今近在咫尺，而邈若河山，恨如问也！然生有拘束，死无禁忌，九泉有灵，当珊珊[2]而来，慰我倾慕。"日夜祝之，几半月。

一夕，挑灯夜读，忽举首[3]，则女子含笑立灯下。生惊起致问。女曰："感君之情，不能自已，遂不避私奔之嫌。"生大喜，遂共欢好。自此无虚夜。谓生曰："妾生好弓马，以射獐杀鹿为快，罪孽深重，死无归所。如诚心爱妾，烦代诵《金刚经》一藏数[4]，生生世世不忘也。"生敬受教，每夜起，即柩前捻[5]珠讽诵。偶值节序，欲与偕归。女忧足弱，不能跋履。生请抱负以行，女笑从之。如抱婴儿，殊不重累。遂以为常。考试亦载与俱。然行必以夜。生将赴秋闱[6]，女曰："君福薄，徒劳驰驱。"遂听其言而止。

积四五年，鲁罢官，贫不能舆其榇[7]，将就窆[8]之，苦无葬地。生乃自陈："某有薄壤近寺，愿葬女公子。"鲁公喜。生又力为营葬[9]。鲁德之，而莫解其故。鲁去，二人绸缪如平日。

一夜，侧倚生怀，泪落如豆，曰："五年之好，于今别矣！受君恩义，数世不足以酬！"生惊问之。曰："蒙惠及泉下人，经咒藏满，今得生河北卢户部家。如不忘今日，过此十五年，八月十六日，烦一往会。"生泣下曰："生三十余年矣；又十五年，将就木焉，会将何为？"女亦泣曰："愿为奴婢以报。"少间曰："君送妾六七里。此去多荆棘，妾衣长难度。"乃抱生项。生送至通衢，见路傍车马一簇，马上或一人，或二人；车上或三人、四人、十数人不等；独一钿车，绣缨朱幰[10]，仅一老媪在焉。见女至，呼曰："来乎?"女应曰："来矣。"乃回顾生云："尽此，且去，勿忘所言。"生诺。女子行近车，媪引手上之，展铃而发，车马阗咽[11]而去。

屈指已及约期，遂命仆马至河北。访之，果有卢户部。先是，卢公生一女，生而能言，长益慧美，父母最钟爱之。贵家委禽[12]，女辄不欲。怪问之，具述生前约。共计其年，大笑曰："痴婢！张郎计今年已半百，人事变迁，其骨已朽；纵其尚在，发童而齿鼚矣。"女不听。母见其志不摇，与卢公谋，戒阍人[13]勿通客，过期以绝其望。未几，生至，阍人拒之。退返旅舍，怅恨无所为计。闲游郊郭，因循而暗访之。

女谓生负约，涕不食。母言："渠不来，必已殂谢[14]；即不然，背盟之罪，亦不在汝。"女不语，但终日卧。卢患之，亦思一见生之为人，乃托游教，遇生于野。视之，少年也，讶之。班荆[15]略谈，甚倜傥。公喜，邀至其家。方将探问，卢即遽起，嘱客暂独坐，匆匆入内告女。女喜，自力起。窥审其状不符，零涕而返，怨父欺罔[16]。公力白其是。女无言，但泣不止。公出，意绪懊丧，对客殊不款曲。生问："贵族有为户部者乎?"公漫应之。首他顾，似不属客。生觉其慢，辞出。女啼数日而卒。

生夜梦女来，曰："下顾者果君耶? 年貌舛异[17]，觌面[18]遂致违隔。妾已忧愤死。烦向土地祠速招我魂，可得活，迟则无及矣。"既醒，急探卢氏之门，果有女，亡二日矣。生大恸，进而吊诸其室。已而以梦告卢。卢从其言，招魂而归。启其衾，抚其尸，呼而祝之。俄闻喉中咯咯有声。忽见朱樱[19]乍启，坠痰块如冰。扶移榻上，渐复吟呻。卢公悦，肃客出，置酒宴会。细展官阀，知其巨家，益喜。择吉成礼。

居半月，携女而归。卢送至家，半年乃去。夫妇居室，俨如小耦，不知者多误以子妇为姑嫜[20]焉。卢公逾年卒。子最幼，为豪强所中伤，家产几尽。生迎养之，遂家焉。

——出《聊斋志异》

注 释

[1] 酹，把酒洒在地上表示祭奠。

[2] 珊珊，缓慢移动的样子，常形容女子的步态。

[3] 举首，抬头。

[4] 一藏，一部藏经。

[5] 捻，用手指摩挲使之转动。

[6] 秋闱，在秋天举行的科考。

[7] 榇，音"chèn"，棺材。

[8] 窆，音"biǎn"，埋葬的意思。

[9] 营葬，办丧事。

[10] 幰，音"xiǎn"，车上的帷幔。

[11] 阗咽，喧闹。

[12] 委禽，指订婚礼。

[13] 阍人，掌管开关门的人。

[14] 殂谢，去世的委婉说法。

[15] 班荆，指朋友相遇，并坐在一起谈心。

[16] 欺罔，欺骗蒙蔽。

[17] 舛异，错误，错乱，舛，音"chuǎn"。

[18] 觌面，迎面。觌，音"dí"。

[19] 朱樱，樱桃小口。

[20] 姑嫜，嫜，音"zhàng"，姑嫜即公公婆婆。

评 析

也许真如西方早期神话所说，世间男女原本一体，因为上帝狠心地将其从从中劈为两半，才造就了人类男女之间那种永远都割舍不开的爱情和相聚。可不是吗，本文书生张于旦与鲁公女之间的感人故事，就是活脱脱的例证！一面之会，使张生对鲁公女铭记在心，但女子的暴亡，又让他悲痛欲绝。是张生的朝夕惦念和祭拜，让已身在冥界的鲁公女前来与之相会，仍是对其深情的报答，即将托身为人的鲁公女告诉对方十五年后自己身在何方，要求前去相访。十五年一晃而过，两人相会的不顺和父母的阻拦，又让意坚如铁的该女子啼泣几日而死。可情感的牵绊，对爱的渴求、死后托梦的成功，终于让女子再度复生，彻底实现了与张生成为夫妻的难得之愿！在作家笔下，爱的力量，使人死而能生，活而又死，两度死而复活，不可谓不浪漫之至！记得有人曾说，在诗歌或小说中，当现实的条件不足以达成人们的意愿时，作家们就常常借助鬼神或其他神异的他界力量来一遂己愿！对照蒲松龄自己写作时周围的"寂寥似僧，冰冷如钵"，能不让人感慨他内心那满纸寄托、欲照亮后来者的饱满激情吗？

红 玉

广平冯翁有一子，字相如。父子俱诸生。翁年近六旬，性方鲠[1]，而家屡空。数年间，媪与子妇又相继逝，井臼自操之。一夜，相如坐月下，忽见东邻女自墙上来窥。视之，美。近之，微笑。招以手，不来亦不去。固请之，乃梯而过，遂共寝处。问其姓名，曰："妾邻女红玉也。"生大爱悦，与订永好。女诺之。夜夜往来，约半年许。

翁夜起，闻子舍笑语，窥之，见女。怒，唤生出，骂曰："畜产所为何事！如此落寞，尚不刻苦，乃学浮荡耶？人知之，丧汝德；人不知，亦促汝寿！"生跪自投，泣言知悔。翁叱女曰："女子不守闺戒，既自玷，而又以玷人。倘事一发，当不仅贻[2]寒舍羞！"骂已，愤然归寝。女流涕曰："亲庭[3]罪责，良足愧辱！我二人缘分尽矣！"生曰："父在不得自专。卿如有情，尚当含垢[4]为好。"女言辞决绝，生乃洒涕。女止之曰："妾与君无媒妁之言，父母之命，逾墙钻隙，何能白首？此处有一佳耦，可聘也。"生告以贫。女曰："来宵相俟，妾为君谋之。"

次夜，女果至，出白金四十两赠生。曰："去此六十里，有吴村卫氏女，年十八矣，高其价，故未售也。君重赕[5]之，必合谐允。"言已，别去。

生乘间语父，欲往相之。而隐馈金不敢告。翁自度无资，以是故，止之。生又婉言："试可乃已。"翁颔[6]之。生遂假仆马，诣卫氏。卫故田舍翁。生呼出，引与闲语。卫知生望族，又见仪采轩豁[7]，心许之，而虑其靳于赀。生听其词意吞吐，会其旨，倾囊陈几上。卫乃喜，浼邻生居间，书红笺而盟焉。生入拜媪。居室逼侧，女依母自幛。微睨[8]之，虽荆布之饰，而神情光艳，心窃喜。卫借舍款婿，便言："公子无须亲迎。待少作衣妆，即合舁[9]送去。"生与订期而归。诡告翁，言："卫爱清门，不责资赍[10]。"翁亦喜。至日，卫果送女至。女勤俭，有顺德，琴瑟[11]甚笃。

逾二年，举一男，名福儿。会清明，抱子登墓，遇邑绅宋氏。宋官御史，坐行赇[12]免，居林下，大煽威虐[13]。是日，亦上墓归，见女艳之。问村人，知为生配。料冯贫士，诱以重赂，冀可摇，使家人风示之。生骤闻，怒形于色；既思势不敌，敛怒为笑，归告翁。翁大怒，奔出，对其家人，指天画地，诟骂万端。家人鼠窜而去。宋氏亦怒，竟遣数人入生家，殴翁及子，汹若沸鼎。女闻之，弃儿于床，披发号救。群篡舁之，哄然便去。父子伤残，吟呻在地，儿呱呱啼室中。邻人共怜之，扶之榻上。经日，生杖而能起。翁忿不食，呕血，寻毙。生大哭，抱子兴词[14]，上至督抚，讼几遍，卒不得直。后闻妇不屈死，益悲。冤塞胸吭，无路可伸。每思要路刺杀宋，而虑其扈从[15]繁，儿又罔托。日夜哀思，双睫为之不交。

忽一丈夫吊诸其室，虬髯阔颔[16]，曾与无素。挽坐，欲问邦族。客遽曰："君有杀父之仇，夺妻之恨，而忘报乎？"生疑为宋人之侦，姑伪应之。客怒，眦[17]欲裂，遽出曰："仆以君人也，今乃如不足齿之伦！"生察其异，跪而挽之，曰："诚恐宋人餂[18]我。今实布腹心：仆之卧薪尝胆者，固有日矣。但怜此褓中物，恐坠宗祧[19]。君义士，能为我忤白[20]否？"客曰："此妇人女子之事，非所能。君所欲托诸人者，请自任之；所欲自任者，愿得而代庖焉。"生闻，崩角在地。客不顾而出。生追问姓字，曰："不济，不任受怨；济，亦不任受德。"遂去。生惧祸及，抱子亡去。

至夜，宋家一门俱寝，有人越重垣入，杀御史父子三人，及一媳一婢。宋家具状告官。官大骇。宋执谓相如，于是遣役捕生，生遁，不知所之，于是情益真。宋仆同官役诸处冥搜。夜至南山，闻儿啼，迹得之，系缧[21]而行。儿啼愈嗔[22]，群夺儿抛弃之。生冤愤欲绝。见邑令，问："何杀人？"生曰："冤哉！某以夜死，我以昼出，且抱呱呱者，何能逾垣杀人？"令曰："不杀人，何逃乎？"生词穷，不能置辨。乃收诸狱。生泣曰："我死无足惜，孤儿何罪？"令曰："汝杀人子多矣；杀汝子，何怨？"生既褫革[23]，屡受梏惨，卒无词。令是夜方卧，闻有物击床，震震有声，大惧而号。举家惊起，集而烛之，一短刀，铦利[24]如霜，剁床入木者寸余，牢不可拔。令睹之，魂魄丧失。荷戈遍索，竟无踪迹。心窃馁。又以宋人死，无可畏惧，乃详诸宪，代生解免，竟释生。

生归，甕[25]无升斗，孤影对四壁。幸邻人怜馈食饮，苟且自度。念大仇已报，则辗然[26]喜；思惨酷之祸，几于灭门，则泪潸潸堕；及思半生贫彻骨，宗支不续，则于无人处大哭失声，不复能自禁。如此半年，捕禁益懈。乃哀邑令，求判还卫氏之骨。及葬而归，悲怛欲死，辗转空床，竟无生路。忽有款门者，凝神寂听，闻一人在门外，譨譨[27]与小儿语。生急起窥觇[28]，似一女子。扉初启，便问："大冤昭雪，可幸无恙！"其声稔熟，而仓卒不能追忆。烛之，则红玉也。挽一小儿，嬉笑胯下。生不暇问，抱女鸣哭。女亦惨然。既而推儿曰："汝忘尔父耶？"儿牵女衣，目灼灼视生。细审之，福儿也。大惊，泣问："儿那得来？"女曰："实告君：昔言邻女者，妄也。妾实狐。适宵行，见儿啼谷口，抱养于秦。闻大难既息，故携来与君团聚耳。"生挥涕拜谢。儿在女怀，如依其母，竟不复能识父矣。

天未明，女即遽起。问之，答曰："奴欲去。"生裸跪床头，涕不能仰。女笑曰："妾诳君耳。今家道新创，非凤兴夜寐不可。"乃剪荠拥彗[29]，类男子操作。生忧贫乏不自给。女曰："但请下帷读，勿问盈歉，或当不罹[30]饿死。"遂出金治织具；租田数十亩，雇佣耕作。荷馋诛茅，牵萝补屋，日以为常。里党闻妇贤，益乐资助之。约半年，人烟腾茂，类素封家。生曰："灰烬之余，卿白手再造矣。然一事未就安妥，如何？"诘之，答云："试期已迫，巾服尚未复也。"女笑曰："妾前以四金寄广文，已复名在案，若侍君言，误之已久。"生益神之。是科遂领乡荐。时年三十六，腴田连阡，夏屋渠渠矣。女袅娜如随风欲飘去，而操作过农家妇，虽严冬自苦，面手腻如脂。自言三十八岁，人视之，常若二十许人。

——出《聊斋志异》

注　释

[1] 方鲠，方正耿直。

[2] 贻，留下。

[3] 亲庭，父母。

[4] 含垢，即忍辱含垢。

[5] 啖，音"dàn"，用利益引诱人。

[6] 颔，点头答应。

[7] 轩豁，轩昂豁达。

[8] 睨，斜眼看。

[9] 舁，音"yú"，抬。

[10] 赀，财货，财物。

[11] 琴瑟，比喻夫妻感情融洽。

[12] 赇，音"qiú"，行贿，贿赂。

[13] 威虐，凶恶残酷。

[14] 兴词，打官司，诉讼。

[15] 扈从，随从，即跟在后面的人。扈，音"hù"。

[16] 虬髯阔颔，完曲的胡子，宽阔的下巴。虬髯，音"qiú rán"。

[17] 眦（zì），眼角。

[18] 餂，音"tiǎn"，引诱。

[19] 宗祧，宗族，宗庙，祧，音"tiāo"，远祖之庙。

[20] 忤臼，音"wǔ jiù"，忤和臼都是碾碎粮食或药物的工具。

[21] 系缧（léi），用绳子捆缚。缧，捆绑罪犯的绳子。

[22] 嗔，音"chēn"，因对人不满而生气。

[23] 褫（chǐ）革，格去功名。

[24] 铦利，锋利。铦，音"xiān"。

[25] 甕，同"瓮"，用来盛酒或水的陶瓷容器，今天在有的地方还能见到。

[26] 辴（chǎn）然，高兴的样子。

[27] 哝哝，"哝"同"哝"，多言而又不甚清楚。

[28] 窥觇，暗中打探，觇，音"chān"。

[29] 剪莽拥彗，剪出杂草，手持扫帚。

[30] 殍，音"piǎo"，饿死。

评析

　　人之有灵，是其异于其他物类最显著之处。然亦其有灵，让不少忝列此间者胡作妄为，荼毒生灵。本故事中，见冯生相如之妻美而构恶百端的宋御史及其家佣，便是如此！即使是很有理的稍微反抗，也让冯生一家几遭灭门之惨。这在稍有同情心的人看来，这太不合常理了。可就这样的情况，在生存艰难的传统中国社会里，也许并不罕见！因为在广为人知的名著《水浒传》中，身为京师八十万禁军教头的林冲，不亦因为妻子的漂亮而遭到流放沧州甚至被杀死的灾祸吗？虽然在发生的时间上，一个在北宋，一个在清朝中期。

好在现实的惨怛有作家的妙笔在替不幸者化解，痛难欲生的冯相如遇到了愿为他报仇的侠义之士，在冤枉呼号中有狐女红玉为其带来希望的微光！走向结尾处的父子相认，狐妻红玉的"剪莽拥彗"、邻里称羡，又率先料到冯生功业不能放弃的早有准备等等，使我们看到了作家骨子里的善良和美好期望：好人好报，世态平安！不过这一切，都建立在红玉为狐女这一非现实基础上。谁说只有人与人之间的爱恋才能让人歆羡？在本篇提供的人与狐妻相爱的童话中，不就让你看到了其中的美好吗？

翩 翩

罗子浮，邠人。父母俱蚤世[1]。八九岁，依叔大业。业为国子左厢，富有金缯[2]而无子，爱子浮若己出。十四岁，为匪人诱去作狭邪[3]游。会有金陵娼，侨寓郡中，生悦而惑之。娼返金陵，生窃从遁去。居娼家半年，床头金尽，大为姊妹行齿冷[4]。然犹未遽绝之。无何，广疮溃臭，沾染床席，遂逐而出。丐于市，市人见辄遥避。自恐死异域，乞食西行；日三四十里，渐至邠界。又念败絮脓秽，无颜入里门，尚趑趄[5]近邑间。

日既暮，欲趋山寺宿。遇一女子，容貌若仙。近问："何适？"生以实告。女曰："我出家人，居有山洞，可以下榻，颇不畏虎狼。"生喜，从去。入深山中，见一洞府。入则门横溪水，石梁驾之。又数武，有石室二，光明彻照，无须灯烛。命生解悬鹑[6]，浴于溪流。曰："濯之，创当愈。"又开帱拂褥促寝，曰："请即眠，当为郎作裤。"乃取大叶类芭蕉，剪缀作衣。生卧视之。制无几时，折叠床头，曰："晓取着之。"乃与对榻寝。生浴后，觉创痛无苦。既醒，摸之，则痂厚结矣。诘旦[7]，将兴，心疑蕉叶不可着。取而审视，则绿锦滑绝。少间，具餐。女取山叶呼作饼，食之，果饼；又剪作鸡、鱼烹之，皆如真者。室隅一罂，贮佳酝，辄复取饮；少减，则以溪水灌益之。数日，疮痂尽脱，就女求宿。女曰："轻薄儿：甫能安身，便生妄想！"生云："聊以报德。"遂同卧处，大相欢爱。

一日，有少妇笑入，曰："翩翩小鬼头快活死！薛姑子好梦，几时做得？"女迎笑曰："花城娘子，贵趾久弗涉，今日西南风紧，吹送来也！小哥子抱得未？"曰："又一小婢子。"女笑曰："花娘子瓦窑[8]哉！那弗将来？"曰："方鸣之，睡却矣。"于是坐以款饮。又顾生曰，"小郎君焚好香也。"生视之，年廿有三四，绰有余妍。心好之。剥果误落案下，俯假拾果，阴捻翘凤。花城他顾而笑，若不知者。生方悦然[9]神夺，顿觉袍裤无温；自顾所服，悉成秋叶。几骇绝。危坐移时，渐变如故。窃幸二女之弗见也。少顷，酬酢[10]间，又以指搔纤掌；花城坦然笑谑，殊不觉知。突突怔忡间[11]，衣已化叶，移时始复变。由是惭颜息虑，不敢妄想。城笑曰："而家小郎子，大不端好！若弗是醋葫芦娘子，恐跳迹入云霄去。"女亦哂曰："薄儿，便直得寒冻杀！"相与鼓掌，花城离席曰："小婢醒，恐啼肠断矣。"女亦起曰："贪引他家男儿，不忆得小江城啼绝矣。"花城既去，惧贻诮责；女卒晤对如平时。

居无何，秋老风寒，霜零木脱，女乃收落叶，蓄旨御冬。顾生萧缩，乃持掇拾洞口白云为絮复衣，着之温暖如襦，且轻松常如新绵。逾年，生一子，极惠美。日在洞中弄儿为乐。然每念故里，乞与同归。女曰："妾不能从；不然，君自去。"因循二三年，儿渐长，遂与花城订为姻好。生每以叔老为念。女曰："阿叔腊故大高，幸复强健，无劳悬耿[12]。待保儿婚后，去住由君。"女在洞中，辄取叶写书教儿读，儿过目即了。女曰："此儿福相，放教人尘寰[13]，无忧至台阁。"未几，儿年十四，花城亲诣送女。女华妆至，容光照人，夫妻大悦，举家集。翩翩扣钗而歌曰："我有佳儿，不羡贵宫。我有佳妇，不羡绮纨[14]。今夕聚首，皆当喜欢。为君行酒，劝君加餐。"既而花城去。与儿夫妇对室居。新妇孝，依依膝下，宛如所生。生又言归。女曰："子有俗骨，终非仙品。儿亦富贵中人，可携去，我不误儿生平。"新妇思别其母，花城已至。儿女恋恋，涕各满眶。两母慰之曰："暂去，可复来。"翩翩乃剪叶为驴，令三人跨之以归。大业已老归林下，意侄已死，忽携佳孙美妇归，喜如获宝。入门，各视所衣，悉蕉叶；破之，絮蒸蒸腾去。乃并易之。后生思翩翩，偕儿往探之，则黄叶满径，洞口路迷，零涕而返。

——出《聊斋志异》

注　释

[1] 蚤世，很早离世而死。蚤通"早"。

[2] 金缯，黄金和丝织品。泛指金银财物。

[3] 狭邪，这里指妓女。

[4] 齿冷，讥讽嘲笑。

[5] 趑趄（zī jū），想前进又不敢前进。形容凝惧不决，犹豫观望。

[6] 悬鹑（chún），比喻衣服破烂。

[7] 诘旦，清晨。

[8] 瓦窑，旧时对多生女不生男的妇女的讥称。

[9] 怳然，忽然。怳，同恍。

[10] 酬酢，主客相互敬酒，主敬客称酬，客敬主称酢。

[11] 怔忡，音"zhēng chōng"，惊恐不安。

[12] 悬耿，牵挂于心。

[13] 尘寰（huán），人世间。

[14] 绮纨，华丽的丝织品。也指富贵之家。

评　析

现实的腻烦，让身处现实中的人们常常想往神仙世界的生活。神仙世界究竟如何？这得要看人们想象的咋样？可不，这里的《翩翩》一问，可帮我们开了眼界。

罗子浮遍体脓秽，一般人避而远之，天黑本无处可去，可深山的仙女翩翩接纳了他。门横溪水，石梁驾屋，无须灯烛而彻夜光明！尤其是当罗子浮饿了的时候，翩翩能够以芭蕉叶做饼让其饱腹，身上的脓疮，用门前溪水一洗就结疤痊愈了，多么的令人称奇！按理，能够到得此境地的罗子浮可谓心满意足了。但人本身的贪婪又让作家开始戏谑：吃饱了，穿暖了，罗子浮又对翩翩、花城有非分之想，忍俊不禁的是这种非分之想在作家笔下得到了应验，时间久了后他和翩翩养育了一对儿女，而且倏忽之间孩子长大成人了！然而诚如文中所说，俗念甚重的罗子浮定非仙界中人，当他离开仙界，告别翩翩后的数年后，因思念想再返回去看看时，只见满山黄叶已无处可寻了。人间数年，仙界一天！试想，在俗世待久了的芸芸众生，你又能从何处得以了解神仙之境的真谛呢？

公孙九娘

于七一案，连坐[1]被诛者，栖霞、莱阳两县最多。一日，俘数百人，尽戮于演武场中。碧血满地，白骨撑天。上官慈悲，捐给棺木，济城工肆，材木一空。以故伏刑东鬼，多葬南郊。

甲寅，有莱阳生至稷下[2]，有亲友二三人亦在诛数，因市楮帛[3]，酹奠榛墟[4]。就税舍于下院之僧。明日，入城营干，日暮未归。忽一少年，造室来访。见生不在，脱帽登床，着履仰卧。仆人问其谁何，合眸不对。既而生归，则暮色朦胧，不甚可辨。自诣床下问之。瞠目曰："我候汝主人，絮絮[5]逼问，我岂暴客耶！"生笑曰："主人在此。"少年即起着冠，揖而坐，极道寒暄。听其音，似曾相识。急呼灯至，则同邑朱生，亦死于于七之难者。大骇，却走。朱曳之云："仆与君文字交。何寡于情？我虽鬼，故人之念，耿耿不去心。今有所渎[6]，愿无以异物遂猜薄[7]之。"生乃坐，请所命。曰："今女甥寡居无耦，仆欲得主中馈。屡通媒妁，辄以无尊长之命为辞。幸无惜齿牙余惠[8]。"先是，生有甥女，早失恃[9]，遗生鞠养，十五始归其家。俘至济南，闻父被刑，惊怛而绝。生曰："渠自有父，何我之求？"朱曰："其父为犹子启椟[10]去，今不在此。"问："女甥向依阿谁？"曰："与邻媪同居。"生虑生人不能作鬼媒。朱曰："如蒙金诺，还屈玉趾[11]。"遂起握生手。生固辞，问："何之？"曰："第行！"勉从与去。

　　北行里许，有大村落，约数十百家。至一第宅，朱叩扉，即有媪出，豁开二扉，问朱："何为？"曰："烦达娘子，阿舅至。"媪旋反[12]，须臾复出，邀生入。顾朱曰："两椽[13]茅舍子，大隘，劳公子门外少坐候。"生从之入。见半亩荒庭，列小室二。甥女迎门啜泣，生亦泣。室中灯火荧然。女貌秀洁如生时。凝眸含涕，遍问妗姑[14]。生曰："具各无恙，但荆[15]人物故矣。"女又呜咽曰："少受舅妗抚育，尚无寸报，不图先葬沟渎，殊为恨恨。旧年，伯伯家大哥迁父去，置儿不一念；数百里外，伶仃如秋燕。舅不以沉魂可弃，又蒙赐金帛，儿已得之矣。"生乃以朱言告，女俯首无语。媪曰："公子曩[16]托杨姥三五返。老身谓是大好；小娘子不肯自草草，得舅为政，方此意慊[17]得。"

　　言次，一十七八女郎，从一青衣，遽掩入；瞥见生，转身欲遁。女牵其裾曰："勿须尔！是阿舅，非他人。"生揖之。女郎亦敛衽[18]。甥曰："九娘，栖霞公孙氏。阿爹故家子，今亦'穷波斯'，落落不称意。旦晚与儿还往。"生睨之，笑弯秋月，羞晕朝霞，实天人也。曰："可知是大家，蜗庐[19]人那如此娟好。"甥笑曰："且是女学士，诗词俱大高。昨儿稍得指教。"九娘微晒曰："小婢无端败坏人，教阿舅齿冷也。"甥又笑曰："舅断弦未续，若个小娘子，颇能快意否？"九娘笑奔出，曰："婢子颠疯作也！"遂去。言虽近戏，而生殊爱好之。甥似微察，乃曰："九娘才貌无双，舅倘不以粪壤[20]致猜，儿当请诸其母。"生大悦。然虑人鬼难匹。女曰："无伤，彼与舅有凤分。"生乃出。女送之，曰："五日后，月明人静，当遣人往相迓。"

　　生至户外，不见朱。翘首西望，月衔半规，昏黄中犹认旧径。见南面一第，朱坐门石上，起逆曰："相待已久，寒舍即劳垂顾。"遂携手入，殷殷展谢。出金爵一、晋珠百枚，曰："他无长物，聊代禽仪[21]。"

既而曰："家有浊醪[22]，但幽室之物，不足款嘉宾，奈何！"生扔[23]谢而退。朱送至中途，始别。生归，僧仆集问。生隐之曰："言鬼者，妄也。适赴友人饮耳。"

后五日，果见朱来，整履摇箑[24]，意甚忻适。才至户庭，望尘即拜。少间，笑曰："君嘉礼既成，庆在今夕，便烦枉步。"生曰："以无回音，尚未致聘，何遽成礼？"朱曰："仆已代致之矣。"生深感荷，从与俱去。直达卧所，则女甥华妆迎笑。生问："何时于归？"女曰："三日矣。"生乃出所赠珠，为甥助妆。女三辞乃受，谓生曰："儿以舅意白公孙老夫人，夫人作大欢喜。但言，老耄[25]无他骨肉，不欲九娘远嫁，期今夜舅往赘诸其家。伊家无男子，便可同郎往也。"朱乃导去。

村将尽，一第门开，二人登其堂。俄白："老夫人至。"有二青衣，扶妪升阶。生欲展拜，夫人云："老朽龙钟，不能为礼，当即脱边幅。"乃指画青衣，置酒高会。朱乃唤家人，另出肴俎[26]，列置生前；亦别设一壶，为客行觞[27]。筵中进馔，无异人世。然主人自举，殊不劝进。既而席罢，朱归。青衣导生去，入室，则九娘华烛凝待。邂逅合情，极尽欢昵。初，九娘母子，原解赴都。至郡，母不堪困苦死，九娘亦自到。

枕上追述往事，哽咽不成眠。乃口占两绝云：

"昔日罗裳化作尘，空将业果恨前身。

十年露冷枫林月，此夜初逢画阁春。

白杨风雨绕孤坟，谁想阳台更作云？

忽启镂金箱里看，血腥犹染旧罗裙。"

天将明，即促曰："君宜且去，勿惊厮仆。"自此昼来宵往，嬖惑[28]殊甚。

一夕，问九娘："此村何名？"曰："莱霞里。里中多两处新鬼，因以为名。"生闻之歔欷[29]，女悲曰："千里柔魂，蓬游无底；母子零孤，言之怆恻。幸念一夕恩义，收儿骨归葬墓侧，使百世得所依栖，死且不朽。"生诺之。女曰："人鬼路殊，君不宜久滞。"乃以罗袜赠生，挥泪促别。生凄然而出，切怛若丧，心怅怅不忍归。因过扣朱氏之门。朱白足出逆;甥亦起,云鬟鬅松[30],惊来省问。生惆怅移时,始述九娘语。女曰:"姥氏不言,儿亦夙夜图之。此非人世,久居诚非所宜。"于是相对汍澜[31],生亦含涕而别。叩寓归寝,辗转申旦[32]。欲觅九娘之墓,则忘问志表[33]。及夜复往,则千坟累累,竟迷村路,叹恨而返,展视罗袜,着风寸断,腐如灰烬,遂治装东旋。

半载不能自释,复如稷门,冀有所遇。及抵南郊,日势已晚,息驾庭树,趋诣丛葬所。但见坟兆[34]万接,迷目榛荒;鬼火狐鸣,骇人心目。惊悼归舍。失意遨游,返辔[35]遂东。行里许,遥见女郎独行丘墓间,神情意致,怪似九娘。挥鞭就视,果九娘。下骑与语,女竟走,若不相识;再逼近之,色作怒,举袖自障。顿呼"九娘",则烟然灭矣。

——出《聊斋志异》

注 释

[1] 连坐,旧时一人犯法,其家属亲友等连带受处罚的一种制度。

[2] 稷下,指战国时期齐都城临淄西门稷门附近地区。

[3] 楮帛,旧俗祭祀时焚化的纸钱。楮,音"chǔ"。

[4] 榛墟,荒野。

[5] 絮絮,连续不断。

[6] 渎,轻慢,对人不恭敬。

[7] 猜薄,猜疑鄙薄。

[8] 齿牙馀惠,帮人说好话。

[9] 失怙,失去依靠。主要偏重于父母的看护。

[10] 榇,音"chèn",棺材。

[11] 玉趾,如玉般的脚趾。这里是对别人脚的一种敬称。

[12] 旋反,回还。

[13] 椽,音"chuán",古代房屋间数的代称。

[14] 妗,音"jìn",舅母。

[15] 荆人，亦即荆妻，对自己妻子的谦称。

[16] 曩，音"nǎng"，先前。

[17] 慊，满意，满足。

[18] 敛衽，整理衣服，表示恭敬。

[19] 蜗庐，比喻住房狭窄矮小。

[20] 粪壤，污秽之土，这里指人死后所居之处。

[21] 禽仪，聘礼。

[22] 浊醪，浑浊的酒醪，即劣质的酒。

[23] 扨，同挥，挥散。

[24] 箑，音"shà"，扇子。

[25] 老耄，衰老之人。

[26] 肴俎，盛菜肴的器皿。

[27] 行觞，依次敬酒。

[28] 嬖（bì）惑，宠爱迷恋。

[29] 欷歔，叹息。

[30] 髯（péng）松，通"蓬松"。

[31] 汍澜，音"wán lán"，流泪的样子。

[32] 申旦，通宵。

[33] 志表，做标记，做表示。

[34] 坟兆，坟墓之间的界域。

[35] 返辔（pèi），勒马返回。

评 析

在传统中国人观念中，死人的世界与活人的世界是不可分割的。人们把生和死都当作是人生的大事，对死者的恭敬甚至还超过了对在世的人的恭敬，所有古语说"视死如生"。而且还认为人死后的世界与他在世时的世界一样，都会有苦痛伤感、幸福与快乐，同样有诗词歌赋、宴饮游乐，也依然有嫁娶做寿、爱恨情仇……宛然就如人世无异。

故事中莱阳生的遇鬼经历就与在人世中的遭遇一样：遇故旧求作鬼媒难以推脱，遇绝色美女自己心动，恰有亲近人作媒促成好事，被美女托以重任，疏忽间遗忘重要条件造成不能完成重任以至于遭致美女的怨怼忌恨，最终翻脸无情。

这则故事，不但讲述了一桩奇幻的人鬼爱情，还揭示出了清初于七一案的骇人听闻的屠杀和死难惨相。公孙九娘与莱阳生人鬼殊途，但她对后者的深情依恋和托付，反衬出其对人世阳光、温暖和爱的不懈追求！作为人鬼情缘，作者时而人鬼不异、时而又人鬼殊途的刻意用笔，反映出其对无故死难者的同情和对肆意妄杀者的控诉。

当然，这则故事还告诉我们一个道理：受人所托，忠人之事，同时还得要细心尽力，否则也将是很难堪的。

辛十四娘

广平冯生，正德间人[1]。少轻脱，纵酒。昧爽[2]偶行，遇一少女，着红帔[3]，容色娟好，从小奚奴[4]，蹀露奔波，履袜沾濡[5]。心窃好之。

薄暮醉归，道侧故有兰若，久芜废，有女子自内出，则向丽人也。忽见生来，即转身入。阴念：丽者何得在禅院中？絷[6]驴于门，往觇其异。入则断垣零落，阶上细草如毯。彷徨间，一斑白叟出，衣帽整洁，问："客何来？"生曰："偶过古刹，欲一瞻仰。翁何至此？"叟曰："老夫流寓无所，暂借此安顿细小[7]。既承宠降，有山茶可以当酒。"乃肃宾入。见殿后一院，石路光明，无复榛莽。入其室，则帘幌床幕，香雾喷人。坐展姓字，云："蒙叟姓辛。"生乘醉遽问曰："闻有女公子，未遭良匹[8]。窃不自揣，愿以镜台自献。"辛笑曰："容谋之荆人。"生即索笔为诗曰："千金觅玉杵，殷勤手自将。云英如有意，亲为捣玄霜。"主人笑付左右。少间，有婢与辛耳语。辛起，慰客耐坐，牵幕入。隐约三数语，即趋出。生意必有佳报，而辛乃坐与喧䜩[9]，不复有他言。生不能忍，问曰："未审意旨，幸释疑抱。"辛曰："君卓荦[10]士，倾风已久。但有私衷，所不敢言耳。"生固请之。辛曰："弱息十九人，嫁者十有二。醮命任之荆人[11]，老夫不与焉。"生曰："小生只要得今朝领小奚奴带露行者。"辛不应，相对默然。闻房内嘤嘤腻语，生乘醉搴帘曰："伉俪既不可得，当一见颜色，以消吾憾。"内闻钩动，群立愕顾。果有红衣人，振袖倾鬟，亭亭拈带。望见生入，遍室张皇。辛怒，命数人捽[12]生出。酒愈涌上，倒榛芜中。瓦石乱落如雨，幸不着体。

卧移时，听驴子犹龁[13]草路侧，乃起跨驴，踉跄而行。夜色迷闷，误入涧谷，狼奔鸱[14]叫，竖毛寒心。踟蹰四顾，并不知其何所。遥望苍林中，灯火明灭，疑必村落，竟驰投之。仰见高阁[15]，以策挺门。内有问者曰："何处郎君，半夜来此？"生以失路告，问者曰："待达主人。"生累足鹄俟[16]。忽闻振管辟扉，一健仆出，代客捉驴。生入，见室甚华好，堂上张灯火。少坐。有妇人出，问客姓氏。生以告。逾刻，青衣数人扶一老妪出，曰："郡君至。"生起立，肃身欲拜。妪止之坐，谓生曰："尔非冯云子之孙耶？"曰："然。"妪曰："子当是我弥甥[17]。老身钟漏并歇[18]，残年向尽，骨肉之间，殊所乖阔。"生曰："儿少失怙[19]，与我祖父处者，十不识一焉。素未拜省，乞便指示。"妪曰："子自知之。"

生不敢复问，坐对悬想。妪曰："甥深夜何得来此？"生以胆力自矜诩[20]，遂一一历陈所遇。妪笑曰："此大好事。况甥名士，殊不玷于姻娅[21]，野狐精何得强自高？甥勿虑，我能为若致之。"生称谢唯唯。妪顾左右曰："我不知辛家女儿，遂如此端好。"青衣人曰："渠有十九女，都翩翩有风格，不知官人所聘行几？"生曰："年约十五余矣。"青衣曰："此是十四娘。三月间，曾从阿母寿郡君，何忘却？"妪笑曰："是非刻莲瓣为高履，实以香屑，蒙纱而步者乎？"青衣曰："是也。"妪曰："此婢大会作意[22]弄媚巧。然果窈窕，阿甥赏鉴不谬。"即谓青衣曰："可遣小狸奴唤之来。"青衣应诺。去移时，入白："呼得辛家十四娘至矣。"旋见红衣女子，望妪俯拜。妪曳之曰："后为我家甥妇，勿得修婢子礼。"女子起，娉娉[23]而立，红袖低垂。姬理其鬟发，捻其耳环，曰："十四娘，近在闺中作么生？"女低应曰："闲来只挑绣。"回首见生，羞缩不安。姬曰："此吾甥也。盛意与儿作姻好，何便教迷途，终夜窜溪谷？"女俯首无语。姬曰："我唤汝非他，欲为吾甥作伐耳。"女默默而已。姬命扫榻展裀褥，即为合卺。女觍然[24]曰："还以告之父母。"姬曰："我为汝作冰[25]，有何舛谬？"女曰："郡君之命，父母当不敢违。然如此草草，婢子即死不敢奉命！"姬笑曰："小女子志不可夺，真吾甥妇也！"乃拔女头上金花一朵，付生收之。命归家检历，以良辰为定。乃使青衣送女去。

听远鸡已唱，遣人持驴送生出。数步外，歘一回顾，则村舍已失，但见松楸浓黑，蓬颗蔽冢而已。定想移时，乃悟其处为薛尚书墓。薛故生祖母弟，故相呼以甥。心知遇鬼，然亦不知十四娘何人。咨嗟而归，漫检历以待之，而心恐鬼约难恃。再往兰若，则殿宇荒凉。问之居人，则寺中往往见狐狸云。阴念：若得丽人，狐亦自佳。

至日，除舍扫途，更仆眺望，夜半犹寂。生已无望。顷之。门外哗然。屣躧[26]出窥，则绣幰[27]已驻于庭，双鬟扶女坐青庐中。妆奁亦无长物，惟两长鬣奴扛一扑满[28]，大如瓮，息肩置堂隅。生喜得佳丽偶，并不疑其异类。问女曰："一死鬼，卿家何帖服之甚？"女曰："薛尚书今作五都巡环使，数百里鬼狐皆备扈从，故归墓时常少。"生不忘寒修[29]，翼日，往祭其墓。归，见二青衣持贝锦为贺，竟委几上而去。生以告女，女视之曰："此郡君物也。"

邑有楚银台之公子，少与生共笔砚，相狎。闻生得狐妇。馈遗为馔[30]，即登堂称觞。越数日，又折简来招饮。女闻，谓生曰："曩公子来，我穴壁窥之，其人猿睛而鹰准，不可与久居也。宜勿往。"生诺之。翼日，公子造门，问负约之罪，且献新什。生评涉嘲笑，公子大惭，不欢而散。生归，笑述于房。女惨然曰："公子豺狼，不可狎也！子不听吾言，将及于难！"生笑谢之。后与公子辄相谑噱[31]，前隙渐释。

会提学试[32]，公子第一，生第二。公子沾沾自喜，走伻[33]来邀生饮。生辞,频招乃往。至则知为公子初度,客从满堂,列筵甚盛。公子出试卷示生。亲友叠肩叹赏。酒数行,乐奏作于堂,鼓吹伧佇[34],宾主甚乐,公子忽谓生曰:"谚云:'场中莫论文。'此言今知其谬。小生所以忝出君上者,以起处数语,略高一筹耳。"公子言已,一座尽赞。生醉不能忍,大笑曰:"君到于今,尚以为文章至是耶!"生言已,一座失色。公子惭忿气结。客渐去,生亦遁。

醒而悔之,因以告女。女不乐曰:"君诚乡曲之儇子[35]也!轻薄之态,施之君子则丧吾德,施之小人则杀吾身。君祸不远矣!我不忍见君流落,请从此辞。"生惧而涕,且告之悔。女曰:"如欲我留,与君约:从今闭户绝交游,勿浪饮。"生谨受教。十四娘为人勤俭洒脱,日以袵[36]织为事。时自归宁,未尝逾夜。又时出金帛作生计。日有赢余,辄投扑满。日杜门户,有造访者辄嘱苍头谢去。

一日,楚公子驰函来,女焚蓺[37],不以闻。翼日,出吊于城,遇公子于丧者之家,捉臂苦邀。生辞以故。公子使圉人[38]挽缰[39],拥之以行。至家,立命洗腆[40]。继辞凤退。公子要遮无已,出家姬弹筝为乐。生素不羁,向闭置庭中,颇觉闷损;忽逢剧饮,兴顿豪,无复萦念[41]。因而酣醉,颓卧席间。公子妻阮氏,最悍妒,婢妾不敢施脂泽[42]。日前,婢入斋中,为阮掩执,以杖击首,脑裂立毙。公子以生嘲慢故,衔生,日思所报,遂谋醉以酒而诬之。乘生醉寐,扛尸床间,合扉径去。生五更醒解[43],始觉身卧几上;起寻枕榻,则有物腻然,绁绊[44]步履;摸之,人也:意主人遣僮伴睡。又蹴之,不动而僵。大骇,出门怪呼。厮役尽起,蓺之,见尸,执生怒闹。公子出,验之,诬生逼奸杀婢,执送广平。

隔日,十四娘始知,潸然曰:"早知今日矣!"因按日以金钱遗生。生见府尹,无理可伸,朝夕榜掠[45],皮肉尽脱。女自诣问。生见之,悲气塞心,不能言说。女知陷阱已深,劝令诬服,以免刑宪。生泣听命。女还往之间,人咫尺不相窥。归家咨惋,遽遣婢子去。独居数日,又托媒媪购良家女,名禄儿,年已及笄,容华颇丽;与同寝食,抚爱异于群小[46]。生认误杀，拟绞，苍头[47]得信归，恸述不成声。女闻，坦然若不介意。既而秋决有日，女始皇皇躁动，昼去夕来无停履。每于寂所於邑悲哀，至损眠食。一日，日晡[48]，狐婢忽来。女顿起，相引屏语。出则笑色满容，料理门户如平时。翼日，苍头至狱，生寄语娘子，一往永诀。苍头复命。女漫应之，亦不怆恻，殊落落[49]置之。家人窃议其忍。忽道路沸传：楚银台革爵；平阳观察奉特旨治冯生案。苍头闻之，喜告主母。女亦喜，即遣入府探视，则生已出狱，相见悲喜。俄捕公子至，一鞫，尽得其情。生立释宁家。

归见闺中人，泫然流涕，女亦相对怆楚，悲已而喜。然终不知何以得达上听。女笑指婢曰："此君之功臣也。"生愕问故。先是，女遣婢赴燕都，欲达宫闱，为生陈冤。婢至，则宫中有神守护，徘徊御沟间[50]，数月不得入。婢惧误事，方欲归谋，忽闻今上将幸大同，婢乃预往，伪作流妓。上至构栏[51]，极蒙宠眷。疑婢不似风尘人，婢乃垂泣。上问："有何冤苦？"婢对："妾原籍隶广平，生员冯某之女。父以冤狱将死，遂鬻妾勾栏中。"上惨然，赐金百两。临行，细问颠末，以纸笔记姓名，且言欲与共富贵。婢言："但得父子团聚，不愿华腆[52]也。"上颔之，乃去。婢以此情告生。生急拜，泪眥[53]双荧。

居无几何，女忽谓生曰："妾不为情缘，何处得烦恼？君被逮时，妾奔走咸眷间，并无一人代一谋者。尔时酸衷，诚不可以告愬[54]。今视尘俗益厌苦。我已为君蓄良偶，可从此别。"生闻，泣伏不起。女乃止。夜遣禄儿侍生寝，生拒不纳。朝视十四娘，客光顿减；又月余，渐以衰老；半载，黯黑如村妪：生敬之，终不替。女忽复言别，且曰："君自有佳侣，安用此鸠盘[55]为？"生哀泣如前日。又逾月，女暴疾，绝饮食，羸卧闺闼[56]。生侍汤药，如奉父母。巫医无灵，竟以溘逝。生悲恒欲绝。即以婢赐金为营斋葬。数日，婢亦去。

遂以禄儿为室。逾年，举一子。然比岁不登[57]，家益落。夫妻无计，对影长愁。忽忆堂陬[58]扑满，常见十四娘投钱于中，不知尚在否。近临之，则豉具[59]盐盎[60]，罗列殆满。头头置去，箸探其中，坚不可入；扑而碎之，金钱溢出。由此顿大充裕。后苍头至太华山，遇十四娘，乘青骡，婢子跨蹇以从，问："冯郎安否？"且言："致意主人，我已名列仙籍矣。"言讫[61]不见。

——出《聊斋志异》

注 释

［1］ 正德，明皇帝明武宗朱厚熙的年号。

［2］ 昧爽，拂晓，黎明。

［3］ 帔，音"pèi"，古代披在肩背上的服饰。

［4］ 小奚奴，小男仆。

［5］ 沾濡，沾湿。

［6］ 絷，音"zhí"，捆，系。

［7］ 细小，一家大小，指家眷。

［8］ 良匹，佳偶，配偶。

［9］ 喔嗻，音"wà xué"，谈话，说笑。

［10］ 卓荦，超出一般，出众。荦，音"luò"。

［11］ 荆人，对人称自己妻子的谦辞。

［12］ 捽，音"zuó"，方言，揪，抓。

［13］ 龁，音"hé"，吃。

［14］ 鸱，音"chī"，猫头鹰。

［15］ 高闳，高大的门。亦指显贵门第。

［16］ 鹄俟，形容盼望殷切。

［17］ 弥甥，远房之甥。

［18］ 钟漏并歇，比喻年老衰残。

［19］ 失怙，幼而丧父。

［20］ 矜诩（xǔ），夸耀。

［21］ 姻娅，有婚姻关系的亲戚。

[22] 作意，特意。

[23] 娉娉，轻盈美好的样子。

[24] 觍（tiǎn）然，害羞的样子。

[25] 作冰，做媒人。

[26] 躧屣（xǐ xǐ），跟着脚印追踪。躧，追踪。

[27] 幰，音"xiǎn"，指车上的帷幔。

[28] 扑满，蓄钱的瓦器。

[29] 蹇修，媒妁。

[30] 餪，音"nuǎn"，古代的一种礼仪，女儿出嫁三日娘家送食物给女儿。

[31] 谀噱，诎媚地笑。

[32] 提学试，清代院试的俗称。因为主考官学政被称为"提学道"，故得名。

[33] 走伻（bēng），派遣仆人，伻，派遣，出使。

[34] 伧伫，粗野的样子。

[35] 儇子，指轻薄刁巧的男子。儇，音"xuān"。

[36] 衽，席子。

[37] 爇，音"ruò"，焚烧。

[38] 圉人，古代掌管养马放牧的官。这里指牲口的侍奉者。

[39] 辔，音"pèi"，驾驭牲口用的嚼子和缰绳。

[40] 洗腆，置办洁净丰盛的酒食。多指用来孝敬父母或款待客人。

[41] 萦念，挂念，想念。

[42] 脂泽，使皮肤润滑有光的脂粉之类。

[43] 醒（chéng）解，酒醒。

[44] 绁（xiè）绊，羁绊。

[45] 搒掠，用鞭子打，拷打。

[46] 群小，婢妾。

[47] 苍头，仆役。

[48] 日晡（bū），即申时，具体是下午的三点到五点。

[49] 落落，失落或失意的样子。

[50] 御沟，流经宫苑的河道。

[51] 勾栏，宋元时曲艺、杂剧、杂技等的演出场所。

[52] 华膴（hū），美衣美食。

[53] 眥，眼眶。

[54] 告愬（shuò），即告诉。

[55] 鸠盘，亦称"鸠盘荼"，即食人精气的鬼类。

[56] 闺闼，夫妇居室。

[57] 不登，庄稼歉收。

[58] 堂陬，堂屋的角落。陬，音"zōu"，角落。

[59] 豉，音"chǐ"，即豆豉，黄豆等发酵后成熟的食品。

[60] 瓫，音"àng"，罐子。

[61] 言讫，说完。讫，音"qì"，完结，终了。

评 析

童话的好处就是可以在不同的世界随意转换，就如中国曾经流行的词语——"穿越"。就因为这"穿越"，才使得不同的世界有了直接的联系，而这直接的联系又得以成就了一个美好的爱情童话：冯生与狐女辛十四娘故事。

冯生先前性情"轻脱"，为求得美女归，他在寺庙中举止轻狂地向人求亲，在别人婉拒之后更是硬闯入内室想看看别人的容貌。但他在确定了将要与狐女交往之后便不再"轻脱"了，而是变得循规蹈矩、勤奋上进起来，可以见得这的确是爱情的魔力了。

在有的地方，有俚语说"听得老婆话，随意行天下。"而这则故事告诉我们：集美貌与聪慧一体的老婆的话尤其要听！听老婆话的冯生的日子过得很是安稳。可惜冯生交友不慎，且屡次得罪损友，最终招致大祸。在狐妻辛十四娘的百般奔走调剂之下，冯生终于得以全身而退。而此后的冯生更是感佩狐妻辛十四娘，想要终生与之共聚。

狐性狡黠，狐女慧美。这是古代小说家们的共识。在故事中，狐女辛十四娘无论言谈举止还是待人处事，都显示出她是一个温文尔雅、娴淑聪慧的极有教养的女子，加上她的装束风度，就算儒雅不"轻脱"的大家公子也绝对会为她倾心的。在冯生与楚公子的交往纠葛中，辛十四娘不但显示出有识人之明，更体展现出了她为人妻的贤惠持家与温柔体贴。真是慧美女子、人间贤妻啊！狐女辛十四娘同时又是一个信念坚定的修持者和成功者。她为了修成正果而委曲求全地答应鬼郡主的婚姻约定，在与冯生共同生活时对冯生有约有束且自己安静贤惠持家，在解除冯生杀身之祸的同时也不忘顺带提前给自己找好了脱身的接替者，在要离开时也并非决绝而去而是让冯生有心理上的缓冲，最终她取得了"名列仙籍"的成功。

这则故事看似写鬼狐，但它却处处写出了现实世界的状态。辛十四娘最初不答应与冯生的结合，然迫于薛尚书在鬼域的权力，答应了与其的婚事，这多少象征了人世不少婚恋男女尤其是女方的状态。而冯生的遭遇更是昭示出封建官僚们的清白不分，贪赃枉法。尽管我们看古代掌权者们最喜欢在办案处悬置"明镜高悬"的匾额，但真正能做到明镜高悬又有几人？要不是辛十四娘派遣的婢女能伪作流妓撼动皇上而陈述冤情，冯公子所蒙的难怎么能得昭雪？

莲花公主

胶州窦旭，字晓晖。方昼寝，见一褐衣人立榻前，逡巡惶顾[1]，似欲有言。生问之，答云："相公奉屈[2]。""相公何人？"曰："近在邻境。"从之而出。转过墙屋，导至一处，叠阁重楼，万椽相接，曲折而行，觉万户千门，迥非人世。又见宫人女官，往来甚夥[3]，都向褐衣人间曰："窦郎来乎？"褐衣人诺。俄，一贵官出，迎见生甚恭。既登堂，生启问曰:"素既不叙,遽疏参谒。过蒙爱接,颇注疑念。"贵官曰:"寡君以先生清族世德[4],倾风结慕,深愿思晤焉。"生益骇,问,"王何人?"答云:"少间自悉。"无何,二女官至,以双旌[5]导生行。入重门,见殿上一王者,见生入,降阶而迎,执宾主礼。礼已,践席[6],列筵丰盛。仰视殿上一匾曰"桂府"。生局蹙[7]不能致辞。王曰:"忝近芳邻,缘即至深。便当畅怀,勿致疑畏。"生唯唯。

酒数行,笙歌作于下,钲鼓不鸣,音声幽细。稍间,王忽左右顾曰:"朕一言,烦卿等属对[8]:'才人登桂府。'"四座方思,生即应云:"君子爱莲花。"王大悦曰:"奇哉!莲花乃公主小字,何适合如此?宁非夙分?传语公主,不可不出一晤君子。"移时,佩环声近,兰麝[9]香浓,则公主至矣。年十六七,妙好无双。王命向生展拜,曰:"此即莲花小女也。"拜已而去。生睹之,神情摇动,木坐凝思。王举觞劝饮,目竟罔睹。王似微察其意,乃曰:"息女宜相匹敌,但自惭不类,如何?"生怅然若痴,即又不闻。近坐者蹑之曰:"王揖君未见,王言君未闻耶?"生茫乎若失,忪罗[10]自惭,离席曰:"臣蒙优渥,不觉过醉,仪节失次,幸能垂宥[11]。然日吁君勤,即告出也。"王起曰:"既见君子,实惬心好,何仓卒而便言离也?卿既不住,亦无敢于强。若烦萦念,更当再邀。"遂命内官导之出。途中,内宫语生曰:"适王谓可匹敌,似欲附为婚姻,何默不一言?"生顿足而悔,步步追恨,遂已至家。忽然醒寤,则返照已残。冥坐观想,历历在目。晚斋灭烛,冀旧梦可以复寻,而邯郸路渺,悔叹而已。

一夕,与友人共榻,忽见前内官来,传王命相召。生喜,从去。见王伏谒。王曳起,延止隅坐[12],曰:"别后知劳思眷。谬以小女子奉裳衣,想不过嫌也。"生即拜谢。王命学士大臣,陪侍宴饮。酒阑[13],宫人前白:"公主妆竟。"俄见数十宫女,拥公主出。以红锦覆首,凌波微步[14],挽上氍毹[15],与生交拜成礼。已而送归馆舍。洞房温清,穷极芳腻。生曰,"有卿在目,真使人乐而忘死。但恐今日之遭,乃是梦耳。"公主掩口曰:"明明妾与君,那得是梦?"诘旦方起,戏为公主匀铅黄[16];已而以带围腰,布指度足。公主笑问曰:"君颠耶?"曰:"臣屡为梦误，故细志之。倘是梦时，亦足动悬想耳。"

调笑未已，一宫女驰入曰："妖入宫门，王避偏殿，凶祸不远矣！"生大惊，趋见王。王执手泣曰："君子不弃，方图永好。讵期[17]孽降自天，国祚[18]将覆，且复奈何！"生惊问何说。王以案上一章，授生启读。章曰"含香殿大学士臣黑翼，为非常怪异，祈早迁都，以存国脉事。据黄门报称：自五月初六日，来一千丈巨蟒，盘踞宫外，吞食内外臣民一万三千八百余口；所过宫殿尽成丘墟，等因。臣奋勇前窥，确见妖蟒，头如山岳，目等江海；昂首则殿阁齐吞，伸腰则楼垣尽覆。真千古未见之凶，万代不遭之祸！社稷宗庙，危在旦夕！乞皇上早率宫眷，速迁乐土云云"。生览毕，面如灰土。即有宫人奔奏："妖物至矣！"合殿哀呼，惨无天日。

王仓遽不知所为，但泣顾曰："小女已累先生。"生盆息[19]而返。公主方与左右抱首哀鸣，见生入，牵衿曰："郎焉置妾？"生怆恻[20]欲绝，乃捉腕曰："小生贫贱，惭无金屋[21]。有茅庐三数间，姑同窜匿[22]可乎？"公主含涕曰："急何能择，乞携速住。"生乃挽扶而出。未几，至家。公主曰："此大安宅，胜故国多矣。然妾从君来，父母何依？请别筑一舍，当举国相从。"生难之。公主号咷曰："不能急人之急，安用郎也！"生略慰解，即已入室。公主伏床悲啼，不可劝止。焦思无术，顿然而醒，始知梦也。而耳畔啼声。嘤嘤未绝。审听之，殊非人声，乃蜂子二三头，飞鸣枕上。大叫怪事。

友人诘之，乃以梦告。友人亦诧为异。共起视蜂，依依裳袂间，拂之不去。友人劝为营巢。生如所请，督工构造。方竖两堵，而群蜂自墙外来，络绎如绳。顶尖未合飞集盈斗。迹所由来，则邻翁之旧圃也。圃中蜂一房，三十余年矣，生息颇繁。或以生事告翁。翁觇[23]之，蜂户寂然。发其壁，则蛇据其中，长丈许。捉而杀之。乃知巨蟒即此物也。蜂入生家，滋息更盛，亦无他异。

——出《聊斋志异》

注　释

[1] 惶顾，张惶地四处顾盼。

[2] 奉屈，请受委屈。

[3] 夥，音"huǒ"，多。

[4] 世德，世世代代代皆有的美德。

[5] 双旌，高官。

[6] 践席，入席。

[7] 局蹙，紧张不安。

[8] 属对，以诗文来写对子或对联。

[9] 兰麝，兰草麝香，均会发出浓郁的香气。麝，音"shè"。

[10] 懡（mǒ）罗，羞愧的样子。

[11] 垂宥，宽容，原谅。

[12] 隅坐，座位的侧边。

[13] 酒阑，酒席将尽。

[14] 凌波微步，形容女子步态轻盈。

[15] 氍毹，音"qú shū"，一种毛织或毛与其他材料混织而成的毯子。

[16] 铅黄，铅粉和雌黄。古代妇女用来化妆的两种物品。

[17] 讵期，哪里想到。

[18] 国祚，国运。

[19] 坌（bèn）息，喘粗气。

[20] 怆恻，悲伤，悲痛。

[21] 金屋，即华美的屋。这里是"金屋藏娇"的缩写。

[22] 窜匿，逃窜隐藏。

[23] 觇（chān），偷偷地看。

评 析

突如其来的爱情是有些让人措手不及的。这则故事中的爱情来得突然而又合乎人伦情理，尽管它是一个与异类相结合的姻缘。

因对联妙绝而相中女婿，这在常人笔下也许不会再有新奇发生的故事，但在蒲松龄那里，却有了非同寻常的吸引之力！这之中，不得不让人仔细品味发生在书生窦旭身上的一切。昼寝时而有褐衣人拜访，言谈中其传达的渴慕和谦卑让他惊愕，怀疑是梦又明明在眼前。沟通，结纳，对方的王者风范和高贵的礼数，让清寒的窦旭享受了一番难得的美酒笙歌的待遇！但醒来后的邯郸路渺又让所发生的一切充满了恍惚迷离之感，好有一番《盗梦空间》的韵味在里边。

又是在与友人共榻之际，前番梦中的一切继续精彩上演，曾经错失的莲花公主"红锦覆首，凌波微步"，与他结为永好，怀疑一切为梦的举动被公主的嘲笑，似乎让清醒的男主人公都不觉得是真实的可能。妖蟒的到来，让莲花公主所拥有的一切化为乌有，国家倾颓，民遭吞噬，万劫不复之渊立马化为现实……仍是莲花公主的哭啕让焦思无术的窦生顿然苏醒，只发觉蜂子飞鸣枕上，驱赶不去。在听朋友之劝而筑造蜂巢后，窦生发现有蜂多如升斗前来留居。待追寻蜂子来历，原来是邻居老翁圃中蜂房遭一蟒蛇占据之故。全部故事，从梦中接纳到因对联得妻，再到公主全家遭难和得以拯救，使人只觉得奇之又奇。大有庄子蜗牛国触角大战的寓意在里边。莲花公主与窦旭结合的倾心，窦旭遇到危难的焦思无术，梦中笙歌嘤嘤嗡嗡的暗示，这一切，都昭示出蒲松龄创作构想的高妙！

不过啊，这爱情中既有超凡的浪漫，也充满了人世的现实与无奈。窦生因才情被相中又因公主美貌超凡而倾心入迷，但婚后随即堕入了现实的凡尘：强敌来袭无法抵御时，公主号啕怨他说："不能急人之急，安用郎也！"这就是生生的现实呀！既是夫妻，当然得在对方危难时为对方无私地献身才对，窦生退缩当然会被妻责骂了。所以呢，不论是在恋爱中还是婚姻中，双方都要时时想到对方，要充分为对方作想，这样才能和谐如意。

聂小倩

  宁采臣，浙人，性慷爽，廉隅[1]自重。每对人言："生平无二色。"适赴金华，至北郭，解装兰若[2]。寺中殿塔壮丽，然蓬蒿没人，似绝行踪。东西僧舍，双扉虚掩，惟南一小舍，扃键[3]如新。又顾殿东隅，修竹拱把，阶下有巨池，野藕已花。意甚乐其幽杳。会学使按临，城舍价昂，思便留止，遂散步以待僧归。

  日暮有士人来启南扉，宁趋为礼，且告以意。士人曰："此间无房主，仆亦侨居。能甘荒落，旦晚惠教，幸甚！"宁喜，藉藁[4]代床，支板作几，为久客计。是夜月明高洁，清光似水，二人促膝殿廊，各展姓字。士人自言燕姓，字赤霞。宁疑为赴试者，而听其音声，殊不类浙。诘之，自言秦人，语甚朴诚。既而相对词竭，遂拱别归寝。

  宁以新居，久不成寐。闻舍北喁喁[5]，如有家口。起，伏北壁石窗下微窥之，见短墙外一小院落，有妇可四十余；又一媪衣绯，插蓬沓[6]，鲐背[7]龙钟，偶语月下。妇曰："小倩何久不来？"媪曰："殆好至矣。"妇曰："将无向姥姥有怨言否？"曰："不闻；但意似蹙蹙[8]。"妇曰："婢子不宜好相识。"言未已，有十七八女子来，仿佛艳绝。媪笑曰："背地不言人，我两个正谈道，小妖婢悄来无迹响，幸不訾[9]着短处。"又曰："小娘子端好是画中人，遮莫[10]老身是男子，也被摄去。"女曰："姥姥不相誉，更阿谁道好？"妇人女子又不知何言。宁意其邻人眷口，寝不复听；又许时始寂无声。

  方将睡去，觉有人至寝所，急起审顾，则北院女子也。惊问之，女笑曰："月夜不寐，愿修燕好。"宁正容曰："卿防物议，我畏人言。略一失足，廉耻道丧。"女云："夜无知者。"宁又咄之。女逡巡若复有词。宁叱："速去！不然，当呼南舍生知。"女惧，乃退。至户外忽返，以黄金一锭置褥上。宁掇掷庭墀[11],曰:"非义之物,污我囊橐!"女惭出,拾金自言曰:"此汉当是铁石。"

诘旦有兰溪生携一仆来候试,寓于东厢,至夜暴亡。足心有小孔,如锥刺者,细细有血出,俱莫知故。经宿一仆死,症亦如之。向晚燕生归,宁质之,燕以为魅。宁素抗直,颇不在意。

宵分女子复至,谓宁曰:"妾阅人多矣,未有刚肠如君者。君诚圣贤,妾不敢欺。小倩,姓聂氏,十八夭殂[12],葬于寺侧,辄被妖物威胁,历役贱务,腆颜[13]向人,实非所乐。今寺中无可杀者,恐当以夜叉来。"宁骇求计。女曰:"与燕生同室可免。"问:"何不惑燕生?"曰:"彼奇人也,固不敢近。"又问:"迷人若何?"曰:"狎昵[14]我者,隐以锥刺其足,彼即茫若迷,因摄血以供妖饮。又惑以金,非金也,乃罗刹鬼骨,留之能截取人心肝。二者,凡以投时好耳。"宁感谢,问戒备之期,答以明宵。临别泣曰:"妾堕玄海,求岸不得。郎君义气干云,必能拔生救苦。倘肯囊妾朽骨,归葬安宅,不啻[15]再造。"宁毅然诺之。因问葬处,曰:"但记白杨之上,有乌巢者是也。"言已出门,纷然而灭。

明日,恐燕他出,早诣邀致。辰后具酒馔,留意察燕。既约同宿,辞以性癖耽寂。宁不听,强携卧具来,燕不得已,移榻从之,嘱曰:"仆知足下丈夫,倾风良切。要有微衷,难以遽白。幸勿翻窥箧襆[16],违之两俱不利。"宁谨受教。

既各寝,燕以箱箧置窗上,就枕移时,齁如雷吼。宁不能寐。近一更许,窗外隐隐有人影。俄而近窗来窥,目光睒闪[17]。宁惧,方欲呼燕,忽有物裂箧而出,耀若匹练,触折窗上石棂,飙然一射,即遽敛入,宛如电灭。燕觉而起,宁伪睡以觇之。燕捧箧检征,取一物,对月嗅视,白光晶莹,长可二寸,径韭叶许。已而数重包固,仍置破箧中。自语曰:"何物老魅,直尔大胆,致坏箧子。"遂复卧。宁大奇之,因起问之,且告以所见。燕曰:"既相知爱,何敢深隐。我剑客也。若非石棂,妖当立毙;虽然,亦伤。"问:"所缄何物?"曰:"剑也。适嗅之有妖气。"宁欲观之。慨出相示,荧荧然一小剑也。于是益厚重燕。

明日，视窗外有血迹。遂出寺北，见荒坟累累，果有白杨，乌巢其颠。迨营谋既就，趣装欲归。燕生设祖帐，情义殷渥[18]，以破革囊赠宁，曰："此剑袋也。宝藏可远魑魅。"宁欲从受其术。曰："如君信义刚直，可以为此，然君犹富贵中人，非此道中人也。"宁托有妹葬此，发掘女骨，敛以衣衾，赁舟而归。

宁斋临野，因营坟葬诸斋外，祭而祝曰："怜卿孤魂，葬近蜗居，歌哭相闻，庶不见凌于雄鬼。一瓯浆水饮，殊不清旨，幸不为嫌！"祝毕而返，后有人呼曰："缓待同行！"回顾，则小倩也。欢喜谢曰："君信义，十死不足以报。请从归，拜识姑嫜，媵御[19]无悔。"审谛之，肌映流霞，足翘细笋，白昼端相，娇丽尤绝。遂与俱至斋中。嘱坐少待，先入白母。母愕然。时宁妻久病，母戒勿言，恐所骇惊。言次，女已翩然入，拜伏地下。宁曰："此小倩也。"母惊顾不遑。女谓母曰："儿飘然一身，远父母兄弟。蒙公子露覆[20]，泽被发肤，愿执箕帚，以报高义。"母见其绰约可爱，始敢与言，曰："小娘子惠顾吾儿，老身喜不可已。但生平止此儿，用承祧绪[21]，不敢令有鬼偶。"女曰："儿实无二心。泉下人既不见信于老母，请以兄事，依高堂，奉晨昏，如何？"母怜其诚，允之。即欲拜嫂，母辞以疾，乃止。女即入厨下，代母尸饔[22]。入房穿榻，似熟居者。

日暮母畏惧之，辞使归寝，不为设床褥。女窥知母意，即竟去。过斋欲入，却退，徘徊户外，似有所惧。生呼之。女曰："室有剑气畏人。向道途中不奉见者，良以此故。"宁悟为革囊，取悬他室。女乃入，就烛下坐；移时，殊不一语。久之，问："夜读否？妾少诵《楞严经》，今强半遗忘。浼求一卷，夜暇就兄正之。"宁诺。又坐，默然，二更向尽，不言去。宁促之。愀然[23]曰："异域孤魂，殊怯荒墓。"宁曰："斋中别无床寝，且兄妹亦宜远嫌。"女起，颦蹙欲啼，足儴[24]而懒步，从容出门，涉阶而没。宁窃怜之，欲留宿别榻，又惧母嗔。女朝旦朝母，捧匜[25]沃盥，下堂操作，无不曲承母志。黄昏告退，辄过斋头，就烛诵经。觉宁将寝，始惨然出。

先是，宁妻病废，母劬[26]不堪；自得女，逸甚，心德之。日渐稔，亲爱如己出，竟忘其为鬼，不忍晚令去，留与同卧起。女初来未尝饮食，半年渐啜稀酏[27]。母子皆溺爱之，讳言其鬼，人亦不知辨也。无何，宁妻亡，母隐有纳女意，然恐于子不利。女微知之，乘间告曰："居年余，当知肝膈[28]。为不欲祸行人，故从郎君来。区区无他意，止以公子光明磊落，为天人所钦瞩[29]，实欲依赞三数年，借博封诰[30]，以光泉壤。"母亦知无恶意，但惧不能延宗嗣。女曰："子女惟天所授。郎君注福籍，有亢宗子三，不以鬼妻而遂夺也。"母信之，与子议。宁喜，因列筵告戚党[31]。或请觇[32]新妇，女慨然华妆出，一堂尽眙[33]，反不疑其鬼，疑为仙。由是五党诸内眷，咸执贽以贺，争拜识之。女善画兰、梅，辄以尺幅酬答，得者藏之什袭[34]以为荣。

一日俯颈窗前，怊怅若失。忽问："革囊何在？"曰："以卿畏之，故缄致他所。"曰："妾受生气已久，当不复畏，宜取挂床头。"宁诘其意，曰："三日来，心怔忡[35]无停息，意金华妖物，恨妾远遁，恐旦晚寻及也。"宁果携革囊来。女反复审视，曰："此剑仙将盛人头者也。敝败至此，不知杀人几何许！妾今日视之，肌犹栗栗。"乃悬之。次日又命移悬户上。夜对烛坐，约宁勿寝。欻有一物，如飞鸟至。女惊匿夹幕间。宁视之，物如夜叉状，电目血舌，睒闪攫拿[36]而前，至门却步，逡巡久之，渐近革囊，以爪摘取，似将抓裂。囊忽格然一响，大可合簏[37]，恍惚有鬼物突出半身，揪夜叉入，声遂寂然，囊亦顿索如故。宁骇诧，女亦出，大喜曰："无恙矣！"共视囊中，清水数斗而已。

后数年，宁果登进士。举一男。纳妾后，又各生一男，皆仕进有声。

——出《聊斋志异》

注　释

[1] 廉隅，品行端正有气节。

[2] 兰若，佛寺。

[3] 扃（jiǒng）键，指门闩、门环之类的东西。

[4] 藳，同槁，一种多年生长的草本植物。

[5] 喁喁，音"yóng yóng"，小声说话。

[6] 蓬沓，首饰名，即银栉。

[7] 鲐背，老人的代称。

[8] 蹙蹙，音"cù cù"，害怕不安的样子。

[9] 不訾（zī），不思。

[10] 遮莫，大约。

[11] 庭堭，庭院。

[12] 夭殂，死去。

[13] 腆颜，厚着脸。

[14] 狎昵，亲近，接近。

[15] 不啻（chì），无异于，如同。

[16] 箧襆，音"qiè fú"，即箱子和包袱。

[17] 晱（shǎn）闪，闪烁。

[18] 殷渥，恳挚深厚。

[19] 媵（yìng）御，姬妾。

[20] 露覆，雨露覆盖，比喻恩惠。

[21] 祧（tiāo）绪，传宗接代。

[22] 尸饔，音"shī yōng"，主管饮食劳作之事。

[23] 愀然，忧愁的样子。

[24] 儴，音"xiāng"，徘徊。

[25] 匜，音"yí"，古代盛水洗手的用具。

[26] 劬，音"qú"，过分劳苦，勤劳。

[27] 稀酡（tuó），不黏稠流质一类的东西，如稀饭之类。

[28] 肝膈，即内心。

[29] 钦瞩，敬重属望。

[30] 封诰（gào），明清帝王对五品以上官员及其先代和妻室授予

封典的诰命。

　　[31] 戚党，亲族。

　　[32] 覿，音"dí"，目睹。

　　[33] 眙，音"chì"，直视。

　　[34] 什袭，十分郑重地珍藏。

　　[35] 怔忡，惊恐不安。

　　[36] 攫拿，猎取，捕捉。

　　[37] 簣，音"kuì"，筐。

评　析

　　在中国封建王朝时期，国家以考试的方式选用人才。读书是底层人士进取的必然通道。（所以在中国就有许多关于读书考试的故事和词语，如悬梁刺股、囊萤映雪、韦编三绝、凿壁偷光、博览群书、满腹经纶、读书破万卷，等等。）书生夜读是绝对真实而且绝不少见的事。但在文人笔下，书生夜读（宿）荒寺古庙，就往往会伴以异乎寻常的事。异乎寻常到何种程度，那要看编撰故事的作者手法如何了。

　　蒲松龄的小说《聂小倩》一文，就是一则让人惊讶到瞠目结舌的故事。不过，与通常的这类异事故事相比，本文还多了位让人难以忘记的剑仙侠客燕赤霞：他的胆量，他的沉着，他的具有神力的剑。可以说，没有燕赤霞，这篇聂小倩的故事便不会这么精彩！

　　宁采臣夜投荒寺，廉隅自重，虽半夜有昳丽女子主动狎昵求寝，宁不为所动，并将其赠金抛之荒野。与宁的凛然正气相比的是不知名的隔壁投考的书生及其仆人，皆因魅惑于半夜前来的艳丽女子而丧命！宁的正气感动了身为鬼女的聂小倩，并被告知了全部事情，也被拜托了为其迁坟的重任。好人终有好报，宁的正气和特有担当使他避开了将临的恐惧与不幸。营坟埋葬了聂小倩的遗骨后，化身靓丽女子的鬼女随宁回到家里，惊惧的宁母在解释和逐渐的相处中消除了对聂小倩身为鬼魂的隔膜，还列筵遍告戚党，让儿子宁采臣娶了小倩这个鬼妻。宁的邻里乡亲也以得该女子所织尺幅梅、竹兰为荣。故事最后，仍是前面燕赤霞所赠的剑气革囊拯救了小倩和宁采臣一家，在和睦相处数年后，宁采臣举有数子，皆仕进有美名！

　　整个故事，用今天的话讲，是玄幻得不能再玄幻！宁的义气干云，燕赤霞的奇之又奇的革囊，小倩的善念和感恩回报，宁采臣母亲的明于大义而抛弃偏见，人鬼相处的和睦无间等等，无不给人以深刻的印象！也是蒲松龄这位应该被人始终称誉的作家，给我们构筑了宁、聂二人的旷古奇缘和人鬼之间的无限美好和深刻理解，才让我们反思人世间的那么多的不美好和怨怼！

长　亭

　　石太璞，泰山人，好厌禳[1]之术。有道士遇之，赏其慧，纳为弟子。启牙签，出二卷，上卷驱狐，下卷驱鬼，乃以下卷授之，曰："虔奉[2]此书，衣食佳丽皆有之。"问其姓名，曰："吾汴城北村玄帝观王赤城也。"留数日，尽传其诀。石由此精于符箓[3]，委贽[4]者踵接于门。

　　一日，有叟来，自称翁姓，炫陈币帛，谓其女鬼病已殆，必求亲诣。石闻病危，辞不受贽，姑与俱往。十余里入山村，至其家，廊舍华好。入室，见少女卧縠[5]幛中，婢以钩挂帐。望之年十四五许，支缀于床，形容[6]已槁[7]。近临之，忽开目云："良医至矣。"举家皆喜，谓其不语已数日矣。石乃出，因诘病状。叟言："日昼见少年来，与共寝处，捉之已杳，少间复至，意其为鬼。"石曰："其鬼也，驱之匪难；恐其是狐，则非余所敢知矣。"叟云："必非必非。"石授以符，是夕宿于其家。夜分，有少年入，衣冠整肃。石疑是主人眷属，起而问之。曰："我鬼也。翁家尽狐。偶悦其女红亭，姑止焉。鬼为狐祟，阴鸷[8]无伤，君何必离人之缘而护之也？女之姊长亭，光艳尤绝。敬留全璧，以待高贤。彼如许字，方可为之施治；尔时我当自去。"石诺之。

是夜，少年不复至，女顿醒。天明，叟喜，以告石，请石入视。石焚旧符，乃坐诊之。见绣幕有女郎，丽若天人，心知其长亭也。诊已，索水洒幛。女郎急以椀[9]水付之，踝蹬[10]之间，意动神流。石生此际，心殊不在鬼矣。出辞叟，托制药去，数日不返。鬼益肆，除长亭外，子妇婢女，俱被淫惑。又以仆马招石，石托疾不赴。明日，叟自至。石故作病股状，扶杖而出。叟拜已，问故。曰："此鳏[11]之难也！曩夜婢子登榻，倾跌，堕汤夫人泡两足耳。"叟问："何久不续？"石曰："恨不得清门如翁者。"叟默而出。石走送曰："病瘥[12]当自至，无烦玉趾[13]也。"又数日，叟复来；石跛而见之。叟慰问三数语，便曰："顷与荆人[14]言，君如驱鬼去，使举家安枕，小女长亭，年十七矣，愿遣奉事君子。"石喜，顿首于地。乃谓叟："雅意若此，病躯何敢复爱。"立刻出门，并骑而去。入视祟者既毕，石恐背约，请与媪盟。媪遽出曰："先生何见疑也？"即以长亭所插金簪，授石为信。石朝拜之。已，乃遍集家人，悉为祓除。惟长亭深匿无迹；遂写一佩符，使人持赠之。是夜寂然，鬼影尽灭，惟红亭呻吟未已，投以法水，所患若失。石欲起辞，叟挽止殷恳。至晚，肴核[15]罗列，劝酬殊切。漏二下，主人乃辞客去。石方就枕，闻叩扉甚急；起视，则长亭掩入，辞气仓皇，言："吾家欲以白刃相仇，可急遁！"言已，径返身去。石战惧无色，越垣急窜。遥见火光，疾奔而往，则里人夜猎者也。喜。待猎毕，乃与俱归。心怀怨愤，无之可伸，思欲之汴城寻赤城，而家有老父，病废已久，日夜筹思，莫决进止。

忽一日，双舆[16]至门，则翁媪送长亭至，谓石曰："曩夜之归，胡再不谋？"石见长亭，怨恨都消，故亦隐而不发。媪促两人庭拜讫。石将设筵，辞曰："我非闲人，不能坐享甘旨。我家老子昏髦[17]，倘有不悉，郎肯为长亭一念老身，为幸多矣。"登车遂去。盖杀婿之谋，媪不之闻；及追之不得而返，媪始知之。颇不能平，与叟日相诟诤[18]；长亭亦饮泣不食。媪强送女来，非翁意也。长亭入门，诘之，始知其故。

过两三月，翁家取女归宁。石料其不返，禁止之。女自此时一涕零。年余，生一子，名慧儿，买乳媪哺之。然儿善啼，夜必归母。一日，翁家又以舆来，言媪思女甚。长亭益悲，石不忍复留之。欲抱子去，石不可，长亭乃自归。别时，以一月为期，既而半载无耗[19]。遣人往探之，则向所僦宅[20]久空。

又二年余，望想都绝；而儿啼终夜，寸心如割。既而石父又病卒，倍益哀伤；因而病瘳，苫次[21]弥留，不能受宾朋之吊。方昏愦间，忽闻妇人哭入。视之，则缞绖[22]者长亭也。石大悲，一恸遂绝。婢惊呼，女始啜泣，抚之良久，始渐苏。自疑已死，谓相聚于冥中。女曰："非也。妾不孝，不能得严父心，尼归三载，诚所负心。适家人由海东经此，得翁凶问。妾遵严命而绝儿女之情，不敢循乱命而失翁媳之礼。妾来时，母知而父不知也。"言间，儿投怀中。言已，始抚之，泣曰："我有父，儿无母矣！"儿亦嗷啕[23]，一室掩泣。女起，经理家政，柩前牲盛洁备，石乃大慰。而病久，急切不能起。女乃请石外兄款洽[24]吊客。丧既闭，石始杖而能起，相与营谋斋葬。葬已，女欲辞归，以受背父之谴。夫挽儿号，隐忍而止。未几，有人来告母病，乃谓石曰："妾为君父来，君不为妾母放令去耶？"石许之。女使乳媪抱儿他适，涕洟出门而去。去后，数年不返。石父子渐亦忘之。

一日，昧爽[25]启扉，则长亭飘入。石方骇问，女戚然坐榻上，叹曰："生长闺阁，视一里为遥；今一日夜而奔千里，殆矣！"细诘之，女欲言复止。请之不已，哭曰："今为君言，恐妾之所悲，而君之所快也。迩年徙居晋界，僦居赵搢绅之第。主客交最善，以红亭妻其公子。公子数遊荡[26]，家庭颇不相安。妹归告父；父留之，半年不令还。公子忿恨，不知何处聘一恶人来，遣神绾[27]锁，缚老父去。一门大骇，顷刻四散矣。"石闻之，笑不自禁。女怒曰："彼虽不仁，妾之父也。妾与君琴瑟数年，止有相好而无相尤。今日人亡家败，百口流离，即不为父伤，宁不为妾吊乎！闻之忭[28]舞，更无词组相慰藉，何不义也！"拂袖而出。石追谢之，亦已渺矣。怅然自悔，拚已决绝。

过二三日，媪与女俱来，石喜慰问。母女俱伏。惊而询之，母子俱哭。女曰："妾负气而去,今不能自坚,又却求人,复何颜矣!"石曰:"岳固非人;母之惠,卿之情,所不忘也。然闻祸而乐,亦犹人情,卿何不能暂忍?"女曰:"顷于途中遇母,始知絷吾父者,盖君师也。"石曰:"果尔,亦大易。然翁不归,则卿之父子离散;恐翁归,则卿之夫泣儿悲也。"媪矢以自明,女亦誓以相报。石乃即刻治任如汴,询至玄帝观,则赤城归未久。入而参之。便问:"何来?"石视厨下一老狐,孔前股而系之。笑曰:"弟子之来,为此老魅。"赤城诘之,曰:"是吾岳也。"因以实告。道士谓其狡诈,不肯轻释。固请,乃许之。石因备述其诈,狐闻之,塞身入灶,似有惭状。道士笑曰:"彼羞恶之心,未尽亡也。"石起,牵之而出,以刀断索抽之。狐痛极,齿龈龈[29]然。石不遽抽,而顿挫之,笑问曰:"翁痛之,勿抽可耶?"狐睛睒闪[30],似有愠色。既释,摇尾出观而去。

石辞归。三日前,已有人报叟信,媪先去,留女待石。石至,女逆而伏。石挽之曰:"卿如不忘琴瑟之情,不在感激也。"女曰:"今复迁还故居矣,村舍邻迹,音问可以不梗[31]。妾欲归省,三日可旋,君信之否?"曰:"儿生而无母,未便殇折。我日日鳏居,习已成惯。今不似赵公子,而反德报之,所以为卿者尽矣。如其不还,在卿为负义,道里虽近,当亦不复过问,何不信之与有?"女次日去,二日即返。问:"何速?"曰:"父以君在汴曾相戏弄,未能忘怀,言之絮絮;妾不欲复闻,故早来也。"自此闺中之往来无间,而翁婿间尚不通吊庆云。

——出《聊斋志异》

注释

[1] 厌禳,以巫术祈祷鬼神除灾降福,或致灾祸于人,或降伏某物。

[2] 虔奉,恭诚地供奉。

[3] 符箓,道教中的一种法术,符箓是符和箓的合称

[4] 委赘,放下礼物。

[5] 縠,音"gǔ",有皱纹的纱。

[6] 形容,外貌。

[7] 槁,憔悴。

[8] 阴骘(zhì),即阴德。

[9] 椀,音"wǎn",同"碗"。

[10] 蹀躞(xiè),碎步走。

[11] 鳏(guān),无妻或丧妻的男人。

[12] 病瘥(chài),病愈。

[13] 玉趾,对对方脚的尊称。

[14] 荆人,对自己妻子的谦称。

[15] 肴核,肉和果类食品。

[16] 舆,车。

[17] 昏耄,衰老。

[18] 诟谇(suì),辱骂。

[19] 耗,消息。

[20] 僦宅,租赁的房子。僦,租赁。

[21] 苫(shàn)次,古代指停留亲丧的地方。

[22] 缞绖(cuī dié),丧服。亦指服丧。

[23] 噭(jiào)啕,号哭。

[24] 款洽,招待。

[25] 昧爽,拂晓,黎明。

[26] 逋荡,散漫游荡。

[27] 绾,系结。

[28] 忭,音"biàn",高兴,欢乐。

[29] 龈龈,咬啮的样子。

[30] 睒闪,睒,音"shǎn",闪烁,这里形容眼睛因愤怒而发亮。

[31] 梗,阻塞不通。

评 析

　　石姓男子以技获妻的手段虽然可圈可点，但他对狐妻的一如既往不可谓是大丈夫之举了。试想人世间难道没有凭自己的某些条件以要挟之义而得妻的吗？的确也有不少啊。

　　动人心魄的爱情往往充满了奇幻曲折。

　　石姓男子为获得狐女长亭为妻，凭技艺耍手段，让老狐一家遭受苦难，后被老狐识破欲杀之而后快，幸而被对之动情的狐女长亭实言相告得以脱逃。以至于后来狐女长亭与石姓男子夫妻间的许多不快都缘于此。甚至到最后，老狐与石姓男子之间仍存有难解的结。

　　以写鬼狐之笔，状人间难描爱恨纠葛，是蒲松龄最擅长的。他的《长亭》便是如此。全文充满幻想和虚拟，幻想狐鬼有人所具备的一切喜怒哀乐，虚拟狐鬼之间能够对话，狐能够为鬼所迷惑。倘若我们抛开作者所借助的外在的这一些道具（文中所言之狐鬼），不难看到人世间存在的不平甚至尔虞我诈：本职是为人驱鬼治病的石太璞，却因为听信了"鬼"话为谋求患病家之女而治病不力，但又因女子的钟情和女子母亲的通情理而最终结成婚姻。在其中的往返交错间，父子的艰难、母子的情深、夫妻之间的理解又互相诘问等等，都假托狐鬼，生动地给我们演绎了一遍！

胡四姐

　　尚生，太山人。独居清斋。会值秋夜，银河高耿[1]，明月在天，徘徊花阴，颇存遐想。忽一女逾垣来，笑曰："秀才何思之深？"生就视，容华若仙。惊喜拥入，穷极狎昵[2]。自言："胡氏，名三姐。"问其居第，但笑不言。生亦不复置问，惟相期永好而已。自此，临无虚夕。

　　一夜，与生促膝灯幕，生爱之，瞩盼[3]不转。女笑曰："眈眈视妾何为？"曰："我视卿如红药碧桃，即竟夜视，不为厌也。"三姐曰：

"妾陋质，遂蒙青盼如此；若见吾家四妹，不知如何颠倒。"生益倾动，恨不一见颜色，长跽[4]哀请。逾夕，果偕四姐来。年方及笄[5]，荷粉露垂，杏花烟润，嫣然含笑，媚丽欲绝。生狂喜，引坐。三姐与生同笑语；四姐惟手引绣带，俯首而已。未几，三姐起别，妹欲从行。生曳之不释，顾三姐曰："卿卿烦一致声。"三姐乃笑曰："狂郎情急矣！妹子一为少留。"四姐无语，姊遂去。二人备尽欢好，既而引臂替枕，倾吐生平，无复隐讳。四姐自言为狐。生依恋其美，亦不之怪。四姐因言："阿姊狠毒，业杀三人矣。惑之，罔不毙者。妾幸承溺爱，不忍见灭亡，当早绝之。"生惧，求所以处。四姐曰："妾虽狐，得仙人正法，当书一符粘寝门，可以却之。"遂书之。既晓，三姐来，见符却退，曰："婢子负心，倾意新郎，不忆引线人矣。汝两人合有夙分[6]，余亦不相仇，但何必尔？"乃径去。

数日，四姐他适，约以隔夜。是日，生偶出门眺望，山下故有榆林，苍莽中，出一少妇，亦颇风韵[7]。近谓生曰："秀才何必日沾沾恋胡家姊妹？渠又不能以一钱相赠。"即以一贯授生，曰："先持归，贳[8]良酝；我即携小肴馔来，与君为欢。"生怀钱归，果如所教。少间，妇果至，置几上燔[9]鸡、咸彘[10]肩各一，即抽刀子缕切为脔[11]；酾酒调谑[12]，欢洽异常。继而灭烛登床，狎情荡甚。既曙始起。方坐床头，捉足易舄[13]，忽闻人声；倾听，已入帏幕，则胡姊妹也。妇乍睹，仓惶而遁，遗舄于床。二女遂叱曰："骚狐！何敢与人同寝处！"追去，移时始反。四姐怨生曰："君不长进，与骚狐相匹偶，不可复近！"遂悻悻[14]欲去。生惶恐自投，情词哀恳。三姊从旁解免，四姐怒稍释，由此相好如初。

一日，有陕人骑驴造门曰："吾寻妖物，匪伊朝夕，乃今始得之。"生父以其言异，讯所由来。曰："小人日泛烟波，游四方，终岁十余月，常八九离桑梓，被妖物蛊杀[15]吾弟。归甚悼恨，誓必寻而殄灭[16]之。奔波数千里，殊无迹兆。今在君家。不翦，当有继吾弟而亡者。"时生与女密迩，父母微察之，闻客言，大惧，延入，令作法。出二瓶，列地上，符咒良久。有黑雾四团，分投瓶中。客喜曰："全家都到矣。"遂以猪脖[17]裹瓶口，缄封[18]甚固。生父亦喜，坚留客饭。生心恻然，近瓶窃视，闻四姐在瓶中言曰："坐视不救，君何负心？"生益感动。急启所封，而结不可解。四姐又曰："勿须尔，但放倒坛上旗，以针刺脖作空，予即出矣。"生如其请。果见白气一丝，自孔中出，凌霄而去。客出，见旗横地，大惊曰："遁矣！此必公子所为。"摇瓶俯听，曰："幸止亡其一。此物合不死，犹可赦。"乃携瓶别去。

后生在野，督佣刈麦，遥见四姐坐树下。生近就之，执手慰问。且曰："别后十易春秋，令大丹已成。但思君之念未忘，故复一拜问。"生欲与偕归。女曰："妾今非昔比，不可以尘情染，后当复见耳。"言已，不知所在。又二十年余，生适独居，见四姐自外至。生喜与语。女曰："我今名列仙籍，本不应再履尘世。但感君情，敬报撒瑟[19]之期。可早处分后事；亦勿悲忧，妾当度君为鬼仙，亦无苦也。"乃别而去。至日，生果卒。尚生乃友人李文玉之戚好，会亲见之。

——出《聊斋志异》

注　释

[1] 高耿，高而明亮。

[2] 狎昵，亲昵，接近。

[3] 瞩盼，注视。

[4] 长跽，长跪，直挺挺地跪着。跽，音"jì"。

[5] 及笄，女子成年。

[6] 夙分，往世、以往的缘分。

[7] 风韵，形容仪态优美。后多用以指妇女的美好姿态。

[8] 贳，音"shì"，买。

[9] 燔，音"fán"，烤、烧。

[10] 彘，音"zhì"，猪。

[11] 脔，音"luán"，指切成小块的肉。

[12] 调谑，调笑戏谑。

[13] 舄，音"xì"，鞋。

[14] 悻悻，怨恨失意的样子，悻，音"xìng"。

[15] 蛊杀，用蛊术杀害。

[16] 殄（tiǎn）灭，消灭，灭绝。

[17] 猪脬，脬，音"pāo"，即猪的膀胱。

[18] 缄封，封闭，封口。

[19] 撒瑟，疾病危笃或死亡。

评 析

读书之人理应举止稳重优雅，但这秀才尚生却在独居清斋之时，遇美妇人而与之亲近并说要永远相好，但后来又喜欢上了其（狐女三姐）姐妹四姐，继而还与另一"骚狐"鬼混。这在我们今天看来，这尚生是不是很轻浮而且花心？在中国古代，由于生活条件的限制，人的寿命是很短的，所以对这男女相处之事也是较为宽容的，何况还有所谓"三妻四妾"之类的说法替男人的花心作开脱呢。

狐在古代文人笔下，早已是理想化了的人的化身，它可以满足人（很大程度上是创作故事的人）的很多私欲和遐想。古人读书很清苦，这毋庸置疑。在清苦的日子里，身为青壮年男子，有些私欲和遐想是太正常不过的事了，所以，故事中才有尚生与"胡三姐"、"胡四姐"之间的往来乃至缱绻情深，以及他和其他狐女的出轨相交并获得"三姊"的解免和"四姐"的原谅和各好如初。有人说"创作是作家未能实现愿望的补偿"，这是不是暗示了作者蒲松龄的某种心底的愿望？有兴趣的读者不妨去寻觅一下作家的情感生活！

故事的后面写骑驴造门的陕人对几只妖狐的收治，似乎从实际上应验了狐媚惑人的道理。尚生不忍心而让四姐逃走的做法，显示了人的情感有时候是大于"理智"的。至于在小说最后出现的狐女四姐"度"尚生为鬼仙，则是作者落入了狐狸狐仙能预知未来的俗套了。

仙人岛

王勉，字黾斋，灵山人。有才思，屡冠文场[1]。心气颇高，善诮骂[2]，多所凌折[3]。偶遇一道士，视之曰："子相极贵，然被'轻薄孽'折除几尽矣。以子智慧，若反身修道，尚可登仙籍。"王哂曰："福泽诚不可知，然世上岂有仙人？"道士曰："子何见之卑？无他求，即我便是仙耳。"王乃益笑其诬。道士曰："我何足异。能从我去，真仙数十，可立见之。"问："在何处？"曰："咫尺耳。"遂以杖夹股间，即以一头授生，令如己状。嘱合眼，呵曰："起！"觉杖粗如五斗囊，凌空翕飞[4]，潜扪之，鳞甲齿齿焉。骇惧，不敢复动。移时，又呵曰："止！"即抽杖去，落巨宅中，重楼延阁，类帝王居。有台高丈馀，台上殿十一楹[5]，弘丽无比。道士曳客上，即命童子设筵招宾。殿上列数十筵，铺张炫目。道士易盛服以伺。

少顷，诸客自空中来，所骑或龙、或虎、或鸾凤，不一类。又各携乐器。有女子，有丈夫，皆赤其两足。中独一丽者，跨彩凤，宫样妆束，有侍儿代抱乐具，长五尺以来，非琴非瑟，不知其名。酒既行，珍肴杂错，入口甘芳，并异常馔[6]。王默然寂坐，惟目注丽者；然心爱其人，而又欲闻其乐，窃恐其终不一弹。酒阑[7]，一叟倡言曰："蒙崔真人雅召，今日可云盛会，自宜尽欢。请以器之同者，共队为曲。"于是各合配旅。丝竹之声，响彻云汉。独有跨凤者，乐伎无偶。群声既歇，侍儿始启绣囊，横陈几上。女乃舒玉腕，如搊[8]筝状，其亮数倍于琴，烈足开胸，柔可荡魄。弹半炊许，合殿寂然，无有欬[9]者。既阕[10]，铿尔一声，如击清磐。共赞曰："云和夫人绝技哉！"大众皆起告别，鹤唳龙吟，一时并散。

道士设宝塌锦衾，备王寝处。王初睹丽人，心情已动；闻乐之后，涉想尤劳。念已才调[11]，自合芥拾青紫，富贵后何求弗得。顷刻百绪，乱如蓬麻。道士似已知之，谓曰："子前身与我同学，后缘意念不坚，遂坠尘网。仆不自他于君，实欲拔出恶浊；不料迷晦已深，梦梦不可提悟。今当送君行。未必无复见之期，然作天仙，须再劫矣。"遂指阶下长石，令闭目坐，坚嘱无视。已，乃以鞭驱石。石飞起，风声灌耳，不知所行几许。忽念下方景界，未审何似，隐将两眸微开一线，则见大海茫茫，浑无边际。大惧，即复合，而身已随石俱堕，砰然一响，泅没若鸥。幸夙近海，略谙泅浮[12]。闻人鼓掌曰："美哉跌乎！"

危殆方急，一女子援登舟上，且曰："吉利，吉利，秀才'中湿'矣！"视之，年可十六七，颜色艳丽。王出水寒栗，求火燎之。女子言："从我至家，当为处置。苟适意，勿相忘。"王曰："是何言哉！我中原才子，偶遭狼狈，过此，图以身报，何但不忘！"女子以棹催艇，疾如风雨，俄已近岸。于舱中携所采莲花一握，导与俱去。半里许，入村，见朱户南开，进历数重门，女子先驰入。少间，一丈夫出，是四十许人，揖王升阶，命侍者取冠袍袜履，为王更衣。既，询邦族。王曰："某非相欺，才名略可听闻。崔真人切切眷爱，招升天阙。自分功名反掌，以故不愿栖隐。"丈夫起敬曰："此名仙人岛，远绝人世。文若，姓桓。世居幽僻，何幸得近名流。"因而殷勤置酒。又从容而言曰："仆有二女，长者芳云，年十六矣，只今未遭良匹。欲以奉侍高人，如何？"王意必采莲人，离席称谢。桓命于邻党中，招二三耆德来[13]。顾左右，立唤女郎。

无何，异香浓射，美姝十余辈，拥芳云出，光艳明媚，若芙蕖之映朝日。拜已，即坐。群姝列侍，则采莲人亦在焉。酒数行，一垂髫女自内出，仅十余龄，而姿态秀曼，笑依芳云肘下，秋波流动。桓曰："女子不在闺中，出作何务？"乃顾客曰："此绿云，即仆幼女。颇惠，能记典坟矣[14]。"因令对客吟诗。遂诵竹枝词三章，娇婉可听。便令傍姊隅坐。桓因谓："王郎天才，宿构[15]必富，可使鄙人得闻教乎？"王即慨然颂近体一作，顾盼自雄。中二句云："一身剩有须眉在，小饮能令块磊消[16]。"邻叟再三诵之。芳云低告曰:"上句是孙行者离火云洞,下句是猪八戒过子母河也。"一座抚掌。桓请其他。王述水鸟诗云:"潞[17]头鸣格磔[18],……"忽忘下句。甫一沉吟,芳云向妹咕咕[19]耳语,遂掩口而笑。绿云告父曰:"渠为姊夫续下句矣。云:'狗腚响弸[20]巴。'"合席粲然[21]。王有惭色。桓顾芳云,怒之以目。王色稍定。

桓复请其文艺[22]。王意世外人必不知八股业,乃炫其冠军之作,题为"孝哉闵子骞"二句,破云:"圣人赞大贤之孝……"绿云顾父曰:"圣人无字门人者,'孝哉'一句,即是人言。"王闻之,意兴索然。桓笑曰:"童子何知!不在此,只论文耳。"王乃复诵。每数句,姊妹必相耳语,似是月旦之词,但嚅嗫[23]不可辨。王诵至佳处,兼述文宗评语,有云:"字字痛切。"绿云告父曰:"姊云:'宜删"切"字。'"众都不解。桓恐其语嫚[24],不敢研诘。王诵毕,又述总评,有云:"羯鼓[25]一挝,则万花齐落。"芳云又掩口语妹,两人皆笑不可仰。绿云又告曰:"姊云!'羯鼓当是四挝。'"众又不解。绿云启口欲言,芳云忍笑呵之曰:"婢子敢言,打煞矣!"众大疑,互有猜论。绿云不能忍,乃曰:"去'切'字,言'痛'则'不通'。鼓四挝,其声云'不通又不通'也。"众大笑。桓怒呵之。因而自起泛卮[26],谢过不遑。王初以才名自诩,目中实无千古;至此,神气沮丧,徒有汗淫。桓诶而慰之曰:"适有一言,请席中属对焉:'王子身边,无有一点不似玉。'"众未措想,绿云应声曰:"黾翁头上,再着半夕即成龟。"芳云失笑,呵手扭胁肉数四。绿云解脱而走,回顾曰:"何预汝事!汝骂之频频,不以为非;宁他人一句,便不许耶?"桓咄之,始笑而去。邻叟辞别。诸婢导夫妻入内寝,灯烛屏榻,陈设精备。又视洞房中,牙签[27]满架,靡书不有。略致问难,响应无穷。

王至此,始觉望洋堪羞。女唤"明珰",则采莲者趋应,由是始识其名。屡受诮辱,自恐不见重于闺阃[28];幸芳云语言虽虐,而房帏之内,犹相爱好。王安居无事,辄复吟哦。女曰:"妾有良言,不知肯嘉纳否?"问:"何言?"曰:"从此不作诗,亦藏拙[29]之一道也。"王大惭，遂绝笔。久之，与明珰渐狎。告芳云曰："明珰与小生有拯命之德，愿少假以辞色。"芳云乃即许之。每作房中之戏，招与共事，两情益笃，时色授而手语之。芳云微觉，责词重叠；王惟喋喋[30]，强自解免。一夕，对酌，王以为寂，劝招明珰。芳云不许。王曰："卿无书不读，何不记'独乐乐'数语？"芳云曰："我言君不通，今益验矣。句读尚不知耶？'独要，乃乐于人要；问乐，孰要乎？曰：不。'"一笑而罢。

适芳云妹妹赴邻女之约，王得间，急引明珰，绸缪备至。当晚，觉小腹微痛；痛已，而前阴尽缩。大惧，以告芳云。云笑曰："必明珰之恩报矣！"王不敢隐，实供之。芳云曰："自作之殃，实无可以方略。既非痛痒，听之可矣。"数日不瘳[31]，忧闷寡欢。芳云知其意，亦不问讯，但凝视之，秋水盈盈，朗若曙星。王曰："卿所谓'胸中正，则眸子瞭焉'。"芳云笑曰："卿所谓'胸中不正，则瞭子眸焉'。"盖"没有"之"没"，俗读似"眸"，故以此戏之也。王失笑，哀求方剂。曰："君不听良言，前此未必不疑妾为妒意。不知此婢，原不可近。曩实相爱，而君若东风之吹马耳，故唾弃不相怜。无已，为若治之。然医师必审患处。"乃探衣而咒曰："'黄鸟黄鸟，无止于楚！'"王不觉大笑，笑已而瘳。

逾数月，王以亲老子幼，每切怀忆，以意告女。女曰："归即不难，但会合无日耳。"王涕下交颐，哀与同归。女筹思再三，始许之。桓翁张筵祖饯。绿云提篮入，曰："姊姊远别，莫可持赠。恐至海南，无以为家，夙夜代营宫室，勿嫌草创。"芳云拜而受之。近而审谛，则用细草制为楼阁，大如橼，小如橘，约二十余座，每座梁栋榱题[32]，历历可数；其中供帐床榻，类麻粒焉。王儿戏视之，而心窃叹其工。芳云曰："实与君言：我等皆是地仙。因有夙分[33]，遂得陪从。本不欲践红尘，徒以君有老父，故不忍违。待父天年，须复还也。"王敬诺。桓乃问："陆耶？舟耶？"王以风涛险，愿陆。出则车马已候于门。谢别言迈，行踪鹜驶[34]。俄至海岸，王心虑其无途。芳云出素练一疋，望南抛去，化为长堤，其阔盈丈。瞬息驰过，堤亦渐收。至一处，潮水所经，四望辽邈[35]。芳云止勿行，下车取篮中草具，偕明珰数辈，布置如法，转眼化为巨第。并入解装，则与岛中居无稍差殊，洞房内几榻宛然，时已昏暮，因止宿焉。早旦，命王迎养[36]。

王命骑趋诣故里，至则居宅已属他姓。问之里人，始知母及妻皆已物故，惟老父尚存。子善博，田产并尽，祖孙莫可栖止，暂僦居于西村。王初归时，尚有功名之念，不恝[37]于怀；及闻此况，沉痛大悲，自念富贵纵可携取，与空花何异。驱马至西村见父，衣服滓敝[38]，衰老堪怜。相见，各哭失声。问不肖子，则出赌未归。王乃载父而还。芳云朝拜已毕，燀[39]汤请浴，进以锦裳，寝以香舍。又遥致故老与谈宴，享奉过于世家。子一日寻至其处，王绝之，不听入，但予以廿金，使人传语曰："可持此买妇，以图生业。再来，则鞭打立毙矣！"子泣而去。

王自归，不甚与人通礼；然故人偶至，必延接盘桓，撝抑[40]过于平时。独有黄子介，夙与同门学，亦名士之坎坷者，王留之甚久，时与祕语，赂遗甚厚。居三四年，王翁卒，王万钱卜兆，营葬尽礼。时子已娶妇，妇束男子严，子赌亦少间矣；是日临丧，始得拜识姑嫜[41]。芳云一见，许其能家，赐三百金为田产之费。翼日，黄及子同往省视，则舍宇全渺，不知所在。

——出《聊斋志异》

注　释

[1] 文场，科举考场。

[2] 诮骂，讥笑和谩骂。

[3] 凌折，侵犯，欺凌。

[4] 翕飞，腾飞。

[5] 楹，量词，古代计算房屋的单位，一间为一楹。

[6] 馐，音"xiū"，美味的食物。

[7] 酒阑，酒席将尽。

[8] 搊，音"chōu"，弹拨。

[9] 欬，即"咳"。

[10] 阕，完了，终了。

[11] 才调，才气，文才。

[12] 泅浮，游泳。

[13] 齿德，指年高德劭的人。

[14] 典坟，指各种古代文籍。

[15] 宿构，预先构思、草拟。多指诗文。

[16] 块垒，比喻胸中郁结的愁闷或气愤。

[17] 潴，音"zhū"，水集聚的地方。

[18] 格磔，鸟鸣声。磔，音"zhé"。

[19] 呫呫，音"chèchè"，轻声细语的样子。

[20] 玥，音"péng"，充满。

[21] 粲（càn）然，发笑的样子。

[22] 文艺，文学才艺。

[23] 嚅嗫，音"rú niè"，说话吞吞吐吐的样子。

[24] 嫚，辱骂，轻视。

[25] 羯（jié）鼓，古代打击乐器的一种。起源于印度，从西域传入，盛行于唐开元、天宝年间。

[26] 泛卮，本意把酒杯翻过来。这里指干杯。

[27] 牙签，古代用牙骨制作的签牌以便于书的翻检，后用牙签来代指书籍。

[28] 闺阃，指女眷。

[29] 藏拙，掩藏拙劣，不以示人。

[30] 喋喋，唠叨，多言。

[31] 不瘳，疾病不愈。瘳，音"chōu"。

[32] 榱题，即榱提，屋椽的端头。通常伸出屋檐，因通称出檐。

[33] 夙分，旧缘，前世的缘分。

[34] 骛驶，急速奔驶。

[35] 辽邈（miǎo），辽远。

[36] 迎养，迎接尊亲同居一起，以便孝养。

[37] 恝，音"jiá"，无动于衷；淡然。

[38] 滓敝，肮脏破旧。

[39] 燀，音"tán"，烧热。

[40] 撝抑，谦让，谦抑。撝，音"huī"。

[41] 姑嫜，丈夫的母亲和父亲。

评 析

读书有用吗？也许很多人真的会对读书的作用有所怀疑！蒲松龄的这则故事带给我们一些思考或者说是作者本人的一些思考或是检省。

王勉，一个有才思、屡冠文场、心气颇高的读书人，在遇到自己前世同修的道士并进入仙境后的一切遭遇，尤其是他在仙人岛上的学识文采及为人的展示，显示出他所谓的"有才思、屡冠文场、心气颇高"其实都是不值一提的，甚至在别人眼里都只不过是取笑的对象而已！不免王勉会想：我读的哪里是什么书呀？而且读者也不禁会想：这所谓的学识其实都狗屁不值！那在作者眼里，他这么写又是出于什么样的想法呢？也许这是作者对自己读书进取之路的一种矛盾心理或者批判吧。

也许现实生活太过让人失望，才会让人们滋生出对神仙世界的无限向往。《仙人岛》中王勉经历的三个场景：天宫、仙界和凡间。王勉自大好胜，乜斜一切，他的奚落对象，从普通士人到真人道士，都包括在内。可充满搞笑意味的，依然是他摆不脱道士对他的掌控和安排，天宫里听仙乐，深海里地仙的搭救，回故乡时女仙们的相助等，无不如此。仙道一体，直至最后他那过强的功名意识被唤醒，依然摆不掉仙道的影子。

故事中的芳云、绿云、桓文若，都雅趣高深，鲜活无比，也正是她们，让王勉的诗文自恃，功名追求，变得不值一提，甚至引为羞愧。虽然作家成就了他与地仙芳云的姻缘,但更戏谑了他得陇望蜀的美色贪恋导致的"缩阴"和愧疚。

故事末尾写王勉回到故乡见证亲旧零落、父亲衣衫破旧不堪的结局,很容易使人联想到六朝《幽明录》中著名的《袁硕、根相》一文,尤其是王勉的不知所踪。夙缘和仙人魔力的两大法宝,使整个故事充满了神奇和想象,也不乏入骨的戏谑。细细读来,确实让人五味杂陈,更使人深思!

神 女

米生者闽人,传者忘其名字、郡邑。偶入郡,醉过市廛[1],闻高门中箫鼓如雷。问之居人,云是开寿筵者,然门庭殊清寂。听之笙歌繁响,醉中雅爱乐之,并不问其何家,即街头市祝仪,投晚生刺[2]焉。或见其衣冠朴陋,便问:"君系此翁何亲?"答言:"无之。"或言:"此流寓者侨居于此,不审何官,甚贵倨也[3]。既非亲属,将何求?"生闻而悔之,而刺已入矣。无何,两少年出逆客,华裳炫目,丰采都雅,揖生人。见一叟南向坐,东西列数筵,客六七人,皆似贵胄[4];见生至,尽起为礼,叟亦杖而起。生久立,待与周旋,而叟殊不离席。两少年致词曰:"家君衰迈,起拜良艰,予兄弟代谢高贤之见枉也。"生逊谢而罢。遂增一筵于上,与叟接席。未几,女乐作于下。座后设琉璃屏,以幛内眷。鼓吹大作,座客不复可以倾谈。筵将终,两少年起,各以巨杯劝客,杯可容三斗;生有难色,然见客受,亦受。顷刻四顾,主客尽釂[5],生不得已,亦强尽之。少年复斟;生觉悬甚,起而告退。少年强挽其裾。生大醉遏[6]地,但觉有人以冷水洒面,恍然若寤起视,宾客尽散,惟一少年捉臂送之,遂别而归。后再过其门,则已迁去矣。

自郡归,偶适市,一人自肆[7]中出,招之饮。视之不识;姑从之入,则座上先有里人鲍庄在焉。问其人,乃诸姓,市中磨镜者也。问:"何相识?"曰:"前日上寿者,君识之否?"生言:"不识。"诺言:"予出入其门最稔[8]。翁,傅姓,不知其何省、何官。先生上寿时,我方在墀[9]下,故识之也。"日暮,饮散。鲍庄夜死于途。鲍父不识诸,执名讼生。检得鲍庄体有重伤,生以谋杀论死,备历械梏[10];以诸未获,罪无申证,颂系之。年余,直指巡方,廉知其冤,出之。

家中田产荡尽,衣巾革祓[11],冀其可以辨复,于是携囊入郡。日将暮,步履颇殆,休于路侧。遥见小车来,二青衣夹随之。既过,忽命停舆。车中不知何言,俄一青衣问生,"君非米姓乎?"生惊起诺之。问:"何贫窭[12]若此?"生告以故。又问:"安之?"又告之。青衣去,向车中语;俄复返,请生至车前。车中以纤手寨帘。微睋之,绝代佳人也。谓生曰:"君不幸得无妄[13]之祸,闻之太息。今日学使署中,非白手可以出入者,途中无可解赠,……"乃于髻上摘珠花一朵,授生曰:"此物可鬻[14]百金,请缄藏之。"生下拜,欲问官阀,车行甚疾,其去已远,不解何人。执花愚想,上缀明珠,非凡物也。珍藏而行。至郡,投状,上下勒索甚苦;出花展视,不忍置去,遂归。归而无家,依于兄嫂。幸兄贤,为之经纪,贫不废读。

过岁,赴郡应童子试[15],误入深山。会清明节,游人甚众。有数女骑来,内一女郎,即曩[16]年车中人也。见生停骖,问其所往。生具以对。女惊曰:"君衣顶尚未复耶?"生惨然于衣下出珠花,曰:"不忍弃此,故犹童子也。"女郎晕红上颊,既嘱坐侍路隅。款段[17]而去。久之,一婢驰马来,以裹物授生,曰:"娘子言:今日学使之门如市:赠白金二百,为进取之资。"生辞曰:"娘子惠我多矣!自分掇芹[18]非难,重金所不敢受。但告以姓名,绘一小像,焚香供之,足矣。"婢不顾,委地下而去。生由此用度颇充,然终不屑夤缘[19]。后入邑庠第一。以金授兄;兄善居积,三年旧业尽复。

适闻中巡抚为生祖门人,优恤甚厚,兄弟称巨家矣。然生素清鲠[20],虽属大僚通家,而未尝有所干谒[21]。一日,有客裘马至门,都无识者。出视,则傅公子也。揖而入,各道间阔。治具相款,客辞以冗,然亦不竟言去。已而肴酒既陈,公子起而请问;相将入内,拜伏于地。生惊问何事。怆然曰:"家君适罹[22]大祸,欲有求于抚台,非兄不可。"生辞曰:"渠虽世谊,而以私干人,生平所不为也。"公子伏地哀泣。生厉色曰:"小生与公子,一饮之知交耳,何遽以丧节强人!"公子大惭,起而别去。

越日,方独坐,有青衣人入,视之,即山中赠金者。生方惊起,青衣曰:"君忘珠花耶?"生曰:"唯唯,不敢忘。"曰:"昨公子,即娘子胞兄也。"生闻之,窃喜,伪曰:"此难相信。若得娘子亲见一言,则油鼎可蹈耳;不然,不敢奉命。"青衣出,驰马而去。更尽复返,扣扉入曰:"娘子来矣。"言未几,女郎惨然入,向壁而哭,不作一语。生拜曰:"小生非卿,无以有今日。但有驱策[23],敢不惟命!"女曰:"受人求者常骄人,求人者常畏人,中夜奔波,生乎何解此苦,只以畏人故耳,亦复何言!"生慰之曰:"小生所以不遽诺者,恐过此一见为难耳。使卿夙夜蒙露,吾知罪矣!"因挽其袪,隐抑搔之。女怒曰:"子诚敝人也!不念畴昔[24]之义,而欲乘人之厄。予过矣!予过矣!"忿然而出,登车欲去。生追出谢过,长跪而要遮之。青衣亦为缓颊。女意稍解,就车中谓生曰:"实告君:妾非人,乃神女也。家君为南岳都理司,偶失礼于地官,将达帝听;非本地都人官印信,不可解也。君如不忘旧义,以黄纸一幅,为妾求之。"言已,车发遂去。

生归,悚惧不已。乃假驱祟[25],言于巡抚。巡抚谓其事近巫蛊,不许。生以厚金赂其心腹,诺之,而未得其便,既归,青衣候门,生具告之,默然遂去,意似怨其不忠。生追送之曰:"归语娘子,如事不谐,我以身命殉之!"既归,终夜辗转,不知计之所出。适院署有宠姬购珠,生乃以珠花献之。姬大悦,窃印为之嵌之。怀归,青衣适至。笑曰:"幸不辱命。但数年来负贩乞食所不忍鬻者,今还为主人弃之矣!"因告以情。且曰:"黄金抛置,我都不惜。寄语娘子:珠花须要偿也。"

逾数日,傅公子登堂申谢,纳黄金百两。生作色曰:"所以然者,为令妹之惠我无私耳;不然,即万金岂足以易名节哉!"再强之,声色益厉。公子惭而去,曰:"此事殊未了!"翼日,青衣奉女郎命,进明珠百颗,曰:"此足以偿珠花否耶?"生曰:"重花者,非贵珠也。设当日赠我万镒[26]之宝,直须卖作富家翁耳;什袭[27]而甘贫贱,何为乎?娘子神人,小生何敢他望,幸得报洪恩于万一,死无憾矣!"青衣置珠案间,生朝拜而后却之。越数日,公子又至。生命治肴酒。公子使从人入厨下,自行烹调,相对纵饮,欢若一家。有客馈苦糯,公子饮而美之,引尽百盏,面颊微颒[28],乃谓生曰:"君贞介[29]士,愚兄弟不能早知君,有愧裙钗多矣。家君感大德,无以相报,欲以妹子附为婚姻,恐以幽明见嫌也。"生喜惧非常,不知所对。公子辞而出,曰:"明夜七月初九,新月钩辰,天孙有少女下嫁,吉期也,可备青庐。"

次夕,果送女郎至,一切无异常人。三日后,女自兄嫂以及婢仆大小,皆有馈赏。又最贤,事嫂如姑。数年不育,劝纳副室,生不肯。适兄贾于江淮,为买少姬而归。姬,顾姓,小字博士,貌亦清婉,夫妇皆喜。见髻上插珠花,甚似当年故物;摘视,果然。异而诘之,答云:"昔有巡抚爱妾死,其婢盗出鬻于市,先人廉其值,买而归。妾爱之。先父无子,生妾一人,故所求无不得。后父死家落,妾寄养于顾媪之家。顾,妾姨行,见珠,屡欲售去,妾投井觅死,故至今犹存也。"夫妇叹曰:"十年之物,复归故主,岂非数哉。"女另出珠花一朵,曰:"此物久无偶矣!"因并赐之,亲为簪于髻上。姬退,问女郎家世甚悉,家人皆讳言之。阴语生曰:"妾视娘子,非人间人也;其眉目间有神气。昨簪花时得近视,其美丽出于肌里,非若凡人以黑白位置中见长耳。"生笑之。姬曰:"君勿言,妾将试之。如其神,但有所须,无人处焚香以求,彼当自知。"女郎绣袜精工,博士爱之,而未敢言,乃即闺中焚香祝之。女早起,忽检箧中,出袜,遣婢赠博士。生见而笑。女问故,以实告。女曰:"黠哉婢乎!"因其慧,益怜爱之;然博士益恭,昧爽[30]时,必熏沐以朝。

后博士一举两男,两人分字之。生年八十,女貌犹如处子。生抱病,女鸠[31]匠为材,令宽大倍于寻常。既死,女不哭;男女他适,女已入材中死矣。因并葬之。至今传为"大材冢"云。

——出《聊斋志异》

注 释

[1] 市廛，市中店铺。廛，音"chán"。

[2] 刺，名片。

[3] 贵倨，尊贵傲慢。

[4] 贵胄，贵族的后裔。

[5] 醮，音"jiào"，喝酒干杯。

[6] 遏，同"逊"。

[7] 肆，商铺，商店。

[8] 稔，音"rěn"，熟悉，熟知。

[9] 墀，音"chǐ"，台阶。

[10] 械梏，泛指酷刑。

[11] 革褫（chǐ），革除，剥夺。

[12] 贫窭（jù），贫穷。

[13] 无妄，意外，不测。

[14] 鬻，音"yù"，卖。

[15] 童子试，科举考试中的低级考试。

[16] 曩，先前。

[17] 款段，马缓慢前行。

[18] 掇芹，即考取秀才。

[19] 夤（yín）缘，攀缘，攀附。

[20] 清鲠，清正耿介。

[21] 干谒，对人有所求而请见。

[22] 罹，遭遇。

[23] 驱策，驱遣使用，即效劳。

[24] 畴昔，往日，从前。

[25] 祟，鬼魅。

[26] 镒，音"yì"，古代的重量单位，相当于二十两（一说二十四两）。

[27] 什袭，郑重珍藏。

[28] 赪，音"chēng"，同赪，红色。

[29] 贞介，方正耿介，不依附权势的人。

[30] 昧爽，拂晓，黎明。

[31] 鸠，聚集，招集。

评 析

神女下嫁以报人之恩，这是多么奇幻的事！这在蒲松龄的笔下偏偏就存在。

闽人米生因醉酒而误投晚刺并得神人款待，又因应人招饮而摊上官司，在失魂落魄中得一佳丽以珠花相赠以解苦厄。心怀恭敬的他不忍以珠花换钱，却更迎来该佳丽的两百黄金馈赠，亦因之得入邑庠而求得富贵功名。后来遇一裘马客求米生救命，米生则以仅为饮酒之交拒绝。后赠花丽人到来，生方知欲救之人乃其父亲。在彼此相救的纠葛中，女子嫁给米生，明白告诉米生其正身乃是一神女，米生也不以仙凡异类而另眼相待。也许是因缘际会，在贤良而无生育的妻子神女的认同下，米生纳娶了携有神女所赠珠花的慧黠女子顾博士，米生与顾博士并生育二子。多年后，米在生病卒之日，神女亦随之入棺同葬。

故事宛转曲折，极尽人神相恋之奇异，又富有文人无限的幻想。但骨子里，却给我们道出了神的世界的人间迹象：神仙世界亦是投桃报李的做法，以及失礼于地官的神女父亲将被诉讼于天帝，得当地官员印信方可解除等，都说明神仙世界不外现实世界的翻版与变形而已。

云萝公主

安大业，卢龙人。生而能言，母饮以犬血，始止。既长，韶秀，顾影无俦[1]；慧而能读。世家争婚之。母梦曰："儿当尚主。"信之。至十五六，迄无验，亦渐自悔。

一日，安独坐，忽闻异香。俄一美婢奔入，曰："公主至。"即以长毡贴地，自门外直至榻前。方骇疑间，一女郎扶婢肩入；服色容光，映照四堵。婢即以绣垫设榻上，扶女郎坐。安仓皇不知所为，鞠躬便问："何处神仙，劳降玉趾？"女郎微笑，以袍袖掩口。婢曰："此圣后府中云萝公主也。圣后属意郎君，欲以公主下嫁，故使自来相宅[2]。"安惊喜，不知置词；女亦俛首：相对寂然。安故好棋，楸枰[3]尝置坐侧。一婢以红巾拂尘，移诸案上，曰："主日耽此，不知与粉侯孰胜？"安移坐近案，主笑从之。甫三十余着，婢竟乱之，曰："驸马负矣！"敛子入盒，曰："驸马当是俗间高手，主仅能让六子。"乃以六黑子实局中，主亦从之。主坐次，辄使婢伏座下，以背受足：左足踏地，则更一婢右伏。又两小鬟夹侍之：每值安凝思时，辄曲一肘伏肩上。局阑未结，小鬟笑云："驸马负一子。"进曰："主惰，宜且退。"女乃倾身与婢耳语。婢出，少顷而还，以千金置榻上，告生曰："适主言宅湫隘[4]，烦以此少致修饰，落成相会也。"一婢曰："此月犯天刑，不宜建造；月后吉。"女起；生遮止，闭门。婢出一物，状类皮排[5]，就地鼓之；云气突出，俄顷四合，冥不见物，索之已杳。母知之，疑以为妖。而生神驰梦想，不能复舍。急于落成，无暇禁忌；刻日敦迫[6]，廊舍一新。

先是，有滦州生袁大用，侨寓邻坊，投刺于门；生素寡交，托他出，又窥其亡而报之。后月余，门外适相值，二十许少年也，宫绢单衣，丝带乌履，意甚都雅。略与顷谈，颇甚温谨。悦之，揖而入。请与对弈，互有赢亏。已而设酒留连，谈笑大欢。明日，邀生至其寓所，珍肴杂进，相待殷渥[7]。有小僮十二三许，拍板清歌，又跳掷作剧。生大醉，不能行，便令负之。生以其纤弱，恐不胜。袁强之。僮绰有馀力，荷送而归。生奇之。次日，犒以金，再辞乃受。由此交情款密，三数日辄一过从。袁为人简默[8]，而慷慨好施。市有负债鬻[9]女者，解囊代赎，无吝色。生以此益重之。

过数日，诣生作别，赠象箸、楠珠等十余事，白金五百，用助兴作。生反金受物，报以束帛[10]。后月余，乐亭有仕宦而归者，橐[11]资充牣[12]。盗夜入，执主人，烧铁钳灼，劫掠一空。家人识袁，行牒追捕。邻院屠氏，与生家积不相能，因其土木大兴，阴怀疑忌。适有小仆窃象箸，卖诸其家，知袁所赠，因报大尹[13]。尹以兵绕舍，值生主仆他出，执母而去。母衰迈受惊，仅存气息，二三日不复饮食。尹释之。生闻母耗，急奔而归，则母病已笃，越宿遂卒。收殓甫毕，为捕役执去。尹见其少年温文，窃疑诬枉，故恐喝之。生实述其交往之由。尹问："何以暴富？"生曰："母有藏镪[14]，因欲亲迎，故治昏室耳。"尹信之，具牒解郡。邻人知其无事，以重金赂监者，使杀诸途。路经深山，被曳近削壁，将推堕之。计逼情危，时方急难，忽一虎自丛莽中出，啮二役皆死，衔生去。至一处，重楼叠阁，虎入，置之。见云萝扶婢出，凄然慰吊："妾欲留君，但母丧未卜窀穸[15]。可怀牒去，到郡自投，保无恙也。"因取生胸前带，连结十余扣，嘱云："见官时，拈此结而解之，可以弭祸。"生如其教，诣郡自投。太守喜其诚信，又稽牒知其冤，销名令归。至中途，遇袁，下骑执手，备言情况。袁愤然作色，默不一语。生曰："以君风采，何自污也？"袁曰："某所杀皆不义之人，所取皆非义之财。不然，即遗于路者，不拾也。君教我固自佳，然如君家邻，岂可留在人间耶！"言已，超乘而去。

生归，殡母已，杜门谢客。忽一日，盗入邻家，父子十余口，尽行杀戮，止留一婢。席卷资物，与僮分携之。临去，执灯谓婢："汝认之，杀人者我也。与人无涉。"并不启关，飞檐越壁而去。明日，告官。疑生知情，又捉生去。邑宰词色甚厉。生上堂握带，且辨且解。宰不能诘，又释之。既归，益自韬晦[16]，读书不出，一跛妪执炊而已。服既阕，日扫阶庭，以待好音。一日，异香满院。登阁视之，内外陈设焕然矣。悄揭画帘，则公主凝妆坐，急拜之。女挽手曰："君不信数，遂使土木为灾，又以苫块[17]之戚，迟我三年琴瑟：是急之而反以得缓，天下事大抵然也。"生将出资治具。女曰："勿复须。"婢探楪，有肴羹热如新出于鼎，酒亦芳冽[18]，酌移时，日已投暮，足下所踏婢，渐都亡去。女四肢娇惰，足股屈伸，似无所着。生狎抱之。女曰："君暂释手。今有两道，请君择之。"生揽项问故，曰："着为棋酒之交，可得三十年聚首；若作床第之欢，可六年谐合耳。君焉取？"生曰："六年后再商之。"女乃默然，遂相燕好。女曰："妾固知君不免俗道，此亦数也。"因使生蓄婢媪，别居南院，炊爨[19]纺织，以作生计。

北院中并无烟火，惟棋枰、酒具而已。户常阖，生推之则自开，他人不得入也。然南院人作事勤情，女辄知之，每使生往谴责，无不具服。女无繁言，无响笑，与有所谈，但俯首微哂。每骈肩坐，喜斜倚人。生举而加诸膝，轻如抱婴。生曰："卿轻若此，可作掌上舞。"曰："此何难！但婢子之为，所不屑耳。飞燕原九姊侍儿，屡以轻佻获罪，怒谪尘间，又不守女子之贞；今已幽之。"阁上以锦荐布满，冬未尝寒，夏未尝热。女严冬皆着轻縠[20]；生为制鲜衣[21]，强使着之。逾时解去，曰："尘浊之物，几于压骨成劳！"一日，抱诸膝上，忽觉沉倍曩昔，异之。笑指腹曰："此中有俗种矣。"过数日，颦黛不食，曰："近病恶阻[22]，颇思烟火之味。"生乃为具甘旨。从此饮食遂不异于常人。一日曰："妾质单弱，不任生产。婢子樊英颇健，可使代之。"乃脱衷服衣英，闭诸室。少顷，闻儿啼。启扉视之，男也。喜曰："此儿福相，大器也！"因名大器。绷纳生怀，俾付乳媪，养诸南院。女自免身[23]，腰细如初，不食烟火矣。忽辞生，欲暂归宁。问返期，答以"三日"。鼓皮排如前状，遂不见。至期不来；积年余，音信全渺，亦已绝望。生键户[24]下帏，遂领乡荐。终不肯娶；每独宿北院，沐其馀芳。一夜，辗转在榻，忽见灯火射窗，门亦自辟，群婢拥公主入。生喜，起问爽约之罪。女曰："妾未愆期，天上二日半耳。"生得意自诩，告以秋捷[25]，意主必喜。女愀然曰："乌用[26]是傥来者[27]为[28]！无足荣辱，止折人寿数耳。三日不见，入俗幛又深一层矣。"生由是不复进取。过数月，又欲归宁。主殊凄恋。女曰："此去定早还，无烦穿望。且人生合离，皆有定数，撙节之则长，恣纵之则短也。"既去，月余即返。从此一年半岁辄一行，往往数月始还，生习为常，亦不之怪。又生一子。女举之曰："豺狼也！"立命弃之。生不忍而止，名曰可弃。甫周岁，急为卜婚。诸媒接踵，问其甲子，皆谓不合。曰："吾欲为狼子治一深圈，竟不可得，当令倾败六七年，亦数也。"嘱生曰："记取四年后，侯氏生女，左胁有小赘疣[29]，乃此儿妇。当婚之，勿较其门地也。"即令书而志之。后又归宁，竟不复返。生每以所嘱告亲友。果有侯氏女，生有疣赘。侯贱而行恶，众咸不齿，生竟媒定焉。大器十七岁及第，娶云氏，夫妻皆孝友。父钟爱之。可弃渐长，不喜读，辄偷与无赖博赌，恒盗物偿戏债。父怒，挞之，卒不改。相戒提防，不使有所得。遂夜出，小为穿窬[30]。为主所觉，缚送邑宰。宰审其姓氏，以名刺送之归。父兄共絷之，楚掠惨棘[31]，几于绝气。兄代哀免，始释之。父忿恚得疾，食锐减。

乃为二子立析产书，楼阁沃田，尽归大器。可弃怨怒，夜持刀入室，将杀兄，误中嫂。先是，主有遗裤，绝轻软，云拾作寝衣。可弃斫之，火星四射，大惧奔出。父知，病益剧，数月寻卒。可弃闻父死，始归。兄善视之，而可弃益肆。年余，所分田产略尽，赴郡讼兄。官审知其人，斥逐之。兄弟之好遂绝。又逾年，可弃二十有三，侯女十五矣。兄忆母言，欲急为完婚。召至家，除佳宅与居；迎妇入门，以父遗良田，悉登籍交之，曰："数顷薄产，为若蒙死守之，今悉相付。吾弟无行，寸草与之，皆弃也。此后成败，在于新妇：能令改行，无忧冻馁；不然，兄亦不能填无底壑也。"侯虽小家女，然固慧丽，可弃雅畏爱之，所言无敢违。每出，限以晷刻；过期，则诟厉[32]不与饮食。可弃以此少敛。年余，生一子。妇曰："我以后无求于人矣。膏腴[33]数顷，母子何患不温饱？无夫焉，亦可也。"会可弃盗粟出赌，妇知之，弯弓于门以拒之。大惧，避去。窥妇人，逡巡亦入。妇操刀起。可弃反奔，妇逐斫之，断幅伤臀，血沾袜履。忿极，往诉兄，兄不礼焉，冤惭而去。过宿复至，跪嫂哀泣，乞求先容于妇，妇决绝不纳。可弃怒，将往杀妇，兄不语。可弃忿起，操戈直出，嫂愕然，欲止之。兄目禁之。俟其去，乃曰："彼固作此态，实不敢归也。"使人觇之，已入家门。兄始色动，将奔赴之，而可弃已瓮息[34]入。盖可弃入家，妇方弄儿，望见之，掷儿床上，觅得厨刀；可弃惧，曳戈反走，妇逐出门外始返。兄已得其情，故诘之，可弃不言，惟向隅泣，目尽肿。兄怜之，亲率之去，妇乃内之。俟兄出，罚使长跪，要以重誓，而后以瓦盆赐之食。自此改行为善。妇持筹握算，日致丰盈，可弃仰成而已。后年七旬，子孙满前，妇犹时捋白须，使膝行焉。

——出《聊斋志异》

注　释

[1] 无俦，没有能够与之相比。

[2] 相宅，观看居所。

[3] 揪枰，音"jiū píng"，借指围棋。

[4] 湫隘，狭窄，狭小。湫，音"jiǎo"。

[5] 皮排，古代以皮革制作的鼓风器具。

[6] 敦迫，催逼。

[7] 殷渥，恳挚深厚。

[8] 简默，简净沉默。

[9] 鬻，音"yù"，卖的意思。

[10] 束帛，捆为一束的五匹帛。古代用作聘问、馈赠的礼物。

[11] 橐，音"tuó"，口袋。

[12] 充牣，充足。牣，音"rèn"。

[13] 大尹，古代官名。明代常用其指代太守。

[14] 藏锸，藏起来的银子。锸，音"qiǎng"。

[15] 窀穸，音"zhūn xī"，墓穴，墓地。

[16] 韬晦，收敛光芒。

[17] 苫块，苫，音"shān"。古代居丧时以乾草为席，土块为枕，称为"苫块"。

[18] 芳洌，芳香而清醇。

[19] 炊爨，爨，音"cuàn"，炊爨即生火做饭。

[20] 轻縠（hú），轻细的丝绸。

[21] 鲜衣，鲜艳的衣饰。

[22] 恶阻，消化不好，不思饮食。

[23] 免身，分娩，生育。

[24] 键户，键即插门的金属棍子。这里是关闭门户不出的委婉用语。

[25] 秋捷，秋试考中。古代考试一般分春秋两次，秋天的叫秋试。

[26] 乌用，不用，怎么用。

[27] 是傥来者，是，这。傥来者，无意间得到的东西。

[28] 为，做，干。"乌用是傥来者为"这句话的含义是怎么会用这无意间得来的东西去做事，去谋求呢？言下之意不要对那不经意得来的东西抱什么指望！

[29] 赘疣，附生于体外的肉瘤。疣，音"yóu"。

[30] 穿窬，指挖墙洞或爬墙头的偷窃行为。窬，音"yú"，通道、捷径的意思。

[31] 惨棘，严刻峻急。"棘"同"亟"，疾速。

[32] 诟厉，诟病。

[33] 膏腴，肥沃的土地。

[34] 坌息，即喘粗气。坌，音"bèn"。

评 析

努力读书以博取功名,这对人来说究竟有益还是无益呢?这对封建时代的一些读书人来说,着实是个让人难以释怀的问题。

在这个故事中,安大业幼小时便富有奇才异象,但他的人生却一直没有显达,在他经历了人间诸多苦楚后得与仙女云萝公主成亲,这已经算是人生奇遇了。而安大业在婚后仙妻离开自己的一段时间里苦学进取而"领乡荐",待仙妻返家时他"得意自诩,告以秋捷",本以为会得到妻子的赞赏,哪知却被仙妻一句"无足荣辱,止折人寿数耳。三日不见,入俗障又深一层矣"所嫌恶。这,对于安大业的一生来说,其影响应该是很深远的。

细细读来,整个故事充满了玄幻和现实的交缠:安大业生而能言,因其母饮以狗血而止。长至十六岁的他,除了面容韶秀,慧而能读外,与常人无异。

人在家中坐,福从天上落!静坐家中的安大业得圣后府中云萝公主的突然造访。

安大业不按所卜吉凶整葺宅院招致邻居的不满,遂遭致一连串的祸患之事。

在美色面前安大业坚决选择了夫妻之间的六年相聚而舍弃了棋友之交的三十年!

云萝公主身轻如羽和可找人代孕。

恶男自有悍妻治。

等等。

创作是作家的白日梦。再读本文,孤灯凄冷的蒲松龄,是否一辈子都在做衣食无忧、交挚友、得美眷、兄睦弟悌这方面的美梦?

窦 氏

南三复,晋阳世家[1]也。有别墅,去所居十余里,每驰骑日一诣之。适[2]遇雨，中途有小村，见一农人家，门内宽敞，因投止[3]焉。近村人固皆咸重[4]南。少顷，主人出邀，踧踖[5]甚恭，入其舍，斗如。客既坐，主人始操彗[6]，殷勤氾扫[7]；既而泼蜜为茶。命之坐，始敢坐。问其姓名，自言："廷章，姓窦。"未几，进酒烹雏，给奉周至。有弱女[8]行炙[9]，时止户外，稍稍露其半体，年十五六，端妙无比，南心动。雨歇既归，系念綦切[10]。

越日，具粟帛往酬，借此阶进。是后常一过窦，时携肴酒，相与留连。女渐稔[11]，不甚避忌，辄奔走其前。睨[12]之，则低鬟微笑。南益惑[13]焉，无三日不往者。一日值窦不在，坐良久，女出应客。南捉臂狎[14]之，女惭急，峻拒曰："奴虽贫，要嫁，何贵倨凌人[15]也！"时南失偶，便挦之曰："倘获怜眷，定不他娶。"女要誓；南指矢天日，以坚永约[16]，女乃允之。自此为始，瞰窦他出，即过缱绻。女促之曰："桑中之约[17]，不可长也。日在姘傫[18]之下，倘肯赐以姻好，父母必以为荣，当无不谐。宜速为计！"南诺之。转念农家岂堪匹偶[19]，姑假其词以因循之。

会媒来议婚于大家，初尚踌躇，既闻貌美财丰，志遂决。女以体孕，催并益急，南遂绝迹不往。无何，女临蓐[20]，产一男。父怒榜[21]女，女以情告，且言："南要我矣。"窦乃释女，使人问南，南立即不承。窦乃弃儿。益扑女。女暗哀邻妇，告南以苦，南亦置之。女夜亡[22]，视弃儿犹活，遂抱以奔南。款关而告阍者[23]曰："但得主人一言，我可不死。彼即不念我，宁不念儿耶？"阍人具以达南，南戒勿入。女倚户悲啼，五更始不复闻。至明视之，女抱儿坐僵矣。窦忿，讼之上官，悉以南不义，欲罪南。南惧，以千金行赂[24]得免。

其大家梦女披发抱子而告曰："必勿许负心郎；若许，我必杀之！"大家贪南富，卒许之。既亲迎，奁妆丰盛，新人亦娟好，然喜悲，终日未尝睹欢容，枕席之间，时复有涕洟。问之，亦不言。过数日，妇翁至，入门便泪，南未遑问故，相将入室。见女而骇曰："适于后园，见吾女缢死桃树上，今房中谁也？"女闻言，色暴变[25]，仆然而死。视之，则窦女。急至后园，新妇果自经死。骇极，往报窦。窦发女冢，棺启尸亡。前忿未蠲[26]，倍益惨怒，复讼于官。官因其情幻，拟罪未决。南又厚饵窦，哀令休结；官亦受其赇[27]嘱，乃罢。而南家自此稍替。又以异迹传播，数年无敢字[28]者。

南不得已，远于百里外聘曹进士女。未及成礼，会民间讹传，朝廷将选良家女充掖庭，以故有女者，悉送归夫家去。一日，有妪导一舆至，自称曹家送女者。扶女入室，谓南曰："选嫔之事已急，仓卒不能如礼，且送小娘子来。"问："何无客？"曰："薄有奁[29]妆，相从在后耳。"妪草草径去。南视女亦风致，遂与谐笑。女俯颈引带，神情酷类窦女。心中作恶，第未敢言。女登榻，引被幪首而眠，亦谓新人常态，弗为意。日敛昏，曹人不至，始疑。拚被问女，而女亦奄然冰绝[30]。惊怪莫知其故，驰伻[31]告曹，曹竟无送女之事。相传为异。时有姚孝廉女新葬，隔宿为盗所发，破材失尸。闻其异，诣[32]南所征之，果其女。启衾一视，四体裸然。姚怒，质状于官，官因南屡行无理，恶之，坐发冢见尸，论死。

——出《聊斋志异》

注　释

[1] 世家，门第高，世代做大官的人家。

[2] 适，恰巧，刚好。

[3] 投止，投宿止步，即住宿。

[4] 威重，即威严庄重，这里是把对方看得很威严庄重的意思。

[5] 踽踽，音"jú jí"，局促不安的意思。

[6] 篲，音"huì"，扫帚。

[7] 氾（fàn）扫，洒水打扫。

[8] 笄女，及笄女的简称，指女子已成年。

[9] 行炙，在宴会上上菜。

[10] 綦，音"qí"，极，很。

[11] 稔，音"rěn"，熟悉。

[12] 睨，斜着眼睛看。

[13] 惑，迷惑，沉迷。

[14] 狎，亲昵而不庄重。

[15] 凌人，凌驾人之上。这里是欺侮、欺凌的意思。

[16] 坚永约，使永久的约定更加坚牢。

[17] 桑中之约，是一个典故，本是男女在桑林之中的约定。后来指男女幽会的密约。

[18] 缾幪，音"píng méng"，古代称帐幕之类覆盖用的东西。在旁的叫缾，在上的叫幪。

[19] 匹偶，婚配，配偶。

[20] 临蓐，临产。

[21] 捞，音"péng"，用棍子或竹板子打。

[22] 夜亡，夜里逃跑。

[23] 阍者，古代称看门人为"阍者"。

[24] 行赂，行贿，拿钱财收买。

[25] 暴变，陡然改变。

[26] 蠲，音"juān"，除去，减少。

[27] 赇，音"qiú"，以财物贿赂。

[28] 字，嫁。

[29] 奁，音"lián"，古代女子存放梳妆用品的镜箱。

[30] 奄然冰绝，突然而逝。

[31] 伻，音"bēng"，使者。

[32] 诣，到。

评 析

"恋爱中的人智商为零"，这句话是说被热恋冲昏头的人。窦氏女即是如此了，她一心喜欢的男子对她信誓旦旦，哪曾想对方食言而肥而自己却落得身死子亡的悲惨下场呢？

这则故事给人留下鲜明印象的有两点：一是始乱终弃不得好下场的地主南三复，二是坚决复仇的女主人公窦氏。我们看地主南三复的为人，不由得感叹其被处死的结局是咎由自取！他对少女窦氏曼妙无比的心动，具粟帛的殷勤，乃至于后来与窦氏的情好款密，都很好理解。但后来窦氏有了他的孩子，明确要求其兑现承诺娶自己回家时，南三复却翻脸无情，弃之不顾了。到窦氏生命的最后，当她抱着孩子到南家门上要求南三复能够见她母子一面时，南三复所表现的冷酷无情和他最初追求窦氏时简直是云泥之别！人是感情的动物，更何况窦氏为他的倾情倾心已无以复加。而在窦氏，其要求合情合理，没丝毫的逾越，其身为孩子母亲，前前后后的遭遇已充分说明了她的请求、要求的合理性、正当性。至于窦氏僵毙后化鬼对南三复的报复，已纯属于作者代为伸张正义！从整个故事，让人不难体会到在封建专制集权时代，女性命运的任人宰割和悲惨！

唉！要避免此类悲剧还得要多多甄别，不要入了甜蜜陷阱啊！可是，又有多少人能真正做到呢？

竹 青

鱼客，湖南人，忘其郡邑[1]。家贫，下第归[2]，资斧[3]断绝。羞于行乞，饿甚，暂憩吴王庙中，拜祷神座。出卧廊下，忽一人引去，见王，跪白曰："黑衣队尚缺一卒，可使补缺。"王曰："可。"即授黑衣。既着身，化为鸟，振翼而出。见鸟友群集，相将俱去，分集帆樯[4]。舟上客旅，争以肉向上抛掷。群于空中接食之。因亦尤效，须臾果腹。翔栖树杪，意亦甚得。逾二三日，吴王怜其无偶，配以雌，呼之"竹青"。雅相爱乐。鱼每取食，辄驯无机[5]。竹青恒劝谏之，卒不能听。一日，有满兵过，弹之中胸。幸竹青衔去之，得不被擒。群鸟怒，鼓翼扇波，波涌起，舟尽覆。竹青仍投饵哺鱼。鱼伤甚，终日而毙。忽如梦醒，则身卧庙中。先是，居人见鱼死，不知谁何，抚之未冷，故不时令人逻察之。至是，讯知其由，敛资送归。

后三年，复过故所，参谒吴王。设食，唤乌下集群啖，祝曰："竹青如在，当止。"食已，并飞去。后领荐归，复谒吴王庙，荐以少牢[6]。已，乃大设以飨[7]乌友，又祝之。是夜宿于湖村，秉烛方坐，忽几前如飞鸟飘落；视之，则二十许丽人，囅然[8]曰："别来无恙乎？"鱼惊问之，曰："君不识竹青耶？"鱼喜，诘所来。曰："妾今为汉江神女，返故乡时常少。前乌使两道君情，故来一相聚也。"鱼益欣感，宛如夫妻之久别，不胜欢恋。生将偕与俱南，女欲邀与俱西，两谋不决。寝初醒，则女已起。开目，见高堂中巨烛荧煌[9]，竟非身中。惊起，问："此何所？"女笑曰："此汉阳也。妾家即君家，何必南！"天渐晓，婢媪纷集，酒炙已进。就广床上设矮几，夫妇对酌。鱼问："仆何在？"答："在舟上。"生虑舟人不能久待。女言："不妨，妾当助君报之。"于是日夜谈谑，乐而忘归。舟人梦醒，忽见汉阳，骇绝。仆访主人，杳无音信。舟人欲他适，而缆结不解，遂共守之。积两月馀，生忽忆归，谓女曰："仆在此，亲戚断绝。且卿与仆，名为琴瑟，而不一认家门，奈何？"女曰："无论妾不能往；纵往，君家自有妇，将何以处妾乎？不如置妾于此，为君别院可耳。"生恨道远，不能时至。女出黑衣，曰："君向所著旧衣尚在。如念妾时，衣此可至；至时，为君解之。"乃大设肴珍，为生祖饯[10]。即醉而寝，醒则身在舟中。视之，洞庭旧泊处也。舟人及仆俱在，相视大骇，诘其所往。生故怅然自惊。枕边一袱，检视，则女赠新衣袜履，黑衣亦折置其中。又有绣橐[11]维繫[12]腰际，探之，则金资充牣焉[13]。于是南发，达岸，厚酬舟人而去。

归家数月，苦忆汉水，因潜出黑衣着之，两胁生翼，翕然凌空，经两时许，已达汉水。回翔下视，见孤屿中，有楼舍一簇，遂飞堕。有婢子已望见之，呼曰："官人至矣！"无何，竹青出，命众手为缓结，觉羽毛划然尽脱。握手入舍，曰："郎来恰好，妾旦夕临蓐矣。"生戏问曰："胎生乎？卵生乎？"女曰："妾今为神，则皮骨已硬，应与襄异。"越数日，果产，胎衣厚裹，如巨卵然，破之，男也。生喜，名之"汉产"。三日后，汉水神女皆登堂，以服食珍物相贺。并皆佳妙，无三十以上人。俱入室就榻，以拇指按儿鼻，名曰"增寿"。既去，生问："适来者皆谁何？"女曰："此皆妾辈。其末后着藕白者，所谓'汉皋解佩'，即其人也。"居数月，女以舟送之，不用帆楫，飘然自行。抵陆，已有人絷马道左，遂归。由此往来不绝。

积数年，汉产益秀美，生珍爱之。妻和氏，苦不育，每思一见汉产。生以情告女。女乃治任，送儿从父归，约以三月。既归，和爱之过于己出，过十馀月，不忍令返。一日，暴病而殇，和氏悼痛欲死。生乃诣汉告女。入门，则汉产赤足卧床上，喜以问女。女曰："君久负约。妾思儿，故招之也。"生因述和氏爱儿之故。女曰："待妾再育，令汉产归。"又年余，女双生男女各一：男名"汉生"，女名"玉佩"。生遂携汉产归。然岁恒三四往，不以为便，因移家汉阳。汉产十二岁，入郡庠[14]。女以人间无美质，招去，为之娶妇，始遣归。妇名"厄娘"，亦神女产也，后和氏卒，汉生及妹皆来擗踊[15]。葬毕，汉生遂留；生携玉佩去，自此不返。

——出《聊斋志异》

注 释

[1] 郡邑，本是古代的行政机构即府、县，这里指其出身的地方。

[2] 下第，科举考试不中，又称落第。

[3] 资斧，旅费盘缠。

[4] 帆樯，即帆船。

[5] 无机，没有心计。

[6] 少牢，旧时祭礼的牲畜，牛、羊、豕俱用叫太牢，只用羊、豕二牲叫少牢。

[7] 飨，音"xiǎng"，用酒食等招待客人，请人享用。

[8] 辴然，笑的样子。辴，音"chǎn"。

[9] 荧煌，辉煌。

[10] 祖饯，践行。

[11] 橐，音"tuó"，同"橐"，口袋。

[12] 维絷，絷，音"zhí"，捆绑，系缚。

[13] 充牣，充足。

[14] 郡庠，科举时代称府学为郡庠。

[15] 擗踊，擗，捶胸；踊，以脚顿地。形容极度悲哀。

评 析

在中国人的传统认识中，乌鸦好像从来都不是一个什么好鸟。但在蒲松龄笔下，乌鸦竹青却是有着多么自然的人情味呀！

鱼生应试落第返乡，钱粮断绝又羞于乞讨，在庙内祝祷一番后在廊下昏死过去。在恍忽中身化乌鸦得以饱腹，又娶得乌女竹青为妻；在夫妻恩爱中因自己寻食没有心计而身中弹矢伤重而亡。醒来后鱼生发现那化身乌鸦的经历原来是一场梦，但对乌妻竹青却心怀感念。

是真梦？还是现实？"庄周梦蝶，蝶化庄周"的事从此发生在了鱼生的身上。三年后参拜吴王庙的鱼生再度回到梦境，与竹青宛如夫妻，尽享融洽美好。绸缪往来中岁月倏忽，鱼客与竹青先后有了两男一女，其中一男汉产还曾被他带回老家养育，与人家儿女毫无二致。又数年，前妻和氏去世，鱼客与竹青的两男一女还前往吊丧送葬，此后鱼客遂携女儿玉佩一去不返，不知所往！

全部故事，充满了神异惊奇。神奇的是吴王对鱼客的引领，惊讶的是发生在鱼客身上的一切转瞬又因为梦醒与现实隔离了好长好长的距离。是梦，非梦？但按作者叙述，留下的儿子汉产是实在的，汉产之妹玉佩对亡故的和氏的悼念是可见到的，读完让人丝毫不怀疑所发生一切的真实性！落拓饿殍之人忽得好妻，虽前妻不育而偶然再得两男一女的家境殷实完美,如此的佳境,相信只有在富有无限想象力的作家笔下可以实现了。

香 玉

劳山下清宫,耐冬高二丈,大数十围,牡丹高丈余,花时璀璨似锦。胶州黄生,舍读其中。一日,自窗中见女郎,素衣掩映花间。心疑观中焉得此。趋出,已遁[1]去。自此屡见之。遂隐身丛树中,以伺其至。

未几,女郎又偕一红裳者来,遥望之,艳丽双绝。行渐近,红裳者却退,曰:"此处有生人!"生暴起[2]。二女惊奔,袖裙飘拂,香风洋溢,追过短墙,寂然已杳。爱慕弥切,因题句树下云:"无限相思苦,含情对短缸。恐归沙吒利[3],何处觅无双?"归斋冥思。女郎忽入,惊喜承迎。女笑曰:"君汹汹似强寇,令人恐怖;不知君乃骚雅士,无妨相见。"生叩[4]生平,曰:"妾小字香玉,隶籍平康巷。被道士闭置山中,实非所愿。"生问:"道士何名?当为卿一涤此垢。"女曰:"不必,彼亦未敢相逼。借此与风流士,长作幽会,亦佳。"问:"红衣者谁?"曰:"此名绛雪,乃妾义姊。"遂相狎。及醒,曙色已红。女急起,曰:"贪欢忘晓矣。"着衣易履,且曰:"妾酬君作,勿笑:'良夜更易尽,朝瞰已上窗。愿如梁上燕,栖处自成双。'"生握腕曰:"卿秀外惠中,令人爱而忘死。顾一日之去,如千里之别。卿乘间当来,勿待夜也。"女诺之。由此夙夜必偕。每使邀绛雪来,辄不至,生以为恨。女曰:"绛姐性殊落落[5],不似妾情痴也。当从容劝驾,不必过急。"

一夕,女惨然入曰:"君陇不能守,尚望蜀耶?今长别矣。"问:"何之?"以袖拭泪,曰:"此有定数,难为君言。昔日佳作,今成谶语[6]矣。'佳人已属沙吒利,义士今无古押衙[7]',可为妾咏。"诘之,不言,但有呜咽。竟夜不眠,早旦而去。生怪之。次日,有即墨蓝氏,入宫游瞩,见白牡丹,悦之,掘移径去。生始悟香玉乃花妖也,怅惋不已。过数日,闻蓝氏移花至家,日就萎悴。恨极,作哭花诗五十首,日日临穴涕洟[8]。一日，凭吊方返，遥见红衣人挥涕穴侧。从容近就，女亦不避。生因把袂，相向汍澜[9]。已而挽请入室，女亦从之。叹曰："童稚姊妹，一朝断绝！闻君哀伤，弥增妾恸。泪堕九泉，或当感诚再作；然死者神气已散，仓卒何能与吾两人共谈笑也。"生曰："小生薄命，妨害情人，当亦无福可消双美。囊频烦香玉，道达微忱，胡再不临？"女曰："妾以年少书生，什九薄幸；不知君固至情人也。然妾与君交，以情不以淫。若昼夜狎昵[10]，则妾所不能矣。"言已，告别。生曰："香玉长离，使人寝食俱废。赖卿少留，慰此怀思，何决绝如此！"女乃止，过宿而去。数日不复至。冷雨幽窗，苦怀香玉，辗转床头，泪凝枕席。揽衣更起，挑灯复踵前韵曰："山院黄昏雨，垂帘坐小窗。相思人不见，中夜泪双双。"诗成自吟。忽窗外有人曰："作者不可无和。"听之，绛雪也。启户内[11]之。女视诗，即续其后曰："连袂人何处？孤灯照晚窗。空山人一个，对影自成双。"生读之泪下，因怨相见之疏。女曰："妾不能如香玉之热，但可少慰君寂寞耳。"生欲与狎。曰："相见之欢，何必在此。"于是至无聊时，女辄一至。至则宴饮唱酬，有时不寝遂去，生亦听之。谓曰："香玉吾爱妻，绛雪吾良友也。"每欲相问："卿是院中第几株？乞早见示，仆将抱植家中，免似香玉被恶人夺去，贻恨百年。"女曰："故土难移，告君亦无益也。妻尚不能终从，况友乎！"生不听，捉臂而出，每至牡丹下，辄问："此是卿否？"女不言，掩口笑之。

旋[12]生以腊归过岁。至二月间，忽梦绛雪至，愀然[13]曰："妾有大难！君急往，尚得相见；迟无及矣。"醒而异之，急命仆马，星驰至山。则道士将建屋，有一耐冬，碍其营造，工师将纵斤[14]矣。生急止之。入夜，绛雪来谢。生笑曰："向不实告，宜遭此厄！今已知卿；如卿不至，当以炷艾相灸。"女曰："妾固知君如此，囊故不敢相告也。"坐移时，生曰："今对良友，益思艳妻。久不哭香玉，卿能从我哭乎？"二人乃往，临穴洒涕。更馀，绛雪收泪劝止。又数夕，生方寂坐，绛雪笑入曰："报君喜信：花神感君至情，俾[15]香玉复降宫中。"生问："何时?"答曰:"不知,约不远耳。"天明下榻。生嘱曰:"仆为卿来,勿长使人孤寂。"女笑诺[16]。两夜不至。生往抱树,摇动抚摩,频唤无声。乃返,对灯团艾[17],将往灼树。女遽入,夺艾弃之,曰:"君恶作剧,使人创痛[18],当与君绝矣!"生笑拥之。坐未定,香玉盈盈而入。生望见,泣下流离,急起把握。香玉以一手握绛雪,相对悲哽。及坐,生把之觉虚,如手自握,惊问之。香玉泫然[19]曰:"昔妾,花之神,故凝;今妾,花之鬼,故散也。今虽相聚,勿以为真,但作梦寐观可耳。"绛雪曰:"妹来大好!我被汝家男子纠缠死矣。"遂去。香玉款笑如前;但偎傍之间,仿佛一身就影。生悒悒[20]不乐。香玉亦俯仰自恨,乃曰:"君以白蔹屑[21],少杂硫黄,日酹[22]妾一杯水,明年此日报君恩。"别去。

明日,往观故处,则牡丹萌生矣。生乃日加培植,又作雕栏以护之。香玉来,感激倍至。生谋移植其家,女不可,曰:"妾弱质,不堪复戕。且物生各有定处,妾来原不拟生君家,违之反促年寿。但相怜爱,合好自有日耳。"生恨绛雪不至。香玉曰:"必欲强之使来,妾能致之。"乃与生挑灯至树下,取草一茎,布掌作度,以度树本,自下而上,至四尺六寸,按其处,使生以两爪齐搔之。俄见绛雪从背后出,笑骂曰:"婢子来,助桀为虐耶!"牵挽并入。香玉曰:"姊勿怪!暂烦陪侍郎君,一年后不相扰矣。"从此遂以为常。

生视花芽,日益肥茂,春尽,盈二尺许。归后,以金遗道士,嘱令朝夕培养之。次年四月至宫,则花一朵,含苞未放;方流连间,花摇摇欲折;少时已开,花大如盘,俨然有小美人坐蕊中,裁三四指许;转瞬飘然欲下,则香玉也。笑曰:"妾忍风雨以待君,君来何迟也!"遂入室。绛雪亦至,笑曰:"日日代人作妇,今幸退而为友。"遂相谈讌。至中夜,绛雪乃去。二人同寝,款洽[23]一如从前。

后生妻卒,生遂入山不归。是时,牡丹已大如臂。生每指之曰:"我他日寄魂于此,当生卿之左。"二女笑曰:"君勿忘之。"后十余年,忽病。其子至,对之而哀。生笑曰:"此我生期,非死期也,何哀为!"

谓道士曰："他日牡丹下有赤芽怒生[24]，一放五叶者，即我也。"遂不复言。子舆之归家，即卒。次年，果有肥芽突出，叶如其数。道士以为异，益灌溉之。三年，高数尺，大拱把，但不花。老道士死，其弟子不知爱惜，斫[25]去之。白牡丹亦惟悴死；无何，耐冬亦死。

——出《聊斋志异》

注　释

[1] 遁，逃。

[2] 暴起，突然起来。

[3] 沙吒利，来源于唐代蕃将沙吒利恃势劫占书生韩翊美姬柳氏的事。后来用沙吒利代指强夺人妻的权贵。

[4] 叩，询问。

[5] 落落，孤高，与人难以相合。

[6] 谶（chèn）语，泛指预言。

[7] 押衙，唐宋官名。管领仪仗侍卫。

[8] 涕洟，意思是眼泪和鼻涕，这里用作动词，流泪。

[9] 汍澜，也作"汍兰"，泪流不止的样子。

[10] 狎昵，亲昵，亲热。

[11] 内，同"纳"，接纳之意。

[12] 旋，不久。

[13] 愀然，愁闷的样子。

[14] 纵斤，纵容斧斤砍伐。斤，斧斤，斧子。

[15] 俾，使。

[16] 诺，答应。

[17] 团艾，团拢用艾草作的火芯，使其燃得更旺。

[18] 创痏，受疮伤。痏，音"wěi"。

[19] 泫然，挥泪的样子。

[20]悒悒，愁闷。

[21]白蔹屑，白蔹的粉末。蔹，音"liǎn"，多年生蔓生草本植物，叶子多而细，五月开花，七月结球形浆果，根入药。

[22]酹，祭奠。

[23]款洽，亲密，亲切。

[24]怒生，疯狂生长，长势旺盛。

[25]斫，音"zhuó"，用刀、斧等砍。

评 析

"红颜"，一个非常美妙的词语。它既指柔美娇艳的女性，又专指男士们的女性知己，"被誉为一种游离于亲情、爱情、友情之外的第四类感情"，其实它是女人异性朋友的一个顶级阶段，它是比较"危险"的，一旦控制不住就会越界为男女之情。因此，"红颜"也绝不可能像普通朋友一样随处可取，因为要成为一个合格的"红颜"，这其中还得严格把握相处的界限。可以说，"红颜"比红恋人更难得来也更为可贵。

故事中的黄生，在其离奇一生中，既有红颜，也有恋人；而他的红颜也绝对只是"红颜"，绝无要越界成为恋人的意思。而且最后这红颜还与之同生同死。这实在是难得的！这之中，不妨让我们看看个中因缘：

舍读于崂山下清宫的胶州黄生，因偶见白牡丹所化的美貌女子而想方设法与之相识，并知其名为香玉。而香玉也因倾慕风流俊雅的黄生，两人便相依相恋。然而好景不长，黄生与香玉的恋情因香玉的本体——黄生所居楼下的一株白牡丹为即墨商人掘移而结束。豁然醒悟的黄生方才明白香玉乃白牡丹所化。然而黄生并未因香玉为花妖而终止对其的深情。至情的黄生临穴赋诗哭悼香玉，其间又识得另一女子绛雪（乃香玉情深的姊妹）并希望其代香玉作己之妇，然而绛雪拒绝了黄生并只答应做其知己而已，于是黄生也不逾矩与之以知己相守。在偶然之中，黄生救下绛雪并得知绛雪是寺中的耐冬。当绛雪来谢黄生时，邀请黄生同哭香玉，并被告知香玉因他至情将得以复生。黄生喜不自胜并按照香玉嘱托而作，一年后果得香玉返生再报。其间绛雪亦不时前来戏谑助兴。十余年后，黄生在病亡前说自己将托生为牡丹花下赤芽怒生的牡丹等，被一一应验。再往后，道士的弟子不明就里砍去赤芽，结果让白牡丹和旁边的耐冬都因之憔悴而死。

这里，看似宛转曲折的故事，实际上只讲述了书生黄某与两株植物精（白牡丹和耐冬）的恋情和友情。但值得称道的，则是作者将一则简单的人与植物相恋故事，写成了一篇亦真亦幻、曲折深致的有关婚恋的美文，给我们奉献了一道赞美爱情、友情的盛宴！男女主人公为情而生，为情而死！黄生、香玉和绛雪三个，无一不是美的、理想人物的化身。热烈多情的香玉、善解人意的绛雪、"爱慕心切"又对情执着的黄生等等，都体现出作者已经把普通得不再有离奇味道的情爱故事，上升到抒情诗一样醇美的境界！爱情、友谊、理解，尊重，在本文都成了一种无比美好的词汇和付出。

连 琐

杨于畏，移居泗水[1]之滨。斋临旷野，墙外多古墓，夜闻白杨萧萧[2]，声如涛涌。夜阑秉烛[3]，方复凄断[4]。忽墙外有人吟曰："玄夜[5]凄风却倒吹，流萤爇草复沾帏。"反复吟诵，其声哀楚[6]。听之，细婉似女子。疑之。明日，视墙外，并无人迹。惟有紫带一条遗荆棘中，拾归，置诸窗上。

向夜二更许，又吟如昨。杨移机[7]登望，吟顿辍。悟其为鬼，然心向慕之。次夜，伏伺墙头。一更向尽，有女子珊珊[8]自草中出，手扶小树，低首哀吟。杨微嗽，女忽入荒草而没。杨由是伺诸墙下，听其吟毕，乃隔壁而续之曰："幽情[9]苦绪何人见？翠袖单寒月上时。"久之，寂然。杨乃入室。方坐，忽见丽者自外来，敛衽[10]曰："君子固风雅士，妾乃多所畏避。"杨喜，拉坐。瘦怯凝寒[11]，若不胜衣[12]。问："何居里，久寄此间？"答曰："妾陇西[13]人，随父流寓[14]。十七暴疾殂谢[15]，今二十余年矣。九泉荒野，孤寂如鹜[16]。所吟，乃妾自作以寄幽恨者。思久不属[17]；蒙君代续，欢生泉壤。"杨欲与欢。蹙然曰："夜台朽骨，不比生人，如有幽欢，促人寿数。妾不忍祸君子也。"杨乃止。戏以手探胸，则鸡头之肉[18]，依然处子。又欲视其裙下双钩。女俯首笑曰："狂生太罗唣[19]矣！"杨把玩之，则见月色锦袜，约彩线一缕。更视其一，则紫带系之。问："何不俱带？"曰："昨宵畏君而避，不知遗落何所。"杨曰："为卿易之。"遂即窗上取以授女。女惊问何来，因以实告。女乃去线束带。既翻案上书，忽见《连昌宫词》[20]，慨然曰："妾生时最爱读此。今视之，殆如梦寐！"与谈诗文，慧黠可爱。剪烛西窗[21]，如得良友。自此每夜但闻微吟，少顷即至。辄[22]嘱曰："君秘勿宣。妾少胆怯，恐有恶客[23]见侵。"杨诺之。两人欢同鱼水，虽不至乱，而闺阁之中，诚有甚于画眉者[24]。女每于灯下为杨写书，字态端媚。又自选宫词百首，录诵之。使杨治棋枰[25]，购琵琶。每夜教杨手谈[26]，不则挑弄弦索[27]。作"蕉窗零雨"之曲，酸人胸臆；杨不忍卒听[28]，则为"晓苑莺声"之调，顿觉心怀畅适。挑灯作剧[29]，乐辄忘晓。视窗上有曙色，则张皇[30]遁去。

一日，薛生造访，值杨昼寝。视其室，琵琶、棋局俱在，知非所善。又翻书得宫词，见字迹端好，益疑之。杨醒，薛问："戏具[31]何来？"答："欲学之。"又问诗卷，托以假诸友人。薛反复检玩，见最后一叶细字一行云："某月日连琐书。"笑曰："此是女郎小字[32]，何相欺之甚？"杨大窘，不能置词。薛诘之益苦，杨不以告。薛卷挟之，杨益窘[33]，遂告之。薛求一见。杨因述所嘱。薛仰慕殷切；杨不得已，诺之。夜分，女至，为致意焉。女怒曰："所言伊何[34]？乃已喋喋向人[35]！"杨以实情自白。女曰："与君缘尽矣！"杨百词慰解，终不欢，起而别去，曰："妾暂避之。"明日，薛来，杨代致其不可。薛疑支托[36]，暮与窗友二人来，淹留[37]不去，故挠之[38]：恒终夜哗，大为杨生白眼[39]，而无如何。众见数夜杳然,浸[40]有去志,喧嚣渐息。忽闻吟声,共听之,凄婉欲绝。薛方倾耳神注,内一武生王某,掇巨石投之,大呼曰:"作态不见客,甚得好句,呜呜恻恻[41],使人闷损[42]!"吟顿止。众甚怨之。杨恚愤[43]见于词色。次日,始共引去[44]。杨独宿空斋,冀女复来,而殊无影迹。逾二日,女忽至,泣曰:"君致恶宾,几吓煞妾!"杨谢过不遑[45]。女遽出,曰:"妾固谓缘分尽也,从此别矣。"挽之已渺。由是月余更不复至。

杨思之,形销骨立,莫可追挽。一夕,方独酌,忽女子搴[46]帏入。杨喜极,曰:"卿见宥[47]耶?"女涕垂膺,默不一言。亟问之,欲言复忍,曰:"负气去,又急而求人,难免愧恧[48]。"杨再三研诘,乃曰:"不知何处来一鼃黾[49]隶,逼充媵妾。顾念清白裔[50],岂屈身舆台[51]之鬼?然一线弱质[52],乌能抗拒?君如齿妾在琴瑟[53]之数,必不听自为生活[54]。"杨大怒,愤将致死[55];但虑人鬼殊途,不能为力。女曰:"来夜早眠,妾邀君梦中耳。"于是复共倾谈,坐以达曙。女临去,嘱勿昼眠,留待夜约。杨诺之。因于午后薄饮[56],乘醺登榻,蒙衣偃卧。忽见女来,授以佩刀,引手去。至一院宇,方阖门语,闻有人搭石挝门[57]。女惊曰:"仇人至矣!"杨启户骤出,见一人赤帽青衣,猬毛绕喙[58]。怒咄之。隶横目相仇[59],言词凶谩[60]。杨大怒,奔之。隶捉石以投,骤如急雨,中杨腕,不能握刃。方危急所,遥见一人,腰矢野射[61]。审视之,王生也。大号乞救。王生张弓急至,射之,中股;再射之,殪[62]。杨喜感谢。王问故,具告之。王自喜前罪可赎,遂与共入女室。女战惕羞缩,遥立不作一语。案上有小刀,长仅尺余,而装以金玉,出诸匣,光芒鉴影。王叹赞不释手。与杨略话,见女惭惧可怜,乃出,分手去。杨亦自归,越墙而仆,于是惊寤,听村鸡已乱鸣矣。觉腕中痛甚,晓而视之,则皮肉赤肿。

亭午[63],王生来,便言夜梦之奇。杨曰:"未梦射否?"王怪其先知。杨出手示之,且告以故。王忆梦中颜色,恨不真见;自幸有功于女,复请先容[64]。夜间,女来称谢。杨归功王生,遂达诚恳。女曰:

"将伯之助[65]，义不敢忘。然彼赳赳[66]，妾实畏之。"既而曰："彼爱妾佩刀。刀实妾父出使粤中[67]，百金购之。妾爱而有之，缠以金丝，瓣以明珠。大人怜妾夭亡，用以殉葬。今愿割爱相赠，见刀如见妾也。"次日，杨致此意。王大悦。至夜，女果携刀来，曰："嘱伊珍重，此非中华物也。"由是往来如初。

积数月，忽于灯下笑而向杨，似有所语，面红而止者三。生抱问之。答曰："久蒙眷爱，妾受生人气，日食烟火[68]，白骨顿有生意。但须生人精血，可以复活。"杨笑曰："卿自不肯，岂我故惜之？"女云："交接后，君必有念余日大病，然药之可愈。"遂与为欢。既而着衣起，又曰："尚须生血一点，能挤痛以相爱乎？"杨取利刃刺臂出血；女卧榻上，使滴脐中。乃起曰："妾不来矣。君记取百日之期，视妾坟前，有青鸟鸣于树巅，即速发冢。"杨谨受教。出门，又嘱曰："慎记勿忘，迟速皆不可！"乃去。越十余日，杨果病，腹胀欲死。医师投药，下恶物如泥，浃辰[69]而愈。计至百日，使家人荷锸[70]以俟。日既夕，果见青鸟双鸣。杨喜曰："可矣。"乃斩荆发圹[71]。见棺木已朽，而女貌如生。摩之微温。蒙衣舁归，置暖处，气咻咻然[72]，细于属丝[73]。渐进汤酏[74]，半夜而苏。每谓杨曰："二十余年如一梦耳。"

——出《聊斋志异》

注 释

[1] 泗水，又叫泗河，源出山东省泗水县；因四源合为一水，故名为泗水。

[2] 萧萧，风吹草木的声音。

[3] 夜阑，夜深。

[4] 凄断，指心境非常凄凉。

[5] 玄夜，黑夜。

[6] 哀楚，哀怨凄楚。

［7］杌，音"wù"，一种坐具，类似于短凳之类。

［8］珊珊，用来形容女子的步态。

［9］幽情，隐秘而凄苦的心情。

［10］敛衽，整敛衣襟，指旧时女子敬礼的动作。

［11］瘦怯凝寒，身躯瘦削，举止畏怯，肌肤凝聚了一股寒气。

［12］若不胜衣，仿佛经不起衣服的重量。

［13］陇西，县名，即今甘肃省陇西县。

［14］流寓，漂流寄居。

［15］殂谢，离世死去。殂，音"cú"。

［16］鹜，音"wù"，野鸭。

［17］思久不属（zhǔ），文思久不连贯。意思是长期思路未通，因而前诗未能成篇。

［18］鸡头之肉，比喻女子的乳头。

［19］罗唣，纠缠，寻事。唣，音"zào"。

［20］连昌宫词，唐代诗人元稹以老人之口写的一首有关连昌宫兴废的诗。

［21］剪烛西窗，此是化用唐代李商隐"何当共剪西窗烛"一诗，比喻两人在夜深时在灯前的亲切对话。

［22］辄，就。

［23］恶客，野蛮粗俗的客人。

［24］甚于画眉，超过丈夫亲自为妻子画眉的，比喻夫妻感情融洽亲密。

［25］棋枰，指围棋棋盘。

［26］手谈，指下围棋。

［27］弦索，琴瑟琵琶之类的弦乐器。

［28］卒听，听完。

［29］作剧，作游戏。

［30］张皇，惊慌，慌张。

[31] 戏具，指上述琵琶、围棋等娱乐用品。

[32] 小字，小名，乳名。

[33] 窘，为难。

[34] 所言伊何，跟你是怎么说的？伊，助词，无义。

[35] 喋喋向人，多嘴多舌地告诉别人。喋喋，形容话很多。

[36] 支托，支吾推托。

[37] 淹留，久留。

[38] 挠，扰乱。

[39] 白眼，表示冷淡、厌恶。

[40] 浸，逐渐。

[41] 呜呜恻恻，形容吐字引声曼长而情调悲伤。

[42] 闷损，烦闷。

[43] 恚愤，怨恨，恼怒。

[44] 引去，退去。

[45] 谢过不遑，急急忙忙的告罪。

[46] 搴，音"qiān"，拉开。

[47] 宥，原谅。

[48] 愧恧，惭愧。恧，音"nǜ"。

[49] 龌龊，音"wò chuò"，肮脏，不干净。常用来形容一个人品质恶劣，思想不纯等。

[50] 清白裔，清白人家的儿女。

[51] 舆台，舆和台，古代奴隶的两个等级。

[52] 一线弱质，即一介弱女。一线，比喻孤单无助；弱质，单薄的体质。

[53] 琴瑟，琴瑟，比喻夫妻。

[54] 必不听自为生活，必定不会任其独自挣扎求生。听，听任。

[55] 致死，拼命，拼死效力。

[56] 薄饮，喝了少量的酒。

［57］搒石挝门，拿起石头砸门。搒，音"nuò"，拿。挝，音"zhuā"，击，敲打。

［58］猬毛绕喙，嘴边长满刺猬毛般的硬须。猬毛，胡须粗硬开张的样子。喙，嘴。

［59］横目，发怒、仇视的样子。

［60］凶谩，凶横狂妄。谩，音"mán"欺骗，蒙蔽之意。

［61］腰矢野射，腰佩弓箭，在野外打猎。

［62］殪，音"yì"，死，杀死。

［63］亭午，中午。

［64］先容，事先介绍。

［65］将（qiāng）伯之助，指别人对自己的帮助。将，请。伯，对男子的敬称。

［66］赳赳，勇武的样子。

［67］粤中，古称广东、广西之地。

［68］烟火，烟火煮过的饮食，指人间熟食。

［69］浃辰，十二天。我国古代以干支纪日，自"子"至"亥"共十二辰，称为"浃辰"，相当于地支的一个周期。浃，周匝。辰，日。

［70］锸，掘土的工具，即铁锹。

［71］发圹，掘开墓穴。圹音"kuàng"。

［72］咻咻，音"xiū xiū"，呼吸急促声。

［73］属丝，属，音"zhǔ"，一丝相连；喻气息微弱。

［74］酏，音"yí"，稀粥，米汤。

评析

读完杨于畏与连琐的爱情故事，让人很是感慨。感慨之一，在于古代小说中，凡涉爱情中的男子，鲜有重情重义、敢作敢为如杨于畏者。其要么面目模糊，形象不甚鲜明；要么怯懦胆怯，缺责任、少担当，不像顶天立地的男子汉！故无论鲁迅或陈寅恪先生，都对古代作品中的男子表现批评有加，如鲁迅先生渴望镇压白娘子的雷峰塔早日倒掉，陈寅恪先生斥责"白娘子"故事中丈夫许仙的负心，说"唯有深情白娘子，最知人间负心多"！

但《连琐》中的杨于畏不一样，他临旷野而居，夜闻人吟咏而以佳句相接，以之赢得深处幽冥中的连琐青睐而相接触；尊重对方远离恶友且万般呵护之心让人感动，尤其是连琐有难时的慨然承担，很有重然诺轻生死的豪气！表现之二是连琐的知恩图报，深情相倾！其用父传之宝替代与王生的相见，对恶友的坚决回避等，后来都证明是对杨生的护爱！我们说，爱之难得、爱之伟大，有时真的在于忘了对方的身份、所属，甚至对方究竟所系物类等等。杨于畏与连琐的爱情，便是如此！前者明明知道女子深处幽冥，身系为鬼，可为了爱，不顾阴阳之隔，慨然相救，并滴血相救等等，都是生动真实的写照！也许作者蒲松龄真的腻烦了人间许多恋人、夫妻之爱的平庸烦琐，故他才特别地构筑了杨于畏与连琐的旷古情爱，千载绝唱！记得西方有经典电影《惊世未了缘》，倘与之对照，或许《连琐》还要更出彩一些呢！而且，前者借助了那么多现代化手段方有如此效果，《连琐》仅纸质文本，就让人怦然心动了呢。

宦　娘

温如春，秦之世家[1]也。少癖嗜[2]琴，虽逆旅未尝暂舍。客晋，经由古寺，系马门外，暂憩止。入则有布衲道人，趺坐[3]廊间，筇杖[4]倚壁，花布囊琴。温触所好，因问："亦善此也？"道人云："顾[5]不能工，愿就善者学之耳。"遂脱囊授温，视之，纹理[6]佳妙，略一勾拨[7]，清越异常。喜为抚一短曲。道人微笑，似未许可，温乃竭尽所长。道人哂[8]曰："亦佳，亦佳！但未足为贫道师也。"温以其言夸，转请之。道人接置膝上，裁[9]拨动，觉和风自来；又顷之，百鸟群集，庭树为满。温惊极，拜请受业。道人三复之。温侧耳倾心，稍稍会其节奏。道人试使弹，点正疏节[10]，曰："此尘间已无对矣。"温由是精心刻画[11]，遂称绝技。

后归程，离家数十里，日已暮，暴雨莫可投止。路旁有小村，趋之。不遑审择，见一门，匆匆遽入。登其堂，阒[12]无人。俄一女郎出，年十七八，貌类神仙。举首见客，惊而走入。温时未耦[13]，系情殊深。俄一老妪出问客，温道姓名，兼求寄宿。妪言："宿当不妨，但少床榻；不嫌屈体，便可藉藁[14]。"少旋，以烛来，展草铺地，意良殷。问其姓氏，答云："赵姓。"又问："女郎何人？"曰："此宦娘，老身之犹子[15]也。"温曰："不揣寒陋，欲求援系[16]，如何？"妪颦蹙[17]曰："此即不敢应命。"温诘其故，但云难言，怅然遂罢。妪既去，温视藉草腐湿，不堪卧处，因危坐鼓琴，以消永夜。雨既歇，冒夜遂归。

邑有林下部郎[18]葛公，喜文士。温偶诣之，受命弹琴。帘内隐约有眷客窥听，忽风动帘开，见一及笄[19]人，丽绝一世。盖公有一女，小字良工，善词赋，有艳名。温心动，归与母言，媒通之；而葛以温势式微[20]，不许。然女自闻琴以后，心窃倾慕，每冀再聆雅奏；而温以姻事不谐，志乖意沮[21]，绝迹于葛氏之门矣。一日，女于园中，拾得旧笺一折，上书《惜馀春》词云：

因恨成痴，转思作想，日日为情颠倒。海棠带醉，杨柳伤春，同是一般怀抱。甚得新愁旧愁，划[22]尽还生，便如青草。自别离，只在奈何天里，度将昏晓。今日个瘦损春山，望穿秋水，道弃已拚弃了！芳衾妒梦，玉漏惊魂，要睡何能睡好？漫说长宵似年，侬视一年，比更犹少：过三更已是三年，更有何人不老！

女吟咏数四，心悦好之。怀归，出锦笺，庄书[23]一通，置案间；逾时索之，不可得，窃意为风飘去。适葛经闺门过，拾之；谓良工作，恶其词荡[24]，火之而未忍言，欲急醮[25]之。临邑刘方伯之公子，适来问名[26]，心善之，而犹欲一睹其人。公子盛服而至，仪容秀美。葛大悦，款延[27]优渥[28]。既而告别，坐下遗女舄[29]一钩。心顿恶其佻薄[30]，因呼媒而告以故。公子亟辨其诬；葛弗听，卒绝之。

先是，葛有绿菊种，吝不传，良工以植闺中。温庭菊忽有一二株化为绿，同人闻之，辄造庐观赏；温亦宝之。凌晨趋视，于畦畔得笺写《惜馀春》词，反覆披读，不知其所自至。以"春"为己名，益惑之，即案头细加丹黄，评语亵嫚[31]。适葛闻温菊变绿，讶之，躬诣其斋，见词便取展读。温以其评亵，夺而挼莎[32]之。葛仅读一两句，盖即闺门所拾者也。大疑，并绿菊之种，亦猜良工所赠。归告夫人，使逼诘良工。良工涕欲死，而事无验见，莫有取实。夫人恐其迹益彰，计不如以女归温。葛然之，遥致温。温喜极。是日，招客为绿菊之宴，焚香弹琴，良夜方罢。既归寝，斋童闻琴自作声，初以为僚仆之戏也；既知其非人，始白温。温自诣之，果不妄。其声梗涩[33]，似将效己而未能者。爇[34]火暴入，杳无所见。温携琴去，则终夜寂然。因意为狐，固知其愿拜门墙[35]也者，遂每夕为奏一曲，而设弦任操若师，夜夜潜伏听之。至六七夜，居然成曲，雅足听闻。

温既亲迎，各述曩[36]词，始知缔好之由，而终不知所由来。良工闻琴鸣之异，往听之，曰："此非狐也，调凄楚，有鬼声。"温未深信。良工因言其家有古镜，可鉴[37]魑魅[38]。翌日，遣人取至，伺琴声既作，握镜遽入；火之，果有女子在，仓皇室隅，莫能复隐。细审之，赵氏之宦娘也。大骇，穷诘之。泫然曰："代作蹇修[39]，不为无德，何相逼之甚也？"温请去镜，约勿避；诺之。乃囊镜。女遥坐曰："妾太守之女，死百年矣。少喜琴筝；筝已颇能谙[40]之，独此技未能嫡传[41]，重泉[42]犹以为憾。惠顾时，得聆雅奏，倾心向往；又恨以异物不能奉裳衣[43]，阴为君胹合[44]佳偶，以报眷顾之情。刘公子之女舄，《惜馀春》之俚词，皆妾为之也。酬师者不可谓不劳矣。"夫妻咸拜谢之。宦娘曰："君之业，妾思过半矣；但未尽其神理。请为妾再鼓之。"温如其请，又曲陈[45]其法。宦娘大悦曰："妾已尽得之矣！"乃起辞欲去。良工故善筝，闻其所长，愿以披聆[46]。宦娘不辞，其调其谱，并非尘世所能。良工击节，转请受业。女命笔为绘谱十八章，又起告别。夫妻挽之良苦。宦娘凄然曰："君琴瑟之好[47]，自相知音；薄命人乌有此福。如有缘，再世可相聚耳。"因以一卷授温曰："此妾小像。如不忘媒妁，当悬之卧室，快意时焚香一炷，对鼓一曲，则儿身受之矣。"出门遂没。

——出《聊斋志异》

注　释

[1] 世家，世代相继的大姓氏大家族。

[2] 癖嗜，极端地爱好。

[3] 跗（fū）坐，两足交迭而坐。

[4] 筇（qióng）杖，筇竹做的拐杖。

[5] 顾，只是。

[6] 纹理，指琴身的漆纹。

[7] 勾拨，拨动。"勾"与"拨"都是弹琴的指法。

[8] 哂，音"shěn"，微笑。

[9] 裁，通"才"。

[10] 点正疏节，指点纠正节奏密集和疏落的地方，即纠正不合节奏之处。

[11] 刻画，细心揣摩。

[12] 阒，音"qù"，寂静。

[13] 未耦，没有婚配，尚未配偶。

[14] 藉藁，本义为借助干草，引申为用草铺地代床。藉，垫。藁，音"gǎo"，干草。

[15] 犹子，关系较远的侄子。

[16] 援系，牵引。

[17] 颦蹙，音"pín cù"，眉头紧皱。

［18］林下部郎，退隐家居的部郎。林下，犹言田野，古时做官退休叫归林。部郎，封建朝廷各部郎中或员外郎之类的高级部员。

［19］及笄，女子成年。

［20］式微，衰微、衰落。

［21］志乖意沮，乖，违；沮，通"阻"。志乖意沮指志向愿望不得实现。

［22］刬，音"chǎn"，削去，铲平。

［23］庄书，严肃认真地写。

［24］荡，充满淫秽之气。

［25］醮，本是祭奠，这里指毁灭。

［26］问名，中国婚姻礼仪之一。中国古代婚有六礼，即"纳采""问名""纳吉""纳征""请期""亲迎"等。

［27］款延，款待。

［28］优渥，优厚。

［29］舄，音"xì"，古代的一种复底鞋。

［30］儇薄，儇，音"xuān"，聪明狡猾而又为人轻薄。

［31］亵嫚，轻慢，不庄重。

［32］挼莎，音"ruó suō"，用手揉搓。

［33］梗涩，生硬而不流畅。

［34］爇，音"ruó"，点燃，焚烧。

［35］拜门墙，拜于门下为弟子。

［36］曩，以前，从前。

［37］鉴，照。

［38］魑魅，鬼怪，鬼魅。

［39］蹇修，媒人的代称。

［40］谙，熟悉。

［41］嫡传，嫡，正宗、正统。这里指正宗乐师的传授。

［42］重泉，九泉之谓。

[43] 奉裳衣，奉送衣裳，是伺候生活起居，指嫁与对方为妇的委婉语。

[44] 脜合，脜，音"ér"，调和，撮合的意思。

[45] 曲陈，详细地述说。曲，婉转。

[46] 披聆，诚心聆听。

[47] 琴瑟之好，比喻夫妇间感情和谐。

评 析

"愿天下有情人终成眷属"，这是元代大戏剧家王实甫在《西厢记》中发出的震人心魄的呐喊，也是本文中默默付出的宦娘的心愿。她的付出，既是出于自己和温如春一样对琴、曲有非同一般的喜好，更是出于她深知自己的琴筝之技不应该湮没于黄土而所做的最大努力！

俗语云"琴瑟之合"，当指的是夫妻和谐，情感融洽，作为得聆优雅之奏的宦娘，她何尝不想自己能与特擅琴技的温如春有相爱相守的福分。但另一边，宦娘又深知人鬼殊途，而只能默默地为着心上人做着极有可能的奉献！她书写《惜馀春》来替温氏抒发心曲让对方看到，她故意让前来相亲的刘家公子走后身边遗一只女鞋来失去娶葛良工的机会等等，都是她在以特殊的方式来报答温如春的眷顾之情，宦娘的举动让我们看到了这异类的男女之间除了夫妻之爱以外，还有知音、知己之爱。

葛 巾

常大用，洛[1]人。癖好牡丹。闻曹州牡丹甲齐、鲁[2]，心向往之。适以他事如曹，因假缙绅[3]之园居焉。时方二月，牡丹未华，惟徘徊园中，目注句萌[4]，以望其拆[5]。作怀牡丹诗百绝[6]。未几，花渐含苞，而资斧[7]将匮[8]；寻典[9]春衣，流连忘返。

一日，凌晨趋花所，则一女郎及老妪在焉。疑是贵家宅眷，亦遂逡返[10]，暮而往，又见之，从容避去。微窥之，宫妆艳绝。眩迷[11]之中，忽转一想：此必仙人，世上岂有此女子乎！急反身而搜之，骤过假山，适与媪遇。女郎方坐石上，相顾失惊。妪以身幛女，叱曰："狂生何为！"生长跪曰："娘子必是神仙！"妪呫之曰："如此妄言，自当縶[12]送令尹！"生大惧。女郎微笑曰："去之！"过山而去。

生返，不能徒步[13]，意女郎归告父兄，必有诟辱之来。偃卧空斋，自悔孟浪[14]。窃幸女郎无怒容，或当不复置念。悔惧交集，终夜而病。日已向辰，喜无问罪之师[15]，心渐宁帖。而回忆声容，转惧为想。如是三日，憔悴欲死。秉烛夜分，仆已熟眠，妪入，持瓯而进曰："吾家葛巾娘子，手合鸩汤[16]，其速饮！"生闻而骇，既而曰："仆与娘子，夙无怨嫌，何至赐死，既为娘子手调，与其相思而病，不如仰药[17]而死！"遂引而尽之。妪笑，接瓯而去。生觉药气香冷，似非毒者。俄觉肺膈宽舒，头颅清爽，酣然睡去。既醒，红日满窗。试起，病若失，心益信其为仙。无可夤缘[18]，但于无人时，仿佛其立处、坐处，虔拜而默祷之。

一日，行去，忽于深树内，觌面[19]遇女郎，幸无他人，大喜，投地[20]。女郎近曳之，忽闻异香竟体，即以手握玉腕而起。指肤软腻，使人骨节欲酥。正欲有言，老妪忽至。女令隐身石后，南指曰："夜以花梯度墙，四面红窗者，即妾居也。"匆匆遂去。生怅然，魂魄飞散，莫能知其所往。至夜，移梯登南垣，则垣下已有梯在，喜而下，果有红窗，室中间敲棋声，伫立不敢复前，姑逾垣归。少间，再过之，子声犹繁；渐近窥之，则女郎与一素衣美人相对着[21]，老妪亦在坐，一婢侍焉。又返。凡三往复，三漏已催[22]。生伏梯上，闻妪出云："梯也，谁置此？"呼婢共移去之。生登垣，欲下无阶，恨悒而返。

次夕复往，梯先设矣。幸寂无人，入，则女郎兀坐，若有思者。见生惊起，斜立含羞。生揖曰："自谓福薄，恐于天人[23]无分，亦有今夕也！"遂狎抱之。纤腰盈掬，吹气如兰，撑拒曰："何遽尔！"生曰："好

· 311 ·

事多磨，迟为鬼妒。"言未及已，遥闻人语。女急曰："玉版妹子来矣！君可姑伏床下。"生从之。无何，一女子入，笑曰："败军之将，尚可复言战否？业已烹茗，敢邀为长夜之欢。"女郎辞以困惰。玉版固请之，女郎坚坐不行。玉版曰："如此恋恋，岂藏有男子在室耶？"强拉之出门而去。生膝行而出，恨绝，遂搜枕簟[24]，冀一得其遗物，而室内并无香奁，只床头有水精如意[25]，上结紫巾，芳洁可爱。怀之，越垣归。自理衿袖[26]，体香犹凝，倾慕益切。然因伏床之恐，遂有怀刑[27]之惧，筹思不敢复往，但珍藏如意，以冀其寻。

隔夕，女郎果至，笑曰："妾向以君为君子也，而不知寇盗也。"生曰："良有之。所以偶[28]不君子者，第望其如意耳。"乃揽体入怀，代解裙结。玉肌乍露，热香四流，偎抱之间，觉鼻息汗熏，无气不馥。因曰："仆固意卿为仙人，今益知不妄。幸蒙垂盼[29]，缘在三生[30]。但恐杜兰香之下嫁[31]，终成离恨耳。"女笑曰："君虑亦过。妾不过离魂之倩女[32]，偶为情动耳。此事要宜慎秘，恐是非之口，捏造黑白，君不能生翼，妾不能乘风。则祸离更惨于好别矣。"生然之，而终疑为仙，固诘姓氏。女曰："既以妾为仙，仙人何必以姓名传。"问："妪何人？"曰："此桑姥。妾少时受其露覆，故不与婢辈同。"遂起，欲去，曰："妾处耳目多，不可久羁，蹈隙[33]当复来。"临别，索如意，曰："此非妾物，乃玉版所遗。"问："玉版为谁？"曰："妾叔妹也。"付钧[34]乃去。

去后，衾枕皆染异香。由此三两夜辄一至。生惑之，不复思归。而囊橐[35]既空，欲货马。女知之，曰："君以妾故，泻囊质衣，情所不忍。又去代步，千余里将何以归？妾有私蓄，聊可助装。"生辞曰："卿情好，抚臆誓肌[36]，不足论报；而又贪鄙，以耗卿财，何以为人矣！"女固强之，曰："姑假君。"遂捉生臂，至一桑树下，指一石，曰："转之！"生从之。又拔头上簪，刺土数十下，又曰："爬之。"生又从之。则瓮口已见。女探入，出白镪[37]近五十两许；生把臂止之，不听，又出十馀铤，生强反其半而后掩之。一夕，谓生曰："近日微有浮言,势不可长,此不可不预谋也。"生惊曰:"且为奈何!小生素迂谨[38],今为卿故,如寡妇之失守[39],不复能自主矣。一惟卿命,刀锯斧钺,亦所不遑顾耳!"女谋偕亡,命生先归,约会于洛,生治任旋里,拟先归而后逆之;比至,则女郎车适已至门。登堂朝家人,四邻惊贺,而并不知其窃而逃也。生窃自危;女殊坦然,谓生曰:"无论千里外非逻察所及,即或知之,妾世家女[40],卓王孙当无如长卿何也[41]。"

生弟大器,年十六,女顾之曰:"是有惠根[42],前程尤胜于君。"完婚有期,妻忽夭殒[43]。女曰:"妾妹玉版,君固尝窥见之,貌颇不恶,年亦相若,作夫妇可称嘉偶。"让闻之而笑,戏请作伐。女曰:"必欲致之,即亦非难。"喜问:"何术?"曰:"妹与妾最相善。两马驾轻车,费一妪之往返耳。"生恐前情俱发,不敢从其谋。女固言:"不害。"即命车,遣桑妪去。数日,至曹。将近里门,妪下车,使御者止而候于途,乘夜入里。良久,偕女子来,登车遂发,昏暮即宿车中,五更复行。女郎计其时日,使大器盛服而逆之五十里许,乃相遇。御轮而归[44],鼓吹花烛,起拜成礼。由此兄弟皆得美妇,而家又日以富。

一日,有大寇数十骑,突入第。生知有变,举家登楼。寇入,围楼。生俯问:"有仇否?"答云:"无仇。但有两事相求:一则闻两夫人世间所无,请赐一见;一则五十八人,各乞金五百。"聚薪楼下;为纵火计以胁之。生允其索金之请;寇不满志,欲焚楼,家人大恐。女欲与玉版下楼,止之不听。炫妆而下,阶未尽者三级,谓寇曰:"我姊妹皆仙媛,暂时一履尘世,何畏寇盗!欲赐汝万金,恐汝不敢受也。"寇众一齐仰拜,喏声"不敢"。姊妹欲退,一寇曰:"此诈也!"女闻之,反身伫立,曰:"意欲何作,便早图之,尚未晚也。"诸寇相顾,默无一言。姊妹从容上楼而去。寇仰望无迹,哄然始散。

后二年,姊妹各举一子,始渐自言:"魏姓,母封曹国夫人。"生疑曹无魏姓世家,又且大姓失女,何得一置不问?未敢穷诘,而心窃怪之。遂托故复诣曹,入境谘访,世族并无魏姓。于是仍假馆旧主人。忽见壁上有赠曹国夫人诗,颇涉骇异,因诘主人。主人笑,即请往观曹夫人。至则牡丹一本,高与檐等,问所由名,则以其花为曹第一,故同人戏封之。问其"何种",曰:"葛巾紫也。"心益骇,遂疑女为花妖。既归,不敢质言,但述赠夫人诗以觇之。女蹙然变色,遽出呼玉版抱儿至,谓生曰:"三年前,感君见思,遂呈身相报;今见猜疑,何可复聚!"因与玉版皆举儿遥掷之,儿堕地并没。生方惊顾,则二女俱渺矣。悔恨不已。后数日,堕儿处生牡丹二株,一夜径尺,当年而花,一紫一白,朵大如盘,较寻常之葛巾、玉版瓣尤繁碎。数年,茂荫成丛;移分他所,更变异种,莫能识其名。自此牡丹之盛,洛下无双焉。

——出《聊斋志异》

注 释

[1] 洛即洛阳。

[2] 曹州,地名。在今山东省菏泽县。甲齐、鲁,在齐鲁两地数第一。

[3] 缙绅,指有官职或做过官职的人。

[4] 句萌,草木的幼芽。其中弯的叫"勾",直的叫"萌"。"句",通"勾"。

[5] 拆,开,指花开。

[6] 百绝,上百首绝句。

[7] 资斧,盘缠。

[8] 匮,缺乏。

[9] 寻典,不久典当。

[10] 遄返,快速或迅速返回。

[11] 眩迷,眩晕迷蒙。

[12] 萦,捆绑。

[13] 徙步,移步。

[14] 孟浪,冒失鲁莽。

[15] 问罪之师，问罪的队伍或人。

[16] 手合鸩汤，亲手调合的毒药。鸩，古代传说中的一种毒鸟，羽毛浸酒后，饮之即死。

[17] 仰药，仰首饮药；指服毒药。

[18] 夤缘，音"yín yuán"，攀援，攀附，联络。

[19] 觌面，见面，当面。觌，音"dí"。

[20] 投地，伏地，指古代的一种拜见大礼。

[21] 对着（zhāo招），对弈。着，下棋落子叫"着"。

[22] 三漏已催，"漏"是古代的计时器，通过它来衡量古代时间的早晚。三漏已催是时间已至三更。催，谓时间催人。

[23] 天人，犹言天仙，对美丽妇女的美称。

[24] 枕簟，枕席。

[25] 如意，古代的器物名。头部作成灵芝或云朵形，柄微曲，常把它当作供玩赏的吉祥器物。

[26] 衿袖，衣服的代称。

[27] 怀刑，害怕法律。

[28] 偶，偶尔。

[29] 垂盼，看重。

[30] 三生，佛教用语，指前生、今生、来生。

[31] 杜兰香之下嫁，故事出自晋代干宝《搜神记》。讲述的是一个打鱼人在湘江洞庭的岸边，听见小孩啼哭，四下看没有发现别人，只有个三岁小女孩在岸边。打鱼人很可怜这个小孩，就把她抱走了。小女孩长到十多岁时，天姿奇伟，光彩照人，快赶上仙女了。有一天，突然有个青童灵人从空中下来，降临到她的家里，带着她离去。就要升天的时候，小女孩对她的养父说："我是仙女杜兰香，因为犯了错误被贬到人间。天上的日期是有严格限制的，今天我就要回去了。"后来就用"杜兰香之下嫁"来比喻不能长久之事。

[32] 离魂之倩女，即钟情的少女。故事出自唐陈玄祐的《离魂

记》。故事中的少女王倩娘为了爱情离魂与王宙相随。

[33] 蹈隙，乘机、抽空。

[34] 钩，所藏之物。此指水精如意。

[35] 囊橐，音"náng tuó"，行李财物。

[36] 抚臆誓肌，意谓竭诚图报。抚臆，抚胸。誓肌，誓死。

[37] 白镪，白银。

[38] 迂谨，拘谨。

[39] 失守，丧失平日的操守。

[40] 世家，世代显贵之家族。

[41] 卓王孙当无如长卿何也，意谓卓王孙没法把司马相如怎么样。据《史记·司马相如传》记载，临邛富商卓王孙之女卓文君与司马相如相恋私奔。卓王孙知道后，对司马相如也没办法把他怎么样。长卿是司马相如的字。

[42] 惠根，佛教用语，指通达道理、成就功德的根性。惠，通"慧"。

[43] 夭殒，夭折，死。

[44] 御轮而归，即古代婚礼的亲迎之礼。具体是在迎亲之日，新女婿到女家行"奠雁"之礼后，然后亲自驾御新妇之车以示恭敬。

评析

有一个谬传得很广（因被误解流传为今义）的故事叫"叶公好龙"，说是自命喜欢龙的叶公一旦见到了真龙却吓得逃跑了。而这则故事虽然讲述了纯美的爱情，但它大抵上也有些"叶公好龙"的这个意味吧。

故事的主人公是癖好牡丹的书生常大用，以及为他的深情所痴迷的花仙子葛巾。故事中两人的相遇、相恋甚至于成家，都显得那么唯美感人，但其结局却令人叹息。常大用偶遇葛巾的跪拜相求、别后的相思成病、为了相聚百般用心，葛巾的妩媚动人和清新脱俗等都令人感动。故事的发展也充满着曲折：常大用相思得病，葛巾及时送来汤药，让其恢复神智；为了常大用见自己的方便，葛巾给他准备了扶梯；因为常大用缺少回家的盘缠，葛巾设法给他备足了银两；两人私奔回到常大用家结为夫妻；葛巾谋划让常大用的弟弟娶玉版为妻；二女各为其夫生一子；常大用怀疑妻子家世派人查究实情；获知实情后常大用感到害怕；葛巾姐妹知情后掷子于地而离去！

故事中葛巾的一切作为，都让人看到了一位为爱情而愿意付出、不惜付出、勇敢付出的伟大女性形象！但当我们倒过来看男主人公常大用，遇美色魂不附体，遇事小心谨慎，托故咨访对方身份和以诗相探等等，恰恰与葛巾形成鲜明的对比！尽管作家一再表明葛巾的身份是花、"花神"，是与"人"有区别的这个类，但其所代表的，何尝不是世界上为事凛然、重情重义的那些女子？在这个角度上，人们如果将常大用看做是变心的书生李甲（《杜十娘怒沉百宝箱》）或秀才许仙（《白蛇传》），也是可以的。

白秋练

直隶有慕生，小字蟾宫，商人慕小寰之子。聪惠喜读。年十六，翁以文业迂[1]，使去而学贾[2]，从父至楚。每舟中无事，辄便吟诵。抵武昌，父留居逆旅[3]，守其居积[4]。生乘父出，执卷哦诗[5]，音节铿锵。辄见窗影憧憧[6]，似有人窃听之，而亦未之异也。

一夕，翁赴饮，久不归，生吟益苦。有人徘徊窗外，月映甚悉。怪之，遽出窥觇，则十五六倾城之姝。望见生，急避去。又二三日，载货北旋[7]，暮泊湖滨。父适[8]他出，有媪入曰："郎君杀吾女矣！"生惊问之，答云："妾白姓。有息女[9]秋练，颇解文字。言在郡城，得听清吟[10]，于今结想，至绝眠餐。意欲附为婚姻，不得复拒。"生心实爱好，第虑父嗔[11]，因直以情告。媪不实信，务要盟约。生不肯。媪怒曰："人世姻好，有求委禽[12]而不得者。今老身自媒，反不见内[13]，耻孰甚焉！请勿想北渡矣！"遂去。少间，父归，善其词以告之，隐冀垂纳。而父以涉远，又薄[14]女子之怀春也，笑置之。

泊舟处，水深没棹[15]；夜忽沙碛[16]拥起，舟滞不得动。湖中每岁客舟必有留住守洲者，至次年桃花水溢[17]，他货未至，舟中物当百倍于原直[18]也，以故翁未甚忧怪。独计明岁南来。尚须揭资[19]，于是留子自归。生窃喜，悔不诘媪居里。日既暮，媪与一婢扶女郎至，展衣卧诸榻上，向生曰："人病至此，莫高枕作无事者！"遂去。

生初闻而惊；移灯视女，则病态含娇，秋波自流。略致讯诘，嫣然微笑。生强其一语。曰："'为郎憔悴却羞郎'，可为妾咏。"生狂喜，欲近就之，而怜其荏弱。探手于怀，接领[20]为戏。女不觉欢然展谑[21]，乃曰："君为妾三吟王建'罗衣叶叶'之作，病当愈。"生从其言。甫两过，女揽衣起坐曰："妾愈矣！"再读，则娇颤相和。生神志益飞，遂灭烛共寝。女未曙已起，曰："老母将至矣。"未几，媪果至。见女凝妆欢坐，不觉欣慰；邀女去，女俯首不语。媪即自去，曰："汝乐与郎君戏，亦自任也。"于是生始研问居止。女曰："妾与君不过倾盖之交[22]，婚嫁尚不可必，何须令知家门。"然两人互相爱悦，要誓良坚。

女一夜早起挑灯，忽开卷凄然泪莹，生急起问之。女曰："阿翁行且至。我两人事，妾适以卷卜[23]，展之得李益《江南曲》，词意非祥。"生慰解之，曰，"首句'嫁得瞿塘贾'，即已大吉，何不祥之与有！"女乃少欢，起身作别曰："暂请分手，天明则千人指视矣。"生把臂便咽，问："好事如谐，何处可以相报？"曰："妾常使人侦探[24]之，谐否无不闻也。"生将下舟送之，女力辞而去。无何，慕果至。生渐吐其情。父疑其招妓，怒加诟厉[25]。细审舟中财物，并无亏损，谯呵[26]乃已。一夕，翁不在舟，女忽至，相见依依，莫知决策。女曰："低昂[27]有数，且图目前。姑留君两月，再商行止。"临别，以吟声作为相会之约。由此值翁他出，遂高吟，则女自至。四月行尽，物价失时[28]，诸贾无策，敛[29]资祷湖神之庙。端阳后，雨水大至，舟始通。

生既归，凝思成疾。慕忧之，巫医并进。生私告母曰："病非药襀[30]可瘳，惟有秋练至耳。"翁初怒之；久之，支离[31]益惫，始惧，赁车载子，复入楚，泊舟故处。访居人，并无知白媪者。会有媪操柁[32]湖滨，即出自任。翁登其舟，窥见秋练，心窃喜，而审诘邦族，则浮家泛宅[33]而已。因实告子病由，冀女登舟，姑以解其沉痼[34]。媪以婚无成约，弗许。女露半面，殷殷[35]窥听，闻两人言，眦泪[36]欲堕。媪视女面，因翁哀请，即亦许之。

至夜，翁出，女果至，就榻鸣泣曰："昔年妾状，今到君耶！此中况味，要不可不使君知。然羸顿[37]如此，急切何能便瘳？妾请为君一吟。"生亦喜，女亦吟王建前作。生曰："此卿心事，医二人何得效？然闻卿声，神已爽矣。试为我吟'杨柳千条尽向西可'。"女从之。生赞曰："快哉！卿昔诵诗馀，有《采莲子》云：'菡萏[38]香连十顷陂[39]。'心尚未忘，烦一曼声度之[40]。"女又从之。甫阕[41]，生跃起曰："小生何尝病哉！"遂相狎[42]抱，沉疴若失。既而问："父见媪何词？事得谐否？"女已察知翁意，直对"不谐"。

既而女去，父来，见生已起，喜甚，但慰勉之。因曰："女子良佳。然自总角时[43]，把柁櫂歌[44]，无论微贱，抑亦不贞。"生不语。翁既出，女复来，生述父意。女曰："妾窥之审矣：天下事，愈急则愈远，愈迎则愈拒。当使意自转，反相求。"生问计，女曰："凡商贾之志在利耳。妾有术知物价。适视舟中物，并无少息[45]。为我告翁：居某物，利三之；某物，十之。归家，妾言验，则妾为佳妇矣。再来时，君十八，妾十七，相欢有日，何忧为！"生以所言物价告父。父颇不信，姑以馀资半从其教。既归，所自置货，资本大亏；幸少从女言，得厚息，略相准[46]。以是服秋练之神。生益夸张之，谓女自言，能使己富。翁于是益揭资而南。至湖，数日不见白媪；过数日，始见其泊舟柳下，因委禽焉。媪悉不受，但涓吉[47]送女过舟。翁另赁一舟，为子合卺[48]。女乃使翁益南，所应居货，悉籍付之[49]。媪乃邀婿去，家于其舟。翁三月而返，物至楚，价已倍蓰[50]。将归，女求载湖水。既归，每食必加少许，如用醯[51]酱焉。由是每南行，必为致数坛而归。

后三四年，举一子。一日，涕泣思归。翁乃偕子及妇俱如楚。至湖，不知媪之所在。女扣舷呼母，神形丧失[52]。促生沿湖问讯。会有钓鲟鳇[53]者，得白鱀[54]。生近视之，巨物也，形全类人，乳阴毕具。奇之，归以告女。女大骇，谓凤有放生愿，嘱生赎[55]放之。生往商钓者，钓者索直昂。女曰："妾在君家，谋金不下巨万，区区者何遂靳直[56]也！如必不从，妾即投湖永死耳！"生惧，不敢告父，盗金赎放之。既返，不见女，搜之不得，更尽始至。问："何往？"曰："适至母所。"问："母何在？"觍然[57]曰："今不得不实告矣：适所赎，即妾母也。向在洞庭，龙君命司[58]行旅。近宫中欲选嫔妃，妾被浮言者所称道，遂敕妾母，坐相索。妾母实奏之。龙君不听，放母于南滨，饿欲死，故罹[59]前难。今难虽免，而罚未释。君如爱妾，代祷真君可免。如以异类见憎，请以儿掷还君。妾自去，龙宫之奉，未必不百倍君家也。"生大惊，虑真君不可得见。女曰："明日未刻[60]，真君当至。见有跛道士，急拜之，入水亦从之。真君喜文士，必合怜允。"乃出鱼腹绫一方。曰："如问所求，即出此，求书一'免'字。"生如言候之。果有道士蹩躠[61]而至，生伏拜之。道士急走，生从其后。道士以杖投水，跃登其上。生竟从之而登，则非杖也，舟也。又拜之。道士问："何求？"生出罗求书。道士展视曰："此白鱀翼也，子何遇之？"蟾宫不敢隐，详陈颠末。道士笑曰："此物殊风雅[62]，老龙何得荒淫！"遂出笔草书"免"字，如符形，返舟令下。则见道士踏杖浮行，顷刻已渺。归舟，女喜，但嘱勿泄于父母。

归后二三年，翁南游，数月不归。湖水既罄[63]，久待不至。女遂病，日夜喘急，嘱曰："如妾死，勿瘗[64]，当于卯、午、酉[65]三时，一吟杜甫《梦李白》诗，死当不朽。候水至，倾注盆内，闭门缓妾衣，抱入浸之，宜得活。"喘息数日，奄然遂毙。后半月，慕翁至，生急如其教，浸一时许，渐甦[66]。自是每思南旋。后翁死，生从其意，迁[67]于楚。

——出《聊斋志异》

注 释

［1］以文业迂，文业，指举业，科举之业。迂，不切实际。即认为读书科举不切实际。

［2］贾，买卖，即做生意。

［3］逆旅，旅馆，旅社。

［4］居积，囤积的货物。

［5］哦诗，吟哦诗词。

［6］憧憧，音"chōng chōng"，摇曳不定。

［7］旋，归，回归。

［8］适，刚好。

［9］息女，古人对自己女儿的称呼，即亲生女。

［10］清吟，清美的吟哦；清雅的吟诵。

［11］嗔，怪罪。

［12］委禽，定下婚礼。

［13］内，同"纳"，采纳，采用。

［14］薄，看不起。

［15］没棹，淹没掉船桨。棹，音"zhào"，船桨之类的工具。

［16］沙碛，浅水中的沙石。碛，音"qì"。

［17］溢，这里指涨水。

［18］原直，原来的价钱。

［19］揭资，措办资金。

［20］接颡，以额相接。类似于接吻。

［21］展谑，展露出喜悦之情。

［22］倾盖之交，即初次相逢的朋友。盖，车盖。倾盖，车上的伞盖靠在一起。

［23］卷卜，预料，猜测。

［24］侦探，打探。

[25] 诟厉，斥责辱骂。

[26] 谯呵，喝骂。

[27] 低昂，起伏，升降。

[28] 失时，失去了高价出售的时机。

[29] 敛，收拢，聚集。

[30] 药禳，药，医药；禳，祈祷消除灾殃。

[31] 支离，形容身体衰残瘦弱。

[32] 操柁，驾船。柁，同"舵"。

[33] 浮家泛宅，泛指漂泊无定的水上人家。

[34] 沉痼，经久难治的疾病。痼，音"gù"。

[35] 殷殷，忧伤的样子。

[36] 眦泪，眼泪。

[37] 羸顿，瘦弱困顿。

[38] 菡萏，音"hàn dàn"，荷花。

[39] 陂，音"bēi"，池塘。

[40] 曼声度之，拖长声音歌唱它。曼声，拖长声音。

[41] 甫阕，刚唱完。阕，停止，终了。

[42] 狎，亲近而态度不庄重。

[43] 总角，指童年。古时男女未成年，束发为两结，形状如角，故称总角。

[44] 櫂歌，船夫摇桨时所唱的歌。櫂，音"zhào"，船桨。

[45] 少息，微小的利益。

[46] 相准，相抵。

[47] 涓吉，选择吉祥的日子。

[48] 合卺（jǐn），古代婚礼中的一种礼仪，后来代指成婚。

[49] 悉籍付之，都照着记载一一交付给他。籍，本是书籍，这里讲成记载。

[50] 倍蓰（xǐ），倍数，蓰，指五倍。

[51] 醯，音"xī"，醋。

[52] 神形丧失，形容极度惊慌。

[53] 鲟鳇，音"xún huáng"，鱼名，鳝的一种，长二三丈，无鳞，状似鲟鱼而背有甲骨。

[54] 白骥，即白鳍豚，现主产于我国长江中下游一带的珍贵鱼类。

[55] 赎，用财物换回抵押物。

[56] 靳直，吝惜钱财。

[57] 觍然，羞愧。

[58] 司，主管，操作。

[59] 瞿，遭受苦难或不幸

[60] 未刻，古代十二时辰之一，略相当于现在下午一点钟至三点钟。

[61] 蹩躠，音"bié xiè"，走路一瘸一拐。

[62] 风雅，风流儒雅。

[63] 罄，尽，完。

[64] 瘗，音"yì"，掩埋，埋葬。

[65] 卯、午、酉，分别是十二时辰中的三个，这里代指早晨、中午、晚上。

[66] 甦，音"sū"，死而复活，苏醒。

[67] 迂，本为曲折，绕远，这里指迁往。

评 析

  人人都说神仙好，只因神仙具有人所不能的各种神通。在中国，从古至今都有各种人等想要修仙成道，特别是想长生不老（而为其所欲为）。在中国古代文人的笔下，却有着仙界异类想要成人的奇幻故事。

  在这则故事中，虽然白秋练是非人的异类，是白鳍豚精，她具有非凡的神力，但其所作所为，用人间好女子的标准来审视，她又有什么不一样的呢？她喜爱诗歌，有高雅的情趣，又聪慧过人，针对"商贾之士志在利"的特点，攻慕蟾宫之父贪图钱财的短处，终于促使其同意他们两人的婚事。尤其是她面临自己母亲有难的一系列表现，真让人体会到其重情义和临危而计策多端的不容易！

　　故事中的男主人公慕蟾宫，聪慧而爱诗书，但受封建礼教深深，处处以父亲之言令为律，尤其是他遵从父命从商而又手不释卷时时诵读的表现很是让人为他的没有主见而深感惋惜。可最终他因为爱情而听信白秋练的决策并且终获成功的努力，又很好地反衬了白秋练的光彩形象。另外，文中白秋练的母亲老媪急女儿之所急，遵从女儿对爱情的选择，不畏强势，拒绝龙王纳秋练为妃等等行为，是又一个古代爱情小说中的光辉形象。至于慕蟾宫之父，其门第之见，商人势利之心的处处体现等，均和其他同类小说中的封建家长不相上下。小说还有的精彩之笔，如白秋练随丈夫到北方以后，每餐必加湖水（如食醯酱），匮乏之就面临死亡的描写，真让人感叹作者的用思之深之妙！因此，她在故事中的身份，仅仅是作家为了自己叙述内心衷曲的借助而已。

落花岛

　　申无疆，字伸锡，跨鹤维扬[1]，历有年所。一日，遇海商于市肆[2]，与坐谈，歆其获利之美，乃以数千金畀[3]其子若侄，使合伙焉。子名翊，颀[4]而白皙，且善讴[5]，年仅廿二三，海舶人咸喜之。比入大洋，舟如一叶，翊年少未惯洪涛，因惊。遂卧病，倚枕呻吟，恍惚若寐。梦中闻有人语曰："落花岛中花倒落。"翊素不能文，觉而语其侣，虽熟历海境者，莫能举其名。一客颇娴吟咏，笑曰："何不云'垂柳堤畔柳低垂'，句虽佳，犹有对者。"众与翊皆称妙，翊因默识[6]于心。无何，病益剧，未及抵岸，竟卒于舟。其从兄某大恸，草草殓讫，载柩而行。

　　而翊则周[7]知其死，顿觉身轻，都无窒碍[8]。因思效列子，御风遂游。水面虽风涛汹涌，毫无沾濡[9]，不禁大喜。犹忆落花岛之名，窃计其境必不凡，顿欲往游。转瞬即得一山，形如覆盂[10]，悬于波际，其色如蜀锦，五色缤纷，且香气浓郁，馥馥数百里，心爱好之。奋身一登，旋[11]已舍水就陆。西行里许，见若山口者，遂入之，则坦坦康庄，无复巉岩[12]之象。山径皆落花，约寸许，别无隙地。踏花前进，滑软如茵褥，而香益袭鼻，神气为之发越[13]。环瞩皆茂树合抱，花即生于其上。细玩之，诸色俱备，浓淡相间，香如庾岭[14]之梅，而馥郁过之，尚有存于树杪[15]者，则低枝头似坠，绕干如飞，亦多含苞欲吐者，意盖四时咸有焉。欣然前往，约数百步，花益繁而落者益厚，且四望并无屋宇，既山之层峦叠嶂，亦隐现于花中。不以全面示人。

翊至此心旷神怡，小憩于梅花树下，发声一讴，花益簌簌自落若细雨然。俄闻娇音叱曰："何来妄男子，此仙人所居，岂汝行乐地耶？"翊急视之，则一美女子，通体贴以落花，宛如衣锦，手一小竹篮，亦贮落英，徐徐自树后出。翊起逆[16]致揖，告以所来，女微哂[17]曰："汝一龌龊商，何福至此？虽然，不可谓无因。为予有一语，久无能对者，汝能，则留宿于此，且有佳处与若栖身。否则，宜远飏[18]，不容再迴[19]仙境。"翊贪胜地，兼恋丽容，顿忘其拙，毅然请命。女因朗诵一句，则固梦中所闻也。翊喜出望外，即应声以客所属者对之，女称善。良久，慨然曰："此才殆由天授，吾不能恝然[20]于子矣。"直前笑把其袂曰："行，行，请与妾归，花密处即是予家。"翊悦而从之。

至则篱落四围，远望亦绮绾绣错，盖皆以花片砌成者。逡巡间得其门，乃巨树二株，柯[21]交于上，俨有阛阓[22]之象。女逊[23]翊入，中无数椽[24]之屋，几榻皆以彩石，尽铺落瓣。仰而窥其上，莫见天日，亦茂干为之庇荫，花叶周遮，恍一天造地设者。女未延坐，即治具曰："郎馁矣，枵腹[25]不可以晤言。"于是尽倾筐筥[26]，而湘[27]之烹之。及进馔，花之外无兼品。翊疑虑不敢食，女笑曰："此仙人所饵，啖之无伤也。"翊试尝之，甘香肥美，视人间梁肉如尘土。女又进百花酿，味尤芳冽，吸之如醍醐[28]欵洽，神清气爽，飘飘欲仙。翊固不自知其鬼，遂窃幸长生可以立致。食已，始相款洽，渐及谐谑。女情不自禁，一振衣而群花皆落，皓体生辉，乃与翊欢合于石榻之上，备极绸缪，两情深相缱绻[29]。已而女觉其非人，诧曰："郎何有形而无质也？幸早语我，勿使自误。"翊亦自思："予何得至此？且海亦如何可浮？"因抚膺[30]大戚。女止之曰："慎勿悲。鬼而仙，犹愈于人而鬼也，况有术在，子何忧？"因出一瓷罂，内贮清泉斗许，遍沃翊身。曰："此百花之液，妾晨起收之，实天浆甘露之属。人浴之而成仙，鬼浴之亦成形。加以服食，更采花之精英饵之，则鬼仙不难立致。第妾数百年之积蓄，一旦为郎耗矣。"语次，翊觉沃处肌骨坚凝，非若向之虚而无寄者，此心乃释然。自视其衣，则本属乌有，女以花为之被服，而粲兮烂兮。两人相对，不啻锦羽鹓鹐[31]。女昼与翊出，采花共餐；暮与翊归，席花同梦。其所衣者，卧则一拂而尽，无事解脱，醒则绕树徐行，瞬息曳娄。其地无寒暑，亦无昼夜，以花开为朝，花谢为夕。衣食一出于花，寝息即在于花，方丈蓬壶，不独擅胜焉。

数年，翊忽谓女曰："赖子再生，宜谐永好。但亲老弟少，欲归省视，子其许我乎？"女正色答曰："此君之孝也，妾敢不勉成君志？第[32]以鬼出，以人归，尔墓之木拱矣，谁其信之？"翊曰："姑试一返，予亦不克久留"。女径听其行，且以花叶为翊制衣，俄顷即成华服。临别赠以一瓯，嘱曰："饥则饮此，慎勿食烟火物，食则神气日薄，不可以生。酒尽宜速返，勿再留。"翊约以匝[33]月，即行。至海，仍复如踏平地，遂不假舟楫，直达越省。比至扬，仲锡已老，弟皆成立，翊突入，咸疑其鬼，惊避之。独仲锡抱持而泣曰："予误儿，儿归其憾我乎？"翊乃详其颠末，人皆愕然。郡中有杖者，少曾航海，闻岛名，恍然曰："是诚有之。岛在东海之偏，人罕能至。予曾经其处，闻系神仙所居，无径可入，至今犹仿佛其风景。"人因稍释厥惑然。仲锡在扬犹客居，翊侍膝下数日，不饮亦不食。浃旬，忽失其所在。

——出《萤窗异草》

注　释

[1] 维扬，即扬州。《尚书·禹贡》："淮海惟扬州。"惟，通"维"。

[2] 市肆，集市，店铺。肆，铺子，商店。

[3] 畀，音"bì"，给，给予。

[4] 颀，音"qí"身材修长。

[5] 讴，唱歌。

[6] 识，熟记。

[7] 罔，不。

[8] 窒碍，有阻碍，有障碍。

[9] 沾濡，音"zhān rú"，浸湿。

[10] 覆盂，倒置着的钵盂。

[11] 旋，不久。

[12] 巉岩，巉，音"chán"，巉岩就是高而险峻的山。

[13] 发越，激扬，激昂。

[14] 庾岭，山名，即大庾岭。

[15] 杪，音"miǎo"，树梢。

[16] 逆，迎。

[17] 哂，音"shěn"，讥笑。

[18] 飚，音"biāo"，暴风。

[19] 溷，音"hùn"，污秽之意。

[20] 恝然，恝，音"jiá"，无动于衷，淡然。

[21] 柯，树枝，枝条。音"kē"。

[22] 閈闳，音"hàn hóng"，大门，偏指有气派的大门。

[23] 逊，让出。

[24] 椽，音"chuán"，房上的檩子。

[25] 枵腹，枵，音"xiāo"，枵腹即空腹。

[26] 筥，音"jǔ"，圆形的竹编器具。

[27] 湘，烹也。意出《诗经·召南》中的"于以湘之，维錡及釜"。

[28] 醍醐，音"tí hú"，这里应理解为美酒。

[29] 缱绻，音"qiǎn quǎn"，缠绵难舍。

[30] 膺，胸，胸口。

[31] 鸂鶒，音"xī chì"，水鸟名。

[32] 第，假使。

[33] 匝，满。

评 析

现实的琐碎或不堪，很多时候是不少尘世中的人们渴望逃离它的最大原因。而且，异域他界究竟是何种情形的难以知晓，又是促使人们发挥最大幻想的原动力！可不是吗，落难后的人也许会有奇迹发生，遽然而逝的人可能是到另一个人所未知的世界，仙界的诸仙们所餐所饮皆非人类五谷轮回那么庸常等等，这一切，可以说都在本文《落花岛》中详尽地给我们展示出来了。

尽管此文作者长白浩歌子和他的书名《萤窗异草》一样不显为人知，但佳作就是佳作。阅读本文后给人内心的熨帖和无穷趣味，真的能够使腻烦了世间的每一个人有耳目一新之感：山色如蜀锦，山径皆落花，馥郁数百里，茂树合抱，五色缤纷……仅这一切，都已经会让俗世之人心醉神迷。更何况，"假死"的申翊恍恍惚惚地来到这个神仙之境，因为记住了别人不经意的答对而得到了通体贴以落花，丽容心慈的仙女的青睐甚至于巨石上的"合欢"，岂不令人艳羡至极？再看文中两人生活时的"采花共餐""席花同梦""以花开为朝，花谢为夕"等，被现实窘迫得"一地鸡毛"的不少读者，难道不会有倾倒之姿？

故而，本文之可贵的地方，是在其仙界描述的具体详尽而令人歆羡上，且充满了人死后能复活的幻想的合理。至于申翊仙界待久了思亲回家，见到亲旧后倍感寥落诸描写，让人不禁想起六朝"袁硕根相"（事见《幽明录》）和北宋"王榭"（刘斧《青琐高议》）几人的事迹来。后出转精，作为读者的我自然想生活在《落花岛》中描绘的环境中，可读到此文的你呢？